A Caçadora de Arz

O amor é para as crianças, disse a garota.

A morte é para os tolos, disse a sombra.

A escuridão é meu destino, disse o garoto.

A lealdade é minha ruína, disse a águia.

O sofrimento é nosso destino, disse a bela.

E todos estavam terrivelmente errados.

Anadil
Mar de Vadi
Alderamin
Almas
Grande Deserto
Arquipélago de Hessa
Abal
Sharr
Baransea
Rio Ábia
Pelusia
Zaram
Guljul
Alhena

Arawiya
Azraa
Sarasin
Fortaleza do Sultão
REITO DE HAKIM
Leil
Rio Daama
Montanhas de Dancali
Passagem de Tenama
Afya
Demenhur
Thalj
Selah
N
Floresta Vazia
Asma

Ato 1

Prateada como a Lua Crescente

capítulo 1

As pessoas continuavam vivas porque ela matava. E se para isso tivesse de se aventurar por Arz onde até mesmo o sol tinha medo de bater, que seja.

Num dia bom, Zafira bint[1] Iskandar achava que era mais corajosa do que o próprio sol. Na maioria dos dias, mal podia esperar até que a sombria Arz ficasse para trás e ela estivesse firmemente assentada nas planícies de seu califado,[2] com a daama[3] neve e tudo o mais.

Hoje era um daqueles dias, apesar dos chifres ásperos em sua mão. Ela se libertou da prisão amaldiçoada da floresta, fingindo que seu suspiro era devido à conclusão da tarefa e não um produto do medo profundo que se desatava em seu coração. O sol da manhã deu um beijo de boas-vindas em suas bochechas.

Marhaba para você também, covarde.

A luz do sol era sempre fraca no califado de Demenhur, pois o sol não sabia o que fazer com a neve que deveria ser areia.

Diante dela, a branca imensidão se estendia suave e intocada, presenteando-a com um momento de contentamento em meio à solidão, embora ela sentisse os pés dormentes e o ar frio a fizesse enrugar o nariz. Porque, num califado onde as ações de uma mulher sempre corriam o risco de se voltar contra ela, não era nada fácil fingir ser um homem. Ainda mais quando se tinha as curvas, a voz e o porte de uma mulher.

Ela arrastou a carcaça do cervo, uma trilha de vapor em seu rastro, a neve manchada de um vermelho sinistro. Havia

1 Os nomes árabes são formados pelo nome próprio e pelos termos *bint* para filha e bin para filho. [N. T.]

2 Califados são os estados que compõem Arawiya, o reino em que se passa a história. [N. T.]

3 Maldito/a. [N. T.]

uma promessa no ar. Uma quietude na terra e nas árvores sussurrantes.

Não é nada. A paranoia tinha a mania de visitá-la nos momentos menos oportunos. Ela estava à flor da pele por causa do casamento iminente, só isso.

Sukkar relinchou do tronco podre onde ela o prendera, fundindo-se à neve com seu pelo quase branco. Enquanto prendia o cervo em sua sela, seu cavalo permaneceu imóvel, tão doce quanto o nome que ela lhe havia dado.

— Tivemos uma boa caçada hoje — disse ela ao cavalo, que não tinha feito nada para ajudá-la, antes de montar nele.

Sukkar não reagiu, contente em examinar Arz à distância como se um ifrit[4] fosse sair da floresta e o engolir de uma bocada só.

— Seu medroso — comentou Zafira com um sorriso nos lábios dormentes.

Embora todos fossem covardes no que dizia respeito à floresta, cada um dos cinco califados que compunham Arawiya tinha medo de Arz, pois o lugar também cercava aquelas terras. Era uma maldição que compartilhavam desde que magia havia sido roubada da terra. Baba[5] ensinara a Zafira que Arz, de certa forma, era apenas uma floresta. Ensinara várias maneiras de usá-la em seu benefício. Maneiras de acreditar que poderia domá-la, quando na verdade não podia. Ninguém podia.

A morte dele era prova isso.

Zafira levou Sukkar para longe da floresta em direção à clareira mais próxima de Demenhur. No entanto, Arz sempre exigia um último olhar. Ela parou e se virou.

A floresta a observava. Respirava. Os esqueletos das árvores estendiam os dedos retorcidos cercados por sombras rodopiantes.

Alguns diziam que devorava os homens como os abutres aos mortos. Ainda assim, Zafira voltava dia após dia, caça após caça. Sabia que cada incursão poderia ser a última e, embora

4 Seres criados de um fogo que não exala fumaça. [N. T.]
5 Pai. [N. T.]

jurasse não sentir medo de muita coisa, perder-se na floresta era seu maior medo.

Por outro lado, havia algo dentro dela que apreciava aquelas visitas às profundezas da escuridão. Zafira detestava Arz. Detestava tanto que ansiava por ela.

— Akhh,[6] há tempo de sobra para olhar Arz todo o daama dia — disse ela a Sukkar com uma agitação na voz. — Temos de voltar para o casamento ou Yasmine vai cortar nossas cabeças.

Não que Sukkar se importasse. Zafira estalou a língua e o incitou a seguir em frente, a tensão se desvanecendo de seus músculos à medida que a distância entre eles e Arz aumentava.

Até o ar pesar com outra presença.

Os pelos de sua nuca se arrepiaram, e ela lançou um olhar cauteloso por cima do ombro. Arz olhou de volta para ela, como se prendesse a respiração. Não, quem quer que fosse estava em Demenhur, imitando o silêncio quase tão bem quanto ela.

Quase.

Se havia algo que temia mais do que se perder dentro de Arz era ser pega de surpresa por um homem capaz de provar que ela não era um caçador, mas uma *caçadora*, uma garota de dezessete anos oculta sob o peso da capa com capuz do pai, toda vez que saía para caçar. Então, ela seria excluída e suas vitórias, ridicularizadas. Sua identidade, cruelmente desvendada. Tal pensamento fechou as mãos ao redor de seu coração, o *tum-tum* batendo um pouco mais rápido.

Ela virou Sukkar de volta para Arz, opondo-se à tensa hesitação do animal com um comando baixo sob o vento, suas palavras indecifráveis.

— Yalla. — pediu ela para que ele se apressasse, a voz tensa.

O cavalo sacudiu a crina e seguiu em frente sem protestar. O ar ficou mais escuro assim que se aproximaram da floresta. Engraçado, Zafira estava indo *em direção* ao desconhecido ao primeiro sinal de perigo mortal.

O frio açoitou seu rosto. Um borrão preto veio correndo da direita e um segundo da esquerda. *Cavalos.* Ela mordeu o

6 Exclamação geralmente usada em momentos de frustração. [N. T.]

lábio e conduziu Sukkar entre os dois, esquivando-se quando algo tentou atingir sua cabeça.

— Qif! — gritou alguém, mas quem seria idiota a ponto de *parar?*

Sukkar. Ele empacou na fronteira de Arz e Zafira deu um salto na sela: um lembrete de que ele nunca tinha chegado tão perto da floresta. O cheiro de madeira e decadência invadiu seus sentidos congelados pelo frio.

— Laa.[7] *Laa.* Agora não, seu medroso — sussurrou ela.

Sukkar abaixou a cabeça, mas não se mexeu. Zafira vasculhou a escuridão silenciosa e sua respiração vacilou. Arz não era o lugar ideal para se dar as costas; não era o lugar para ser pega de surpresa, desavisada e...

Ela praguejou e fez Sukkar dar meia-volta, apesar dos protestos do animal.

O vento uivava, frio e forte. Ela sabia muito bem que Arz ofegava às suas costas. Foi então que viu os dois cavalos bufando a uns quatro trotes dali, com seus pelos escuros como o céu noturno e os corpos musculosos envoltos em cota de malha. Cavalos de guerra.

Criados num único lugar: o califado vizinho de Sarracena.

Ou talvez na Fortaleza do Sultão. Era difícil saber qual dos dois, pois o sultão de Arawiya havia assassinado o califa[8] de Sarracena a sangue frio, tomando ilegalmente o controle de uma terra e de um exército de que não precisava, ainda mais quando tinha Arawiya sob seu controle e possuía a Guarda do Sultão à sua disposição. Os califas existiam para manter o equilíbrio. Ele não deveria *matá-los.*

Em cima dos cavalos, os braços dos homens eram cheios de músculos e seus rostos, delineados por linhas duras. Eles eram da cor das pessoas que conheciam a vida sob o sol, o fluxo e o refluxo do deserto pelo qual Zafira tanto ansiava.

7 Não. [N. T.]
8 Soberano de um califado. [N. T.]

— Yalla, Caçador — ordenou o homem maior, como se ela fosse um boi a ser pastoreado, e seus olhos se voltaram para a cimitarra nas mãos dele.

Se Zafira tinha alguma dúvida sobre de onde os homens vinham, o timbre da voz dele bastou para saná-la. Sua garganta se fechou. Ser seguida por demenhunes fofoqueiros era uma coisa, mas ser atacada por sarracenos era outra bem diferente.

Abaixou a cabeça para que o capuz escondesse mais o rosto. Ela desbravava a escuridão; matava coelhos e cervos. Mas nunca estivera diante de uma lâmina.

Apesar de toda a sua força, os homens mantiveram distância. Até mesmo eles tinham medo de Arz. Zafira ergueu o queixo.

— Para quê? — perguntou sobre o súbito assobio do vento. Ela tinha pessoas para alimentar e uma noiva tão bonita quanto a lua de quem se despedir. *Por que eu?*

— Para conhecer o sultão — respondeu o homem menor.

O sultão? Céus. O homem tinha cortado mais dedos das mãos dos outros do que cabelos da própria cabeça. As pessoas diziam que ele costumava ser um bom homem, mas Zafira achava difícil acreditar naquilo. Ele era um sarraceno, e os sarracenos, segundo lhe tinham dito a vida toda, nasciam sem um pingo de bondade no coração.

O pânico tomou conta de seu peito, mas ela abaixou o tom de voz.

— Se o sultão quisesse me ver, ele me mandaria um convite, não seus cães de caça. Não sou um criminoso.

O homem menor abriu a boca ao ser comparado a um cachorro, mas o outro passou a lâmina para a outra mão e se aproximou.

— Não foi um pedido. — Ele fez uma pausa, como se percebesse que seu medo de Arz não permitiria que chegasse mais perto, e então disse: — Yalla. Venha até aqui.

Não. Tinha de haver uma saída. Zafira franziu os lábios ao descobrir qual era. Além da barbárie, os sarracenos também eram conhecidos por seu orgulho.

Ela sussurrou palavras doces para Sukkar. Talvez fosse por causa dos homens, ou dos cavalos de guerra, tão poderosos e intimidantes, mas seu cavalo leal deu um passo para trás. Era o mais perto que ele já chegara de Arz, e Zafira iria torturá-lo ainda mais. Ela deu um sorriso torto para os homens, com os lábios rachados e provavelmente sem cor por causa do frio.

— Venha me buscar.

— Você não tem para onde ir.

— Você está esquecendo, sarraceno, que Arz é minha segunda casa.

Ela acariciou a crina de Sukkar, fortaleceu o próprio coração e o levou para a escuridão.

A floresta a engoliu por completo.

Ela se esforçou muito para não admitir o jeito que Arz a acolhia, murmurando sussurros de alegria em seus ouvidos. Uma exaltação na corrente sanguínea. Fome em suas veias.

As árvores escuras eram sinistras e inabaláveis, com suas folhas afiadas e cintilantes. Ao longe, ouviu o galope dos cavalos dos sarracenos, que berravam e a seguiam. As vinhas estalavam sob os cascos de Sukkar, e Zafira perdeu praticamente toda a visão.

A não ser pela respiração ofegante, felizmente Sukkar fazia silêncio enquanto Zafira tentava ouvir os homens, seu próprio coração batendo em eco. Apesar do medo, eles a *haviam* seguido, pois o orgulho é uma coisa perigosa.

No entanto, apenas o silêncio ressoou em seus ouvidos, como o instante seguinte ao sacar de uma lâmina. A pausa após o primeiro uivo do vento.

Eles se foram.

Pela primeira vez, ela apreciou a estranheza terrível e incalculável de Arz que fazia os homens desaparecerem. Os dois sarracenos poderiam estar a quilômetros de distância dali e nem ela, nem eles jamais saberiam disso. Assim era Arz. Era por isso que tantas pessoas que entravam ali nunca mais voltavam: não conseguiam *encontrar* o caminho de volta.

Um assobio baixo soou do leste, e ela e Sukkar ficaram imóveis. Mal conseguia ver seu pelo branco, mas anos de visitas à floresta haviam tornado sua audição mais aguda do que qualquer lâmina. Ela enxergava com os ouvidos em Arz. Passos ecoaram ao longe, e a temperatura começou a baixar.

— Hora de ir para casa — murmurou Zafira, e Sukkar estremeceu ao avançar, guiado pela mão dela, por aquele sussurro em seu coração. Saciado apenas quando ela entrava em ação.

A escuridão deu lugar a um céu azul-claro e ao pulsar distante do sol. Imediatamente, sentiu um vazio enorme quando o frio atingiu suas narinas, trazendo o cheiro de metal e um toque de âmbar.

Os sarracenos, pelo visto, não tiveram tanta sorte. Quanto tempo fazia que os três entraram cavalgando em Arz? Não parecia mais de vinte minutos, mas a posição do sol lhe dizia que havia se passado pelo menos uma hora.

Zafira não queria nem saber se o sultão estava mesmo atrás dela. Ou, se sim, *por quê*. Foi o *motivo* que fez Sukkar bufar debaixo dela, sempre alerta. *Uma coisa de cada vez*, ele parecia dizer.

No lugar dos cavalos de guerra, a neve agora estava lisa e...

Ela puxou as rédeas de Sukkar.

Havia uma mulher nas planícies brancas.

Uma pesada capa cinza, não, *prateada* e brilhante estava jogada sobre seus ombros estreitos por cima de um vestido vermelho e rodado. O capuz levantado mal cobria o topo dos cabelos cheios, brancos como a neve. Seus lábios eram vermelhos, uma curva de sangue.

Zafira poderia jurar que a mulher não estivera ali um segundo antes. Seu coração começou a galopar dentro do peito.

Arz é capaz de perverter uma mente ociosa.

— Quem diria que você seria capaz de matar alguém tão depressa? — disse a mulher com uma voz aveludada.

Será que Arz também conjurava vozes para acompanhar suas ilusões?

— Não sou um assassino. Só os despistei — retrucou Zafira antes de se dar conta de que não devia responder a uma ilusão. Ela não tinha matado aqueles homens, *tinha?*

— Quanta astúcia. — A mulher sorriu após uma pausa. — Você realmente saiu de lá bem e por inteiro. — Uma rajada de vento ondulou sua capa. Seus olhos escuros percorreram a primeira fileira das árvores de Arz com uma estranha mistura de espanto e, *céus*, adoração.

A mulher se dissipou e depois ficou sólida. Real e irreal.

— Parece muito com Sharr, não é? — perguntou ela, depois balançou a cabeça, cada gesto deliberado.

O medo fervilhou sob a pele de Zafira à menção de Sharr.

— Ah, como pude fazer uma pergunta tão provocante? — continuou ela. — Você ainda não foi à ilha.

Você é real?, Zafira teve vontade de perguntar. Em vez disso, indagou:

— Quem é você?

A mulher a encarou com seu olhar luminoso, as mãos nuas entrelaçadas. Será que ela não sentia frio? Zafira segurou firme nas rédeas de Sukkar.

— Diga-me: por que você caça?

— Para o meu povo. Para alimentá-los — respondeu Zafira. Suas costas doíam e o cervo estava começando a cheirar mal.

A mulher estalou a língua, fazendo uma careta, e Sukkar estremeceu.

— Ninguém pode ser tão puro assim.

Zafira deve ter pestanejado, pois de repente a mulher surgiu mais perto dela. Outra piscadela, apesar dos seus esforços em contrário, e a mulher voltou a se afastar.

— Você ouve o rugido do leão? Atende ao seu chamado?

De onde foi que essa maluca saiu?

— A taberna fica no sooq,[9] se estiver atrás de mais arak.[10] — Mas a franqueza habitual de Zafira foi atrapalhada pelo nó em sua garganta.

A mulher deu uma risada tilintante, um som que fez o vento parar de soprar. Em seguida, a visão de Zafira vacilou e a neve ficou coberta por sombras. O preto se infiltrou no branco e seus tentáculos seguiram em direção aos tornozelos de Zafira.

— Minha cara Caçadora, uma mulher como eu não precisa beber.

Caçadora. As rédeas escorregaram das mãos de Zafira.

9 Mercado. [N. T.]
10 Bebida alcoólica destilada. [N. T.]

— Como... — As palavras morreram na ponta de sua língua.

Um sorriso surgiu nos lábios da mulher, e Zafira sentiu um aperto no peito. Era o tipo de sorriso que significava que ela conhecia todos os segredos de Zafira. O tipo de sorriso que significava que ninguém estava seguro.

— Você sempre encontrará seu caminho, Zafira bint Iskandar — disse a mulher. Ela parecia meio triste, embora o brilho em seus olhos não fosse nada disso. — Era melhor ter continuado perdida, criança amaldiçoada.

Sua capa prateada reluziu quando ela se virou, e Zafira deve ter piscado os olhos outra vez.

Porque a mulher havia desaparecido.

O coração de Zafira subiu até a garganta. O nome dela. Aquele sorriso. Não havia mais nenhum sinal das sombras ou da capa prateada. A neve estava novamente intocada e as garras em seu cérebro começaram a afrouxar.

De repente, Sukkar saiu em disparada antes que ela recuperasse o controle das rédeas.

Zafira tateou e deu um berro, sentando-se direito para não cair na neve. O cavalo continuou numa corrida louca até chegar ao topo da colina e parar aos tropeções.

Zafira foi empurrada para trás e praguejou até que Sukkar abaixasse a cabeça com um bufo alto. *Respire. Avalie.* Olhou para a floresta noturna mais uma vez, mas a mulher não estava em lugar nenhum. Era como se ela tivesse imaginado aquele encontro.

E talvez *tivesse* imaginado. Zafira conhecia Arz melhor do que a maioria das pessoas, o que queria dizer que sabia que ninguém *jamais* conheceria seus segredos. Confiar em sua malícia era o mesmo que cortejar uma morte por tortura.

Você ouve o rugido do leão?

O que Zafira ouvia não era um rugido. Outra coisa a chamava na escuridão, seduzindo-a. Crescendo a cada visita. Era como se um fio de seu coração tivesse se enredado na floresta e tentasse puxá-la de volta para lá.

Respirou fundo. O cansaço havia conjurado a mulher, só isso.

E agora estava atrasada. Fez Sukkar dar meia-volta, soltando um bufo. Ela tinha um vestido para usar e um casamento ao qual comparecer.

capítulo 2

As pessoas morriam porque ele continuava vivo. E se essa fosse a única maneira de seguir em frente na vida, que seja.

Uma nevasca particularmente forte atingira o califado vizinho de Demenhur três noites antes e Sarracena estava mais fria por causa disso. A combinação do calor do deserto com o frio inesperado invadia os ossos de Nasir, mas ali estava ele, longe de sua casa na Fortaleza do Sultão, a pequena porção de terra de onde o sultão governava os cinco califados de Arawiya.

As missões de Nasir em Sarracena sempre lhe davam uma sensação de nostalgia que ele não conseguia compreender. Embora nunca tivesse morado no lugar, ali era o califado de sua família e lhe parecia familiar e desconhecido ao mesmo tempo.

Ele fora até ali para cometer um só ato: assassinato.

Leil, a capital de Sarracena, estava cheia de homens armados com turbantes azuis. Havia três de guarda na entrada da cidade fortificada. Os sirwals bufantes, em vez de calças mais justas, pendiam de seus quadris, e seus braços musculosos reluziam na cor do bronze. Uma rajada de ar do deserto trouxe o aroma almiscarado das areias quentes, junto com a tagarelice das crianças e de seus pais ranzinzas.

Nasir examinou as sentinelas e desceu da égua com um suspiro pesado. A última coisa de que precisava era de uma discussão com uma turba de plebeus.

— Pelo visto, vou pegar o caminho mais longo — murmurou ele, passando a mão pelo flanco de Afya. Ela relinchou em resposta, e ele a amarrou ao lado de um camelo sonolento. Era a égua de sua mãe, nomeada em homenagem à sua preferida das Seis Irmãs da Antiguidade.

Ele subiu numa pilha de caixotes velhos e pulou de toldo em toldo das construções ao redor, equilibrando-se nas pedras salientes, os ouvidos ainda zumbindo com as ordens do sultão de Arawiya. Comparava a voz do sultão a uma cobra, que rastejava de mansinho em suas veias e enchia seu coração de veneno.

Escalou o muro e saltou no terraço mais próximo com facilidade, contornando o tapete ornamentado estendido ali no meio, com almofadas em tons de joias dispostas ao lado.

O céu aberto de Sarracena estava tão sombrio quanto seus pensamentos e possuía um tom cinzento, iluminado apenas pela vibração ansiosa da corrida de camelos. Ele não tinha o menor interesse na corrida em si: estava ali pela cobertura que proporcionava e pelo homem que prometia.

Saltou para o terraço seguinte e se esquivou quando uma lâmina desceu a poucos centímetros de seu rosto. Uma garota de uns treze anos pulou para trás com um suspiro atônito, largando uma das cimitarras no piso empoeirado de calcário, a concentração de seu treino interrompida. A lâmina na manopla de Nasir começou a vibrar, mas a última coisa de que ele precisava era matar alguém sem necessidade. *Como se alguma de suas mortes fosse necessária.*

Ele levou um dedo aos lábios, mas a garota ficou olhando perplexa para sua vestimenta encapuzada. O traje de um assassino composto por camadas de manto preto bordado de prata. As mangas justas terminavam no couro flexível das manoplas, cheio de lâminas escondidas sob as dobras. A tradicional faixa cinza da cintura era envolta por um cinto largo de couro que trazia lâminas menores e a bainha de sua cimitarra. O conjunto havia sido projetado em Pelúsia, um califado tão avançado em mecânica quanto em agricultura, de modo que não havia nada mais elegante.

— Hashashin? — sussurrou a garota de um jeito que prometia que sua presença seria mantida em segredo. Um bracelete circular parecido com uma cobra envolvia seu braço, com joias azuis cravadas nos olhos.

Não, Nasir teve vontade de responder àquela voz admirada. *Um assassino tem uma vida honrada.*

Antigamente, quando um hashashin dançava, os maus pereciam, os mercadores assumiam o poder, as negociatas viravam pó. O brilho de uma lâmina mudava o mundo. Eles eram poetas da matança. Havia honra em seu credo.

Mas isso foi muito antes da época de Nasir. Ele não vivia. Apenas existia. E ninguém compreendia a diferença entre as duas coisas até deixar de viver.

A garota abriu um sorriso. Era pálida demais para os padrões de Sarracena, com os cabelos brancos caídos na testa, mas não era raro que os cabeças de neve de Demenhur aparecessem ali, principalmente as mulheres. O califa de Demenhur era um corvo preconceituoso que culparia as mulheres até pela velhice, se pudesse.

Ela pegou sua cimitarra, continuando com manobras louváveis que lhe garantiriam um lugar disputado numa casa de assassinos, mas Nasir não fez nenhum comentário. Menos palavras funcionavam melhor em seu mundo, onde uma pessoa encontrada hoje poderia ser o banquete de vermes amanhã.

Ele passou por ela e saltou para o terraço seguinte, que tinha uma vista para casas de pedra marrom. As ruas lá embaixo estavam vazias, exceto por um ocasional camelo sendo puxado por seu dono. Lamparinas empoeiradas pendiam dos beirais, com o vidro quebrado havia muito tempo no deserto.

Os terraços por fim acabaram e Nasir desceu no sooq de Leil. Havia barracas de pernas bambas espalhadas por toda a extensão, encimadas por tecidos puídos de inúmeras cores para proteger as mercadorias do sol escasso. O cheiro de suor e calor impregnava o ar. Moleques sem camisa se escondiam debaixo das mesas e entre as faixas de tecido enquanto uma multidão de bom tamanho serpenteava pelas barracas. Ali, a paisagem fantasmagórica estava viva.

O sooq ficaria ainda mais movimentado ao meio-dia, quando os aromas pungentes de noz-moscada e sumac[11] se misturariam ao mutabaq[12] recheado de carne que os comerciantes

11 Tempero árabe ácido e picante. [N. T.]
12 Um tipo de panqueca. [N. T.]

forneciam aos trabalhadores que extraíam carvão e minerais de um dos piores lugares de Arawiya: as Cavernas de Leil.

Naquele momento, os vendedores enalteciam outras mercadorias: rolos de tecido em cores vibrantes desbotadas pelo céu escuro, temperos de tantos tons que poderiam ser usados para pintar um papiro, travessas de pedra com desenhos tão intrincados que Nasir não entendia por quê.

Ele passou por um bando de mulheres e quase pisou num vendedor de sal sentado de pernas cruzadas em cima de um tapete, com sacos da mercadoria preciosa empilhados ao seu redor e um falcão de olhos penetrantes no ombro. O homem cansado ergueu o olhar com um sorriso cheio de dentes, animado com a perspectiva de um novo cliente.

Até ver o traje de Nasir e o brilho em seus olhos se transformar em medo.

Outros tinham começado a notá-lo. Uma mulher deixou o saco de grãos recém-comprado cair no chão. Nasir abaixou a cabeça e seguiu adiante. Se passasse muito perto, os sussurros chegariam aos seus ouvidos. Caso se aproximasse ainda mais, as pessoas se atreveriam a olhar para ele. Sabiam muito bem por que Nasir andava a passos largos, vestido daquele jeito.

Por isso fingiu não perceber quando um saco de dinares[13] caiu de seu bolso e se espalhou pelo chão empoeirado, onde a areia suprimiu o brilho das moedas de prata.

Era melhor assim. Era melhor que Nasir fosse tão mau quanto o sultão Ghameq aos olhos deles. Afinal, de certa forma, ele era mesmo. Talvez até pior.

Por outro lado, o povo de Sarracena havia se dessensibilizado para a vida que ficava cada dia mais desolada. Seu califa acabara de ser assassinado; suas terras, indevidamente confiscadas pelo próprio sultão. No entanto, ninguém parecia mais perturbado do que antes.

Resistam, ordenou-lhes em sua cabeça. *Desafiem. Lutem.*

---

13 Uma das moedas mais antigas da história, utilizada desde os tempos do Império Romano, bem como na Grécia e em países árabes. [N. T.]

O desdém por si mesmo arrancou um som de seu peito. *Nem você desafia o sultão.*

E aqueles que se atreviam a erguer a cabeça: Nasir os matava.

Por fim, chegou ao beco no final do sooq. Uma garota piscou os olhos cinza arregalados e rastejou em direção às sombras, sacudindo a poeira em seu rastro. Um qit[14] mergulhou nos escombros, as patas silenciosas, o rabo enrolado. Folhas de papiro rasgado forravam o muro de pedra em ruínas, cobertas por versos de poesia rabiscados por algum tolo romântico com esperança demais nas mãos.

Sua mãe costumava dizer que uma pessoa sem esperança era como um corpo sem alma. Foi a perda das Irmãs havia quase um século que deixara o povo daquele jeito, sem a magia de que Arawiya tanto dependia. E ali, onde a areia era feita de fuligem e o céu estava sempre escuro, não havia esperança para ninguém, muito menos para Nasir.

Um guarda saiu das sombras, esmagando a areia sob as botas. Nasir olhou sua espada desembainhada com frio desinteresse.

— Alto lá — ordenou o guarda, estufando o peito e a barriga.

Onde é que esses idiotas encontram tanta comida?

— Agora já é tarde demais — disse Nasir com uma voz suave. Flexionou o pulso e estendeu a lâmina da manopla.

— Eu disse: *alto lá* — repetiu o guarda. Ele permaneceu em posição, jovem e ávido demais para um mundo que logo o corromperia.

Nasir o pouparia de tal experiência. Sua lâmina reluziu na luz escassa.

— Que últimas palavras mais lamentáveis.

Os olhos do guarda se arregalaram.

— Não! Espere. Eu tenho uma irmã…

Nasir girou o corpo para se desviar da espada do guarda e enterrou a lâmina na garganta do homem. Arrastou o cadáver gorgolejante até as sombras antes de ajeitar o manto e voltar para o beco, passando as mãos pelo muro de pedra a fim de

14 Gato-do-deserto. [N. T.]

encontrar um lugar para se segurar. *Já serei um velho quando isso terminar.*

Escalou o muro até os telhados ao norte do sooq, saltando de terraço em terraço até chegar à construção de pedra calcária mais extravagante da cidade, mais alta que todas as outras. A prestigiada residência de Dar al-Fawda. Os proprietários da corrida de camelos eram um dos notórios grupos para quem o falecido califa fazia vista grossa.

Telas de treliça e almofadas luxuosas estavam dispostas sobre a pedra cor de creme em suaves respiros de cor. Havia um dallah[15] e um conjunto de xícaras sem asa ao lado, sujos de borras escuras. Mantas abertas e xales de seda cobriam toda a extensão. Ele sabia muito bem o que acontecia naqueles terraços e ficou grato por ter chegado bem a tempo.

Afastou uma pilha de almofadas de seda e se agachou na beira do telhado. O céu cinzento não permitia que ele soubesse que horas eram, mas, lá embaixo, o wadi[16] onde a corrida seria realizada começava a atrair a multidão: sarracenos de cabelos escuros, pele oliva e olhos tristes. *Seu povo.*

Tolos que vinham esvaziar os bolsos em malditas apostas nos camelos. Ele deu um pigarro desdenhoso e olhou para as tendas ao longe.

A qualquer momento.

Nasir enfiou a mão nas dobras da roupa para pegar o doce que tinha guardado na noite anterior, mas seus dedos tocaram a superfície fria de um disco. Passou o polegar sobre o mosaico de osso de camelo que adornava o círculo plano. Lá dentro havia um relógio de sol desbotado pelo tempo, com veias de pátina turquesa, o vidro rachado fazia muito tempo. Antigamente, o objeto cintilava na mão de uma sultana, e ele pensou…

Não é hora para lembranças, seu palerma. Ele estremeceu ao ouvir o eco da voz do pai e pegou o embrulho amassado do bolo de tâmaras.

15 Bule com bico curvo. [N. T.]

16 Leito seco de rio no qual as águas só correm na estação das chuvas. [N. T.]

Era assim que ele conseguia se sentir como o ser humano que era ao nascer. Uma sobra de bolo guardada para mais tarde. Um relógio de sol velho tirado do passado.

Onde estava aquele maldito garoto? Os camelos já estavam sendo levados para a pista e Nasir precisava estar lá embaixo antes que a multidão se tornasse impenetrável. Ele tamborilou os dedos na pedra, cobrindo-os de pó cor de creme.

Vou esganar o...

O alçapão se abriu com um rangido e Nasir se virou quando um garoto de cotovelos nodosos subiu no terraço. Um qit deu um miado e se enroscou nos pés sujos da criança.

Nasir arqueou a sobrancelha.

— Você demorou muito.

— Eu... peço desculpas. Não consegui fugir do Effendi Fawda.

A pele marrom do pajem estava toda suja. O proprietário de Dar al-Fawda não era nada respeitável, mas se o garoto queria honrá-lo com o título de effendi,[17] Nasir não se importava nem um pouco.

— Está tudo pronto — continuou o garoto, como se tivesse recebido uma tarefa enorme além de contar a Nasir onde encontrar o homem que procurava. Nasir gostava que o garoto não tivesse medo de falar com ele. Será que tinha medo dele? Era bem provável. Mas não de *falar* com ele.

Nasir deu um aceno de cabeça.

— Você tem a minha shukur.

Ao ouvir o agradecimento, o garoto pareceu tão surpreso quanto Nasir e, antes que seu orgulho o impedisse, Nasir lhe ofereceu o bolo de tâmaras. Um suspiro atônito escapou dos lábios rachados do garoto, que pegou o doce com dedos cautelosos, desembrulhando o papel encerado com cara de espanto. Ele lambeu o açúcar dos dedos sujos, e Nasir sentiu um nó no estômago.

17 Título de nobreza utilizado em países do Oriente Médio, equivalente a senhor ou mestre. [N. T.]

Ele estava acostumado a só ver sangue, lágrimas e escuridão. Mas a esperança nos olhos do garoto, a sujeira em seu rosto, os ossos salientes…

— Você poderia… me fazer mais um favor?

Nasir pestanejou com o atrevimento do garoto. Ele e "favor" jamais faziam parte da mesma frase.

— As crianças escravizadas nas corridas — arriscou ele. — Você pode libertá-las?

Nasir olhou para as crianças no wadi. Seu tom de voz era monótono, indiferente.

— Se elas não morrerem nas corridas, vão acabar morrendo em outro lugar.

— Você não está falando sério — retrucou o garoto após uma longa pausa, e Nasir ficou surpreso ao encontrar uma raiva flamejante em seus olhos escuros. *Deixe-a arder, garoto.*

— A salvação é para heróis tolos que nunca vão existir. Ajude a si mesmo e esqueça os outros.

Era um conselho que Nasir deveria ter seguido anos antes. Ele deu as costas ao garoto sem dizer mais nada e desceu do telhado, caindo depressa no chão.

Os guardas de Dar al-Fawda, vestidos com sirwals e turbantes pretos, perambulavam nas proximidades. Os de patente alta usavam thobes[18] simples que iam até o tornozelo e ostentavam bigodes grossos. Nasir nunca conseguiu entender a moda horrorosa dos bigodes sem barba, mas aqueles homens acreditavam que quanto maior, melhor.

Nasir aguardou sob a sombra de uma tamareira e, de cabeça baixa, se juntou a um grupo de bêbados a caminho da corrida. Passaram por agentes de apostas sentados em banquinhos baixos e por pessoas que torciam pelos camelos, condenando os parcos ganhos em troca da emoção de um jogo de azar.

Mais camelos entraram no wadi. Crianças também, vestidas só com um sirwal empoeirado. Os dedos de Nasir se contraíram quando um homem chicoteou um menino cujas

18 Peça de roupa árabe semelhante a uma túnica ou caftan. [N. T.]

bochechas estavam cheias de lágrimas enquanto ele esfregava o ombro todo vermelho, uma expressão assassina no rosto.

Somente em Sarracena a vingança era capaz de começar tão cedo.

Pouquíssimas pessoas se opunham ao uso de crianças nas corridas, pois quanto mais leve o montador, mais rápido o camelo, e assim a atrocidade continuava. O sangue de Nasir começou a fervilhar, mas ele se conteve.

Monstros não tinham nenhum dever com os inocentes.

Quando seus companheiros bêbados finalmente alcançaram a multidão nas laterais da pista, Nasir se afastou deles, cerrando os dentes para não sentir o fedor. Passou pelos torcedores e se esquivou dos qits e das crianças que pediam trocados.

Por fim, chegou às tendas.

As poucas que espreitou estavam vazias. Possuíam os tradicionais assentos majlis,[19] com almofadas espalhadas pelo chão para negociações privadas ou eventos mais íntimos. O sinal do pajem, um xale vermelho preso sob uma pedra, estava na sétima tenda como prometido.

Nasir levou a mão à cimitarra ao lado do corpo.

O alvo poderia ser jovem ou estar próximo da morte. Talvez tivesse filhos que encarariam seus olhos sem vida e clamariam por uma alma que jamais retornaria.

Ele é um só nome. Um pedaço de papiro enrolado e enfiado no bolso de Nasir.

Ele se esgueirou para dentro. As paredes beges da tenda revestiam o local com uma luz desolada e pálida que se infiltrava pelos rasgos no tecido e iluminava os redemoinhos de poeira. Havia pergaminhos e livros espalhados pelo tapete que cobria a areia, e um homem de cabelos grisalhos estava debruçado sobre eles, rabiscando à luz de uma lamparina.

Os gritos e os aplausos da multidão ficaram mais altos assim que a corrida começou, ecoando com os grunhidos dos

---

19 Lugar onde membros da comunidade se reúnem para discutir eventos e assuntos locais, trocar notícias, receber convidados, fazer amigos e se divertir. [N. T.]

camelos e os berros das crianças em seus lombos. O homem coçou a barba, murmurando para si mesmo.

Nasir costumava imaginar por que havia parado de se sentir mal pelas pessoas que era mandado para matar. Em algum momento, seu coração deixara de notar a monstruosidade de suas ações, e isso não tinha nada a ver com a escuridão que contaminava as terras. Não, aquilo era obra dele mesmo.

Era ele quem estava deixando seu coração sombrio, mais ninguém.

Nasir hesitou diante da atitude serena do homem e considerou matá-lo sem seu conhecimento. Mas, entre os pergaminhos, viu títulos escritos na antiga língua safaítica, até mesmo um relato do falecido Leão da Noite, um homem de duas linhagens que resolvera assumir o trono de Arawiya, provocando a morte de milhares de pessoas durante o terrível Massacre das Trevas.

Um historiador. Aquele homem era um historiador. Era por *isso* que Nasir tinha de matá-lo?

Ele afundou o pé na areia, esmagando-a sob a bota.

O homem ergueu o olhar.

— Ah, você veio. Demorou tanto para me encontrar.

Nasir ficou irritado. Era muito raro que seus alvos falassem com ele, que não lutassem contra ele.

— Não sou um caçador. Só mato quando recebo ordens.

O homem sorriu.

— Você está certo, hashashin. Mas, uma vez que a cabeça cai, o resto está fadado a seguir seu exemplo. Você derrubou nosso califa e, como seu conselheiro, tenho estado à sua espera desde então.

Um candor surgiu nos olhos do homem, e Nasir lançou um olhar cauteloso para trás antes de perceber que a emoção era dirigida a *ele*. Tal como a gratidão do pajem no terraço. Só que *aquilo* era cem vezes pior.

Ninguém deveria mostrar bondade a seu assassino.

— Owais Khit — pronunciou Nasir em voz baixa. O nome em seu bolso. Sua voz tinha um caráter definitivo, e o ódio cravou as presas em seu coração.

Owais estava ali por causa das crianças nas corridas, mobilizando-se para libertá-las. Era uma pena que também tivesse outros planos, que não tinham nada a ver com o califa morto e que deixaram Nasir curioso, por mais traiçoeiros que fossem. Afinal de contas, a força implicava morte em Arawiya, a não ser que fosse usada em lealdade ao sultão.

O homem abaixou a cabeça.

— Sou eu mesmo. Seja rápido, mas saiba que isso não vai acabar comigo.

— Você fala de traição. Seu trabalho é uma traição. — Nasir não devia ter sido indulgente. Devia tê-lo matado antes de avistar os olhos castanhos do homem e ser dominado pela curiosidade. Que traição havia no estudo da história?

— Quem faz justiça por um sultão traidor? — perguntou Owais. — O sultão não tinha o direito de assassinar nosso califa, por mais cruel que ele fosse. Ele não tem o direito de tomar nossas terras e controlar o exército de Sarracena. Somos um de cinco califados sob seu governo. Pense bem, rapaz. Com cinco califados sob seu controle e a Guarda do Sultão a postos, qual é a necessidade de se apoderar de um exército?

Ele fez uma pausa e depois continuou:

— As pessoas ficam caladas por medo de que os impostos fiquem mais altos. A paz é temporariamente assegurada. Para quê? Meu trabalho era apenas descobrir o motivo da mudança. Por que um tirano surgiu no lugar de nosso bom sultão. Nossa sultana não o teria trazido para o grupo se ele fosse um homem tão sombrio. Há algo surgindo nas sombras, rapaz. Em breve, a morte será o menor de nossos horrores. — Owais ergueu o queixo, expondo o pescoço enrugado. — Seja rápido. Saiba que meu trabalho continuará por meio de outras pessoas. Talvez, algum dia, você seja responsável por dar continuidade a ele e Arawiya retorne ao esplendor de antigamente.

Impossível para alguém cujas mãos estavam mergulhadas em sangue. Cujo coração era tão sombrio quanto o que Owais tencionava corrigir. O que quer que aquele homem e seu povo estivessem tentando realizar não duraria muito. Seus membros diminuíam a cada dia: Nasir cuidava disso.

Sua cimitarra cantou quando ele a tirou da bainha. Owais deu um suspiro e enrolou o turbante na cabeça, os olhos reluzindo sob o brilho da lâmina, uma castanha luminosa oculta sob as dobras da pele envelhecida. Um sorriso surgiu novamente nos lábios do homem, e Nasir lembrou-se do sultão lhe dando o pedaço de papiro. Pensou no alerta de Owais e percebeu o absurdo que era matar um homem pelo simples ato da leitura.

Mas ele nunca deixava um trabalho inacabado.

O homem prendeu a respiração no instante que o metal tocou sua pele. Uma última pontada de emoção antes que Nasir mexesse o braço e o sangue escorresse de sua garganta. Em algum lugar, filhos perdiam o pai. Netos perdiam o amor de suas vidas.

Ele tirou uma pena das dobras do manto e a encostou no sangue. Pousou-a no peito do morto, com a ponta preta manchada de vermelho.

Qualquer um que a visse saberia quem foi o assassino de Owais. Saberia que a vingança era impossível.

O hashashin em Nasir se agachou. Fechou os olhos do homem e endireitou seu turbante.

— Fique em paz, Owais Khit min[20] Sarracena.

Em seguida, encheu os pulmões com o cheiro familiar de sangue e saiu.

Deixou a tenda aberta para que as pessoas ficassem cientes. Era a única indulgência que podia lhes deixar, um sinal para ajudá-los a enterrar seus mortos. O povo jamais consideraria Nasir um aliado, mas, naquele momento, ele quase pensou que poderiam fazer isso, sim.

Tinham razão em odiá-lo, pois Nasir havia matado mais pessoas do que conseguia contar. Antes, o número importava. Agora, não passava de um golpe de sua espada. Outra alma abatida.

Para o povo, ele não era Nasir Ghameq, príncipe herdeiro de Arawiya. Não. Ele era o purgador da vida.

O Príncipe da Morte.

20 Partícula usada para indicar o local de nascimento de uma pessoa. [N. T.]

capítulo 3

Em Demenhur, as pessoas culpavam as mulheres por causa das Seis Irmãs. Zafira carregava o fardo de tal conhecimento como uma ferida que jamais cicatrizaria.

Aquela palavra, *Caçadora*, agiu como um espinho cravado na ferida, uma dor que a fez cerrar os dentes outra vez. Ela sempre fora a Caçadora. Sempre se referira a *si mesma* como a Caçadora. E, embora estivesse convencida de que havia imaginado a mulher de capa prateada, a ilusão era um lembrete de que não importava o que fizesse, ela sempre poderia levar a culpa.

Assim como as Seis Irmãs da Antiguidade, que haviam arriscado suas vidas para criar o reino de Arawiya e agora serviam como parábolas da vergonha.

Se as Irmãs fossem homens, Arawiya ainda teria a magia. Se as Irmãs fossem homens, os califados não seriam amaldiçoados. Se as Irmãs fossem homens, tudo seria como antes. Ao menos, era o que o califa demenhune dizia.

Zafira acreditava no contrário.

Quando ela e Sukkar chegaram ao topo da última colina entre sua aldeia e Arz, Zafira desejou mais do que tudo que pudesse ser ela mesma. Que as mulheres não tivessem de ser as criaturas incapazes que os homens de Demenhur alegavam ser. O único consolo que tinha era saber que nem todos os cinco califados tinham as mesmas ideias absurdas. Em Zaram, as mulheres podiam lutar nas arenas em igualdade com os homens. Em Pelúsia, uma califa governava sozinha, cercada por sua Nona Elite.

Zafira tocou o capuz. Se tirasse a capa e o disfarce de homem, Demenhur não a parabenizaria. Suas realizações se transformariam em motivo de culpa. Um presságio perverso de uma dificuldade futura.

Pensamentos sombrios para um dia de casamento.

Um vulto solitário surgiu ao longe, e Zafira teve um breve momento de pânico antes de avistar os traços suaves e os cachos dourados de sol. Deen. Uma das quatro almas que sabia que ela era o Caçador de Arz. Ele a aguardava com uma lâmina nas mãos, inabalável apesar do vento gélido.

Zafira desceu do cavalo e cutucou o ombro dele.

— Qualquer dia desses, você ainda vai desbravar a escuridão comigo.

Deen sorriu com os olhos fixos em Arz e pronunciou sua frase preferida.

— Mas não hoje. — Havia flocos de neve sobre seus cachos. As bochechas com uma covinha de cada lado estavam rosadas de frio e seu casaco verde se avolumava em volta dos braços musculosos devidos aos meses no exército. — Você ficou fora por um bom tempo. — Ele franziu o nariz. — Yasmine vai querer arrancar sua cabeça.

Zafira repuxou o canto dos lábios.

— Não quando vir o cervo que eu trouxe para o banquete de casamento.

Deen e a irmã, Yasmine, compartilhavam a mesma beleza suave: cabelos brilhosos como o bronze, rostos redondos, calorosos olhos cor de avelã. Ele era bonito, por dentro e por fora. Mas, depois da morte dos pais, esboçava um sorriso que Zafira detestava, mal disfarçando o tormento que tremulava em seus olhos.

No momento, havia uma ruga em sua testa. Ela sabia que Deen não podia ver seu rosto por baixo do capuz e do lenço, mas sua preocupação lhe dizia que tinha visto o bastante.

— Está tudo bem com você? Aconteceu alguma coisa em Arz, não foi?

— Um sustinho de nada — respondeu ela com um sorriso, pois ele a conhecia tão bem. — Sabe como é.

Ele emitiu um som de concordância e voltou os olhos para a floresta sombria.

— Está chegando mais perto, não é?

Ela não precisava responder à pergunta. Arz se aproximava mais a cada dia, espetando as fronteiras com raízes afiadas e engolindo a terra. Se os demenhunes achavam que morreriam com a neve sem fim, era apenas uma questão de tempo até que Arz invadisse seu califado, o *reino* inteiro, entregando-os aos sussurros dos pesadelos e monstros que viviam na escuridão absoluta.

— Ontem à noite, sonhei que estava em Sharr.

Zafira tomou um susto ao ouvir a palavra. *Sharr.* Qual era a probabilidade de ouvir o nome daquele lugar amaldiçoado duas vezes na mesma manhã? Era uma ilha maligna, um lugar sobre o qual alertavam as crianças na calada da noite sob o clarão de uma lamparina. Um medo fora de alcance apenas porque se encontrava além de Arz.

Costumava ser uma prisão antes de se apoderar das Irmãs e da magia. Agora era selvagem e indomável, cheia de oásis incontroláveis, e tentava alcançar Arawiya por meio de Arz, cada árvore mais uma sentinela em seu exército.

— Na prisão que havia ali?

Deen balançou a cabeça, o olhar distante.

— Eu estava preso dentro de uma árvore imensa. Escura como a fumaça. Sussurros. — Ele fez uma careta e olhou para ela. — Tantos sussurros, Zafira.

Ela não lhe contara sobre os sussurros que a acompanhavam a cada segundo acordada.

Deen deu um suspiro.

— Não sei o que o sonho significa, mas tinha de me atormentar justo hoje?

— Pelo menos hoje você vai ter uma bela distração para te ajudar a se esquecer disso. — Zafira pegou a mão dele, e Deen enroscou o dedo mindinho no dela.

— Pela neve que cai, você está sendo otimista?

Ela deu uma risada, e ele voltou a ficar sério conforme retornavam para a aldeia, esmagando o gelo sob as botas.

— Você se lembra de Inaya?

— A filha do padeiro magricela? — perguntou Zafira. Ninguém assava pão nas aldeias ocidentais com tanto esmero quanto o padeiro magricela. Sua filha era uma garota de fala mansa, olhos atentos e uma juba de cabelos tão rebelde quanto a de um leão.

Ele assentiu.

— O padeiro levou um tombo alguns dias atrás e parece que não vai voltar a andar. Então houve boatos de que ela assumiria o controle do negócio.

Zafira sentiu um nó no estômago.

— Os homens do za'eem vieram hoje de manhã quando ela estava abrindo a loja. — Deen tinha o maxilar cerrado, e Zafira teve vontade de suavizar a tensão com os dedos. — Eu estava lá, vendendo peles para o velho Adib. Um deles a arrastou para fora. Outro ordenou que um zé-ninguém assumisse o controle e ficasse atrás do balcão, provavelmente um homem que nunca sovou um pão em toda a vida.

— E Inaya vai se casar daqui a alguns dias com alguém para quem será uma *boa esposa* — concluiu Zafira.

Deen deu um murmúrio de afirmação.

Aquele za'eem chefiava a aldeia sozinho, mas praticamente todos os governantes das aldeias eram iguais. Todos davam ouvidos às baboseiras do califa, baboseiras que o inútil do sultão deveria proibir, mas ele pouco se importava com isso. Zafira não conseguia entender para que havia um sultão quando os califas tinham tanta liberdade para comandar o povo.

Pior ainda, a maioria das pessoas acreditava em qualquer bobagem: se os homens, loucos para colocar a culpa em alguém, dissessem que os aldeões morreriam de fome se uma mulher gerenciasse uma padaria, acreditariam na mesma hora. A própria definição de superstição.

— Akhh, Deen, por quê? — A visão de Zafira ficou vermelha de raiva, e Sukkar bufou de preocupação. — E teve aquela garota no mês passado, a que foi pega cortando lenha na Floresta Vazia, onde todos os daama homens e seus avôs cortam lenha. Como se as mãos dela fossem matar as árvores mais do que a neve.

Deen olhou de relance para ela.

— Está preocupada?

— Preocupada? — repetiu Zafira, quase esbravejando.

Ele sorriu.

— Às vezes esqueço que você não é como eu. Mas tome mais cuidado, viu?

— Sempre — prometeu ela ao chegarem à casa de Deen e Yasmine.

Ele apontou para a porta com a cabeça.

— Ela ainda não sabe disso. E hoje não é o dia apropriado para contar nada. Ainda mais com aquele za'eem idiota vindo para o casamento.

Ele tinha razão. Yasmine acabaria com a raça do za'eem. Zafira entregou as rédeas de Sukkar a Deen, e ele se afastou para cuidar do cervo. Ela subiu os dois degraus da casa, mas, antes que pudesse bater, sua amiga abriu a porta com apreensão e fúria estampadas no rosto.

— Pensei que você fosse estar toda sorridente — disse Zafira, irônica, entrando na casa.

Yasmine fez uma careta.

— Ah, mas eu estou sorridente, sim. Kharra,[21] meu sorriso seria ainda mais largo se você tivesse perdido o casamento inteiro.

Zafira estalou a língua e estremeceu ao sentir o calor da lareira na pele.

— Que boca suja.

— É quase *meio-dia.* — Yasmine apertou os lábios até formar uma linha reta; ela nunca teve muita paciência, ao contrário de Deen.

— Sabar,[22] sabar. Tenho um bom motivo. — Zafira pensou na filha do padeiro, Inaya, cujo casamento não seria tão feliz quanto o de Yasmine. Abaixou o capuz e sacudiu os cabelos escuros, esfregando os braços para se livrar do frio que se enraizara em seus ossos.

Baba lhe contara que o calor costumava ser sufocante, com a areia elevando-se em dunas por todo o califado, que mais

21 Palavrão: merda. [N. T.]

22 Paciência. [N. T.]

parecia um oásis. A neve só caía uma vez por ano, até que as nevascas chegaram e nunca mais foram embora. Foi no mesmo dia que eles e os habitantes de outros califados perderam a magia, que antes residia em cada um dos cinco minaretes reais.

Zafira nunca conhecera aquela vida. Quando os aquíferos convocavam a água, os curandeiros ajudavam os feridos e os ferreiros manipulavam o metal. Agora, a magia parecia tão distante quanto uma miragem e as terras estavam em ruínas, piorando à medida que Arz crescia.

Cada califado ficara com algum tipo de maldição: neve em Demenhur, desolação em Sarracena, destruição do solo na outrora fértil Pelúsia, areias indomáveis em Zaram. Apenas Alderamin vivia como antes, isolando-se de modo egoísta do resto do reino.

Zafira aceitou uma tigela quente de shorba oferecida por Yasmine e mexeu as lentilhas macias, acomodando-se diante do fogo. Massageou a dor no peito que a angustiava toda vez que pensava na magia que nunca tivera a chance de experimentar. Na areia que nunca escorrera entre seus dedos ou se agitara sob seus pés.

Yasmine se sentou e enfiou o vestido que ia até os tornozelos debaixo das coxas. Era simples e puído, mas Yasmine reluzia até mesmo em trapos. Zafira não podia nem imaginar como ela ficaria vestida para o casamento.

Céus. Era naquela noite.

— Estou esperando ouvir um bom motivo para o seu atraso, mas adivinha só? — perguntou Yasmine conforme as lentilhas derretiam na boca de Zafira.

— Não sei se devo tocar nisso no dia do seu casamento — respondeu Zafira. As duas vinham se preparando havia semanas, mas ela ainda não estava pronta para ver Yasmine com outro, o belo meio-sarraceno Misk Khaldun. Não poderia mais passar a noite com ela quando a solidão de sua própria casa se tornasse pesada demais. Não poderia mais se encolher ao lado de Yasmine como uma criança perdida.

— Mas que chata. Tenho pena de quem sonha com o misterioso Caçador todas as noites.

— Não sou chata.

Yasmine deu uma risada.

— Às vezes, é sim. — Então baixou a voz até um sussurro. — *Na maioria das vezes.*

Zafira fez uma careta.

— Detesto quando você banca a certinha, sua velhota. Aliás — provocou Yasmine —, há boatos de que o califa está na Casa de Selah. Tão perto de nós!

— Não vejo o que há de emocionante nisso — disse Zafira. Na verdade, seu sangue começou a fervilhar assim que a voz sussurrante da mulher de capa prateada voltou a ecoar em sua cabeça. *Caçadora.* Junto com a história da filha do padeiro. Será que Ayman, o Califa de Demenhur, tinha ouvido falar do Caçador? Afinal de contas, nunca acontecia nada muito emocionante em Demenhur para ofuscá-la.

Yasmine cutucou o ombro dela.

— Ei. E se ele estiver aqui para o casamento?

Zafira riu disso.

— Claro, tenho certeza de que o velho viajou até aqui para ver você se casar.

Ela chegou mais perto do fogo, para sentir seu calor.

— E se ele… Espera aí. O que foi que aconteceu? — Yasmine encarou Zafira com seu olhar felino, parando de rir.

Zafira se endireitou com um piscar de olhos.

— Como assim?

Yasmine se aproximou dela, os cabelos cor de bronze brilhando sob a luz da lareira.

— Seu rosto é igual aos terríveis xauarmas de carne de Deen; você nunca consegue esconder nada. O que foi que aconteceu?

Zafira lambeu os lábios. O conhecimento dos irmãos Ra'ad de que ela era o Caçador de Arz vinha com suas próprias dores de cabeça, como a que se formava naquele momento.

— Peguei um cervo enorme. Poderá alimentar mais pessoas hoje à noite se conseguirmos assá-lo a tempo. — Zafira terminou a shorba e botou a língua para fora a fim de lamber o resto das lentilhas. Yasmine não deveria ficar preocupada no dia do casamento. — Vou ajudar Deen.

Ela começou a se levantar, mas Yasmine a deteve com um puxão forte na capa e Zafira voltou a se sentar com um suspiro exagerado.

— Você nunca ajuda Deen quando chega em casa, ele já deve estar cuidando disso — retrucou Yasmine. — Conta logo o que foi que aconteceu.

— Vamos conversar sobre outra coisa. Misk, por exemplo — sugeriu Zafira, esperançosa.

Yasmine bufou e colocou uma almofada no colo. Era de um conjunto de três almofadas, puídas e cheias de buracos. Pertenceram aos pais de Yasmine e Deen, boticários que morreram anos antes quando o califa de Sarracena lançou um ataque às fronteiras de Demenhur. Ele tinha o hábito de deixar para trás um bando de mortos ou casas assombradas, seus moradores levados como prisioneiros de guerra. Os pais de Yasmine e Deen pertenciam ao primeiro grupo.

Deen caíra num abismo sem fim. Mais parecia um fantasma, um prisioneiro que vagava livre.

Ele era um soldado então, mas nunca mais. Ver seus entes queridos morrerem faria com que até o pior dos homens desertasse um exército fadado à morte. Não que ele *tivesse* desertado. Não que o resto do exército se importasse.

— Zafira, por favor — suplicou Yasmine, a dor em sua voz provocando um aperto no peito de Zafira. A luz do fogo projetava sombras em seu rosto. — Você sabe que talvez a gente não tenha outro momento assim por um bom tempo. Para ficarmos sentadas juntas aqui. A sós.

Zafira fechou os olhos com força. Céus, ela sabia. Yasmine era apaixonada por Misk, e ele lhe prometera uma vida bem melhor do que aquela. Zafira não invejava o amor dos dois; aprendera a aceitá-lo durante as muitas luas que Misk passara cortejando Yasmine. Mas o casamento seria algo bem diferente. *Definitivo*, de certa forma, e ela simplesmente não sabia como continuar sem que a amiga fosse mais somente sua.

Ela abriu os olhos. Yasmine a encarava, à sua espera.

— Eu sei, Yasmine. Eu sei. — Zafira mordeu o lábio e escolheu bem as palavras. Mentir não era seu maior trunfo, por isso uma versão da verdade teria de bastar. — Fui emboscada por dois sarracenos montados em cavalos imensos que faziam Sukkar parecer um cachorro. Então... levei-os para Arz e consegui escapar. Não creio que estejam mortos. — *Por enquanto*.

Os olhos de Yasmine brilhavam como o mel de Zaram sob um raio de sol.

— Você escapou, e eles não? Só isso? O que é que eles estavam fazendo lá? Talvez fossem assassinos, Zafira.

Ela duvidava muito.

— Eles pareciam grandes demais para serem hashashins.

— Ah, e desde quando você é uma especialista no tamanho dos hashashins? Os sarracenos sabem muito bem o que fazem.

— Se soubessem, não teriam tentado me capturar para o sultão — retrucou ela. — Não fiz nada de errado para ser perseguida.

Yasmine arqueou as sobrancelhas, espantada.

— Kharra. Zafira, o sultão! Imagine se ele tivesse mandado o próprio filho. Você não teria a menor chance contra o Príncipe da Morte.

Zafira estremeceu. Toda vez que desejava a morte do sultão, levava um tapa na cara ao se lembrar de seu sucessor: o príncipe herdeiro, cuja contagem de mortes era tão alta que diziam que ele tinha parado de lavar o sangue das mãos.

— Por quê? — perguntou Yasmine com uma voz aguda. — Por que você não para com essa tolice? Pare de fingir ser homem, pare de se esconder. Reúna-se com o califa e seus oficiais, mostre quem é, e aposto que mandarão alguém para auxiliá-la com a caça. Você está ajudando seu povo. Não há nada de vergonhoso nisso.

— Eu nunca disse o contrário — vociferou Zafira. — Mas quem é o califa contra o sultão?

Os olhos de Yasmine começaram a faiscar.

— Quem é que sabe se foi mesmo o sultão que mandou os sarracenos? Não sabemos o que está acontecendo ao norte depois que o sultão matou o califa sarraceno. Você não sabe o que eles queriam de verdade.

Talvez houvesse boatos do que ela era capaz de fazer, quando tantos não eram. De que um homem misterioso adentrava a floresta na absoluta ausência de luz e voltava são e por inteiro. O fogo sibilava e as sombras dançavam por toda a sala.

— Acha mesmo que o califa vai odiá-la por ser uma mulher? — perguntou Yasmine.

Aquela daama discussão ocorria com tanta frequência que Zafira já estava farta. Yasmine sabia o que acontecia nas aldeias, por que não conseguia entender que Zafira não era diferente de uma garota que fazia pão?

— Ele não vai me odiar, mas distorcerá minha vida inteira. Acha que ver uma mulher não os fará repensar todas as minhas realizações? Não sou diferente do monte de garotas que são malvistas. Veja como apontam os dedos para as Seis Irmãs. Veja as mulheres de nossa aldeia. Eles dão ouvidos a qualquer absurdo que diz que somos incapazes, que somos as culpadas de tudo, que devemos perder nossa liberdade quando nos casamos... — Zafira se deteve, sentindo a pele afogueada.

Não podia reprovar o casamento no dia das núpcias de Yasmine, não quando sua irmã de coração desejava aquilo havia tanto tempo.

— Não vou perder nada ao me casar com Misk — disse Yasmine com a voz suave. — Só tenho a *ganhar* com isso.

Mas Zafira e a maioria das mulheres não tinham o que Yasmine tinha: um homem que a amava mais do que palavras seriam capazes de expressar. Um homem que a tratava como igual, talvez até melhor.

— Não sei, Yasmine — sussurrou ela, cravando as unhas nas palmas das mãos e deixando luas crescentes na pele. Olhou para os desenhos de henna que se enroscavam nos braços de Yasmine, sua pele macia brilhando sob a luz da lareira. Era o que se esperava das mulheres. Serem belas, casarem-se. Não era para caçarem na escuridão de Arz. Nem para estriparem uma carne ensanguentada e alimentarem as pessoas de sua aldeia.

Yasmine balançou a cabeça.

— Mas *eu* sei. Não importa quem você é. Você é a sua força. Por que deveria provar a mentira de que eles são melhores do que nós se escondendo atrás de roupas masculinas? Pense em todas as mulheres que poderia ajudar sendo *você mesma*.

Houve um momento de silêncio, e então a voz de Yasmine soou num sussurro rouco:

— O que é que você está esperando, Zafira?

Ela pegou a cumbuca vazia e foi para a cozinha. Zafira ficou boquiaberta. As mulheres que Misk prometera enviar para ajudar Yasmine a se arrumar para o casamento chegariam a qualquer momento. Não queria que a conversa terminasse daquele jeito.

Ela não sabia o que estava esperando. Mas havia alguma coisa, não? Algo mais que precisava provar.

Conquistar Arz não era suficiente.

Zafira não era como Yasmine, que vestia sua autoconfiança como uma segunda pele. Cujas curvas generosas davam inveja às pessoas *justamente* porque se orgulhava delas. Zafira evitava o orgulho, esquivava-se de si mesma.

A porta se abriu.

— Já esfolei o cervo, Yasmine — gritou Deen. Ele entrou e sorriu ao ver Zafira perto do fogo. — Ah, você ainda está aqui.

Sua meia direita estava rasgada, exibindo um dedo do pé ao cruzar o chão de pedra lascada.

— Akhh, Zafira. Pelo visto, você acabou de ouvir uma das infames broncas de Yasmine.

Zafira deu uma risadinha sem graça. Os olhos dele brilharam e baixaram para os lábios dela antes de se voltarem para as próprias mãos. Ela prendeu a respiração.

— Só vim pegar umas coisas — disse ele. — O cervo é maior do que de costume.

— Está reclamando? — brincou ela. Ou ao menos tentou. Tudo parecia mais pesado com as palavras de Yasmine e a intenção no olhar de Deen.

— Jamais — respondeu ele, encontrando o que precisava. Ergueu uma faca serrilhada no ar. — Te vejo mais tarde?

— Se a noiva deixar. Sabe como ela é.

Ele riu e fechou a porta atrás de si. O fogo crepitava em meio ao silêncio.

Ela soltou o ar, olhou para cima e viu Yasmine encostada na soleira do corredor, envolta pelas sombras. De olho nela.

— Um dia alguém ainda vai trazer cor às suas bochechas pálidas. — Ela parecia melancólica.

— Não conte com isso, Yasmine. Nunca fiquei corada na vida — disse Zafira, subitamente cansada. Ajeitou as almofadas outra vez, traçando a estampa desbotada com o dedo. Não via casamento em seu futuro, nem amor. — Os demenhunes raramente ficam. *Você* não fica, e Misk olha para você como se pudesse incendiar a aldeia inteira.

Yasmine balançou a cabeça.

— Há coisas que uma pessoa simplesmente sabe. Sei que ele está por aí, esse alguém. Deve ser tão mal-humorado quanto você. Vai encarar seus olhos frios e fazer você corar e ter vontade de começar uma vida nova. Tenho certeza disso. — O tom desamparado da voz de Yasmine não combinava com suas palavras esperançosas.

A mãe de Zafira já tivera alguém assim. Umm havia ficado ao lado de Baba até sua morte, e agora apenas existia. Estava viva, porém mais parecia morta. A história de Umm e Baba atormentava a alma de Zafira e a lembrava de que ela não passava de uma garota ferida que fingia ser outra pessoa enquanto tentava criar uma irmã num lugar frio demais para viver. Seu coração ainda lutava para juntar os próprios pedaços para que ela voltasse a ser inteira.

O sangue corria em suas veias com desencanto, não amor, não vontade de viver num lugar onde as pessoas sorriam e davam risadas enquanto o frio devorava seus corpos e a falta de magia deixava suas almas atrofiadas. Onde até a famosa sorveteria Bakdash continuava aberta e estava sempre cheia, servindo sorvete para pessoas que tremiam de frio e ansiavam pelo calor.

Zafira juntou os cacos do coração partido. Levantou o capuz, e Umm e Baba desapareceram. Yasmine estava enganada. Ela jamais cometeria o erro de se apaixonar.

Não havia o menor sentido em perder tempo com um sentimento tão fugaz. Com um amor que estava fadada a perder.

capítulo 4

Nasir se sentia mais leve, apesar da nova morte em sua lista cada vez maior. Imaginou que devesse se sentir culpado por matar um homem cujo único crime era a curiosidade. Mas já havia matado por menos.

Afya parecia tristonha na volta para casa, como se soubesse do ato que ele havia cometido. Passaram por prédios e casas em meio ao borrão de areia escura e então por uma única bandeira com o brasão sarraceno, um sol parcialmente oculto pelo eclipse e atravessado por uma espada, antes de cruzarem a fronteira entre Sarracena e a Fortaleza do Sultão. A diferença era gritante: o céu ficou mais claro e o sol resplandecia lá no alto. As areias se agitavam, douradas.

As casas nos arredores da Fortaleza do Sultão eram feitas com pedras marrons, telhados retos e portas de madeira escura com arcos adornados em cobre que tentavam ocultar a realidade das favelas. Seus moradores tinham se voltado para a capital de Arawiya em busca de uma vida melhor perto da sultana, a imortal safi[23] que salvara o reino do colapso depois do desaparecimento das Irmãs.

Agora, a sultana estava morta, e seu marido, o pai de Nasir, era um monstro. *Agora* ele era um monstro.

Perto do palácio, as casas eram menos numerosas e maiores, estendendo-se com seus próprios minaretes e cúpulas pontiagudas de cobre, as pedras trançadas levando a pátios imaculados. Nasir duvidava muito que as pessoas que moravam nelas fossem mais felizes do que as das favelas.

Sua rota não o levou pelo sooq. Um verdadeiro alívio, pois a última coisa de que precisava era que as ruas ficassem em

23 Criaturas élficas mais ágeis e sábias do que os seres humanos, além de imortais. [N. T.]

silêncio e os fanáticos se ajoelhassem diante dele. Aquele caminho era mais tranquilo, embora passasse por vários ambulantes. Um deles puxava uma carroça cheia dos caquis brilhantes e das uvas escuras de Pelúsia, com os sacos de azeitonas já no fim. Outro empurrava uma carroça menor com mercadorias de prata, a caminho da parte mais abastada da cidade do sultão.

A sombra familiar do Palácio do Sultão se projetava na estrada. Ao contrário do coração do homem sentado no trono, o palácio era uma beleza. Erguia-se numa massa de calcário e entalhes intricados, suas treliças oferecendo vislumbres das sombras lá dentro. A pedra marrom reluzia, competindo com os minaretes que subiam em direção ao céu. As cúpulas douradas eram entremeadas por veios de pedra obsidiana das montanhas vulcânicas a oeste de Alderamin, com os pináculos terminando em curvas na forma de gotas d'água. Um lembrete de que, sem água, o povo não passava de uma carcaça para as areias famintas.

Os guardas que cercavam os portões escuros entraram em posição no instante que a sentinela anunciou a chegada de Nasir. Ele desmontou de Afya e abaixou o capuz, passando a mão pelos cabelos rebeldes para tirar a areia antes de jogar as rédeas para qualquer homem que se adiantasse para pegá-las.

— Certifique-se de que alguém cuide bem dela.

— Sim, meu príncipe — apressou-se a responder o guarda.

Nasir passou por um dos arcos pontiagudos e entrou no pátio azulejado. Por hábito, mergulhou o dedo na fonte ali no meio, manchando as águas de vermelho. Jamais entendeu por que a sultana havia encomendado a fonte na forma de um leão. Nasir nunca questionara a mãe, apenas apreciara sua existência até que ela fosse tirada dele.

Parou diante das portas duplas e notou a ondulação nas gargantas dos guardas ao segurarem os puxadores de cobre. *Medo*. Cuidadosamente cultivado, facilmente sustentado.

Lá dentro, o ar estava parado e seus passos ecoaram no aposento. A escuridão o envolvia como uma capa sufocante. Na varanda dourada do andar de cima, criadas e servos fizeram reverências e saíram correndo como os ratos que eram, entrando e saindo dos cômodos. De qualquer modo, o palácio era tão escuro que ficava difícil distinguir um rato de um ser humano.

O único refúgio das sombras eram as tochas acesas pelo caminho, mas nada permanecia sob a luz por muito tempo.

Nasir seguiu em direção às escadas enquanto um criado se aproximava pelo outro lado do corredor, equilibrando uma bandeja de qahwa com cuidado. A surpresa ficou estampada no rosto solene do servo ao se deparar com o príncipe, e a bandeja tombou para a frente. O homem avançou para equilibrá-la e deu um esbarrão em Nasir.

O criado caiu de joelhos e choramingou, *choramingou*, junto à bandeja de prata manchada. O qahwa escuro escorria do dallah de bronze.

Milhares de recordações passaram pela mente de Nasir, lembranças que ele tinha esquecido havia muito tempo. Café derramado. Xícaras quebradas. Um tapa lancinante. Engoliu em seco e pestanejou; uma fraqueza que passou em questão de segundos.

— Perdoe-me — chiou o servo.

Os pensamentos de Nasir terminaram. *Não pense nisso, seu palerma*, imaginou o sultão dizendo.

— Quieto. Limpe essa sujeira — ordenou em voz baixa, cuidadosamente neutra, mas seu pulso estava acelerado como o de uma criança assustada.

Duas criadas correram para ajudar o servo, e Nasir passou por cima delas. Não precisava olhar para trás para saber que o ávido servo balançava a cabeça, com os olhos fechados de gratidão; gratidão por Nasir não ter ordenado que ele fosse espancado pelo hediondo ato de derramar café. Cerrou o maxilar. Toda daama vez que um criado o associava ao sultão, ele se odiava ainda mais.

— Nasir! Você voltou tão cedo — gritou uma voz alegre.

Nasir fechou os olhos com força antes de se recompor. *Quando foi que essa maldita escada ficou tão longe?*

O general al-Badawi, tão estimado pelo sultão Ghameq, exibia um sorriso lupino, alheio aos servos que esfregavam o chão.

— Gostou de ver as crianças na corrida de camelo? — perguntou ele, os olhos azul-escuros brilhando no vestíbulo sombrio. A raiva o fazia retesar o maxilar, revelando como ele se sentia a respeito das crianças indefesas jogadas em cima dos camelos. Ao menos não estava com raiva por algo que era obra de Nasir.

— Não tenho tempo para isso, Altair — respondeu Nasir, virando-se para seguir em frente.

— Animado para ver o sultão, hein? Aposto que está ansioso para lamber as sandálias dele.

Nasir teve vontade de arrancar o turbante dos cabelos cuidadosamente penteados de Altair (que chegavam à nuca como os de Nasir, aquele imitadorzinho de meia-tigela) e enfiá-lo goela abaixo. O general era considerado um homem bonito, mas o pouco de sua alma que vinha à tona era detestável. Era como se tivesse *nascido* para odiar Nasir.

No entanto, Nasir não conseguia odiar Altair, pois suas palavras detestáveis costumavam ter uma pontada de verdade.

— Mais uma palavra e vou enterrar a espada na sua garganta — rosnou Nasir.

— Calma, hashashin — disse Altair, levantando as mãos em sinal de paz. — Por falar nisso, os hashashins que seu pai mandou para buscar o Caçador demenhune fracassaram miseravelmente. Eles nunca voltaram! Quem diria que o Caçador era um assassino de sangue frio igual a você?

— Quer dizer que vou ter de ir buscá-lo? — Nasir repuxou os lábios para baixo. Nunca tivera a incumbência de trazer as pessoas que encontrava para o palácio. Ele simplesmente as matava.

Altair deu de ombros e pousou a mão na adaga em sua cintura. Não era muito mais velho que Nasir, mas agia como se tudo fosse divertido.

— O sultão já passou para o plano *ba* e quer falar com você. A respeito de um homem chamado Haytham?

Era assim que as conversas dos dois sempre se passavam: com Nasir ignorando as zombarias dele da melhor maneira possível. Se era por causa de sua posição que Altair o odiava, Nasir lhe daria o título de príncipe de bom grado.

Altair o observou com olhos penetrantes, notando o momento exato em que as palavras o atingiram antes de dar uma risada e descer o corredor com a altivez de um príncipe. A última coisa que Nasir ouviu foi sua voz grave chamando um dos poucos cortesãos que passavam por ali.

— Yalla, pegue meu falcão. Estou louco para caçar.

— Nasir.

A voz do sultão Ghameq soou da varanda no andar de cima. Nasir olhou para o lugar onde os emires costumavam ficar à espera para entrar na sala do trono superior, mas não havia nenhum oficial ali por perto, apenas seu pai.

A pele acobreada de Ghameq era sombreada por uma barba mais curta que seu punho, ao passo que a de Nasir era aparada bem rente à pele. O sultão estudou o filho, com seu turbante engolindo toda a luz. Ele havia concluído o trabalho rápido demais, não?

— Você está ficando cada vez melhor.

Rápido demais mesmo.

— O senhor tem mais um trabalho para mim? — perguntou Nasir com um tom de voz indiferente que levara anos para aperfeiçoar.

— Sanguinário, hein? — comentou o sultão, arqueando a sobrancelha escura.

Havia milhares de respostas na ponta da língua de Nasir, mas apenas o silêncio se estendeu entre os dois. Aquele era o palácio de Arawiya. O centro do poder de cinco califados e centenas de milhares de pessoas. Mas estava vazio. Fantasmagórico. *Faltava* alguma coisa ali desde a morte da sultana.

Um brilho chamou sua atenção: o medalhão enferrujado e adornado com uma gravação que sempre pendia do pescoço do sultão, parcialmente oculto sob as camadas do thobe preto. Nasir contraiu os ombros para conter um calafrio. Era um homem robusto, o sultão. Musculoso e forte.

Nasir conhecia tal força muito bem.

— Vai apenas ficar parado aí, seu palerma? — perguntou Ghameq, esperando pelo estremecimento de Nasir, que não veio. Apesar de se sentir enojado, a palavra era praticamente seu apelido. — Lave o sangue de suas mãos e vá buscar o garoto. Temos uma reunião com Haytham.

Notícia velha, Sultani.[24] Afinal de contas, havia uma coisa com que Nasir sempre podia contar a respeito de Altair: ele nunca mentia.

— Ouvi a notícia de que há um batalhão de sarracenos desaparecidos — disse Nasir apressadamente, relatando uma informação que recebera de manhã. Não se deu ao trabalho de mencionar os homens que foram enviados para encontrar o Caçador demenhune, uma tarefa idiota desde o começo. Já um batalhão desaparecido era gente demais para ignorar.

— E daí? — perguntou o sultão, inflando as narinas. Sua raiva aumentava cada vez mais.

— Eles estavam sob minha responsabilidade — respondeu Nasir, limitando as palavras. — E agora estão desaparecidos.

— Só você seria capaz de perder um batalhão inteiro do maior exército de Arawiya. — Mais insultos e nem um pingo de surpresa. Não houve nenhuma mudança na expressão do homem.

Ele sabe. Nasir respirou fundo.

— Para onde os levou? Não tínhamos o menor direito de mudar as coisas em Sarracena em primeiro lugar. Por que não nomeou outro califa? Pretende governar como califa e sultão?

No silêncio, uma centelha de medo começou a acender no peito de Nasir antes que ele a abafasse por completo.

Por fim, o sultão respondeu:

24 Meu sultão. [N. T.]

— Não questione minhas ações, moleque. Os sarracenos são sangue de meu sangue. Farei com eles o que bem entender.

— O senhor perdeu o direito ao sangue sarraceno quando se sentou no trono de Arawiya. — Nasir cerrou o maxilar, ciente de que havia esgotado sua cota de palavras.

— Quando é que você vai se ater às próprias preocupações? — retumbou o sultão.

Nasir manteve a voz firme.

— Sou o príncipe, Sultani. Um grupo inteiro de homens desaparecidos é motivo de preocupação.

— Não, sua escória. Você não é nada.

Nasir levou dois dedos à testa e saiu para buscar o garoto. Às vezes, ele se perguntava por que se dava ao trabalho de tentar.

Ninguém esperava que as Irmãs fossem morrer, nem mesmo as *próprias*. Se a sultana não tivesse chegado naquele momento crucial de ruína, Arawiya teria entrado em colapso absoluto. Ela seguiu o exemplo das Irmãs e manteve o reino unido, garantindo uma certa ordem. Era justa, inteligente, sábia. Forte. No entanto, Nasir nunca entendeu como Ghameq a forçara a deixar para ele a coroa que deveria ser de Nasir por sucessão.

Não que Nasir a desejasse. Não estava pronto para tal responsabilidade e duvidava muito que algum dia estivesse.

Cerca de um ano após o anúncio de sucessão, a sultana foi declarada morta em razão de uma doença grave que levou o povo ao pânico, já que os safis eram imortais. Seus corações desaceleravam ao atingirem a maturidade, e eles não morriam de doenças comuns aos mortais.

Os safis raramente morriam sem uma lâmina cravada na garganta.

Nasir concordava, pois sabia como a mãe havia dado seu último suspiro.

E agora não era apenas a coroa de Arawiya que estava sob o domínio do sultão, mas um califado também.

A fechadura da masmorra caiu com um som estridente e a porta se abriu para uma sala árida onde se encontrava um menino de oito anos encolhido contra a parede. Enquanto seus olhos se adaptavam à penumbra, Nasir ficou imaginando se Altair sabia a respeito do menino que tremia de frio na masmorra úmida. Ele mesmo só tivera conhecimento disso alguns dias antes. Mas, é claro, Nasir sabia muito pouco sobre os planos reais.

Toda vez que pisava nos confins bolorentos da masmorra do palácio, os prisioneiros ficavam em silêncio. Apesar da escuridão, todos percebiam quando ele entrava e ninguém dava um pio.

Se fosse realmente filho de seu pai, Nasir se deleitaria com o medo deles, mas também era filho de sua mãe, e aquilo só o enojava.

Entrou na cela do garoto, cerrando os dentes para não sentir o cheiro de mofo e fezes.

— Levante-se.

O jovem demenhune viu o chicote na mão de Nasir e se pôs de pé, cambaleante. Só estava ali havia uns quatro dias, mas já tinha os ossos salientes, os cabelos sem brilho e a pele opaca. Ele se arrastou para a frente, agitando a areia ruidosamente contra o piso de pedra em meio ao silêncio abafado. Nasir jogou uma capa empoeirada sobre seus ombros.

— Baba? — perguntou o menino.

— Você vai vê-lo em breve — respondeu Nasir baixinho, e, na escuridão absoluta, o menino relaxou os ombros estreitos, contente com a simples possibilidade de ver o pai.

Ao lado da porta, o guarda viu a capa do menino e se atreveu a olhar para Nasir, que se deteve sem nem ao menos virar a cabeça para ele.

— Alguma coisa errada, guarda? — perguntou, olhando adiante. Enunciou a palavra como se fosse um xingamento.

— N-não, meu senhor — murmurou o guarda.

Nasir se voltou para ele, e o guarda baixou a cabeça. Esperou mais um pouco, até ver as narinas dilatadas do guarda, que voltara a sentir medo. Em seguida, segurou o chicote com firmeza e empurrou o menino em direção à escada de pedra.

Yalla, teve vontade de gritar enquanto a mão do garoto escorregava pelo corrimão de ônix. Ao chegarem ao topo, Nasir tirou a capa e a enfiou atrás de um armário. O menino respirou fundo antes que a porta dos aposentos do sultão fosse aberta.

O sultão estava sentado no majlis preto que cobria metade da sala principal. Estava descalço e de pernas cruzadas, com as sandálias em cima do tapete pelusiano todo ornamentado. Tinha um aspecto menos majestoso, sentado ali no chão. Havia um escriba ajoelhado diante dele.

As mãos do sultão estavam cheias de pergaminhos pretos.

Toda semana, os pergaminhos eram levados ao sultão, um novo relatório dos mortos de Arawiya. A maioria listava os homens que haviam morrido durante a mineração nas Cavernas de Leil, em Sarracena, por causa de uma parede desmoronada, um espancamento ou coisa pior: as mortes silenciosas nas quais grupos inteiros eram atacados pelos vapores invisíveis que bloqueavam seus pulmões, sufocando-os até darem o último suspiro.

Até aquele dia, os pergaminhos haviam permanecido intocados num cesto ao lado do trono do sultão, deixando Nasir furioso. Agora, ele se deteve perante a visão impossível que tinha diante de si.

O sultão tamborilou o dedo num dos pergaminhos.

— Quero que esses vapores sejam coletados.

— Sultani? — gaguejou o escriba, pausando a mão sobre o papiro. A tinta continuou a pingar de seu cálamo.

— Esses vapores. Os gases que sufocaram os homens — respondeu o sultão, pensativo.

O escriba assentiu com a cabeça, trêmulo e fervoroso.

— Quero que sejam coletados ou replicados e depois armazenados e entregues a mim.

Ah. Isso já era mais do feitio de seu pai.

— Acho que não sabemos como fazer isso, Sultani — disse o escriba em voz baixa.

A repulsa ficou estampada no rosto do sultão.

— Sei que vocês são um bando de ignorantes. Mande 'Uday levar o grupo de pelusianos até as cavernas e dar-lhes tudo de que precisam. Quero que isso seja feito bem depressa. — Nasir duvidava muito que a delegação de pelusianos que vivia na Fortaleza do Sultão gostasse de receber ordens. — Agora saia daqui.

O escriba se despediu respeitosamente e saiu apressado da sala, fazendo seu thobe farfalhar.

— Vapores — falou Nasir assim que os dois ficaram a sós. Teve vontade de enunciar a palavra em forma de pergunta, mas o orgulho o impediu.

— Acenda a lareira — ordenou Ghameq, encontrando o olhar de Nasir quando ele não o obedeceu imediatamente.

Nasir cerrou os dentes, querendo exigir uma resposta, mas o menino ficaria em perigo.

Assim, após um longo momento, Nasir o deixou tremendo de medo junto à porta e foi acender o fogo. *Covarde. Idiota.*

Só havia um motivo para acender a lareira no calor do meio-dia. E, quanto mais brincava com a magia, mais perigoso era o caminho que Nasir trilhava. Raramente se passava um dia sem que o sultão o ordenasse a ajudá-lo com seu uso. Talvez a magia que costumava iluminar os minaretes reais fosse limpa e boa, mas aquela anomalia não era nada perto disso. Era um inferno por si só.

E ele não sabia de onde é que vinha.

O sultão brincou com o antigo círculo em seu peito. Certa vez, Nasir tocara naquele medalhão. A escuridão tomou conta de sua mente; sussurros e gritos desvairados retumbaram em seus ouvidos no instante que passou os dedos pelas inscrições em língua antiga. Era uma escuridão forjada de dor, uma escuridão sem fim.

Uma escuridão que se desesperava em si mesma.

O medalhão era especial, e o fato de estar sempre com o sultão o tornava ainda mais importante. E, caso visse tal escuridão, então Ghameq a aceitava de bom grado.

O fogo foi aceso, e o sultão se pôs de pé. O suor escorreu pelas costas de Nasir quando pegou o atiçador, a mão escorregadia sobre o metal. Ele era bem capaz de usá-lo, mas passou-o para o pai.

O atiçador. Carne queimada. Um grito. Fechou os olhos com força e soltou um suspiro entrecortado. Era uma fraqueza que gostaria de não precisar demonstrar e vinha acompanhada por uma pontada de vergonha.

— Você ainda é fraco — disse o sultão enquanto alimentava o fogo.

Nasir reprimiu a fúria que se agitava na ponta de seus dedos.

— Estou cansado, Sultani. — *Mas chegará um dia em que não estarei.*

— Hum — murmurou o sultão distraidamente, como se tivesse ouvido as palavras não ditas por Nasir. — Qualquer dia desses, você ainda verá o erro de seu julgamento, de sua maldita compaixão, e entenderá o que eu queria para você desde o início.

Mas seu pai *não* queria aquilo desde o início. Houve uma época em que ele também valorizava a compaixão. Nasir se lembrava de ver um sorriso em seu rosto e do palácio repleto de luz. Ele guardava tal lembrança fugaz na memória, mas ela se desvanecia cada dia mais. Será que era isso que Owais estava tentando entender?

O menino se abaixou e estendeu a mão com cuidado para pegar uma uva na cumbuca ao lado das sandálias do sultão, e Nasir esperou que ele engolisse a guloseima roubada antes de entregar a pasta de couro a Ghameq.

Em seguida, deu um passo para trás. Quanto mais longe ficasse daquela magia abominável, melhor.

Ghameq abriu a aba da pasta e jogou uma tira de papiro no fogo, sua superfície coberta por palavras rubras como o sangue.

Dum sihr. Magia de sangue, punível com a morte e proibida pelas Irmãs, pois permitia que a pessoa praticasse a magia que quisesse se a pagasse com sangue. Sem ela, as pessoas estavam limitadas a usar a afinidade com a qual nasceram. Mas Ghameq era o sultão. Podia fazer o que bem entendesse. Nasir só não entendia *como* ele era capaz de usar uma magia que não existia mais.

Ele sabia que a Bruxa de Prata estava envolvida nisso, a mulher que frequentava o palácio como se fosse a própria sultana. Foi ela quem forneceu a Ghameq as tiras de papiro forjadas de sangue. Sangue que desempenhava o papel de portador e usuário da magia ao mesmo tempo.

As chamas crepitaram e explodiram, desbotando até assumir a cor das berinjelas pelusianas. A sala explodiu em cores e calor quando uma silhueta surgiu das chamas, dando forma a um rosto pálido com olhos escuros e a barba rala de um homem que estava vivo e bem de saúde em Demenhur: Haytham, o wazir[25] do Califa de Demenhur.

Rimaal.[26] Os demenhunes jamais deixavam de assustá-lo; eles pareciam fantasmas: pálidos, etéreos e estranhamente belos. Assim como Altair, eram cheios de luz, luz até *demais*, como se a neve corresse por suas veias delicadas.

— Cadê ele? — rosnou Haytham, o traidor relutante de seu califa, lançando olhares de soslaio para uma sala fora do campo de visão deles.

— Aqui — respondeu Nasir.

— Baba! — choramingou o menino quando Nasir o levou para perto das chamas.

O grito estrangulado de Haytham fez o menino começar a chorar, e Nasir segurou seus ombros com força.

— Devolva-o para mim, eu imploro — disse o wazir.

Patético.

— Implorar não muda nada — retrucou Nasir, e o sultão deu um passo à frente.

Os homens se encolhiam diante de Haytham. Sua força como wazir era a única razão pela qual o Califa de Demenhur

25 Vizir, ministro de Estado. [N. T.]
26 Dunas de areia; expressão usada como xingamento. [N. T.]

continuava vivo. No entanto, mesmo com um califado entre os dois, o medo de Haytham foi imediato. Nasir percebeu seu temor pela imobilidade e pelo maxilar retesado do homem.

Haytham se pôs de joelhos no chão.

— Sultani.

— Levante-se — ordenou Ghameq com uma calma condescendente. — A Bruxa de Prata foi procurar Ayman?

Nasir ficou tenso. Não eram duas pessoas que costumavam surgir na mesma frase, muito menos na mesma sala. Ayman era um bom califa, se é que existia um. Não toleraria uma reunião com uma pessoa da laia da bruxa de capa prateada. Por outro lado, ela era bem conhecida deles. Ghameq poderia ter perguntado a ela.

Ele não confia nela.

Haytham olhou para o filho. Sua lealdade ao califa era superior à sua lealdade ao sultão, mas seu amor pelo filho era maior que tudo. Fechou os olhos e a resposta era *sim*, ou não haveria hesitação. O sultão se voltou para o menino e Nasir teve vontade de empurrá-lo para as sombras, bem longe daquele olhar malévolo.

— Procurou, sim — confirmou Haytham. — Eles se encontraram na Casa de Selah, que fica nas aldeias ocidentais. Não sabemos a quem a carta foi entregue, mas esperamos que tenha sido para o Caçador. É tudo que sei, Sultani.

À menção do Caçador, os olhos do sultão se iluminaram. Se havia algo mais irritante do que os demenhunes, era o Caçador. Nasir não sabia se todas as pessoas em Arawiya tinham conhecimento de sua existência, mas ele tinha até demais.

Ninguém era capaz de fazer o que o Caçador fazia. Nasir havia tentado por si mesmo. Durante uma missão de assassinato, pegara um atalho por Arz. Quando pôs os dois pés na floresta, uma escuridão impenetrável o envolveu e a saída sumiu de vista. Ele demorou horas para voltar e ficou sem fôlego por dias, com o coração acelerado a cada barulho que escutava.

Ele era um assassino: furtivo, letal, temido. Ainda assim, jamais sentira tanto medo em toda a sua vida — quase se afogara de medo.

A magia de Arz e a magia do medalhão em torno do pescoço do sultão Ghameq *deviam* ser do mesmo tipo. Não eram alimentadas pelo que costumava iluminar os minaretes. Aquela magia era ilimitada, sombria, infinita.

— A expedição vai começar daqui a dois dias? — perguntou o sultão.

— Acreditamos que sim — respondeu o wazir.

Que expedição? O corpo ardente de Haytham tremeluziu e as chamas lançaram longas sombras pela sala. Nasir puxou a gola do thobe quando o suor começou a brotar em sua pele.

— Meu filho, Sultani. Por que o senhor sequestrou meu filho? — vociferou Haytham.

Nem mesmo Nasir, o daama príncipe herdeiro, conhecia a resposta.

— Certifique-se de que o califa fique diante de Arz assim que a expedição começar e seu filho será devolvido são e salvo.

— Diante de Arz? Mas... — Haytham parou de falar, e Nasir se deu conta da mesma coisa que ele. — Você vai matá-lo.

O sultão não negou nada. Primeiro foi o Califa de Sarracena. Em seguida, o exército e o gás das Cavernas de Leil. Agora, essa expedição misteriosa. O califa demenhune. Haytham olhou para o filho outra vez e, em meio ao fogo, a dor reluziu em seus olhos.

— Os acidentes são frequentes nesses tempos estranhos, wazir — ponderou o sultão. — Se encontrar um trono frio e vazio, sente-se nele.

A compreensão surgiu nos olhos de Haytham. Ele seria um peão. Afinal de contas, um trono ocupado por um peão era infinitamente mais útil do que um trono vazio. O sultão era capaz de controlar Sarracena tranquilamente da Fortaleza do Sultão, mas Demenhur era bem mais longe e extenso, e seu povo, menos favorável. Com o filho em perigo, Haytham seria o perfeito fantoche obediente.

Haytham lançou um olhar atrás de si, um brilho roxo nos cabelos. A mudança de posição banhou a sala de roxo, e o menino saboreou a visão de olhos arregalados e lábios entreabertos. Nasir sentiu ódio de sua inocência infantil.

— Vai fazer o que pedi ou não? — perguntou o sultão rispidamente.

Haytham hesitou. Seu filho chegou mais perto, captando cada palavra.

— Ele estará lá. — A voz de Haytham ficou embargada ao pronunciar o juramento. — Por favor... por favor, não machuque meu filho.

Se Ayman era mole, Haytham era duro. Era ele que mantinha Ayman de pé, que assegurava a ordem em Demenhur, um dos maiores califados de Arawiya. Mas, naquele momento, Nasir nunca vira um homem mais fraco. *O amor torna os homens fracos.*

— Ele ficará seguro se você cooperar — respondeu o sultão, como se prometesse a Haytham que regaria suas videiras.

Seguro? Numa masmorra fria e úmida que o mataria antes de qualquer outra coisa?

Haytham abriu a boca, para implorar mais uma vez com sua expressão, mas o sultão jogou uma semente preta nas chamas. O demenhune se dissipou junto com o fogo.

— Leve-o de volta à masmorra — ordenou Ghameq no silêncio que se seguiu.

Havia um milhão de coisas que Nasir queria dizer. Um milhão de palavras e mais centenas de perguntas.

— Ele virá preparado — conseguiu dizer por fim. Haytham. Ayman. Eles não eram idiotas.

O sultão sequer se deu ao trabalho de olhar para Nasir.

— Ele virá preparado para você, não para um batalhão inteiro do exército sarraceno com outras armas além das lâminas.

Nasir ficou mortificado. Massacre e asfixia. O batalhão de sarracenos não havia *desaparecido*; Ghameq simplesmente lhes dera outra ordem. Já estava comandando aquele exército ilegalmente.

O Sultão de Arawiya pretendia sufocar os inocentes das aldeias a oeste de Demenhur e garantir que o califa estivesse entre eles.

Com o ataque vindo de um califado, e não do sultão, não haveria mais conflitos para expandir as fronteiras. E sim uma guerra.

Os califas existiam para manter o sultão sob controle, assim como o sultão existia para manter os califas em ordem. Eram praticamente soberanos por conta própria; o sultão tinha a mera incumbência de monitorar a todos. Uma estrutura criada pelas Irmãs para garantir o equilíbrio.

O que será que Ghameq estava tentando fazer?

Nasir abriu a boca, mas era um assassino e suas mãos estavam cheias de sangue. Como é que poderia argumentar contra a morte de inocentes? Franziu os lábios.

Como o palerma que sou, vou fazer tudo que ele mandar.

capítulo 5

A casa de Zafira era a última da aldeia e a mais próxima de Arz, fazendo com que fosse mais fácil alternar entre si mesma e o Caçador. Ainda assim, deu um suspiro de alívio ao colocar a trava da porta da frente no lugar.

O fogo crepitava na lareira, e Lana estava esparramada nas almofadas do majlis, adormecida. O jornal da aldeia estava em seu colo, junto com a última edição do *al-Habib*. O periódico estava gasto e esfarrapado pelas muitas mãos que o haviam lido antes dela. Era cheio de fofocas, contos e os últimos acontecimentos em todo o reino. A precariedade dos califados e a falta de magia faziam com que as edições fossem raras e espaçadas, mas isso só as tornava mais apreciadas.

O *al-Habib* era anicônico e abstrato, repleto de arte caligráfica. Zafira não tinha muita paciência para elas, mas sempre desejara ver retratos que dessem rostos aos nomes, nem que fosse para ter uma imagem do califa e do sultão para odiar. Do príncipe herdeiro para temer. Dos imortais safis para entender melhor.

Sardas claras salpicavam a pele viçosa de Lana e as chamas alaranjadas dançavam em seus cabelos escuros. Se a vida fosse mais simples, Zafira até poderia sentir inveja da beleza de sua irmã.

Ela tirou as botas e atravessou o vestíbulo, afundando os calcanhares nas saliências do piso para sentir a pedra. Pendurou a capa no gancho do corredor e se sobressaltou ao tirar a bolsa dos ombros. Havia um quadrado escondido entre as dobras. *Um pergaminho.*

Prateado como a lua crescente, vermelho como o sangue fresco.

Zafira olhou de relance para Lana e o pegou com dedos cautelosos. A prata reluzia sob a tênue luz da lareira. Ele vibrava. Chamava-a como Arz. Ela deu um suspiro hesitante.

Abra-me, parecia sussurrar o pergaminho. O sorriso perigoso da mulher de capa prateada voltou à sua cabeça, e ela o virou lentamente. Dobras retas e um selo intacto: uma carta, lembrando-a de uma mulher que não existia.

As palavras *bint Iskandar* estavam lavradas sobre a prata. Filha de Iskandar.

Seu coração começou a martelar dentro do peito, mas ela permaneceu imóvel enquanto Lana se remexia nas almofadas, murmurando algo a respeito de Deen durante o sono. Zafira franziu os lábios e quebrou o selo, passando o polegar sobre o brasão geométrico, a curva delgada de uma lua crescente bem no meio. Havia uma mensagem no idioma de Arawiya escrita por toda a página.

Que a paz a acompanhe, minha cara.

Você foi convidada para uma jornada sem precedentes. Até uma ilha onde a natureza não tem limites e a escuridão guarda todos os segredos.

Por que iria querer se aventurar num lugar desses, você pergunta? Ah, minha cara. Para recuperar a magia na forma de um livro antigo conhecido como o Jawarat perdido.

Glória e esplendor. Um retorno ao passado.

Sua expedição começa daqui a duas auroras, na fronteira de Arz.

Zafira leu a mensagem várias vezes, ficando mais ofegante a cada nova leitura. As palavras se enroscavam nela, estrangulando seu coração.

Magia. Uma jornada até Sharr, pois não existia outra ilha. Para recuperar a *magia*. Para restituir Arawiya à sua antiga glória e acabar com Arz de uma vez por todas. Com esse tal de *Jawarat perdido*. Ela vasculhou o cérebro em busca do significado do termo na língua ancestral. *Joia perdida*.

Guardou a carta de volta na bolsa com dedos trêmulos.

Era por isso que o califa estava na Casa de Selah, a umas seis horas de cavalgada dali? As aldeias ocidentais eram pequenas, as mais pobres de Demenhur, ainda mais em comparação com a majestosa capital Thalj, a quatro dias da periferia onde Zafira morava.

Pela neve que cai! *Daqui a dois dias*. Sharr, magia e...

Seus pensamentos pararam de supetão: a mulher de capa prateada *era* real. Foi *ela* que deixou a carta na bolsa de Zafira. Não havia mais ninguém de vermelho e prata. Mas será que aquele convite, aquela expedição, era real? A existência da magia?

Por mais que a mulher a deixasse apavorada, Zafira encararia outro encontro com ela só para que pudesse entender tudo aquilo.

Tirou a carta da bolsa de novo. Precisava segurá-la. Senti-la nas próprias mãos. Ler a mensagem várias vezes, embriagada por algo invisível. O farfalhar de uma manta quebrou o silêncio, e ela voltou a guardar o pergaminho prateado conforme Lana se sentava nas almofadas.

— Okht!

Zafira nunca se cansaria de ouvir aquela voz doce dizer "irmã".

— Como está Umm? — perguntou ela com um sorriso, olhando a porta fechada do quarto da mãe. A carta convocava seu coração acelerado.

— Dormindo. Acho que ela não vai ao casamento — respondeu Lana. Ela tinha os olhos de Baba, suaves e castanhos, mas uma versão mais apreensiva. Era Lana que tranquilizava as crises noturnas de Umm, incansável a seu lado. Zafira abrigava um poço sem fundo de culpa por causa disso, que a sufocou naquele momento antes que desviasse o olhar da irmã.

O Caçador e a Enfermeira. Era como Baba chamava as filhas toda vez que acompanhava Zafira em Arz e a pequena Lana ficava em casa para ajudar Umm a colher as parcas ervas de Demenhur. Mal sabia ele que Lana se tornaria uma enfermeira e tanto depois que a mãe começasse a ter pesadelos.

— Você parece exausta. Como foi a caça? — perguntou Lana, abrindo espaço para ela.

— Boa — respondeu Zafira com um encolher de ombros, mas logo viu Lana estreitar os olhos. Por mais que amasse Yasmine, Zafira nem sempre gostava do interrogatório inflexível e do desprezo pelo disfarce de Caçador da amiga. Era muito mais fácil com Lana, que via Zafira como uma heroína. — Tá bom, tá bom. Também foi um pouco emocionante.

Ela se acomodou ao lado de Lana e contou à irmã o confronto que teve com os sarracenos, acrescentando mais alguns detalhes desnecessários para deixar a história mais interessante. A carta a chamava dentro da bolsa em seu colo, mas ela não fez nenhuma menção à mulher de capa prateada. Os olhos de Lana brilhavam ao abraçar a almofada franjada azul de encontro ao peito.

Zafira a dera de presente à irmã havia muito tempo. Graças às peles que obtinha nas caçadas, elas não eram as pessoas mais pobres da aldeia, mas não era sempre que tinham dinares de sobra para extravagâncias como aquela.

Ela bateu um dedo de leve no nariz de Lana.

— Agora, temos que ir para o casamento. Se você chegar lá antes de todo mundo, talvez consiga convencer os garçons a te darem uma fatia maior da sobremesa. Sabe — brincou Zafira, entoando as últimas palavras com uma sacudidela das sobrancelhas —, talvez tenha aish el-saraya.

Os olhos de Lana se iluminaram quando a garota ouviu o nome do famoso pudim de pão com pistache e creme.

— Você vai trançar meu cabelo?

— Pois vou até queimar o bakhour[27] de Umm para que você seja a garota mais cheirosa no casamento — prometeu Zafira, para a alegria de Lana.

Nessas horas, Zafira ficava maravilhada com o jeito infantil da irmã. Com suas risadas e seu entusiasmo. Seus sorrisos e suas palavras gentis. Era difícil imaginar que ela era a mesma garota de catorze anos que cuidava sozinha da casa e acordava

27 Incenso. [N. T.]

na calada da noite para tranquilizar os gemidos sinistros da mãe. Lana era uma das inúmeras garotas forçadas a amadurecer antes do tempo e não tinha a menor culpa disso.

Alheia à mudança de humor de Zafira, Lana pegou a mão dela e a levou embora dali. A bolsa de Zafira caiu no chão com a carta dentro.

O casamento viria em primeiro lugar.

O sol começava a se pôr conforme a multidão se aglomerava na jumu'a.[28] A macia rocha cinza e circular era aquecida por baixo e cercada pelo mercado. Estampas cadenciadas saltavam do meio da pedra, estendendo seus tentáculos em direção à borda e contando uma história que ninguém conseguia decifrar. Havia jumu'as espalhadas pelos cinco califados, dispostas pelas próprias Irmãs.

Baba dizia que costumava correr água por baixo daquela rocha, esfriando o chão. Isso foi antes de a areia virar neve. Numa época desconhecida por todos os demenhunes ainda vivos e quase todos os habitantes de Arawiya, exceto os imortais safis, com suas orelhas pontudas e o orgulho de um pavão. Ou aqueles que tinham mais de noventa anos de idade.

Zafira se sentou de pernas cruzadas numa almofada no chão enquanto a noiva estava acomodada como uma rainha sobre um palanque decorado. Ela cutucava Yasmine de vez em quando para apontar alguém que não viam havia meses.

A maioria dos habitantes das aldeias ocidentais estava reunida ali numa ostentação colorida de vestidos vistosos e thobes escuros, seus cabelos presos sob xales de lã ou turbantes cheios de franjas e os corpos esguios cobertos por casacos, miçangas e joias tilintantes. As crianças corriam no meio dos adultos, risonhas e barulhentas. As lojas vizinhas haviam fechado para

28 Termo usado para descrever as praças onde os anúncios e eventos costumam ser realizados nas aldeias e cidades. [N.T.]

a celebração e suas vitrines sujas estavam às escuras. Embora houvesse tapetes e almofadas ornamentados espalhados generosamente por toda parte, a maioria das pessoas perambulava junto às mesas baixas cheias de comida.

Não era todo dia que as aldeias ocidentais podiam realizar um casamento luxuoso, de modo que, quando a ocasião se apresentava, todos faziam questão de participar, emprestando decorações, guloseimas e mobiliário. Ainda mais quando se tratava de uma beldade como Yasmine, amada pelas crianças a quem ensinava, admirada pelas mulheres que inspirava, invejada pelos homens que sabiam de sua amizade com o Caçador.

O calor da pedra subia às faces de Zafira, que ficou dividida entre se juntar à multidão ou aproveitar cada segundo antes que Yasmine se comprometesse com outra pessoa.

Seu coração palpitava toda vez que se lembrava daquilo.

O vapor emanava do cervo assado no centro de cada mesa, e o cheiro de alecrim, canela, louro e alho chegava ao nariz de Zafira mesmo à distância. Ficou com água na boca, apesar de não gostar de alho. Ao redor das imensas travessas havia outras menores cheias de dolmas[29] gordurosos recheados com cebola e berinjela assada, kibbehes[30] assados guarnecidos com hortelã, manakishes[31] finíssimos cobertos com zataar[32] intenso e azeite de oliva.

Uma boa quantia de dinares, ajuda e dias de caça foi necessária para realizar aquele banquete, mas a expressão no rosto de Yasmine ao saber que a comida alimentaria tantos estômagos famintos fez valer o esforço.

— Lana está sozinha — comentou Yasmine, sempre atenta em seu assento. Havia um espaço vazio ao lado de Yasmine para seu marido. *Marido*. Zafira levaria algum tempo para se acostumar com aquilo.

A alguns passos de distância dali, Lana estava sentada como uma rainha num deslumbrante vestido cor da meia-noite

29 Charuto de folha de uva recheado de arroz, carne ou vegetais. [N. T.]
30 Quibe. [N. T.]
31 Pão árabe coberto com tomilho, queijo ou carne moída. [N. T.]
32 Tempero árabe que contém tomilho, sumac, semente de gergelim e sal. [N. T.]

cheio de espelhinhos, segurando o xale com dedos ansiosos. Equilibrava no colo um prato de aish el-saraya comido pela metade. Zafira esperava que o casamento fosse uma distração para a irmã, mas foi mais um lembrete de sua solidão quando um grupo de garotas da sua idade começou a cochichar bem na frente dela.

Enquanto Zafira a observava, alguém se acomodou ao lado de Lana num thobe bem-ajustado e tão elegantemente tecido que cintilava sob a luz tênue, rivalizando com seus cachos cor de bronze. Deen. Só ele era tão atento quanto Yasmine. Só ele conseguiria arrancar um sorriso tão genuíno do rosto de Lana.

— Não está mais — respondeu Zafira a Yasmine, tentando entender o nó que sentia na garganta. Era a cara de Deen amar a irmã de outra pessoa tanto quanto a dele.

Um jovem caminhou até o palanque, com o thobe bordado tão vistoso quanto o sorriso em seu rosto. Examinou as curvas de Yasmine de cima a baixo, e Zafira teve vontade de arrancar os olhos da cara dele.

— Vai se contentar com o segundo colocado só porque o Caçador te deu o fora? — perguntou à noiva.

Yasmine se limitou a sorrir, a personificação da elegância com as mãos entrelaçadas no colo.

— Venha aqui. Vou te contar um segredo.

Ele arqueou a sobrancelha antes de aproveitar a oportunidade de se aproximar da beldade.

— Para falar a verdade, fui eu que dei o fora nele — disse Yasmine, sempre agradável. — Ele ficou meio chato, sabe? E terei o maior prazer em fazer com que *você* dê o fora do meu casamento, já que acha tão difícil assim ter um pouco de educação.

Ele abriu a boca, mas Yasmine ainda não havia acabado de falar.

— Ou, da próxima vez que o pequeno Bishr for às aulas, talvez eu conte a ele tudo a respeito das proezas do irmão mais velho. Espere só até seus pais ficarem sabendo disso, hein?

Ele deu um passo para trás como se ela tivesse lhe dado um tapa na cara e se afastou todo sem graça.

Yasmine arqueou a sobrancelha em direção a Zafira.

— É assim que se cuida deles, *sem* sujar as mãos. Percebi que você já estava se preparando para arrancar a cabeça dele.

— Minhas soluções não implicam que eu seja insultada, mas aja como preferir — murmurou Zafira.

O segredo da identidade do Caçador dera aos irmãos Ra'ad um certo destaque, pois não havia melhor maneira de aprender a seu respeito do que com as duas pessoas que o (*a*) conheciam.

Nunca deveria haver comida suficiente para alimentar as cerca de trezentas pessoas que viviam nas aldeias ocidentais, mas sempre havia. Alguns diziam que era Arz que criava a abundância nos pequenos bocados, que os animais possuíam uma certa *particularidade* que dava a impressão de terem mais carne. Zafira tinha certeza de que se tratava da competência da distribuição feita por Deen, que garantia que todos fossem alimentados pelo menos uma vez por dia.

É verdade que Demenhur *tinha* pecuária, mas as ovelhas e os bois nunca eram suficientes. E, para os mais abastados, nada era mais especial do que a carne de caça da perigosa floresta de Arz. Algumas pessoas vinham de outras regiões do califado em busca de um pedaço da carne do Caçador. Eram essas que a deixavam mais enojada.

— Pare de olhar para os meus convidados como se quisesse matá-los. Você não tem nenhum arco nas mãos *e* está de vestido — lembrou Yasmine.

Zafira se voltou para os olhos sorridentes da amiga e ficou novamente atônita com sua beleza etérea. O vestido dourado de mangas sino reluzia com as miçangas iridescentes e seus cabelos cor de bronze estavam presos atrás da nuca. Um xale de renda e uma coroa de flores brancas repousavam sobre sua cabeça. O ruge cor de rosa nas faces e o kohl preto que delineava seus olhos a faziam aparentar mais idade do que seus dezessete anos.

— Desculpa, Yasmine. Há tantos olhos virados na minha direção — brincou ela. *E uma carta prateada na minha cabeça.*

Sentiu o coração acelerado. Contra todo o bom senso, Zafira *queria* ir na expedição. Reivindicar tamanha vitória para si mesma. No mínimo, obter algumas respostas. Será que um livro seria capaz de trazer a magia de volta? Estaria o califa envolvido naquilo? Não era um homem *mau*. Se descobrisse que ela era uma mulher, Zafira daria um jeito. Ele não lhe cortaria a cabeça.

Bem, pelo menos ela achava que não.

Por outro lado, quem alimentaria seu povo se ela partisse? Talvez *pudesse* pedir carne de cervo ou dinheiro para a mulher de capa prateada. Se a mulher misteriosa quisesse Zafira na expedição, teria de fazer mais do que enfiar uma carta em sua bolsa. Desse modo, Yasmine e Deen poderiam...

— Zafira, não.

— Não o quê? — perguntou Zafira, fingindo inocência.

— Percebi que você está pensando em alguma coisa na qual não precisa pensar agora. — Yasmine deu um suspiro quando Zafira não respondeu nada e mudou de assunto. — Você está bonita hoje.

Zafira deu uma gargalhada e uma mulher que estava perto a encarou, surpresa. Cretina intrometida.

— *Hoje*, hein? Deve ser porque estou sentada ao lado da noiva e metida num vestido apertado demais para mim.

Yasmine bufou e os olhos da mulher quase saltaram das órbitas com o comportamento desajustado das duas.

— Sabia que devíamos ter comprado um vestido novo para você — disse Yasmine. Mas o vestido de Zafira, apesar de velho, era um de seus preferidos. A saia rodada era preta, mas o tecido passava para um tom de azul-escuro ao se aproximar do decote, arrematado com renda preta. Ombreiras douradas envolviam e desciam por ambos os ombros, cada arabesco terminando numa ponta fina. Foi por causa do modelo que ela gastou alguns dinares a mais nele: era parecido com suas flechas. Elegante, feroz *e* bonito.

Zafira abriu a boca para retrucar, mas Yasmine continuou:

— E, com os cabelos penteados desse jeito, ninguém está prestando atenção em mim.

Zafira tocou os cabelos com cuidado. Gostou do jeito que as mulheres o prenderam numa coroa no topo da cabeça, forçando-a a deixar o xale em casa. O penteado fez com que se sentisse bonita pela primeira vez, até mesmo nobre. No entanto, chamar Yasmine de bonita ou nobre seria um eufemismo.

— Nem mesmo a lua se atreverá a nascer hoje à noite. Como poderia diante de tamanha beleza?

Yasmine abaixou a cabeça, estranhamente tímida. Brincou com a pedra da lua em suas mãos, a joia demenhune que daria de presente a Misk assim que a cerimônia fosse finalizada. O aroma inebriante de bakhour e o cheiro da comida eram carregados até ali pela brisa suave. Começou a nevar de leve, salpicando o sooq ao redor, embora a rocha aquecida e as chamas em torno da jumu'a mantivessem o chão sem neve e quente.

O vapor já não subia das travessas e a carne de cervo começava a sumir à medida que as pessoas se banqueteavam. Zafira sentiu um aperto no peito. Sabia que era só comida. Mas não deixava de ser uma prova de que nada de bom durava muito tempo.

Depois de uma longa pausa, Yasmine disse:

— E se... hoje à noite...? Sei lá.

Zafira pensou na sorte de Misk e balançou a cabeça.

— Vai ser perfeito. Ele te ama, Yasmine. Você também o ama. Os dois sabem disso. Não há como nada dar errado.

Yasmine passou o dedo pelos arabescos de flores e padrões geométricos de henna que cobriam sua pele. Em algum lugar da estampa era possível distinguir o nome de Misk.

— Amor. Mas que bobagem.

Zafira retribuiu o olhar de Yasmine, e outro nome ocorreu às duas sem que dissessem nada. *Deen.* Ele lhe dera tudo e daria ainda mais, mas ela não conseguia entregar seu coração. Não depois do que acontecera com Umm por causa de Baba.

— Lá vem ele! — gritou alguém, e Zafira ficou eriçada, esperando que Deen se materializasse diante dela. Mas a multidão abria caminho para Misk, vestido com um elegante thobe preto e um turbante azul-escuro, suas borlas balançando a cada passo. Seus olhos estavam fixos em Yasmine, e Zafira desviou os dela da intensidade naquele olhar caloroso.

— Você não vai me perder, sabe — disse Yasmine suavemente. — Ainda serei sua.

Yasmine não deveria ficar olhando para Zafira quando Misk lhe lançava um olhar daqueles.

— Eu sei. Só estou sendo egoísta.

Yasmine repuxou os lábios num sorrisinho.

— É uma competição e tanto. Afinal, ele é diabolicamente bonito.

Zafira se tranquilizou, grata por mudar de assunto. Misk *era* bonito. Especialmente por ser diferente. Sua mãe vinha de Sarracena, de modo que ele se destacava entre os demenhunes com seus cabelos pretos e sua pele mais escura. Ainda bem que não herdara as características mais notórias dos sarracenos.

— Coração de meu coração. Lua de minha alma — falou Misk para Yasmine, e Zafira pegou o sorriso da amiga e o guardou dentro do peito. A despeito de sua propensão à violência, os sarracenos tinham um tom mais suave na voz que os demenhunes. Grave e musical ao mesmo tempo.

Deen se posicionou do outro lado de Misk, o brilho de seu thobe ofuscante sob a luz. Um turbante cor de ferrugem escondia quase todos os cachos rebeldes, e a ponta franjada cobria seu pescoço.

Deen a pegou olhando para ele e curvou os lábios num sorriso hesitante, minimizando seu olhar apreensivo. Zafira lhe ofereceu um sorriso sem graça de volta e ficou imaginando se ele tinha contado a Yasmine sobre o sonho, e se o sonho e a carta estavam relacionados.

Dois guardas com o uniforme cinza e azul de Demenhur abriram caminho entre a multidão. Capas pesadas cobriam as roupas feitas para a corrida, o calor e a montaria rápida. Seus cintos traziam o brasão de Demenhur, um floco de neve de arestas afiadas em prata antiga, e duas bainhas. Uma para uma jambiya[33] e a outra para uma cimitarra.

---

33 Adaga curva. [N. T.]

Tirando os flocos de neve, um traje daqueles deixaria o Caçador muito feliz. Se ao menos Zafira fosse tão hábil com a agulha como era com o arco.

O za'eem da aldeia subiu no mimbar[34] de pedra e todos se puseram de pé. Zafira rangeu os dentes ao ver os olhos brilhantes do homem. Mãos quentes se fecharam em torno das dela, que afrouxou os punhos cerrados. Deen murmurou seu nome e a puxou para o lado, e foi só então que ela percebeu que todos tinham dado um passo para trás. Lana se postou do outro lado de Zafira e pegou sua mão.

— Reunimo-nos aqui hoje para celebrar uma união — começou o za'eem. — A união foi responsável pela criação de Arawiya e nos fará atravessar os tempos difíceis. Sem ela, ainda seríamos nômades, vagando pelas areias infindáveis e fugindo do sol escaldante, quando cada dia era repleto de perigo.

— Akhh, o za'eem deveria escrever um livro — comentou Deen, cruzando os braços, e Zafira quase sorriu com sua rara demonstração de raiva.

— As Seis Irmãs da Antiguidade surgiram do caos e do conflito. Empunharam a magia que vinha do poder inimaginável que abrigavam em seus corações. Com isso, conseguiram nos unir, forjando os califados e governando com justiça por meio do conselho situado no local que agora chamamos de Fortaleza do Sultão. As Irmãs nos ofereceram a dádiva de sua bondade, impregnando os minaretes reais de magia e ampliando seus poderes para que esta se estendesse aos seres humanos e safis. Dando-nos um propósito maior, no qual nossas afinidades naturais eram capazes de definir nossas vidas. Um curandeiro podia curar, um coração de fogo podia evocar uma chama.

A dor que Zafira sentiu ao ouvir a menção à magia penetrou fundo em seu coração e a carta voltou a ocupar seus pensamentos. Lembrou-se de Arz e esfregou o peito com os nós dos dedos. Será que seria capaz de controlar o fogo ou a água?

34 Palanque usado por oficiais para discursos públicos. [N. T.]

Teria a habilidade de curar alguém com um simples toque ou de ver imagens do futuro?

— Ao longo dessa época áurea, que durou séculos, as Irmãs deram a cada califado uma potência de que os outros necessitavam para sobreviver, promovendo nossa união. Demenhur fornecia a Arawiya ervas e remédios que só eram encontrados aqui, junto com o apreço pela arte. Sarracena compartilhava carvão e minerais. Pelúsia oferecia uma imensa variedade de frutas e proporcionava uma engenharia inigualável, fazendo com que nosso progresso ultrapassasse todas as expectativas. Nossos vizinhos de Zaram navegavam os mares, treinavam nossos soldados e traziam delícias das profundezas da água salgada. Os estimados safis de Alderamin registravam o passado, estudando nossos defeitos para nos ajudar a melhorar e infundindo Arawiya com o espírito da criatividade a fim de expandir nossos corações. As Irmãs proibiram a incontrolável dum sihr, colocando limites na magia para nossa maior proteção. Arawiya, nosso grande reino, se tornou próspero.

A voz do za'eem retumbou até parar e Zafira tomou um susto. *Céus. Acalme-se.*

A multidão começou a murmurar, deixando claro que Zafira não era a única que ansiava pelo que haviam perdido e sentia orgulho de suas realizações. Perderam muito mais do que a magia naquele dia. Suas terras se tornaram feras indomáveis. Muros foram erguidos entre os califados, e agora uma floresta sombria se aproximava cada vez mais.

— Foi a união que nos deu tudo. A solidariedade e o amor. Tanta coisa foi tirada de nós, meus caros amigos, porque, quando desapareceram, as Irmãs levaram a magia consigo, a própria magia da qual cada califado dependia para sobreviver. Ficamos à deriva com seu desaparecimento. Nossos minaretes permanecem na escuridão. Arawiya sofre. — O za'eem curvou os lábios num sorriso triste.

Era a única parte da história na qual Zafira se recusava a acreditar. As Seis Irmãs não iriam, *não poderiam*, governar com firmeza e justiça por anos e anos e depois simplesmente desaparecer, deixando o povo e a terra em ruínas. Não fazia o menor sentido.

— Apesar de tudo, continuamos aqui — prosseguiu o za'eem. — A cerimônia de hoje não unirá apenas dois corações, mas, de certa forma, dois califados também. Mabrook,[35] jovens almas. Que seus corações permaneçam entrelaçados mesmo após a morte.

Outros ecoaram seus parabéns e, com um último aceno de cabeça, o za'eem se afastou com seus guardas.

— Nada mal para um bode preconceituoso — murmurou Zafira, e Deen concordou com ela.

No entanto, em vez de ficarem inspiradas com o discurso do za'eem, as pessoas voltaram para a conversa fiada de antes, como se o homem as tivesse interrompido para dizer que serviria chá de hortelã no final da festa.

O povo já havia se resignado ao destino de frio e escuridão sem fim. Não desejava nada além do que tinha. Que vida teriam se Arz engolisse todos ali?

O ancião da aldeia deu um passo à frente para realizar a cerimônia de casamento, e o silêncio recaiu sobre os convidados quando o homem levantou os braços. Um bebê deu um gritinho e sua mãe abafou a felicidade do pequenino.

Yasmine passou a pedra da lua para Misk, que não tirava os olhos dos dela. Os dedos de Deen roçaram os de Zafira, e ela se retesou, mas ele se limitou a enroscar o mindinho no dela, tranquilizando as batidas de seu coração.

O ancião continuou a murmurar de um jeito arrastado. Yasmine captou o olhar de Zafira e revirou os olhos. A amiga fez uma cara de tédio e reprimiu uma risadinha.

— Acha que o casamento vai mudar isso? — perguntou Deen.

Ela meneou a cabeça.

— Isso o quê?

— Ela. Suas tolices. O talento para travessuras. A teimosia intransigente.

35 Parabéns (gíria). [N. T.]

Zafira escolheu as palavras com cuidado.

— Ele a ama como ela é. Por que teria de ficar diferente?

— Sei lá — respondeu ele, segurando seu dedo com força. — Acho que, depois de se unir a uma pessoa, você acaba mudando. Que, para a sua felicidade, e a de quem ama, você acaba mudando sem nem perceber.

Como aconteceu com Umm. E com Baba.

O ancião estava quase no fim do discurso. As lamparinas foram acesas assim que o sol se pôs e o cheiro bolorento de óleo empesteou o ar. Zafira inclinou a cabeça, dividida entre querer e não querer saber mais sobre aquilo.

— Como?

Deen olhou para Zafira, mas ela não podia se voltar para ele, pois agora havia outras palavras no meio da conversa. Perguntas e pedidos. Pensamentos e futuros. Convites e negativas. Sua resposta foi suave, um mero sussurro contra os pelinhos da orelha dela conforme lamentos e canções permeavam o ar parado.

— Também gostaria de saber.

capítulo 6

Ao cair da noite, Nasir não esperava encontrar as lamparinas acesas e as cortinas abertas, uma brisa tardia deixando seus aposentos gelados. E muito menos ver Altair deitado em sua cama, com as sandálias de pele de bezerro em cima dos lençóis.

Aquele cretino imundo.

— O que é que está fazendo no meu quarto? — rosnou Nasir. — Quem te deixou entrar aqui? Não tem nenhuma pobre coitada para seduzir?

Altair abriu a boca para falar, mas logo se deteve e levantou o dedo.

— Qual pergunta quer que eu responda primeiro?

O general se sentou devagar, afofando os travesseiros atrás das costas, e Nasir teve a impressão de que era *ele* que tinha entrado nos aposentos de outra pessoa sem autorização.

Altair vestia um turbante azul-escuro e um thobe terracota com os punhos bordados em ouro. Percebeu que Nasir examinava suas roupas.

— Há uma festa animada no Daama Faris, e vim convidar você para ir comigo.

Você. Nada de respeito, etiqueta ou título principesco. Apenas *você*.

— Não vou me envolver em devassidão, muito menos pôr os pés numa tenda cheia de bêbados — disse Nasir o mais calmamente possível. — Agora, saia da minha cama.

Altair desceu da cama com um movimento dramático e um suspiro pesado.

— Vai ser divertido, Nasir. Você podia se divertir um pouco. Ora, tanta matança deve estar te deixando velho antes do tempo. Quantos anos você tem? Duzentos, duzentos e um?

Seu tom de voz era alegre, sempre alto e despreocupado, enquanto o de Nasir era baixo. Baixo demais, como sua mãe costumava dizer.

— Vinte — disparou ele, irritado consigo mesmo por responder.

Altair riu com vontade. E Nasir, fracassado como era, lembrou-se de que gostava da risada de Altair.

— Akhh, sabia que havia esses dois números em alguma posição. Falando nisso, cadê aquela sua criada adorável? — Altair entrelaçou as mãos e vasculhou o quarto vazio. — A que você roubou da sua mãe?

Nasir flexionou os dedos e abriu a camada externa do manto, expondo as armas aos olhos atentos de Altair. Embora o general fosse maior que ele, os dois se equiparavam em habilidade, porém Altair tinha suas limitações e Nasir, como o hashashin que era, logo as notara.

Altair abriu e fechou a porta de uma lamparina, enchendo o aposento com o rangido exagerado de suas dobradiças.

— Pode levar o tempo que quiser — falou Nasir sem rodeios.

— Seus modos nunca deixam de me surpreender — declarou Altair. — Do que é que eu estava falando mesmo? Ah, da sua criada! Adoraria ver tamanha perfeição, pois é por causa dela que você não "se envolve em devassidão", não é? — disse ele numa imitação cômica da voz de Nasir.

Não era, não. Nasir não falava com Kulsum havia meses. Toda vez que a criada se aproximava, ele se afastava dela.

— Vá embora — ordenou Nasir após uma longa pausa preenchida com o assobio do aço conforme ele sacava suas armas.

— Que pena. Pensei que você fosse querer saber sobre a misteriosa missão, jornada, expedição, sei lá o quê, em que o sultão está tão interessado.

Nasir sentiu uma veia palpitar no pescoço. Altair o observou com atenção, sem se dar ao trabalho de seguir em direção à porta enquanto Nasir pendurava o resto das armas na parede acima da mesinha de cabeceira. O cretino sempre sabia qual isca balançar diante dele.

— O que você sabe sobre isso? — perguntou com cautela, servindo-se de um copo d'água. Embora pudesse ter um bando de criados para lhe servir água, ajudá-lo a trocar de roupa, preparar seu banho e tudo o mais, Nasir ordenara que ninguém entrasse em seus aposentos. Os monstros preferem a solidão.

Sentou-se na beira da cama.

Altair se aproximou dele e cochichou em seu ouvido.

— Mais do que você.

— Então comece a falar — disse Nasir depois que a água desceu por sua garganta ressecada.

— Sim, meu senhor — respondeu Altair zombeteiramente, com um brilho no olhar.

Nasir ficou irritado com o tom de voz dele e quase atirou o copo na cabeça do general.

— Será que vou ter de pagar para você abrir a boca? Pois pode esquecer.

Altair bufou de desdém.

— Tenho ouro de sobra, shukrun.[36] Acho que os melhores pagamentos são sempre os mais difíceis de obter. Então venha comigo ao Daama Faris e poderemos conversar enquanto tomamos uma bebida.

Nasir cerrou os dentes quando Altair levou dois dedos à testa numa saudação zombeteira e saiu do quarto. *Espertalhão.*

A taberna itinerante se estendia sobre as dunas não muito longe do palácio. Nasir não fazia a menor ideia de como Altair tinha encontrado tal lugar, mas isso era típico dos soldados e seus superiores.

Entrar no Daama Faris era como adentrar um mundo diferente, pois nenhum lugar na cidade do sultão era tão *vivo.*

36 Obrigado. [N. T.]

A costumeira irritação de Nasir foi aplacada por um anseio desconhecido. Ele hesitou por um instante.

Tais sentimentos não deveriam ser encorajados.

Nasir largou a aba da tenda atrás de si e seguiu um Altair sorridente, desviando-se dos homens espalhados pelos tapetes puídos e desbotados. A visão confusa e o calor escaldante, junto com a multidão barulhenta, o deixavam tonto. Altair cumprimentou alguns homens pelo nome no meio do caminho, e Nasir pensou que a tenda fosse ficar em silêncio, que veria o medo nos olhos das pessoas ao seu redor.

Mas elas só lhe lançaram um olhar de relance. Nem sequer o reconheceram.

Será que tal sensação de liberdade era o que significava passar despercebido?

Odores corporais e o cheiro de bebida fizeram Nasir cerrar os dentes. Sairia do lugar com as roupas empesteadas. Só de pensar em respirar aquele ar já sentia vontade de vomitar, o que acabaria entrando para a lista interminável de provocações de Altair, então reprimiu o nojo.

Os dois abriram caminho até uma mesa baixa bem no meio da taberna. Nasir percorreu a tenda com o olhar, observando os mais sóbrios, contando as entradas e detendo-se nas mesas envoltas em sombras. Havia uns quatro homens vestidos com a capa prateada da Guarda do Sultão, um punhado com o uniforme preto de Sarracena e alguns homens de pele mais escura ali por perto que só podiam ser pelusianos, conversando acaloradamente com seus colegas zarameses. A Fortaleza do Sultão também tinha sua cota de demenhunes, mas os tolos provavelmente só bebiam neve derretida sempre que possível.

— Vou protegê-lo, meu caro assassino. Agora, pare de se comportar como se o mundo fosse devorá-lo, hein? — sussurrou Altair em seu ouvido.

Nasir fechou os olhos, *ouvindo* o sorriso malicioso de Altair. Podia muito bem ter vomitado.

Altair teve a audácia de o puxar pelos ombros e levá-lo até o tapete esfarrapado, onde Nasir dobrou as pernas sob o corpo e ficou sentado como um mero plebeu. Estava se controlando para não arremessar o general por cima do ombro.

Altair deu uma risada, divertindo-se com a situação.

— Devo arranjar um babador para você também?

— Se continuar assim, vou enfiar esse seu turbante chique goela abaixo — sugeriu Nasir, notando que o tapete estava cheio de manchas escuras de sabe-se lá o quê.

Estava ali para obter informações. Já tinha visto e feito coisa bem pior do que aquilo. Era bem capaz de suportar tal imundície.

— Chique, é? Fique à vontade. Azul não me cai muito bem mesmo — replicou Altair, dando uma piscadela e se sentando do outro lado da mesa.

Nasir nem se deu ao trabalho de responder. Alguém abriu uma das abas da tenda e a lua penetrou ali, trazendo uma rajada da brisa fresca do deserto. Nos desertos de Arawiya, não havia nada mais belo e estimado do que a lua, que trazia consigo um alívio do sol implacável. Era mais uma coisa que a escuridão ameaçava diminuir.

— Marhaba — disse a garçonete à guisa de saudação. Uma joia verde, provavelmente falsa, adornava seu umbigo exposto, e ela tinha os braços brilhantes de pó iridescente. O sorriso de Altair se alargou ainda mais, e ela o tomou como permissão para se aproximar dele.

— Diga-me, habibi,[37] esse turbante fica bem em mim? — cantarolou Altair.

Nasir cruzou os braços e deu um suspiro.

A garota passou o dedo pintado de henna pelo turbante e sorriu com seus lábios cor-de-rosa.

— Acho que o deixa... — disse ela em voz baixa, chegando mais perto de Altair até que seus cabelos escuros roçassem nele — ... deslumbrante.

Nasir arqueou a sobrancelha quando a garota deslizou os lábios pela bochecha do general.

37 Termo carinhoso que significa querido(a). [N. T]

Altair abriu um sorriso idiota, com os olhos cheios de desejo. Babava como um cachorrinho elogiado por seu mestre. A garota deu uma risadinha, e Altair retribuiu o olhar inquisitivo de Nasir com uma expressão serena antes de se voltar para ela com um sorriso. *Ele é um duas-caras.*

— Um dallah de qahwa para mim, por favor — pediu o general.

Nasir ficou surpreso. Café? Pensou que o general fosse do tipo que adorava uma bebida.

— E para o meu amigo aqui… — Altair parou de falar e apontou para Nasir, que fez uma careta para a palavra "amigo".

— Água.

A garota estranhou o pedido dele e tocou o rosto de Altair antes de se afastar com passos leves.

Os olhos de Altair seguiram a garçonete.

— Sabia que você era um chato, Nasir, mas água? Acho que eles nem têm isso aqui. Aposto que vão pegar um copo direto da privada.

Nasir mordeu a língua.

Altair continuou:

— Sua moderação é impressionante.

— E a sua falta de moderação é abominável — respondeu Nasir.

— Algumas pessoas buscam formas de esquecer — disse Altair, estranhamente solene.

Como se o café pudesse fazer Altair se esquecer de alguma coisa.

Nasir seguiu seu olhar até um homem nitidamente bêbado. O tolo encarava o copo com o olhar perdido até piscar num lampejo de dor que logo desapareceu. Não achava que Altair sentisse tamanha dor.

— Certas pessoas não conseguem esquecer. — Nasir não sabia por que disse aquilo logo para Altair.

Como um lembrete de sua estupidez, Altair lançou-lhe um olhar fulminante.

— Certas pessoas não merecem esquecer.

A garota voltou antes que Nasir pudesse retrucar. Colocou um dallah e uma xícara na frente de Altair e um copo d'água na frente de Nasir. Parecia limpa e não cheirava a água... daquele lugar.

— Shukrun, habibi — disse Altair, passando as costas dos dedos sobre os dela.

As orelhas de Nasir começaram a arder quando o general se aproximou dela e murmurou alguma coisa para a garota antes de enfiar um pedaço de papiro em sua mão.

— Escuta aqui — começou Nasir, mas a garota se endireitou e se afastou dali com um olhar de despedida. Em seguida, parou diante de um dos homens de uniforme preto. Um soldado sarraceno.

— É falta de educação ficar olhando para uma mulher quando se está com um homem — murmurou Altair.

Nasir lançou-lhe um olhar de nojo.

— Quem foi que te disse isso?

— Eu mesmo inventei — respondeu ele.

Nasir viu a garota passar alguma coisa cor de creme para o soldado. O papiro.

— Não seja intrometido, Príncipe.

Nasir bufou e voltou o olhar outra vez, mas só o soldado estava ali agora, encarando-o com indiferença. Será que fazia parte do batalhão encarregado de lançar os gases em Demenhur? Ele não tinha como saber.

— Tudo que faço é para o bem de nosso reino — continuou Altair. — Não é isso que nosso dever determina? Deve haver um bom motivo para você andar por aí matando inocentes. — Ele despejou na xícara o café escuro tão deslocado na tenda repleta de álcool e arruaceiros. Percebeu que Nasir observava sua bebida. — Imaginei que você já tivesse notado que não participo da tendência humana de embotar a mente.

Nasir era meio safi, e nem mesmo ele se referia a si mesmo como outra coisa além de humano. Mas Altair tinha razão. Nasir já tinha notado a surpreendente clareza em seu olhar toda vez que o homem voltava das noitadas. Só não esperava que ele fosse tomar café amargo numa taberna.

— Do que é que estávamos falando mesmo? Ah, sim, da missão. — Altair esticou as pernas em ambos os lados da mesa, sem abaixar o tom de voz.

Nasir abriu a boca para perguntar sobre a garota e o papiro, mas o soldado sarraceno já havia desaparecido.

— Fico surpreso que seu pai sanguinário não lhe tenha contado nada. Ele e seus grandes planos.

Nasir ficou imóvel. Altair nunca falava mal do sultão.

— A Bruxa de Prata mandou um convite. Irresistível. Feito sob medida para ele — começou Altair, bebendo uma xícara de qahwa. Era sempre lamentável quando o sultão seguia o conselho da Bruxa de Prata. Ela era conhecida na Fortaleza do Sultão, mas Nasir mantinha distância da bela mulher que sempre o observava atentamente. — Uma maneira fascinante de obter um objeto de Sharr...

— Sharr? — repetiu Nasir antes que pudesse se conter. A ilha de... kharra. Todos os seus pensamentos se espalharam como a areia em meio a uma rajada de vento.

— Não me interrompa — disse Altair com uma careta. — Seja lá o que for, tal objeto deverá restaurar a magia aos minaretes de Arawiya. E você é uma parte importante do plano.

— Eu. E o objeto é... — Nasir parou de falar quando alguém o chutou, mas, quando ergueu o olhar, o degenerado já havia passado. Outra brisa seca entrou na tenda, bagunçando seus cabelos e agitando a variedade de odores.

— Não faço ideia, só sei que a Bruxa de Prata está por trás disso e que apenas os puros de coração são capazes de encontrá-lo.

— Tá bom. E é por isso que tenho de ir? — zombou Nasir.

Uma briga começou a umas três mesas dali, entre um zaramês desbocado e um homem enorme com manchas de suor na qamis.[38] Nasir esfregou a testa quando grunhidos, batidas e palavrões ecoaram em meio ao barulho já insuportável.

— Você achou mesmo que era puro de coração? — perguntou Altair, imperturbável. — Ghameq não confia na Bruxa

38 Camisa. [N. T.]

de Prata, por razões que mal posso imaginar. Seu trabalho é matar a pessoa que encontrar o objeto e trazer o que quer que seja para seu pai.

Ah. *Aquela*, sim, era uma tarefa adequada para Nasir.

— Viu só? Por mais que ele te odeie, você é a única pessoa em quem Ghameq confia — explicou Altair.

Só que Ghameq não confiava em *ninguém*. Nem mesmo no próprio filho, muito menos na bruxa a quem pedia conselhos.

Altair deu uma risada triste, chegando à mesma conclusão.

— Laa, não é nada disso. Você é o único que ele pode forçar a obedecê-lo e que não vai acabar morrendo no meio da tarefa.

As palavras o atingiram como um tapa na cara. Era uma acusação à qual Nasir já estava acostumado, embora não com a sensação avassaladora de covardia que a acompanhava. Ele voltou o olhar para o general e cerrou o maxilar. Podia sentir pena de si mesmo mais tarde.

— E receio que o objeto que você vai recuperar seja a última coisa de que ele precisa — concluiu Altair.

Para quê?, Nasir quase perguntou.

Mas o nervosismo ficou estampado no rosto arrogante de Altair, e seus lábios orgulhosos tremeram de leve. Uma emoção que Altair, em pleno controle das faculdades mentais, jamais se permitiria demonstrar.

Algo bem pior do que Nasir era capaz de imaginar estava acontecendo.

E logo na daama ilha de Sharr.

capítulo 7

A Umm de Zafira sempre soube que a filha não temia a floresta de Arz como as outras crianças. Em vez disso, ela a fazia dormir contando proezas da Guarda da Sultana, e Zafira sonhava com os guardas perseguindo-a com seus capuzes prateados e rostos sérios. Umm não era uma boa contadora de histórias como Baba, mas as mães sempre sabiam como botar medo nos filhos.

Agora a sultana estava morta, e Zafira via outra coisa prateada nas sombras à sua volta.

A carta e a mulher da capa prateada.

Estava deitada em sua cama, com a pele dolorida por causa do maldito vestido apertado que usara no casamento horas antes. Yasmine continuava na casa ao lado, como de costume, mas agora parecia ser um lugar muito distante e inacessível. *Você é egoísta, só isso.*

Fechou os olhos com força e voltou a abri-los com um gemido, tentando tirar Yasmine e Misk da cabeça. E Deen também, que levara uma sacola cheia de roupas pela rua com um sorriso tristonho nos lábios, para ficar com um amigo pelas próximas noites até que Yasmine se mudasse para a casa de Misk.

Pela neve que cai.

Ela tinha outras coisas com que se preocupar. Como a expedição dali a dois dias, por exemplo. E logo para a daama Sharr.

O colchão fino mal conseguiu abafar o rangido da madeira velha quando ela se levantou da cama. Logo teria de pedir a Deen para dar uma olhada no estrado. O amigo vivia mexendo com vários tipos de materiais, inventando coisas que sonhava em partilhar com os pelusianos a dois califados dali.

Ela vestiu uma túnica desbotada e a capa pesada de Baba. Pegou uma bolsa menor, deixando a bolsa pesada de Baba de lado. Se fizesse a jornada até Sharr, levaria aquela coisa volumosa nas costas. Com roupas extras, seu sabonete preferido e o kit de itens medicinais que Baba juntara ao longo dos anos: tiras de tecido, tônicos, pomadas para feridas, resina para queimaduras e ervas, tudo de uma época em que Demenhur não era um maldito poço de neve, uma época com a qual Zafira só podia sonhar.

Ao endireitar o corpo com um suspiro, ouviu o uivo do vento e o estalo da porta da frente, mas no vestíbulo só havia Lana, encolhida no majlis com um livro no colo. Assim que abriu a boca para perguntar quem havia entrado, Zafira viu o que Lana estava lendo.

A carta prateada brilhava sob a luz da lareira. *Kharra. Kharra, kharra, kharra.*

— O que é que você está fazendo? — perguntou Zafira com rispidez.

Lana se assustou e fixou os olhos na bolsa e nas roupas de caça de Zafira. Havia um prato de aish el-saraya que sobrara do casamento ao seu lado, a calda cintilando sob a luz do fogo.

— Você pretendia contar para mim e Umm? — perguntou Lana com um tom acusatório na voz gentil. Ela ergueu a carta na mão e a ruga em sua testa deixou Zafira mais incomodada do que gostaria de admitir.

— Recebi essa carta hoje, pouco antes do casamento. — *Além disso, não estou falando mais com Umm.*

Lana ficou em silêncio por um momento. A acusação em seu rosto deu lugar a mágoa, fazendo com que Zafira sentisse um aperto no peito.

— Mas você ia nos contar?

— Talvez. Não. Sei lá. Agora não importa mais, não é mesmo? — perguntou Zafira, cansada.

Ela estendeu a mão, e Lana dobrou o convite antes de o devolver. O selo quebrado reluzia como o sorriso da mulher de capa prateada.

Zafira pegou o velho cobertor pendurado junto à porta da frente, roçando os dedos no casaco empoeirado a seu lado. O casaco de Baba. Ele sempre usava as frases mais elaboradas para as coisas e costumava descrever sua cor como as águas do Baransea no mais calmo dos dias sob o mais nublado dos céus, embora nunca tivesse visto o Baransea.

Céus, se partisse naquela jornada, ela veria o mar.

Baba era um colecionador de histórias, um tecelão de palavras. Tinha nascido depois da queda das Irmãs, mas ao longo dos anos coletara histórias do período antes que o Baransea se tornasse perigoso e que Arz aparecesse, cercando os califados e ocultando o mar de Arawiya. Era por causa de suas histórias que Zafira sabia de tanta coisa.

Havia pertences de Baba espalhados por toda a casa (suas botas, sua xícara favorita), pois Zafira não suportaria se livrar de nada. Mesmo depois de tantos anos, ela era metódica na limpeza de todas as noites. Ficava nervosa se visse algo fora do lugar, mas, no caso dos pertences de Baba, só conseguia passar os dedos pelas superfícies e dar um suspiro de pesar.

Era culpa dela. E sempre seria. Se ao menos tivesse sido mais forte, *melhor*.

Quando Baba voltou para casa cinco anos antes, meses após seu desaparecimento na floresta de Arz, a primeira coisa que Zafira notou foi seu estado. Ele tinha as roupas rasgadas e esfarrapadas, os ombros caídos. Quando viu o sangue e compreendeu a expressão em seu rosto, Baba já avançava em direção a ela. Preparando-se para atacar a própria filha que ele entrara em Arz para salvar.

Momentos depois, ele já estava morto, assassinado por...

— Okht?

Zafira se encolheu.

— Desculpa. Sinto muito — falou depressa para Lana. Colocou o cobertor puído em volta dos ombros da irmã, sentindo um nó no estômago ao tocar seus ossos, mais salientes do que uma lua antes. — Durma um pouco. Umm vai acordar a qualquer momento.

Suas palavras foram seguidas por um lamento baixo vindo do quarto de Umm. Alguma coisa fez Zafira dar um passo à frente (o instinto, talvez) antes que se lembrasse dos olhos vidrados de Baba, do sangue que desenhava um horizonte em seu peito. Ela cerrou os dentes e firmou os pés no chão.

— Agora já era. — Distraída, Lana empurrou o cobertor para longe e franziu o nariz. — A jornada para Sharr vai ser mesmo depois de amanhã?

Zafira desviou o olhar.

— Sim.

A decepção de Lana a atingiu como um soco no estômago, e ela se forçou a retribuir seu olhar. A irmã tinha os olhos de Baba, francos e sábios.

— Sinto muito, Lana.

— Alguém vai com você? — perguntou ela, olhando melancolicamente para o romance escondido debaixo do cobertor antes de acrescentar: — Seria bom ter um safi como aliado.

— Não sei quem vai. Nem se isso vai mesmo acontecer. Mas nós duas sabemos muito bem que os safis não se importam com a gente.

Os "maravilhosos" safis, com suas orelhas pontudas, habilidades superiores e vidas eternas, haviam abandonado Arawiya quando o povo mais precisava deles. Os califados dependiam da magia do mesmo jeito que um bêbado depende de um copo cheio, exceto por Alderamin. E, agora que a magia se fora, os safis tinham uma vida tão boa quanto antes, acumulando recursos só para si e virando a cara para o sofrimento do resto do reino.

— Talvez os safis queiram nos ajudar, mas não consigam — sugeriu Lana. — Eles têm o Grande Deserto de um lado e Arz do outro.

— Se eles se esforçassem, já estariam aqui.

Lana refletiu a respeito, franzindo a testa gentil.

— Você é uma boa pessoa, Okht. Mas não pode fazer tudo que deseja.

Zafira abriu um sorriso suave, percebendo que fazia muito tempo que não dava o benefício da dúvida para alguma coisa.

Lana se deteve a caminho do quarto de Umm.

— Além disso, você não precisa ir. É só um convite.

No entanto, toda vez que pensava em *não* ir, Zafira sentia que estava negando a si mesma algo que queria muito fazer, embora não soubesse *como* nem *por que* queria, apenas que queria. De alguma forma, era como se estivesse à espera daquilo e, agora que a oportunidade finalmente se apresentara, não podia perdê-la.

Era *Sharr.*

Era o perigo e a morte da pior maneira possível, mas só de pensar nisso o sangue já começava a disparar em suas veias. Só não sabia como explicar isso de uma forma que Lana fosse capaz de compreender.

De modo que só murmurou "eu sei", para a surpresa de ambas.

Lana olhava para toda parte, menos para Zafira. Ela sabia que Lana não insistiria, que confiava nela, mas se sentiu péssima quando a irmã assentiu com a cabeça e disse:

— Tá bom, então.

— Volto logo. Só vou ao sooq para... pensar.

Zafira se afastou devagar e depois agiu rapidamente. Amarrou o cadarço das botas e embainhou a jambiya de Baba na cintura. Ele lhe ensinara um monte de coisas: como puxar a corda do arco sem fazer barulho, como enxergar com os ouvidos e descobrir o caminho certo com o coração. Após sua primeira aventura em Arz, ele a ensinara a se proteger, a saber como domar a floresta. Mas a lição mais importante era: *nunca fique desarmada.*

O que ele diria a respeito de sua vontade de continuar fingindo ser homem, algo que Yasmine chamava de tolice e que o próprio Baba lhe pedira para não fazer? Será que concordaria que ela se aventurasse por Sharr se soubesse que a magia poderia ser recuperada?

Zafira levantou a trava da porta.

— Okht. — Lana abaixou a cabeça e ofereceu um fardo de comida para ela. — Para ajudá-la a pensar.

Zafira guardou-o na bolsa. Em seguida, tocou o nariz de Lana e deu um beijo na testa dela com um sorriso, deixando a irmã com a mãe que se recusava a ver.

capítulo 8

Quando Nasir e Altair se aproximaram dos portões do palácio, os guardas mal conseguiram disfarçar a surpresa. Nasir também não conseguia acreditar naquilo. Ele tinha ido a uma taberna justo com o general, para tomarem um copo d'água e um bule de café.

— Durma bem, Príncipe — murmurou Altair antes de seguir por outro corredor. — Tente não sonhar comigo.

Nasir ignorou o comentário e subiu as escadas no escuro. *Sharr. Sharr. Sharr.* Era como se a palavra o tivesse deixado bêbado em vez do arak que se recusara a beber.

No entanto, ao entrar em seus aposentos, ele ficou paralisado, esquecendo-se de Sharr imediatamente.

Alguém bloqueava o ar à sua direita, mal prendendo a respiração ofegante. Ele flexionou o pulso antes de lembrar que as lâminas das manoplas estavam armazenadas inutilmente na gaveta da mesinha de cabeceira e quase riu do próprio azar. Desembainhou a jambiya com um puxão no cabo de ônix e soltou um suspiro enquanto dava um passo para a direita. Seguido de mais outro. *Inspire.* Mais dois passos. *Expire.*

Inspire. Girou o corpo, segurou firme na lâmina e empurrou o intruso em direção a um raio de luar. *Expire.*

Cabelos pretos, pele dourada, olhos claros. A curva suave de lábios escuros.

— Kulsum — disse Nasir, arfando. A jambiya caiu no chão. Ele levou as mãos até o rosto dela e aninhou a pele macia entre as palmas. Passou os polegares por suas bochechas e a tensão sumiu dos ombros. Ela o fitou com o mesmo desejo que Nasir vira nos olhos de Altair ao seguir a garçonete pela taberna.

Talvez fosse a escuridão. Ou o desejo em seu rosto, que ele não via de perto havia tantos meses. Ou talvez fosse a confusão em sua cabeça e o jeito que Altair indagara a respeito dela.

De todo modo, Nasir nem parou para pensar por que ela estava em seu quarto enquanto ele estava na taberna com Altair.

Não. Ele simplesmente a beijou.

Baixou os lábios até a boca de Kulsum, levou as mãos para seus cabelos e pressionou o corpo contra o dela. Ela retribuiu o beijo avidamente, pegando a capa dele e puxando-o para perto de si. Naquele momento, não eram mais um príncipe e uma criada, e sim duas pessoas em posição de igualdade.

Rimaal, como sentira a falta dela. Daquela garota, a criada de sua mãe que se tornara muito mais para ele depois da morte da sultana. Seu coração aos pedaços disparou e o calor correu por suas veias. Mas, quando ela afastou os lábios dos dele, mantendo as mãos perdidas no meio de seus cabelos, Nasir ficou paralisado. Ele se lembrou.

Nasir se lembrou de tudo.

Deu um passo para trás, e Kulsum o encarou com seus olhos arregalados e indecifráveis. Ele gostaria que a lua revelasse mais do que aquilo que via ali.

— Vá embora — sussurrou ele com a voz rouca.

Ela não se mexeu. Nenhum dos dois conseguia respirar. Era uma dor pior do que a causada por uma espada. Era esquecer e depois lembrar tudo de novo, a maldição das lembranças.

— Saia. Daqui. — Desta vez, suas palavras foram mordazes como uma lâmina.

Altair tinha razão: certas pessoas não mereciam esquecer.

Kulsum meneou a cabeça. Em seguida, levantou a mão bem devagar, como se tivesse medo de que ele fosse se afastar, mas, já que Nasir não fez isso, ela passou os dedos por sua face direita como fizera tantas vezes antes. Os olhos dele tremularam por um segundo, e então ela saiu sem dizer uma palavra, o vestido farfalhando atrás de si. O que ela poderia dizer?

Ela não tinha mais língua, e tudo por causa dele.

capítulo 9

A noite caíra pesadamente sobre Demenhur, trazendo consigo um silêncio fantasmagórico. A neve rodopiava em assobios sibilantes, e Zafira cobriu o rosto com o lenço. Estava de capa e capuz, mas era fácil discernir o Caçador, pois a probabilidade de encontrar um homem nas aldeias ocidentais com um monte de flechas às costas era zero, já que ela não era um. Zafira riu da própria piada. Yasmine também acharia engraçado. *Céus, ela não está* morta.

Zafira guiou Sukkar pelas ladeiras brancas, onde as casas se erguiam como dentes tortos. Eram feitas com a pedra marrom e a argamassa incolor comuns no deserto.

Só que Demenhur não era mais o oásis de antigamente. Ela deu um suspiro, que logo se condensou naquele frio maldito, e seguiu adiante.

O sooq parecia fantasmagórico sob o luar. A jumu'a desolada não exibia mais nenhum vestígio do casamento que acontecera ali só algumas horas antes. Zafira passou pela confeitaria colorida de Araby, de persianas fechadas como as da maioria das lojas no sooq. Os enfeites pendurados nos beirais das lojas balançavam assustadoramente com a brisa.

Parou Sukkar em frente a uma loja conhecida por atender aos desocupados supersticiosos. Pela vitrine escura, Zafira viu frascos de vidro imundos reluzindo nas prateleiras, cheios de sabe-se lá o quê. Tais frascos deveriam ser pendurados nos quatro cantos da casa para afugentar os ifrits, criaturas feitas de um fogo sem fumaça que eram capazes de adotar o rosto de qualquer pessoa, geralmente dos entes queridos de suas vítimas. Apesar de não conseguirem usar a magia como humanos e safis, os ifrits haviam causado mais estragos do que qualquer outra raça antes das Seis Irmãs da Antiguidade.

Cada uma das seis provinha de um clã proeminente e eram unidas pelo desejo por um mundo melhor, e não por laços de sangue. O que mais intrigava Zafira era a sua raça: elas eram si'lahs, criaturas além da compreensão dos seres humanos. Criaturas que nem mesmo os altivos safis consideram como iguais, mas de um nível muito superior ao deles.

Depois de derrotarem seus inimigos, incluindo os traiçoeiros ifrits, as Irmãs não tinham onde aprisioná-los, e foi então que uma delas elaborou um plano. Ela era mais poderosa do que as demais, pois tinha o coração puro e era firme em seus ideais.

Em Sharr, a ilha que passou a governar, ela criou uma prisão impenetrável, onde as Irmãs prendiam as criaturas que atormentavam o povo e onde ela reinava como guardiã.

Os enfeites pendurados na loja começaram a balançar e o chocalhar metálico arrancou Zafira de seus pensamentos. Ela olhou para os frascos de vidro e ficou imaginando se funcionavam mesmo. Se os ifrits ainda vagavam por Arawiya, invisíveis ou disfarçados de humanos.

Ela puxou o lenço para cobrir a boca e estava prestes a incitar Sukkar a seguir adiante quando as miniaturas de leão de barro na vitrine da frente chamaram sua atenção, deixando-a toda arrepiada. Não entendia o que os felinos de barro deveriam combater, já que o Leão da Noite estava morto.

A mãe do Leão era uma ifrit, e seu pai safi lutou para impedir que ele fosse banido com o resto de sua espécie. Mas a vida no califado safi de Alderamin provou ser ainda mais dura, pois os safis de sangue puro tinham um orgulho incomparável. Mataram seu pai. Baniram o Leão de usar magia. Destruíram sua alma.

Baba usava seu exemplo toda vez que queria ensinar Zafira sobre a opressão. Afinal de contas, o Leão não deixou que os safis o destruíssem. Ele recorreu ao maior trunfo de Alderamin: o conhecimento. Aprendeu tudo o que podia, fortalecendo-se com a proibida magia de sangue.

Em pouco tempo, as únicas criaturas mais poderosas do que ele eram as próprias Irmãs, o que não o impediu de dirigir sua fúria contra o Trono Dourado. Zafira sempre achou estranho que o Leão, com todo o seu conhecimento, tivesse feito uma jogada tão ousada. Pois as Irmãs prontamente o dominaram, aprisionando-o em Sharr e pondo um fim ao seu reinado de escuridão.

Décadas mais tarde, ele causou problemas na própria prisão de Sharr, e a guardiã teve de pedir ajuda às Irmãs. Elas foram em seu socorro, armadas com cada gota da magia de Arawiya para derrotá-lo de uma vez por todas.

Ninguém voltou dali.

Seu rugido era a escuridão. Seu covil eram as sombras. No entanto, Sharr engoliu a todos: as Irmãs, a guardiã, o Leão e até mesmo a prisão. Ainda assim, a Queda de Arawiya foi uma vitória, não foi? Embora o povo tenha perdido as Irmãs e sua magia e tal perda tenha dado a Demenhur um motivo para provar que as ações de uma mulher sempre causavam a tragédia, lá no fundo, Zafira sabia que as Irmãs tinham protegido o povo naquele dia.

Elas derrotaram o Leão da Noite com seus últimos suspiros.

Zafira pressionou os calcanhares nos flancos de Sukkar. Talvez as miniaturas de leão fossem só enfeites, uma demonstração de orgulho pela vitória sobre um homem que desafiava os homens e acabou sendo morto por mulheres.

— Opa! — Ela puxou as rédeas de Sukkar diante de uma construção em ruínas, queimada por um incêndio havia um bom tempo. Ficava atrás do sooq, oculta pela beleza da Casa de Selah mais ao longe.

Zafira prendeu Sukkar a uma viga debaixo de uma calha quebrada e se esgueirou pelas grades velhas. A porta rangeu alto, e algo correu para longe no escuro. Houve uma época em que a fome era tão grande que os demenhunes das aldeias ocidentais tinham de comer a carne pútrida dos ratos, o que os matava mais do que a própria fome. Isso foi antes de Zafira sucumbir ao chamado de Arz.

Ela ainda se lembrava do alívio estampado nos rostos dos pais quando saiu de Arz com três coelhos na mão e uma mancha de sangue na bochecha. Baba e Umm não sabiam para onde ela tinha ido, mas era a primeira vez que alguém voltava da floresta inescapável.

Dias depois, Baba lhe mostrara como lançar uma flecha e capturar um cervo, assim como seu próprio pai o ensinara a fazer nas florestas ao norte de Demenhur. Porém, quando ele levou a carne para a aldeia e começou a alimentar seus habitantes, Umm relembrou a Zafira que, enquanto mulher, não seria respeitada por seu trabalho. Baba se limitou a sorrir, dizendo que Zafira tinha o poder de mudar a opinião dos devotos do califa, de dar às mulheres a igualdade que era seu direito. A igualdade que recebiam nos outros califados de Arawiya.

No final, Zafira escolheu o medo. Vestiu roupas masculinas e continuou a caçar em Arz com o pai, criando uma reputação para si mesma que jamais chegou a ser sua, mas de uma figura mascarada. Uma pessoa que, no fim das contas, não existia.

Era uma vida com a qual Zafira poderia se contentar, desde que visse o sorriso orgulhoso de Baba e a barriga cheia dos aldeões. Até o dia que ela, Umm e a pequena Lana pegaram a gripe que vinha se espalhando por Demenhur.

Enquanto Zafira permaneceu adoentada em casa, a comida ficou mais escassa. A carne, mais rara.

Baba imaginou que conseguiria caçar como a filha. Mas, em vez disso, voltou enlouquecido e quase animalesco.

Zafira soltou o hálito gélido em meio à escuridão. Subiu com cuidado as escadas com cheiro de mofo, ciente de quais tábuas estavam quebradas e quais eram fracas. Cada um dos três patamares dava para um andar de quartos vazios. A casa costumava ser uma estalagem, que recebia pessoas de outros califados que vinham para a aldeia a negócios ou lazer. *Ou prazer*, como diria Yasmine com um brilho sugestivo no olhar.

Ao chegar ao último andar, Zafira abriu a porta para o terraço e puxou a capa para se proteger da súbita rajada de ar frio.

Era para lá que ela ia para se libertar do mundo que esperava tanto do Caçador, dela mesma.

Mas, naquela noite, não estava sozinha ali.

Havia uma silhueta parada na beira do terraço, com o perfil delineado sob a luz das estrelas. Pelo visto, mais alguém não suportava ficar entre quatro paredes.

— Só vim aqui para... — começou a dizer Zafira.

— Pensar — terminou Deen por ela. Ele inclinou a cabeça e as nuvens se abriram para que a lua pudesse ver seu sorriso. — Eu sei. Mas, se está se sentindo como eu, não gostaria que ficasse sozinha.

Zafira não sabia o que dizer. Teve vontade de abraçá-lo, mas, depois do jeito que Deen olhara para ela durante o casamento, não seria uma boa ideia. Em vez disso, parou ao seu lado, encostando o ombro no dele enquanto lutava para conter a euforia que sentia dentro do peito. Juntos, os dois ficaram olhando para Demenhur.

Casas minúsculas se espalhavam à esquerda, encobertas pela escuridão crescente causada pela aproximação de Arz. O sooq se dividia logo abaixo deles, e a Casa de Selah se erguia à sua direita, cintilando sob o luar.

Casa de Selah era um nome humilde para algo semelhante a um palácio. Seus muros de pedra estavam desmoronando e veias escuras de decadência se destacavam em meio ao creme, pois o lugar fora construído para o deserto, e não para suportar o interminável clima úmido. Apesar de toda a decadência, era magnífico: torres gêmeas da cor do marfim se erguiam em direção às nuvens cheias de neve. Entre elas, a construção principal se elevava numa abóbada até o céu.

Se aquilo já era uma beleza, Zafira não podia imaginar a exuberância do palácio em Thalj, onde ficava o minarete real, um farol banhado em sombras desde o desaparecimento da magia. Mal podia começar a imaginar o palácio na Fortaleza do Sultão.

— Sabe o que sempre tive vontade de fazer? — perguntou Deen. Ele se aproximou e tirou o capuz do rosto dela.

Zafira se sentiu exposta sob a luz da lua. Por instinto, olhou depressa ao seu redor, mas os dois estavam sozinhos ali.

— O quê? — perguntou, achando que já sabia a resposta.

— Explorar — respondeu ele, com uma expressão melancólica no rosto.

Ela arqueou as sobrancelhas, surpresa. Ele traçava linhas no parapeito coberto de gelo com o dedo enluvado, pensativo.

— Há mais do que Arawiya lá fora, Zafira. Tem de haver. O mundo não pode se resumir a cinco califados, um deserto e um mar letal. Quero viajar, descobrir outros lugares. Conhecer outras pessoas.

Ela gostava dos planos dele, e seu coração também, se o calor que sentia servisse de sinal. Se a vida fosse mais simples, também gostaria de explorar. Olhou ao longe, até onde sua visão era bloqueada por uma floresta cada vez maior. Uma floresta que poderia ser detida se ela aceitasse o convite.

— Você já viajou para toda parte: Zaram, Pelúsia, e até pelo Grande Deserto a caminho de Alderamin. Você já viu *areia* — disse ela com uma pontada de inveja. Imaginou um mundo coberto de areia, assando sob o sol. Rastejando entre os dedos dos pés e correndo no meio dos dentes. — Como é que é?

— Linda. Infinita. A própria liberdade acenando sob o sol implacável — respondeu Deen baixinho. — O calor é uma praga, mas o frio também não é? — Ele suspirou. — Sou feliz, de verdade. Mas sinto uma… uma *ânsia* por algo mais.

Era a primeira vez que Deen queria a mesma coisa que ela: *mais*. Porém, outra coisa o perturbava. Era evidente pela expressão triste em seu rosto.

— O que foi?

Deen baixou os olhos cor de avelã para ela, que se aproximou mais dele. Ali naquele lugar, tão perto da lua, tudo parecia possível. O vento bagunçou os cabelos de Zafira. Ele ergueu a mão com cuidado e colocou os fios cor de ébano atrás de sua orelha. Em seguida, puxou o ar devagar, numa respiração hesitante que a deixou dolorosamente consciente da solidão dos dois.

— Quer se casar comigo? — As palavras passaram depressa pelos lábios dele, como se seu coração quisesse saboreá-las, mas seu cérebro estivesse esgotado demais para isso.

Ela abriu e fechou a boca sem falar nada. Sabia que aquilo estava por vir. Tinha certeza. Mas logo *hoje*? Logo agora?

Ele desviou os olhos dela. Quantas vezes Zafira não vira seus lábios se alargarem num sorriso espontâneo? Quantas vezes Deen não correra atrás dela, rosnando e fingindo ser o monstro de Arz de que seus pais tanto falavam quando eram crianças? Quantas vezes ele não a segurara de encontro ao peito para partilhar seu calor quando ela tremia de frio?

Foi ele que gastou o pouco dinheiro que tinha para comprar um chocolate safi e fazer a melhor bebida que Zafira já provara na vida. Foi ele que a abraçou quando Baba morreu e seu coração virou uma pedra.

Ela ficou olhando para a noite até que seus olhos começassem a arder.

— Deen, eu... — Sua língua estava pesada. *Eu não sou como Yasmine.* Não é que ela não quisesse se casar. Só queria algo *mais.* Ele não tinha acabado de dizer que também queria isso? — Ainda não estou pronta para me casar.

A dúvida cintilou nos belos olhos dele, e Zafira sentiu um embrulho no estômago.

Deen perguntou:

— E quando você *estiver* pronta?

— Então eu me caso com você — respondeu ela sem um segundo de hesitação. Seu coração disse ao cérebro que ela estava mentindo, mas Zafira o ignorou. Não era mentira. *Não era.* Só não conseguia pensar em casamento quando sua irmã de alma tinha acabado de abandoná-la e prováveis assassinos tinham sido mandados por sabe-se lá quem. Quando Arz conjurara uma mulher de prata que lhe disse que ela era amaldiçoada. Quando um convite para Sharr ardia num pergaminho prateado.

Deen soltou o ar e assentiu com a cabeça, mas a tensão ficou evidente em seu queixo teimoso.

— Não sou um idiota, Zafira, para pedir que você se case comigo só porque minha irmã acabou de se casar. Só pensei que... — Ele fez uma pausa e o coração dela começou a disparar. — Pensei que seria melhor do que uma sentença de morte.

Pensei que o casamento lhe daria outra opção. Outro objetivo de vida. Não é isso que você procura em Arz?

— Do que é que você está falando? — sussurrou ela. Ela não procurava nada em Arz. Apenas caçava. Não sabia o que queria nem pelo que esperava.

Naquele dia, porém, o convite fizera algo se manifestar dentro dela.

— Você ia me contar? — perguntou ele. Parecia cansado. Resignado. — Sobre a carta, Zafira. O convite que você tem no bolso.

Ela mordeu a língua. *Lana.* Foi Deen que estivera em sua casa quando Zafira estava no quarto.

— Eu te conheço — continuou ele. — Vi seu olhar no casamento e pensei que fosse por causa de Yasmine. Mas não era, né? É o mesmo olhar de quando você fica olhando para Arz, e eu devia ter percebido na mesma hora.

Ela franziu a testa.

— Que olhar?

— De exaltação. *Adoração*, até — sussurrou ele, cerrando o maxilar.

O pulso de Zafira vacilou. Ela não usara a mesma palavra para descrever o jeito que a mulher de capa prateada olhava para Arz?

— Não sei de onde isso veio, mas sei que é um convite ao caos.

— Deen, é a *magia*. Nós podemos recuperar a magia. Como é que não vou querer uma coisa dessas? — perguntou ela. Falar com ele sobre o convite fez com que uma torrente se abrisse dentro dela, e ela teve vontade de jogar a cabeça para trás e gritar. Todas as histórias que seu pai lhe contara poderiam se tornar *realidade*. Ah, o que ela não daria para sentir o poder que os antigos aldeões conheciam! Para ter a magia na ponta dos dedos! — Você está bem menos empolgado do que pensei que ficaria com tal possibilidade.

— Não está se esquecendo da parte sobre Sharr? E, antes disso, você vai ter que atravessar a floresta de Arz.

— Eu vou lá todo dia.

— Mas não a atravessa, Zafira. Ninguém faz isso. Talvez a magia esteja no final dessa jornada, mas não quer dizer que você a conquistará. Não há nenhum motivo para dar esperanças a alguém. Muito menos a si mesma. — Deen passou a mão pelo rosto, e Zafira se deu conta de que ele estava chateado.

— Mas pense bem — insistiu ela. — Com a magia, não teremos mais essa maldita neve. E Arz não vai devorar nossa aldeia, pois não existirá mais. Você poderá fazer tudo o que sempre quis.

— Mas a que custo?

Zafira encontrou os olhos de Deen à medida que o frio se adensava entre os dois.

— Ao custo que for preciso. Eu devo isso ao mundo, não devo? Tentar, pelo menos.

— Você não deve nada ao mundo. Ao menos sabe de onde veio essa carta? Acredita mesmo que a magia pode ser restaurada com um livro?

Os olhos dele cintilaram quando ela não respondeu.

O silêncio se alongou entre os dois até que Deen deu um suspiro.

— Yaa, Zafira. Quer dizer que você vai mesmo? Sozinha?

— Acho que sim — respondeu ela, mas sentiu a necessidade de dizer algo mais. — Até onde vamos fugir antes que Arz nos alcance? Não podemos viver em fuga.

Mais silêncio, durante o qual Deen tinha um ar terrivelmente triste. Zafira pegou a mão do amigo e enroscou o dedo mindinho no dele, mas os olhos de Deen se voltaram para seus lábios e ela teve de lembrar que ele não era mais o garoto que cuidava dela como se fosse sua irmã. Que ela não era mais uma garotinha. Que ele tinha acabado de pedir sua mão em casamento.

Tal proximidade não era um bom presságio.

Como se ouvisse os pensamentos dela, Deen voltou a colocar os mesmos fios rebeldes atrás de sua orelha com um olhar de admiração e chegou mais perto dela. Zafira passou a língua sobre os lábios frios. Os cachos dourados caídos sobre a testa dele imploravam por seu toque, mas ela voltou os olhos para a boca carnuda de Deen.

— Zafira — sussurrou ele.

Case-se comigo. Seu daama cérebro voltou a funcionar. Ela deu um passo para trás, as palavras da carta sufocando sua respiração.

— Não faça isso — disse ela baixinho, a voz trêmula. A lua estava tão brilhante que ela podia ver o desejo nos olhos de Deen.

E a Casa de Selah, imponente logo atrás dele.

Sentiu um aperto no peito, mas endureceu os cacos de seu coração e deu as costas para ele.

capítulo 10

A cada trote dos cascos de Sukkar, Zafira achava mais difícil pensar com clareza. Se ela fosse, tinha de decidir agora. Se fosse, cada segundo a levaria na direção da expedição. De Sharr. De deixar sua aldeia.

Ela desceu do lombo de Sukkar com um suspiro pesado.

Deen vinha logo atrás em seu cavalo, Lemun. A princípio, convidá-lo para passar o resto da noite em sua casa, em vez de na do amigo, lhe parecera uma oferta de trégua. Mas agora Zafira estava bastante preocupada. Ela tinha puxado assunto várias vezes na curta viagem de volta, mas cada tentativa terminara num silêncio constrangedor depois de conseguir arrancar poucas palavras dele.

Uma luz débil iluminava o beco lamacento entre a casa dela e a dos Ra'ad, que levava ao estábulo precário. Zafira passou os dedos enluvados pela fresta na janela da cozinha, onde havia um trio de vasos de ervas murchas e amarronzadas, apesar dos esforços fervorosos de Lana. Tal qual Demenhur, o califado que costumava cultivar as ervas medicinais de Arawiya.

Talvez possa voltar a cultivá-las. Ela deu um suspiro e entrou no estábulo. Lá dentro, Deen acendeu duas lamparinas e instalou Lemun ao lado de Sukkar. Zafira passou a mão pelo pescoço do cavalo, e Sukkar a cutucou com um bufo de apreensão.

Um alerta ao qual não deu a menor atenção.

Zafira pensou ter visto um movimento à esquerda e instintivamente verificou se o capuz cobria seu rosto. O desconforto engrossou o sangue em suas veias, desacelerou seus pensamentos.

Um lampejo de prata renovou o pavor em seu íntimo.

— Que a paz a acompanhe, Caçadora.

Deen respirou fundo em meio ao silêncio repentino. Ela conhecia aquela voz e a melodia daquela palavra. *Caçadora.* Deu meia-volta.

As portas do estábulo não tinham se aberto para deixar ninguém entrar, mas para que usar portas quando você era capaz de se materializar onde bem quisesse? Algo escuro vibrou contra a pele de Zafira, e Deen pegou a mão dela. Sukkar e Lemun se encostaram junto à parede, bufando de pânico.

A capa da mulher brilhava como metal líquido, e só agora, livre da cortina da neve rodopiante, Zafira se deu conta de sua juventude.

Céus. Não era uma ilusão. A mulher realmente estivera diante de Arz e murmurara aquelas palavras enigmáticas. Realmente colocara a carta na bolsa de Zafira.

Por que ela está aqui? Zafira ergueu o queixo. Recusava-se a ser covarde.

Sukkar e Lemun continuaram agitados de medo. Deen tentou acalmá-los com uma mão distraída, mas sua apreensão fez os cavalos protestarem mais ainda. A mulher flexionou o pulso, e o próprio ar vacilou antes que os cavalos se acalmassem.

Não.

Eles simplesmente deixaram de respirar.

Deen arregalou os olhos. Zafira quase deu um passo para trás.

Magia. Uma magia que não deveria mais existir. Não havia outra forma de explicar a paralisia dos cavalos. Nem o modo como a mulher aparecera (e desaparecera) do nada.

De repente, as paredes em ruínas do estábulo começaram a parecer uma jaula de aço.

A mulher deu uma risada sem humor, encarando Zafira com seus olhos escuros e penetrantes. Olhos ancestrais, notou com um sobressalto. Seu rosto jovem era apenas um disfarce. De que diabruras aquela mulher seria capaz?

— Ah, os animais vão sobreviver. Mas, pelo bem de minha audição, permanecerão assim até que eu vá embora. — Ela olhou para o mofo preto que manchava a madeira e franziu o nariz para o mau-cheiro da decadência. — O que acontecerá em breve, espero. Você queria me ver, não é?

Zafira se recusava a reagir ao fato de a mulher ter ouvido sua pergunta não verbalizada. Tampouco ficaria imaginando por que ela escolhera logo o momento em que estava com Deen para fazer uma visita. Caso contrário, acabaria enlouquecendo.

— Quem é você?

A mulher repuxou os lábios vermelhos num sorriso de canto de boca.

— A Bruxa de Prata. Bastante apropriado, laa?

Achei meio sem imaginação. O que acontece quando você troca de capa?, pensou Zafira, surpreendendo-se. Pelo visto, uma parte dela ainda não havia se dado conta da seriedade da situação.

— E você é amiga ou inimiga? — perguntou Zafira, e Deen murmurou alguma coisa.

O sorriso da mulher se alargou.

— Alguém parecida com você.

Zafira olhou para Sukkar. O toque suave de uma sombra sussurrou contra sua pele, lembrando-a de Arz e instilando o medo em seu coração. As lamparinas começaram a tremeluzir.

— Não sou nada parecida com você — retrucou ela sombriamente. A malevolência se derramava da mulher como a névoa da manhã.

A bruxa resmungou, mas não fez nenhuma objeção.

— Não demorará muito para que Arz recaia sobre o seu povo.

Zafira já sabia disso. Acordava e dormia com tal conhecimento. Sentia pavor disso todos os dias. Mas não gostou nem um pouco do jeito que a mulher disse "seu povo".

— Eles não são escravos; não pertencem a mim.

A mulher (*bruxa, pelos céus*) fez uma cara presunçosa.

— Ah, mas *você* é escrava deles. Caça para eles, alimenta-os, preocupa-se com eles. Quando abriu a minha carta, seu primeiro pensamento foi sobre o povo. Seu reino pode até ter um rei, Caçadora, mas você é a rainha da preocupação.

— A carta — vociferou Zafira entredentes, e Deen precisou puxá-la para trás. — Fale mais a respeito da carta.

A Bruxa de Prata se aproximou dela com um olhar curioso.

— Você não tem medo de mim.

Tenho pavor. Zafira deu um suspiro trêmulo, ouvindo a voz de Baba. *O medo gera a morte. A confiança gera a liberdade.*

— Do meu ponto de vista — disse ela —, você não teria me convidado se não precisasse de mim. Então não tenho nada a temer, ou tenho?

A Bruxa de Prata deu uma gargalhada.

— Você se acha insubstituível? Há um monte de caçadores em Arawiya, garota. Só a convidei porque você estava no topo da lista. Na verdade, você tem muito a temer.

Não há nenhum caçador que seja capaz de fazer o que eu faço. Mas Zafira não estava disposta a testar essa teoria.

— Por que não vai a Sharr e recupera o objeto sozinha?

— Se fosse tão simples assim, eu não ficaria aqui no meio de tanta podridão.

O desdém pingava da careta da Bruxa de Prata.

— Se uma bruxa cheia de magia não é capaz de recuperá-lo, de que vai adiantar uma garota armada apenas com um arco? — perguntou Zafira, e quase podia *ouvir* Deen tentando ficar em silêncio.

A bruxa estalou a língua.

— Quanto mais você pensar sobre isso — disse ela, inclinando-se para perto de Zafira —, mais louca ficará. Sábias palavras.

— Palavras de Baba — sussurrou Zafira.

Deen se aproximou e enroscou o dedo mindinho em volta do dela, para confortá-la.

A Bruxa de Prata deu um sorriso malicioso.

— Aquele que não teria morrido se você não estivesse adoentada. Vi o último suspiro dele. Bastante brutal, sua mãe.

Zafira ficou furiosa. Fazia quanto tempo que aquela mulher espionava sua família? *E por quê?*

— Obrigada por assistir — *murmurou ela.*

— *Nem mesmo eu sou capaz de controlar a floresta* de Arz. — O olhar da bruxa se tornou melancólico. *De adoração.* — Há uma certa beleza no caos, uma exuberância no incontrolável.

— Você está mentindo — sibilou Deen.

Zafira estava imóvel, revendo a imagem do corpo inerte de Baba. Deen esfregou os braços dela, mas Zafira tinha vontade de ficar em posição fetal.

— Ah, ele sabe falar — comentou a bruxa com um sorriso, e Deen engoliu em seco. — Infelizmente, não posso mentir.

Quando a bruxa olhou para Deen, Zafira sentiu um calafrio na espinha. Parou de pensar em Baba e empertigou o corpo.

— Se você não é capaz de controlar Arz, como é que *eu* teria alguma chance em Sharr?

Os olhos escuros da bruxa faiscaram, e Zafira sentiu que tinha ido longe demais. Se a mulher era capaz de congelar o coração de um cavalo, Zafira não duvidava que pudesse partir o seu num piscar de olhos. O de Deen também.

Deen, que estava ali por sua causa.

— Não vou forçá-la a fazer nada, Caçadora. Venha se quiser, ou se afaste e arranjarei outra pessoa. Que pena, pensei que você fosse querer reivindicar tal vitória para uma mulher.

Zafira hesitou.

A bruxa deu mais um sorriso e continuou:

— Pense bem. Uma vida sem a sombra de Arz, com o Baransea nos limites da aldeia e a magia à sua disposição. Até chegarei ao ponto de proporcionar sua travessia pelo mar. Quando seu califa vier se despedir de você, como fará, você estará em posição de negociar uma bela barganha com ele. Tem muito a ganhar com isso.

Talvez a mulher não fosse forçar Zafira a fazer nada, mas certamente a instigava.

— Por que o califa? Se a expedição é em benefício do povo de Arawiya, o sultão deveria estar envolvido.

— Um califa é o rei de seu califado tanto quanto o sultão é o rei de seu reino. Mas o sultão, como nós duas sabemos, tem tido umas ideias meio sombrias ultimamente — respondeu a bruxa.

Zafira se lembrou dos homens que a emboscaram e, antes disso, do príncipe herdeiro que assassinara o califa de Sarracena por ordem do sultão. Ideias sombrias, sem dúvida alguma.

— Por mais preconceituoso que seja, seu califa é um bom homem. Achei melhor informá-lo antes de mandar o lendário Caçador de seu califado numa missão perigosa para Sharr.

— O que *você* tem a ganhar com isso? — perguntou Deen.

A expressão cautelosa da bruxa vacilou. A tristeza a fez franzir os lábios e abaixar as pálpebras dos olhos escuros.

Fingimento. Só pode ser.

— É errado buscar a redenção como qualquer mortal?

Como qualquer mortal? Zafira estremeceu ao se dar conta do que a Bruxa de Prata poderia ser. Ela olhou de relance para Deen, mas ele mal conseguia respirar.

— Depende do que você fez para buscar a redenção — respondeu Zafira com cuidado.

— Fiz mal a alguém que já amei.

Zafira arqueou as sobrancelhas, perplexa, e a tristeza da bruxa desapareceu de sua expressão tão depressa quanto havia surgido.

— Se não acredita em redenção, Caçadora, ao menos acredite nisso: até o final do ano, a floresta de Arz consumirá todo o reino de Arawiya. Embarcar nessa jornada é um pequeno risco em comparação, laa?

Ela tinha razão. Sharr poderia ser uma sentença de morte, mas o povo de Arawiya *já* havia sido condenado à morte. Era só uma questão de tempo, e bem *pouco* tempo. Menos do que Zafira havia previsto.

Parecia tão simples. Viajar até a ilha, encontrar o Jawarat, acabar com a maldita floresta de Arz e restaurar a magia do reino. Mas tinha que ser em *Sharr*?

— Como um livro seria capaz de restaurar a magia? — perguntou Zafira.

— Da mesma maneira que é capaz de reencenar a história da civilização, ensinar um prato delicioso ou contar uma história de prazer — respondeu ela, como se Zafira tivesse feito a pergunta mais idiota de todos os tempos. — Você se pergunta como uma garota igual a você consegue voltar de Arz?

A bruxa tinha a mania de responder as perguntas com mais perguntas.

— E você espera que ela vá sozinha? — perguntou Deen. — Por que o califa não manda seus homens para acompanhá-la?

— Se quisesse uma festa, rapaz, eu daria uma — retrucou a bruxa. Ela se virou, esvoaçando a capa ao seu redor. — A morte será sua companhia. Ela a manteve segura esse tempo todo. Por que pararia justo agora?

Zafira estremeceu com a escolha de palavras da mulher. O mindinho de Deen apertou o seu com força até que ela puxasse a mão. Ouviu a voz da mulher mais uma vez, um sussurro em seu ouvido apesar da distância entre as duas.

Adeus, Caçadora.

Um punho gélido apertou a garganta de Zafira. Ela sentiu dificuldade para respirar e, quando finalmente conseguiu, a bruxa já tinha desaparecido.

capítulo 11

Nasir acordou com um criado ao lado da cama. Fez uma careta e passou a mão pelo rosto, sentindo a barba rente arranhar sua mão.

— O que foi? — resmungou ele.

O homem baixou os olhos, os cabelos escuros cobrindo a pele quase translúcida, uma cicatriz feia na bochecha. Era um demenhune, até onde Nasir sabia. Os servos da Fortaleza do Sultão provinham de quase todos os califados, menos de Alderamin, já que os safis não se curvavam perante ninguém. Para a sorte de Ghameq, Alderamin e a Fortaleza do Sultão ficavam separados por Arz e pelo Estreito de Hakim, pois Nasir duvidava muito que seu pai estaria sentado no trono de outra forma.

— O sultão…

— Já vou — vociferou Nasir.

O homem se encolheu e correu porta afora.

Nasir saiu da cama e entrou no banheiro contíguo. Seu estômago roncou alto, mas, ao terminar de se vestir, percebeu que não teria tempo de comer nada, pois o sultão não tolerava atrasos.

O que importa se eu chegar atrasado?

A mãe dele estava morta. Kulsum havia perdido seu bem mais precioso. Mas sempre havia alguma coisa: o sultão podia arrancar os olhos de Kulsum ou as unhas do filho de Haytham. Sempre havia algo que o Sultão Ghameq podia fazer para que alguém desejasse tê-lo obedecido, para que desejasse a própria morte.

Nasir se concentrou no eco baixo de seus passos até conseguir controlar a respiração. As enormes portas da sala do trono rangeram quando foram abertas, revelando o sultão sentado em seu Trono Dourado, recebendo os emires. Estava sempre acordado, sempre trabalhando, sempre atento.

Nasir ficou à espera, mesmo quando os emires desdenharam dele a caminho da saída, orgulhosos de terem recebido a atenção do sultão antes do príncipe herdeiro.

Quando restaram apenas os dois, Ghameq olhou para as roupas de Nasir.

— Aonde é que você vai?

— O senhor me convocou. Pensei que fosse para mais um assassinato — respondeu Nasir, percebendo seu erro tarde demais.

— Quantas vezes eu te disse para não pensar?

Nasir cerrou o maxilar, mas o relaxou logo em seguida.

— Prefere que eu troque de roupa?

— Não me importo com o que você veste, rapaz — retrucou o sultão.

Não me importo ecoou nos tímpanos de Nasir.

— Pegue alguma coisa para comer e me encontre nos meus aposentos. Depressa.

Por um segundo, Nasir não conseguiu se mexer. O sultão tinha acabado de dizer para ele *comer* alguma coisa.

A surpresa devia estar estampada em seu rosto, pois o sultão bufou de desdém.

— Você está com cara de fome. Preciso que fique com a mente clara para enfiar o que vou lhe dizer nessa sua cabeça oca.

Mas é claro. Como é que pôde pensar, por um momento sequer, que seu pai se importava com ele?

Daquela vez, ele enfiou a coroa de prata na cabeça e, quando um guarda o deixou entrar nos aposentos do sultão, o coração de Nasir disparou dentro do peito. O aposento estava exatamente como no dia anterior. Até aquele miserável atiçador continuava no mesmo lugar que ficara depois da reunião com Haytham.

Ele puxou a cortina para o lado e entrou num cômodo menor, onde o sultão Ghameq repousava em seu majlis, com as pernas cruzadas e uma mão no medalhão ao redor do pescoço. Nasir desviou o olhar e se deparou com outra porta aberta, atrás da qual havia uma cama com cortinas cor de marfim e adornada com flores prateadas. Nasir ficou imóvel.

— O que foi? — perguntou o sultão.

Nasir preferia não responder.

— Não venho aqui desde…

— Desde que ela morreu — enunciou o sultão com a voz ríspida.

Nasir soltou o ar e encarou o pai, esperando. Desejando. Procurando. E lá estava: uma pequena rachadura nos olhos de pedra do sultão, que sumiu antes que Nasir pudesse se agarrar a ela.

Ele se ajoelhou, e o momento se desfez.

— Você parte amanhã — disse o Sultão.

— Para onde?

— Sharr.

Se esperava ver surpresa no rosto de Nasir, o sultão estava perdendo seu tempo. "Vil" era uma descrição suave para Sharr, onde a própria areia causava a morte, mas Nasir carregava uma estranha sensação de distanciamento do fato de que em breve estaria na ilha. A lógica lhe dizia que tinha muito a temer: não seria o homem mais perigoso no local para onde seria enviado. Não estaria no comando.

Mas ele parara de dar ouvidos à lógica quando sua mãe morreu.

— A Bruxa de Prata vai mandar o Caçador demenhune para recuperar o Jawarat perdido, um livro que dará fim à seca de magia.

Então, a suposição de Haytham era verdadeira. Uma brisa entrou pela janela aberta, seca e árida como toda a Fortaleza do Sultão.

— O Caçador é uma da'ira. Uma bússola. Caçar em Arz já é difícil, mas conseguir encontrar o caminho de volta por cinco anos? Há magia em jogo. A da'ira é uma das afinidades mais raras. Ele só precisa se concentrar num objeto e será levado até ele. Duvido que o homem saiba o que é, ou não teria se revelado de modo tão imprudente. Os dois homens que mandei buscá-lo nunca mais voltaram. — O sultão afagou a barba, pensativo. — Então, você precisará pegá-lo em Sharr. Use-o para encontrar o Jawarat e depois o mate. Mate também qualquer um que a bruxa mandar para lá.

Matar, destruir. Foi isso que substituiu a lógica.

— Mas a magia… — começou Nasir.

— Pedi sua opinião? — perguntou o sultão, colocando-o em seu lugar.

Ele era um cachorrinho. Não podia desejar saber mais a respeito disso. Não *merecia.*

Mas como?, Nasir ainda queria saber. Como é que o Caçador demenhune podia possuir magia se ela não existia mais? Se era evidente que a convocação de fogo de Ghameq era feita por meio da banida dum sihr, um tipo de magia que ninguém em Demenhur, um califado ético, se atreveria ou mesmo *conseguiria* fazer?

Aquilo queria dizer que havia nuances desconhecidas sobre o desaparecimento da magia.

— A bruxa já me prejudicou em várias ocasiões — continuou o sultão. — Não deixe o livro cair nas mãos dela. Se minha suposição estiver errada e o Caçador não passar de um homem com um propósito, vá em frente.

Vá em frente. Um eufemismo para "mate-o e acabe logo com isso".

— Entendido?

Nasir abaixou a cabeça. Não importava se queria fazer aquilo ou não.

— Por que eu? Por que não um batalhão? — perguntou Nasir. Talvez ele fosse o único que cumpria as ordens do sultão sem retrucar, mas como é que teria êxito numa ilha de onde nem as Irmãs tinham conseguido voltar?

— Seria uma opção mais estratégica, mas estamos lidando com uma bruxa volúvel, não com um oponente mortal.

Volúvel, sem dúvida alguma.

Nasir pensou nas cortinas cor de marfim à sua esquerda, no quarto onde duvidava que o sultão dormisse agora. As palavras saíram de sua boca antes que pudesse contê-las.

— E se eu não fizer isso?

A resposta do sultão Ghameq foi imediata.

— Sua criada pode viver sem outras partes do corpo. Além disso, há o garoto de Dar al-Fawda e o filho de Haytham. Você nunca ficará realmente sozinho. Sempre encontrará uma pobre alma para proteger. Acha que não vejo essas coisas? Você é fraco. Patético. E, até que mate a revoltante misericórdia que empesteia seu íntimo, jamais será digno de ser meu filho.

Suas palavras cruéis ecoaram no silêncio.

Houve uma época em que Nasir era digno de ser seu filho. O sultão era um homem que ele costumava chamar de Baba. Mas agora parecia que alguma coisa vivia dentro dele, corrompendo o homem que Nasir tanto amara. Para ver um lampejo, um vislumbre, um mero *vestígio* de admiração nos olhos do pai, ele seria capaz de fazer qualquer coisa.

Até mesmo matar sem princípios morais. Assassinar sem sentir remorso. Tornar-se um monstro sem limites.

Uma criada entrou no aposento. Nasir ouviu o farfalhar do vestido em torno de suas pernas e nem precisou se virar para saber quem era. O sultão o encarava, então Nasir endureceu a expressão e olhou friamente para trás.

Kulsum avançou e colocou uma bandeja de frutas no chão em frente ao sultão. Ela se agachou, o queixo encostado no peito, quieta e ansiosa, a uns dois passos de distância dele. O doce cheiro de jasmim atingiu os sentidos de Nasir. Ele se lembrou da maciez da pele dela. Da dor.

Ghameq olhou para a bandeja repleta de tigelas de prata como se tivesse aparecido por conta própria. Uma ordem murmurada para que ela saísse, *akhraj*, foi o único reconhecimento que deu à criada.

Nasir não olhou para ela, embora cada nervo de seu corpo implorasse para que fizesse isso. Havia frutas de uma infinidade de cores dispostas nas tigelas, fatiadas com delicadeza e exibidas em abundância. Eram provenientes de Pelúsia, o único califado com um solo tão fértil.

O sultão começou a comer. Jogava uma uva após a outra na boca enquanto o filho de Haytham tremia de fome, o pajem lambia os dedos sujos e as crianças caíam dos lombos dos camelos. Enquanto Arawiya sofria.

Respire.

— Peço licença para sair, Sultani — disse Nasir depois de um momento.

O sultão continuou a mastigar, ignorando-o. Nasir ficou irritado.

Por fim, Ghameq resmungou:

— É amanhã, rapaz. Prepare-se.

— Supondo que eu consiga atravessar Arz, como chegarei a Sharr? — perguntou Nasir. Não tinham embarcações para fazer a travessia pelo mar. Nem marinheiros para ajudá-lo a navegar.

— De barco — disparou Ghameq, como se o filho fosse um idiota.

Nasir achava que o sultão não tinha visto o retesar de seu maxilar.

— Sim, Sultani.

Ele havia resistido às ordens de Ghameq antes de finalmente sucumbir à dor. E conseguira suportá-la mais do que a maioria das pessoas. Até que o sultão descobriu um jeito melhor de garantir a obediência de Nasir.

— Vou fazer a viagem sozinho?

O sultão sorriu como a cobra que era, e o pavor se instalou no íntimo de Nasir.

— Leve Altair.

Nasir soltou o ar. O que será que o general preferido do sultão fizera para provocar sua fúria?

— E devo matar todo mundo.

— Foi o que eu disse, não foi? — confirmou o sultão Ghameq, pegando um punhado de sementes de romã.

Sharr era uma terra de fantasmas, uma ilha onde até a terra seria sua inimiga. No entanto, Nasir não tinha mais medo daquilo. Tinha medo de si mesmo e das vidas que ceifaria, começando pelo general preferido de seu pai. Medo por Kulsum. Pelo filho de Haytham.

A não ser que…, começou a dizer a voz em seu coração.

Mas parou por aí.

capítulo 12

Zafira passara o resto da noite pensando na mulher de capa prateada, uma genuína *bruxa* mágica que falava de redenção e magia, que parecia ser alguns anos mais velha do que Zafira, mas falava como se estivesse viva havia séculos. Zafira não era como Deen. Nunca encontrara os imortais safis. Não conhecia o mundo que existia além das aldeias ocidentais de Demenhur. Todo o seu conhecimento vinha das histórias contadas em noites tranquilas. Uma bruxa estava além de sua compreensão.

No final, Deen não passara a noite na casa dela.

Depois que a Bruxa de Prata desapareceu, ele se recostou na parede do estábulo com um olhar distante.

Quando finalmente se recompôs, Zafira percebeu que ele não gostava do que via no rosto dela. E, quando ela alongou o silêncio entre os dois, ele tomou seu rosto abatido em ambas as mãos e deu um beijo de leve em sua testa.

— Zafira. Olhe para mim, Zafira.

Mas ela não podia fazer isso. Não podia olhar para ele, e seus olhos tremularam até fechar. Na escuridão, tudo era possível. Baba continuava vivo, Umm era ela mesma, a magia ainda existia. Mas os olhos de uma pessoa não podiam ficar fechados para sempre, a não ser que ela estivesse morta.

E os mortos não podiam sonhar.

— Isso está muito além de nós — sussurrara Deen contra a pele dela.

Estava? *Quem decide o que está fora de alcance se não nós mesmos?*

A porta do quarto de Zafira se abriu, enquadrando Lana sob a luz suave.

— Okht? Achei que tivesse ouvido sua cama ranger. Não vi você entrar ontem à noite. — O rosto dela estava radiante de alívio, e Zafira deu um sorriso. — Ummi[39] está te chamando.

O sorriso sumiu de seu rosto.

— Como de costume — comentou Zafira cautelosamente, ignorando o abismo de culpa.

A sanidade mental de Umm se tornara inconstante desde que Baba regressara de Arz, mas ela tinha raros momentos de lucidez. Momentos em que Zafira se mantinha distante, pois era mais fácil do que encarar a mãe.

— É melhor você ir — disse Lana baixinho, as mãos entrelaçadas. O fogo mortiço mergulhou seu rosto nas sombras. A culpa ficou aparente em seus lábios. — Eu... eu contei a ela sobre a carta. E Sharr.

Com um suspiro, Zafira jogou o cobertor para o lado e se levantou, sentindo o frio atravessar o tecido fino da camisola velha até chegar a seus ossos. Lana se afastou, e Zafira ouviu o farfalhar das almofadas do majlis junto à porta da frente, deixando-a a sós com sua decisão.

Pela soleira da porta, ela podia ver a maçaneta enferrujada que dava para o quarto de Umm. A mesma maçaneta pela qual passava todo daama dia, a culpa ardendo em seu íntimo.

Basta. Ela estava de partida para Sharr. Talvez até morresse lá. Cerrou o maxilar e foi até a porta de Umm. A cada passo, ela se sentia como um condenado a caminho da decapitação.

Aproximar-se de Arz era menos assustador.

Zafira chegou à porta, ofegante. A madeira arranhou as mãos dela. *Abra a porta, sua covarde.*

Ela empurrou e a porta abriu com um gemido. *Cinco anos*, parecia choramingar. *Cinco anos.* A mulher lá dentro levantou a cabeça e a encarou, torcendo os dedos com a mesma inquietação que corria pelas veias de Zafira.

Umm.

Zafira não trocava sequer uma palavra com Umm havia cinco anos. Cinco anos com a mãe na mesma casa; cinco anos

39 Minha mãe. [N. T.]

de silêncio. Às vezes, antes que ela começasse a gritar, era mais fácil pensar que Umm também havia morrido.

Ela estava igual a antes. A cabeça erguida majestosamente sobre um pescoço esguio como o de uma gazela. O nariz fino que Baba tanto amava. Os lábios de um tom mais escuro de vermelho e os olhos brilhantes e frios como os de Zafira, cobertos por cílios que suavizam sua frieza. Os cabelos escuros estavam cheios de mechas brancas.

Aqueles fios envelhecidos a atingiram como um soco no estômago.

— Zafira — disse Umm. Sua voz não era mais a mesma. Estava rouca, cansada pela tristeza.

Zafira não conseguia sair da soleira da porta. Mal podia respirar.

— Você nunca vem me ver.

E Umm nunca saía do quarto. As parcas paredes da casa abrigavam três almas e uma imensidão de lembranças. Zafira lançou um rápido olhar atrás de si, para onde Lana estava encolhida no majlis, propositalmente não prestando atenção.

— Não consigo — falou ela, arfando.

A voz de Umm era suave.

— Era você ou ele.

As duas deveriam ter tido aquela conversa cinco anos antes, se a dor não fosse tão sufocante.

— Você deveria ter salvado Baba — sussurrou Zafira. Os cobertores de Umm estavam espalhados à sua volta, incluindo o rosa-claro que Yasmine tinha tecido para ela.

— Não havia a menor dúvida se a criança que vivera uma fração da vida dele deveria ser poupada ou não — replicou Umm, a voz embargada. Quando ela respirou fundo, Zafira ouviu o ruído em seu peito. A dor.

Zafira passou a mão no rosto e seus dedos ficaram úmidos de lágrimas.

Umm levantou as mãos.

— Yaa, minha abal, não chore por mim.

Ah, minha rosa silvestre.

Zafira não ouvia aquela expressão carinhosa havia anos. Sentiu um nó na garganta, arranhando tudo ali dentro e acabando com sua determinação. Seu pai a sussurrara para Zafira pouco antes de ela tentar se desvencilhar de suas mãos fortes, lutando pela própria vida.

Lembrou-se daquela súbita imobilidade logo depois de Umm cravar a jambiya no coração dele. Sua visão foi tomada de vermelho. Vermelho-escuro, uma linha reta pintada no peito de Baba.

Zafira se aproximou. Agachou-se. Sentou-se. A cada movimento, sua culpa aumentava à medida que percebia como fora egoísta. Pegou as mãos de Umm, fechando os dedos ao redor da frieza dos da mãe. Suas lágrimas rolaram livremente. Uma após a outra, as gotas escorriam de um buraco em seu peito, transformando-se num riacho que lhe inundava o coração. Os olhos de Umm ficaram cheios de tristeza.

— Às vezes, eu me esqueço do rosto dele — sussurrou Umm.

Como é que algo tão indolor como a perda de memória podia doer tanto? O desespero no olhar de sua mãe tomou conta dela.

Zafira jamais se esqueceria do rosto de Baba. Jamais poderia se esquecer dele — khalas[40] e acabou. No entanto, ignorara a mãe, que continuava viva. Deixara-a passar pelo luto sozinha. Porque, não importava quanto tempo Lana passava com Umm, era Zafira que estava presente quando Baba dera seu último suspiro. Era Zafira que entendia a dor de Umm.

A mesma mãe que salvara sua vida.

Ela tinha deixado que sua dor se transformasse em raiva. Deixado que tal raiva a contaminasse, cegando-a para o sofrimento de Umm. Se Zafira sofria por ter visto o pai morrer pelas mãos da mãe, como era para Umm viver com as próprias mãos que usara para matar o amado?

Como será que Umm se sentiu ao ter de escolher entre um de seus dois amores?

40 Término, fim da história, ponto-final. [N. T.]

Zafira respirou fundo. Fechou os olhos egoístas e ardentes e colocou a cabeça no colo de Umm, um gesto estranho e familiar ao mesmo tempo.

— Me perdoe, Ummi. Me perdoe — implorou Zafira. Ela repetiu as palavras sem parar. — Por ter te evitado. Pela minha raiva.

Egoísta. Infantil. Detestável. Céus, não havia nenhuma filha em Arawiya pior que ela.

— Não implore, criança. Eu também sinto muito. — Umm a tranquilizou e tomou o rosto de Zafira em ambas as mãos. Não havia nenhum resquício de loucura nos gélidos olhos azuis que ela herdara. — Você não veio até mim e eu não fui até você. Nós duas falhamos, não foi?

Não. A culpa era toda de Zafira. Ela não cumprira seu dever de filha.

Umm passou o polegar pela bochecha úmida de Zafira.

— Lana me disse que você vai para Sharr.

Zafira supôs que suas lágrimas não tivessem a ver apenas com Umm e Baba. Era todo o resto, também. O casamento de Yasmine. O pedido de Deen. A jornada para Sharr.

— Não serei como Baba. Não voltarei para machucar você. Serei vitoriosa, ou morrerei tentando. — Havia uma determinação na voz de Zafira.

— Não vou tentar impedi-la de ir, minha abal. Só quero saber do que a busca se trata.

— Do retorno da magia — respondeu Zafira. — Da destruição da floresta que tirou Baba de nós.

Umm refletiu a respeito por um instante e abriu um sorriso que provocou milhares de lembranças em Zafira. Via Baba ali. Via um pão quente saindo do forno. Cobertores criando um casulo. As pequeninas mãos de Lana e os ma'moul[41] preferidos de Umm.

Aquilo não existia mais. Nada daquilo. Tudo se acabara.

Por causa de Arz.

41 Biscoitos recheados com tâmaras. [N. T.]

— Vingue a morte dele, Zafira. Vingue seu pai e destrua aquela floresta. — Umm passou o polegar pela bochecha dela novamente, dando-lhe um lampejo de luz para guiá-la pelo caminho desconhecido. Um caminho que Zafira jurou seguir. — Seja tão vitoriosa quanto o nome que lhe dei e deixe o deserto de joelhos.

Zafira pegou cada palavra da mãe, uma a uma, e as engoliu de uma vez só.

Mais tarde, Zafira pegou suas flechas recém-fabricadas e enfiou-as no alforje com baques suaves que imitavam as batidas de seu coração. Lana girou uma pena branca entre os dedos antes de recolher as lascas de madeira.

— Vou tomar banho e ir até a casa de Simah — disse ela com um bocejo.

— Ah, é?

— Almoço — disse Lana, sem dar maiores detalhes. Quando Zafira estreitou os olhos, acrescentou: — A Umm dela está doente.

— Não precisa bancar a médica toda vez que alguém pede. Você não deve…

— Nem você — cortou Lana. Ao ver a surpresa no rosto de Zafira, ela se aproximou e pegou a mão dela. — Desculpa, Okht, mas é verdade, não é? Eu… eu volto mais tarde.

Zafira puxou Lana para um abraço antes que ela escapasse dali, passando os braços em volta da irmã e segurando-a com força. Pegou todas as palavras que queria dizer a ela e murmurou:

— Sinto muito.

Lana se afastou para fitá-la e deu um beijo na bochecha de Zafira.

— Eu sei — sussurrou ela, e Zafira ouviu tudo que havia nas entrelinhas.

Depois de Lana desaparecer pelo corredor, Zafira voltou a afundar nas almofadas com um suspiro. Pegou a jambiya de Baba, pesando-a contra sua prima de lâmina reta, a adaga, nas mãos para decidir qual seria mais útil contra um inimigo.

Um inimigo. Não iria à caça de cervos e coelhos. E sim de monstros, se as histórias sobre Sharr fossem verdadeiras. Iria lutar pela própria vida.

Ela se sobressaltou ao ouvir a batida na porta. *Céus, Zafira*. Seu coração disparou ao pensar na Bruxa de Prata, mas a lógica lhe dizia que a bruxa provavelmente se materializaria na sua frente em vez de bater na porta. Se é que aquilo podia ser chamado de lógica.

Zafira abriu a porta.

Deen estava parado na soleira, os cabelos cobertos de neve. Ela se preparou para ouvir que não devia ir. Que devia ficar na aldeia.

Mas, em vez disso, ele perguntou:

— Você viu o Caçador por aí?

Ela abriu um sorriso, e os olhos dele brilharam ao ver seu alívio.

— Ouvi dizer que ele ia tirar o dia de folga — respondeu ela.

Deen entrou e olhou dos farrapos espalhados para as penas brancas de suas flechas. Esfregou as mãos diante da lareira e meneou a cabeça.

— Não é assim que se "tira o dia de folga". Venha comigo.

Ela se limitou a fitá-lo.

— Faz séculos que você não sai de casa como Zafira.

Ela jogou as lascas na lixeira.

— Mas aí todo mundo vai saber como eu sou bonita.

Ele deu um sorriso gentil.

— Pois todo mundo devia mesmo.

Ela sentiu um arrepio ao se lembrar da noite anterior no terraço. O frio em sua nuca. Os rostos dos dois tão próximos. A curva dos lábios de Deen, e a lua passando os dedos pelos cachos dele.

— Aonde vamos?

— Hum, deixe-me ver. Que tal a Bakdash? — perguntou ele, deixando bem claro com o tom de voz que já tinha pensado naquilo.

Zafira apertou os lábios e fez uma cara feia.

Ele começou a rir.

— Sei que você odeia aquele lugar, mas…

— Eu odeio toda a *premissa* — reclamou ela. — A ideia de as pessoas se aglomerarem para comprar sorvete enquanto se queixam do frio no califado.

— Você, Zafira, tem uma maneira muito estranha de pensar. — Deen pegou o xale de lã de Zafira e o entregou a ela. — A Bakdash é nossa. É uma das poucas coisas que torna Demenhur especial. As pessoas costumavam se *aglomerar* aqui vindas de todo canto de Arawiya só para provar o sorvete. Que tal experimentar, hein? — Sua voz ficou mais suave. — Quem sabe quando você terá outra oportunidade…

As palavras dele a atingiram. Aquele seria seu último dia em Demenhur por um bom tempo. Talvez para sempre.

Uma voz não parava de perturbá-la, dizendo que a jornada para Sharr era uma mentira que só lhe traria dor. Mas Zafira vira a expressão no rosto da Bruxa de Prata e sabia muito bem como era desejar a redenção, se culpar por um momento de fraqueza.

Era por culpa dela que Baba jazia de lábios azulados sob o gelo e a neve.

Deen a encarava e, apesar do silêncio, Zafira notou pela tristeza que afogava seus belos olhos que ele tinha lido tudo aquilo no rosto dela. Era seu traço mais vexatório, ter um rosto tão expressivo. Algo que as pessoas sempre lhe diziam. Uma opinião repetida tantas vezes até se tornar um fato. Ela enrolou o xale em volta do pescoço e jogou a bolsa de moedas para ele antes de seguir em direção à porta.

— Vamos lá deixar nossos lábios congelados.

O sorriso de Deen significava mais para ela do que qualquer coisa que o dinheiro pudesse comprar.

Zafira se encolheu toda ao sair de casa. Afinal de contas, não tinha a sombra da capa ao seu redor. Seus ombros caíram para a frente, junto ao peito. Abaixou a cabeça e apertou os lábios.

Mas não era do frio que ela se protegia.

Deen se deteve. Zafira sentiu o calor dos dedos dele no queixo antes que ele erguesse seu rosto para olhar para fitá-la.

— Zafira. A lua jamais teme a noite. A gazela não teme o desconhecido. Por que logo você temeria, Caçadora?

— Mas isso não é o desconhecido.

— São os *seus* medos, que vêm do Caçador até *você*. Não tema a si mesma.

Ela tentou. Tentou se concentrar em outras coisas, como a perturbadora assimetria das casas empilhadas lado a lado e a planície de neve branca interrompida pelos troncos trigueiros da Floresta Vazia. Era tão esparsa e árida. Uma floresta em miniatura em comparação com a maldita Arz.

Deen parou diante de um arbusto sem folhas e quase morto, esparramado na frente de uma casa. Antes que ela pudesse perguntar, ele emitiu um *ahá!* satisfeito e voltou-se para ela com algo nas mãos em concha.

Uma flor. Branca e salpicada de gelo. Pétalas aveludadas quase se desprendendo do caule.

Zafira se lembrou das dúzias de rosas silvestres resgatadas por Baba. Colocadas em suas mãozinhas enquanto ele a abraçava com força e a chamava de abal. Naquela época, ela já sabia que Abal era o nome de uma das Seis Irmãs, o que fazia sua versão mais nova se sentir tão poderosa quanto amada.

Deen dobrou o xale dela para trás e enfiou a flor sob as mechas escuras de seu cabelo, e ela sentiu a pontada do caule no couro cabeludo antes que ele lhe segurasse a mão.

— A beleza que a tudo suporta. Teimosa nos climas mais rigorosos.

— Parece até um touro — disse Zafira apesar do nó em sua garganta, e ele deu aquela risada que ela amava mais do que o fogo mais quente na noite mais fria.

Ao chegarem ao sooq, Deen apertou sua mão, e ela se deu conta de como era rápida para se voltar para os próprios pensamentos. Ergueu o queixo ao passar por uma menina que seguia atrás da mãe, com um xale em volta dos ombros e um bolo fumegante nas mãos cautelosas. Mais adiante, viu um homem que empurrava uma carroça cheia de tapetes e prometia dar descontos enquanto outro abria um baú cheio de pomadas, tônicos e ervas medicinais e anunciava preços que deixaram Zafira de olhos arregalados. Os vendedores gritavam. As pessoas barganhavam. O chão da jumu'a estava quente sob seus pés. A barraca do velho Adib estava movimentada; as peles obtidas nas caças de Zafira eram passadas de homem para mulher e de mulher para Adib, que barganhava e negociava até que ambas as partes concordassem com um preço.

— Que bom ver que Adib está se saindo bem — observou Zafira.

Deen soltou um resmungo.

— Está ficando cada vez mais difícil negociar com ele. Talvez seja melhor encontrarmos outro comerciante.

Ele a levou até uma lojinha escondida atrás da loja dos supersticiosos. Ao contrário das outras, sua porta de madeira tinha um tom de lavanda. Zafira tocava a superfície lisa quando ela se abriu e uma garota saiu dali, disparando pelo sooq com um grito animado e o irmão logo atrás de si.

Deen sorriu para Zafira.

— Pronta?

— Nunca fiquei tão animada em toda a minha vida — murmurou ela, mas de repente até que se sentiu animada, sim. Havia uma rosa em seus cabelos e um sorriso no rosto de Deen. Uma porta em tom pastel diante dela e um calorzinho abrindo caminho em seu peito. Algo vibrou em seus dedos, e ela teve vontade de engarrafar a sensação e guardá-la para todo o sempre.

Não esperava que uma sorveteria fosse tão quente. Tão cheia de pessoas e sorrisos largos. De colheres barulhentas e potes de metal adornados por joias. Deen a puxou para um canto do majlis, e ela tirou os sapatos e dobrou as pernas sob o corpo, apoiando os braços sobre a mesa baixa. Tudo ali era tão… *limpo.*

— Que sabor você quer experimentar? — perguntou Deen, sem conseguir ofuscar a luz em seus olhos.

Zafira repuxou os lábios.

— De sorvete?

— De creme, então. — Ele riu e foi até o balcão, onde os dois atendentes o cumprimentaram pelo nome quando Deen deu alguns dinares para eles. Havia uma terceira pessoa mais para trás, pegando um creme branco e pegajoso aos punhados. Ela usava o mesmo uniforme dos homens.

Ela. Céus. Zafira examinava os trabalhadores com atenção quando Deen voltou e se sentou diante dela.

— Quem é o proprietário da Bakdash? — perguntou Zafira enquanto duas garotas se sentavam ao seu lado e uma terceira foi fazer os pedidos. O local estava lotado, apesar do frio. Era um lugar *feliz*, o que a fez se lembrar do que não tinha: paz, felicidade, vida própria. Tudo que ela fazia era caçar e se preparar para a próxima caçada.

— A loja pertence à mesma família há gerações. Por que o súbito interesse?

— A pessoa lá atrás — disse ela com a voz baixa — é uma mulher.

Deen olhou para o trio, e o orgulho ficou estampado em seu rosto.

— São boas pessoas.

Zafira deu um muxoxo.

— Permitir que a irmã trabalhe com eles não é nenhuma proeza.

— Não, mas desafiar o califa é — salientou Deen, e ela não tinha como discutir com isso.

Um rapaz trouxe uma bandeja para eles. Em seguida, colocou uma colher na frente de Zafira, seguida por um pote de metal cheio de um creme branco e macio coberto de pistaches moídos e uma vistosa cereja cristalizada que não deve ter sido fácil de encontrar.

Deen a observou.

— Chama-se emaa, uma palavra da língua antiga. É diferente do sorvete, mas é isso que torna a Bakdash tão especial. Eles mantêm o creme congelado com gelo e usam as mãos para soltá-lo.

Zafira nunca tinha tomado sorvete para saber a diferença. Por isso apenas assentiu e afundou a colher na bola branca, surpreendendo-se com a textura macia e a elasticidade como a do caramelo. O creme tinha cheiro de água de rosas.

— Pare de ficar me encarando — ordenou ela.

Deen lhe lançou um sorriso tímido e enfiou uma colherada de emaa na boca com um encolher de ombros. Ela encostou a colher nos lábios e o frio deixou sua pele enregelada. Estremeceu antes de colocá-la na boca, mas ficou surpresa com a explosão de mel e rosas, a doçura do açúcar na ponta da língua, o caramelo dissipando o frio.

— Que tal? — perguntou Deen quando ela estava de boca cheia.

Zafira não tinha como não sorrir, e os olhos de Deen começaram a brilhar enquanto ele limpava o creme do rosto dela.

Talvez aquele fosse seu primeiro e último pote de emaa. A última vez que sentiria uma felicidade tão grande num momento tão banal. A última vez que veria o sorriso de Deen em seus lábios congelados.

— Agora não — sussurrou Deen, empurrando o pote dela para a frente com os dedos. Em seguida, ele passou as costas dos dedos pela bochecha dela, e Zafira nem pensou nas pessoas que poderiam vê-los ali. Ver aquilo.

Deixou os pensamentos sombrios de lado e se recostou na almofada do majlis, com o pote na mão, pistaches no meio dos dentes e o gosto do mel na língua. Naquele momento, só existiam ela, Deen e o sorvete que antes detestara, mas agora tinha começado a adorar.

Rápido demais, o rapaz voltou para levar o pote vazio e os dois partiram, comprando algumas coisas no sooq antes de voltar para casa. Ao se aproximarem da casa dela, Deen se deteve antes de entrar na rua do amigo.

Sustentou o olhar dela e perguntou com uma voz suave:

— Amanhã?

— Amanhã — confirmou ela com um aceno de cabeça, e então ele se foi.

As nuvens pairavam sobre a lua nascente, escurecendo a noite que se aproximava, e a floresta de Arz mais parecia uma boca cheia de dentes tortos e pretos contra o céu azul. Zafira viu a luz acesa pela janela da cozinha e ficou contente por Lana estar em casa.

Tinha acabado de dar uma olhada em Sukkar no estábulo quando sentiu a mão de alguém em seu ombro. Cambaleou para trás antes de ver o brilho dos cabelos cor de bronze sob a luz da lua.

— Você me deu o maior susto — exclamou Zafira num sussurro. A rosa em seus cabelos caiu na neve e as pétalas se espalharam pelo chão.

Yasmine meneou a cabeça ao se aproximar dela, mais parecendo uma ave de rapina.

— Que estranho. Você não costuma se assustar à toa. — Ela tinha a voz séria, e a expressão em seu rosto informou a Zafira o que estava por vir.

Agora não, teve vontade de dizer. Queria desfrutar da magia da Bakdash por mais algum tempo.

— Você vai, não é? — perguntou Yasmine. — Para Sharr. Antes que pergunte: é, eu sei de tudo. Kharra. Todo mundo nessa maldita aldeia de cabeças congeladas ficaria sabendo antes que você me contasse alguma coisa. Se Deen não fosse esperto, acho que eu jamais saberia.

— Quer que eu peça desculpas por não estragar sua noite de núpcias? — sibilou Zafira, perdendo o bom-humor. A raiva estava estampada no rosto de Yasmine. — É a minha chance de acabar com Arz. De recuperar a magia. Não há ninguém que conheça Arz melhor que eu. Mesmo se a floresta não fosse um problema, não posso ficar parada aqui. Você me conhece, Yasmine. Não posso ficar parada aqui sem fazer nada a respeito.

Arz gemeu em meio ao silêncio quando o vento soprou por seus galhos. Quanto será que a floresta se aproximara da aldeia enquanto Zafira aproveitava a noite, comendo emaa?

— E quanto a sua mãe? E quanto a Lana?

Zafira riu baixinho.

— Quando encontrar o califa amanhã, vou pedir que ele providencie um lugar melhor para elas morarem, além de alguém para cuidar de Ummi. Se ele aceitar, Lana logo se esquecerá que já teve uma irmã.

Yasmine se limitou a fitá-la. *Ah.*

— E você… você tem Misk. E o seu irmão. Vou pedir ao califa para…

— Você acha que um presente do califa vai te substituir? Acha que sou tão egoísta assim? — rosnou Yasmine, proferindo uma série de palavrões.

Zafira balançou a cabeça, e o silêncio entre as duas foi mais doloroso do que qualquer coisa que já sentira a vida, estendendo-se como um abismo no escuro, com uma ponte tão estreita quanto um fio de linha.

— Você pode *morrer* lá, Zafira.

Zafira não respondeu. Ainda sentia o gosto de mel na língua.

A ponte desabou.

— Não há nada que eu possa dizer, não é? — perguntou Yasmine antes de dar uma risada nervosa.

Zafira deu um sorriso cansado.

Antes que as lágrimas que brilhavam nos olhos de Yasmine começassem a cair, Zafira diminuiu a distância entre as duas, mas vacilou no último instante e se contentou com um aperto no ombro da amiga.

— Seu marido está esperando por você.

Zafira se afastou primeiro, sentindo a ausência da amiga como um fardo lá no fundo de seu coração, com Bakdash já esquecida havia muito.

capítulo 13

— Levante-se — ordenou Nasir.

Altair estava esparramado na cama, sem se parecer em nada com o homem cheio de pose que se divertia provocando os outros.

— Lá vem você com essa voz chata e desanimada. Já é ameaça suficiente, juro — resmungou Altair, colocando o travesseiro sobre a cabeça. Vestia apenas um par de sirwals verde-esmeralda, sem qamis.

— Devo me preocupar com isso? — zombou Nasir. — Você vai comigo.

— Pelos dentes do Sultão, por que será que estou tão desolado? — balbuciou Altair. — Traga um pouco de qahwa para mim, sim?

Nasir abriu as cortinas e um raio de luz incidiu bem na cara de Altair. Era a primeira vez que Nasir visitava os aposentos de Altair, que jamais esperaria serem tão... arrumados. Eram tão monótonos quanto o seu próprio quarto. Duas risadas femininas ecoaram no banheiro ao lado e Altair sorriu.

Nasir fez uma careta, as orelhas ardentes.

— Sou uma de suas garotas, por acaso? — perguntou ele. — Vá você buscar o qahwa. Beba, jogue na cabeça, vá chorar num canto, tanto faz. Pegaremos o barco ao nascer do sol, por isso precisamos deixar o palácio logo. Não sei quanto tempo vai levar para atravessarmos Arz e não quero chegar àquela ilha miserável depois do Caçador e de quem quer que seja.

Altair espiou por cima do travesseiro.

— Tão ansioso para começar a matar, não é?

Nasir jogou uma bolsa na cabeça de Altair.

— Cavalgaremos ao anoitecer. Prepare-se.

— Mas é claro, Sultani. Mal posso esperar.

Nasir ficou irritado. Altair nunca se dirigia a ele pelo título, e seu uso agora o incomodava mais do que o usual desrespeito. Ele bateu a porta com força para abafar a gargalhada de Altair.

Mas de repente hesitou quando outra pessoa entrou na sala de recepção de Altair.

— Kulsum?

Só o nome dela já bastava para fazer seu coração disparar dentro do peito. Os olhos escuros da garota se iluminaram ao passo que os pensamentos dele começaram a girar. *Kulsum nos aposentos de Altair?* Nasir acelerou o passo até a porta, passando direto por ela. Sentiu os dedos dela percorrendo o ar, tentando alcançá-lo. Tocá-lo.

Muda, sempre muda.

Não olhou para trás antes que a porta se fechasse com um estrondo.

Nasir levava as armas junto ao corpo, além de uma mochila contendo algumas provisões e uma muda de roupas.

Achava que a viagem seria breve, de algumas semanas no máximo. Seguir direto por Arz, navegar até Sharr, seguir o Caçador e trazer de volta o Jawarat perdido.

Sob a lua cheia, Nasir selou um garanhão cinza enquanto Altair selava um ruão. O general era uma visão e tanto com o equipamento hashashin, vestindo uma armadura tão fina que parecia quase inexistente.

O traje de hashashin servia para se camuflar e não parecer ameaçador, apesar das inúmeras armas ocultas por todo o corpo. Mas, como era do feitio de Altair, suas roupas chamavam a atenção. Ele tinha descartado o escuro manto externo a fim de se exibir mais. Embora usasse as manoplas de couro nos antebraços, o resto de seus braços musculosos estava à mostra e ele tinha um turbante com bordas vermelhas no topo da cabeça. A tradicional faixa da cintura também era vermelha, contrastando com sua sirwal ridiculamente colorida.

— Preparado para cavalgar a noite toda, Sultani? — perguntou ele sugestivamente.

— Poupe as gracinhas para as suas festas, Altair.

— Ah, quer dizer que você não é tão burro quanto seu pai dá a entender — disse Altair com uma risada. — Mal posso esperar até encontrarmos o Caçador. Vou precisar apresentá-lo desse jeito: "Ele não é sempre tão mal-humorado. Por outro lado, é do tipo de pessoa que fala menos e mata mais".

— Será ótimo para não o deixar assustado — comentou Nasir, incitando o garanhão a avançar.

— Shukrun, habibi — gritou Altair atrás dele. — Afetuoso como sempre.

As dunas cintilavam como brasas mortiças à noite. As mansões brilhavam ao luar, e o calcário das favelas pairava sinistro e desolado.

Não haveria ninguém por perto para vê-los agora que a lua estava alta no céu e o frio começava a soprar pelo deserto. O coração de Nasir palpitou só de pensar em atravessar Arz ao nascer do sol, mas ele não tinha escolha. Os olhos escuros de Kulsum faiscaram em sua mente. Assim como a curva suave dos ombrinhos do filho de Haytham.

Nasir nunca teve escolha.

Atravessaria a floresta de Arz e encontraria o Baransea ao nascer do sol, não importava como se sentisse.

capítulo 14

Zafira acordou com um par de olhos felinos encarando os seus. Deu um pulo para trás.

— Yasmine!

Yasmine respondeu com um palavrão. Havia marcas de lágrimas em suas faces, e ela parecia carregar o mundo sobre os ombros.

— O que é que você está fazendo aqui? — perguntou Zafira, a voz rouca de sono. — Não devia estar…

— Com meu marido? Juro que é só isso que você diz sempre que me vê.

Zafira afundou no travesseiro e espiou pela janela antes de voltar a se sentar na cama. Já tinha de partir.

— Eu preciso…

— Partir? Kharra, eu sei. Foi por isso que vim. Para ver você uma última vez. — Yasmine baixou o olhar para as mãos. Os desenhos de henna do casamento já começavam a desbotar, o marrom-avermelhado agora num tom de vermelho vivo. Sentou-se na beira da cama de Zafira e o colchão cedeu sob seu peso.

Em seguida, ela perguntou:

— Lembra quando meus pais morreram e Deen nos deixou para explorar o reino? Quando ele se juntou a uma caravana para atravessar o Grande Deserto? Ainda tenho um restinho na lata de chocolate quente que ele trouxe na volta e guardei o pote vazio de mel que você lambeu até acabar. — Yasmine riu baixinho e depois suspirou. — É estranho do que serei capaz de lembrar com uma colher de cacau e um pote vazio de mel, não é?

Zafira tentou entender o que aquelas palavras significavam antes de sair da cama.

— Acha que vou morrer? — perguntou ela. Caminhou na ponta dos pés até a banheira elevada, tremendo de frio. Pedaços de neve ainda flutuavam na água fria que Yasmine provavelmente trouxera.

— Você espera sobreviver à expedição? Já é bastante assustador quando some dentro de Arz — disse Yasmine, e Zafira a ouviu se recostar na cama.

Zafira olhou de soslaio para ela.

— Você está tão otimista hoje.

Yasmine deu de ombros.

— Não é todo dia que sua irmã de alma decide seguir sua vontade de morrer.

— Não tenho vontade de morrer, Yasmine. Você sabe muito bem que tenho mais chances que qualquer um de conseguir atravessar Arz e, por causa disso, Sharr. As coisas poderiam ser diferentes, mas é uma *chance* que só eu tenho. De qualquer modo, não levará nem um ano antes que Arz nos engula.

O silêncio recaiu entre as duas quando Zafira foi pegar as roupas e se deteve de supetão. Aquela não era a qamis que tinha deixado separada para vestir. Era o vestido que usara no casamento de Yasmine, só que bem mais curto. Tocou os arabescos pontudos das ombreiras e ergueu o olhar.

Yasmine abriu um sorriso.

— Sei o quanto você ama esse vestido, e também sei que está meio apertado. Então, eu... eu o deixei mais curto e soltinho. Já que você vai salvar o mundo, é melhor fazê-lo em grande estilo.

Zafira riu baixinho e passou o vestido sobre a cabeça, sentindo o tecido macio contra a pele. Era mais leve, mas não nevava em Sharr como em Demenhur. A capa a ajudaria a suportar o frio antes de sair da aldeia.

— Prometa uma coisa — pediu Yasmine baixinho. — Se tiver de morrer, ao menos morra lutando para voltar para mim.

Zafira se forçou a sorrir.

— Eu te daria um beijo de despedida, mas seu marido não ia gostar nada disso.

Yasmine deu uma gargalhada e correu até ela, jogando os braços à sua volta. Zafira não sabia qual das duas tremia mais. A amiga se afastou e encostou a testa na sua, e Zafira sentiu seu cheiro de flor de laranjeira e especiarias mais uma vez.

— Volte, Zafira. Não importa o que aconteça. Vitoriosa ou não, volte.

A água fria deixara a pele de Zafira dormente, mas seu sangue ardia nas veias conforme ela ruminava as palavras seguintes, pois nunca soubera como dizer adeus.

— Não pretendo morrer. Pretendo encontrar o daama Jawarat e voltar.

Foi só depois de pronunciar tais palavras que ela passou a acreditar nelas.

Zafira saiu do quarto imbuída de determinação, com Yasmine seguindo-a em silêncio. Mas a força de suas palavras vacilou ao vislumbrar o quarto de Umm, sua silhueta adormecida negando-lhes um adeus. Zafira não achou que sentiria falta da mãe, mas a conversa do dia anterior a deixara comovida.

A diminuta sombra de Lana veio de fininho até ela. A irmã parecia maior por causa do volume do casaco, arrastando a barra do vestido atrás de si. Ela apertava o xale verde com dedos inquietos, suas falanges mais brancas do que o frio permitia.

Zafira pendurou a bolsa por cima do ombro.

— Pronta para ir morar em outro lugar? — Zafira ainda não sabia como faria tal pedido ao califa assim que o encontrasse. *Céus, o califa.*

— Enquanto você está de partida para morrer sei lá onde? — Lana deu de ombros e mordeu o lábio.

— Boa! Até que enfim alguém fez a pergunta certa! — incentivou Yasmine.

— Por quê? Por que vai fazer isso? — perguntou Lana.

— Sou a única chance que temos — respondeu Zafira, passando os nós dos dedos pelo casaco azul de Baba. *A única vingança que Baba terá.*

— Ao morrer num lugar amaldiçoado? O povo a transformará em mártir e celebrará sua vida. Falará de você para sempre. É o que acontece nos livros. Mas você estará morta e eu... Okht, eu vou ficar sozinha — sussurrou Lana.

Os olhos de Zafira começaram a arder.

— É o que Baba ia querer que eu fizesse.

— Não entre lá em nome de Baba — implorou Lana, incisiva. — Ele está morto.

— Ela tem razão — concordou Yasmine suavemente. — Se vai arriscar a própria vida, que seja por *sua* vontade. Os vivos não podem sobreviver das promessas que fizeram para os mortos.

Não era só por causa de Baba. Por que elas não conseguiam entender? Era por causa da magia. Da *sobrevivência* delas.

— Vocês não querem o retorno da magia? — perguntou Zafira, fervorosa. Olhou para Lana. — Lembre-se das histórias de Baba: poderemos experimentá-las, senti-las. *Vivenciá-las*. Finalmente saberemos com o que nascemos.

— Uma vida sem a magia não é tão ruim assim.

— Uma vida sem a magia foi o que roubou o deserto de nós. E Baba. E Umm. Seus pais também, Yasmine. É o que está fazendo Arz crescer cada vez mais.

— Baba já se foi, Okht. E os pais de Yasmine estão mortos. Arz pode crescer o quanto quiser. Podemos nos mudar para outro lugar. — Os olhos de Lana estavam cheios de lágrimas. Ela não entendia que Arz as seguiria para toda a parte; não havia nenhum lugar seguro em Arawiya. — Uma vida com a magia não significa nada para mim se você não estiver comigo.

As palavras de Lana cavaram um buraco no coração de Zafira. Ela afastou uma mecha de cabelo da testa da irmã, colocando-a atrás de sua orelha. Passou os dedos por sua pele sardenta, macia como a de um bebê.

Não disse que ficaria tudo bem. Não disse que voltaria. Nem que Lana estaria a salvo. Não desperdiçaria seu fôlego com falsas promessas.

— Venha comigo para conhecer o califa.

capítulo 15

— Devemos estar exaustos. Você não está cansado, Nasir? — perguntou Altair, quebrando o silêncio do vento uivante.

Nasir notou que Altair o chamara pelo nome, não pelo título. Baixou o keffiyah[42] cheio de areia do rosto.

A floresta de Arz tinha... sumido.

Em seu lugar havia um amontoado de rochas escuras que se estendia de leste a oeste. Mas não foi isso que chamou a atenção de Nasir. Laa, foi a água. Uma faixa azul se encontrava com o céu, cristalina sob os raios de sol. Já estava quente, apesar de ainda ser cedo, e quanto mais longe Nasir olhava, mais o mundo parecia embaçado. Não havia sequer um homem ou casa por perto para apreciar tal visão, apenas infinitas dunas cor de umbra queimada.

A água que banhava a costa rochosa emitia um som desconhecido sobre o qual sua mãe lhe contara inúmeras histórias antes de ser assassinada... de *morrer.* Antes de morrer. A surpresa o deixara distraído, fazendo com que lembranças verdadeiras tomassem o lugar das falsas. Nasir cerrou o maxilar e puxou as rédeas do cavalo para que o animal se pusesse em movimento.

A aparente suavidade da água mascarava sua selvageria. Depois que Arz surgiu e os minaretes reais ficaram às escuras, as pessoas começaram a dizer que o próprio mar se tornara um monstro. *Igual a você.* Mas, ao contrário de si mesmo, Nasir não sabia a qual mestre aquele monstro obedecia.

Nem quem o tornara um monstro.

— Veja aquelas curvas elegantes. Que bela mulher — falou Altair com um assobio, a mão na testa. Nasir apertou os olhos

42 Lenço xadrez tipicamente usado por homens, às vezes enrolado como turbante, outras vezes sob uma faixa de corda circular chamada agal. [N. T.]

sob o sol. Um grande navio balançava contra a corrente à sua direita. Bela mesmo. — Deve ser uma miragem.

Nasir ficou paralisado quando um movimento chamou sua atenção. Avistou um lampejo de prata e um brilho branco e tudo começou a fazer sentido.

— Não é miragem coisa nenhuma — disse Nasir friamente.

Altair se retesou ao seguir o olhar de Nasir até a Bruxa de Prata.

Ela se moveu numa questão de segundos. Primeiro estava bem longe, depois mais perto, e então surgiu bem na frente dele. Após três piscadas de olho, Nasir fitava de cima seu rosto perfeito enquanto o cavalo recuava, com os flancos molhados de suor.

Ele perdeu o controle dos próprios membros e se viu de pé na areia para que a mulher não tivesse de esticar o pescoço para encará-lo. Os cavalos se afastaram deles. Tudo isso acontecera a comando dela, mas sem que a bruxa fizesse um movimento sequer. Será que não havia limites para seu poder?

— Seu pai esperava que vocês rastejassem através de Arz e nadassem até Sharr? — perguntou a bruxa, tirando os olhos escuros de Nasir para avaliar Altair.

— Ele não é meu pai — disparou Altair, a voz cheia de veneno.

— No entanto, você fica ao lado de seu príncipe como se fosse um igual.

— E se isso o irritasse, tenho certeza de que Nasir me diria — retrucou Altair. — Ele tem a mania de fazer declarações...

— Altair — advertiu Nasir.

Os olhos da bruxa começaram a faiscar.

— De fato, general, escute seu comandante.

As rochas escuras brilhavam sob o sol alto.

— O que é que você quer? — perguntou Nasir, mantendo a voz firme. Precisavam partir logo.

— O que *eu* quero? Estou aqui porque Ghameq contava com minha interferência. Se tivessem pisado em Arz, vocês dois já estariam mortos. Não sou sua inimiga, principezinho.

Nasir mordeu a língua: Ghameq *havia* prometido que um navio estaria à sua espera. Nem sequer mencionara a floresta de Arz.

A bruxa lançou-lhe um olhar perspicaz, franziu os lábios vermelhos e tirou um objeto das dobras de sua capa prateada. Um disco vermelho-escuro com as bordas gravadas em filigrana prateada.

— Uma bússola. Para ajudá-lo a encontrar o que tanto deseja.

— O Jawarat — balbuciou Nasir, esperando um segundo antes de pegar a bússola, que vibrou em sua mão com o ligeiro ruído de *sabe-se lá o quê*.

A bruxa se limitou a sorrir.

— Aposto que Ghameq o mandou aqui com ameaças suficientes para a viagem toda. Aquela pobre garota já perdeu a língua.

Nasir ficou irritado ao se lembrar de Kulsum nos aposentos de Altair. Quando o general estava na cama.

— Ela não é mais da minha conta. Agora pertence ao general.

— Ah. Então é por causa *dela* que você tem essa tinta no braço.

Nasir puxou a manga já baixa e rangeu os dentes. *Bruxa*. A água batia nas rochas sem parar. Um abutre grasnou lá no alto, circundando algum cadáver.

— Também fiquei sabendo de um menino na masmorra. Pelo visto, você sempre se apega a alguma pobre alma — continuou ela, estalando a língua em desaprovação. — Alguns conselhos para a viagem: reprima sua compaixão. Elimine-a. Explore-a. Não se esqueça de quem o treinou, hashashin. Não manche a imagem dela.

Nasir se deteve e encarou a mulher. Não havia nenhum prazer em seu olhar, apenas uma avaliação imparcial.

— Quem é você? — perguntou ele.

— Alguém parecida com você. — Ela deu meia-volta e endireitou os ombros, quase em desafio. — De nada pelo navio.

Ele piscou os olhos, e a Bruxa de Prata desapareceu.

capítulo 16

Zafira costumava sonhar com a floresta de Arz sangrando como Baba. As árvores escuras sempre floresciam vermelhas em seus sonhos.

Mas agora elas tinham sumido.

Piscou inúmeras vezes sob a sombra do capuz, mas Arz havia realmente desaparecido. O frio intenso feria suas narinas e ela se deteve, esperando pelo alívio. *Então por que tenho uma sensação de perda?*

Donos de lojas com thobes salpicados de farinha e vestidos sujos de graxa estavam espalhados por toda a planície nevada. Eles não podiam saber a respeito da jornada. Deviam ter notado a ausência de Arz do sooq e corrido para lá, onde sua gritaria fazia nuvens de vapor no ar frio. Apesar de toda a empolgação, ninguém atravessava a fronteira artificial onde a neve terminava como o corte preciso de uma faca.

Zafira desceu de Sukkar e ajudou Lana a fazer o mesmo. Quando deu um beijo apressado no focinho de Sukkar, o cavalo lhe deu uma cutucada curiosa, pois até ele sabia que Zafira não era dada a demonstrações de carinho.

Ao seu lado, Yasmine e Misk desmontaram de uma égua e Deen vasculhou a bolsa presa à sela de Lemun antes de soltar um assobio.

— Mas que bela visão!

Yasmine murmurou em concordância, mas tinha uma postura diferente. Meio frágil, meio delicada.

Por minha causa. Zafira puxou Lana para a frente da multidão, passando por um trio de homens barulhentos e uma costureira com pedaços de linha enroscados ao corpo como vermes.

As duas pararam diante de uma faixa preta. No lugar onde Arz antes se erguia em direção aos céus, agora seixos pretos cobriam o chão e não havia mais nem sinal da floresta. Nenhuma árvore perdida, nenhuma pilha de galhos mortos, nenhum arbusto ou espinheiro. Nada que indicasse sua existência.

Arz desaparecera completamente, substituída pelas estranhas pedras.

Deen se aproximou dela, e quando Zafira apertou os olhos para vê-lo sob o sol da manhã, percebeu que ele também revivia o encontro com a Bruxa de Prata. Foi então que se deu conta de que aquela sensação não era de *perda*. Era a presença familiar de algo que estava ali, independentemente do que seus olhos diziam.

— Você também está sentindo? — murmurou para Deen quando Lana se abaixou para pegar uma pedrinha. *O sussurro das árvores e o farfalhar das folhas.*

Ele assentiu com a cabeça, e ela reprimiu uma euforia repleta de culpa e egoísmo por não estar sozinha.

Deen levantou os olhos para o céu.

— Nem mesmo a Bruxa de Prata é tão poderosa a ponto de fazer uma floresta inteira desaparecer para sempre.

— Talvez não, mas ela facilitou bastante o início da viagem — comentou Zafira. De repente, foi tomada pela inquietação. Se a Bruxa de Prata era capaz de fazer uma floresta inteira desaparecer, então por que não podia recuperar um livro?

— O que não é nada reconfortante — concordou ele. — Mas foi isso que você escolheu, não? E se ela não pode mentir… — Ele parou de falar.

— Você acreditou nisso? Se ela mentir, será que vai entrar em combustão espontânea?

Ele deu uma risada fingida.

— Ela simplesmente *não pode* mentir. Algumas criaturas não têm essa capacidade. Os safis, por exemplo.

Zafira deu um suspiro quando Deen se afastou. Como se conhecer criaturas que não eram humanas fosse uma coisa comum.

Uma brisa salgada roçou a pele de Zafira. Ela ficara tão absorta pela ausência de Arz que não reparara no que seu desaparecimento lhe dera: o mar. O daama Baransea, onde, cumprindo a promessa da bruxa, um navio reluzente balançava sobre as águas. A embarcação parecia estar a uma mera corrida de distância, uma mentira, pois Arz era muito maior.

Zafira imaginou Baba ao lado dela, finalmente vendo o mar que tanto amava, a imensidão sobre a qual lhe contara inúmeras histórias. Ele adorava a própria *ideia* do mar, pois nunca o vira. E jamais veria.

— É de verdade — sussurrou Lana, tão pequena para uma garota de 14 anos. Ela enroscou os dedos na capa de Zafira.

— Você duvidava da existência do mar?

As ondas batiam nas rochas, cada uma imitando a última, e quanto mais Zafira as olhava, mais parecia se mover junto com elas.

— Não sei. Sempre foi uma história — respondeu Lana, olhando para ela. A melancolia em seus olhos abriu um buraco no peito de Zafira. Ela soltou dedo por dedo. Zafira se deu conta de que a deixara chateada.

Ela viu a irmã mostrar uma pedrinha resgatada para Deen, depois para Yasmine, que estava deslumbrante como sempre num vestido azul-claro com renda branca. Viu Misk pegar o seixo, arrancando um sorriso tímido de Lana. Aquela timidez só duraria um dia, então Deen, Yasmine e Misk se tornariam sua família.

E Zafira, uma lembrança.

Ao se voltar de novo para o mar, ficou surpresa ao vê-lo embaçado diante dos olhos. Surpresa com as lágrimas que teve de secar antes de endurecer o coração mais uma vez.

O mar reluzia como uma joia líquida, como a liberdade, acenando para ela como Arz costumava fazer. As águas a chamavam, um ronronar que seguia pelas ondas suaves no som do nome dela.

Sinos ao vento. Seu nome na brisa.

— Caçador — sibilou Yasmine.

Fez-se um silêncio, e ela sentiu o peso dos olhares como pedras atiradas às suas costas. Os seixos pretos jaziam irregulares sob suas botas. Zafira pestanejou e tentou entender a dor no peito, a pulsação acelerada. *Aquele sussurro*.

Yasmine olhava para ela como se raízes estivessem prestes a brotar do chão e engolir Zafira por inteiro. É seguro, ela teve vontade de dizer, mas não duvidava do sorriso da Bruxa de Prata. Do lampejo de escuridão que sentia toda vez que a mulher estava perto.

Ela foi salva de dar uma explicação quando uma trombeta quebrou o silêncio; o guincho alto seguido por cânticos conforme uma caravana se aproximava com meia dúzia de camelos cobertos de lã, sua pelagem castanha salpicada de neve.

Zafira entendeu o canto: *Sayyidi. Sayyidi. Sayyidi.*[43]

O Califa de Demenhur havia chegado.

Yasmine arrastou Zafira para a frente da multidão. Um garoto tentou espiar por baixo do capuz, mas ela puxou o tecido para cobrir mais o rosto. Fechou e abriu os punhos ao lado do corpo, sentindo o couro macio das luvas envolver seus dedos, e então lançou um olhar discreto para Deen.

Ele já a fitava com um olhar sombrio e pensativo.

A caravana foi cercada por um tumulto quando um homem desceu de um dos camelos. Ele usava um keffiyah xadrez vermelho e branco no topo da cabeça. Uma barba curta emoldurava seu queixo. Um nariz fino, maçãs do rosto bem delineadas: era um homem bonito.

Seus olhos, no entanto, a fizeram perder o fôlego. Se não visse o mesmo olhar assombrado no rosto de Lana, Zafira não compreenderia tamanho desespero. Quem não fora afetado pela maldição? Até os mais abastados que ela não deixavam de sofrer.

— Quem é esse homem? — perguntou Zafira, inclinando-se para Deen.

Algo cintilou no olhar dele.

— Haytham. O conselheiro do califa. Era um dos melhores falcoeiros de Demenhur antes que seu pai, o falecido conselheiro, o apresentasse ao califa.

43 Modo respeitoso de tratamento, similar a "senhor" ou "senhora" (sayyida). [N. T.]

— Ah. — Zafira não conseguia nem imaginar uma vida na qual poderia fazer algo só por diversão e esporte, muito menos confiar em uma ave para obter alguma coisa.

Um homem idoso, de turbante azul-escuro, desceu de um tradicional howdah, um assento em forma de tenda no topo do camelo. Seu thobe cinza em camadas ficou mais escuro ao ser arrastado pela neve, fazendo-o parecer ainda mais velho do que era. As pessoas caíram de joelhos, encharcando-se de neve. Outros levaram dois dedos à testa e abaixaram a cabeça.

O califa. A causa de seu vestuário, do ódio pelas Irmãs e da opressão das centenas de mulheres em Demenhur.

Ele não ficou perplexo com o desaparecimento de Arz, e Zafira imaginou se a Bruxa de Prata havia lhe dado mais informações do que a ela. O olhar do califa percorreu a pequena multidão antes de se deter nela. O Caçador. Zafira apertou o braço de Yasmine.

— Desde a perda da magia, você é a nossa única fonte de luz — disse ele. — Até que enfim. Venha aqui, rapaz.

Ele me conhece, pensou ela antes de lembrar que aquele era o lunático responsável pela desigualdade entre homens e mulheres. Lana pegou a mão dela, mas Yasmine sacudiu a cabeça. *Yalla*, dizia seu olhar. Deen franziu os lábios, partilhando a apreensão de Zafira. Misk observava a cena com curiosidade.

Zafira avançou na ponta dos pés. O gelo estalou sob suas botas. O ar ficou parado. Dezenas de olhos se cravaram em sua capa, e o coração dela parecia ter pulado para as mãos; ela o sentia pulsar na ponta dos dedos.

O silêncio constrangedor foi quebrado por um grupo de soldados que descia dos camelos. Ao ouvir o sotaque do dialeto de outro califado, Zafira se virou para um homem de pele escura que ria com os colegas. Um pelusiano, embora usasse o uniforme demenhune. Como é que um homem nascido em Pelúsia, que ficava a uns quinze dias de viagem dali, tinha ido parar em Demenhur?

Zafira tinha um respeito profundo pelos pelusianos. Embora suas terras férteis estivessem perdendo as forças, eles nutriam todos os habitantes de Arawiya. Sem eles, o reino também não teria a tecnologia de que dispunha. Como os candelabros nas propriedades dos ricos, ou as lentes Nimrud que serviam para ampliar textos e acender fogueiras.

Zafira parou. *O califa, o califa, o califa.*

— Sayyidi — murmurou ela, pigarreando ao se dar conta de que não tinha baixado o tom de voz. Sentiu a pele afogueada e se ajoelhou, cerrando os dentes de frio.

O califa deu uma risada baixa e calorosa. O som a lembrou do precioso pote de mel que Deen trouxera de Zaram. Por mais que tentasse, não conseguia sentir raiva dele.

— Por favor, levante-se — disse Ayman al-Ziya, o Califa de Demenhur.

Zafira se levantou com cuidado, as mãos ao lado do corpo, o capuz bem assentado sobre o couro cabeludo. De seu interior, pôde examinar o califa despudoradamente. O rosto dele era cheio de rugas, mas seus olhos castanhos brilhavam como os de uma criança animada com uma brincadeira. Uma barba comprida despontava de seu queixo, enrolando-se nas pontas.

— E tenha respeito. — Tais palavras foram ditas com o sotaque cortante do pelusiano do grupo de soldados. Todos os habitantes de Arawiya falavam o mesmo idioma, com pequenas variações em cada língua, mas Zafira não precisava de ajuda para ler nas entrelinhas.

Tire o capuz era o que ele queria dizer.

O silêncio recaiu sobre Zafira como uma lâmina. Olhos se voltaram para ela, curiosos, ansiosos, ardentes. Incontáveis. O sangue rugiu em seus ouvidos.

Como ela não se mexeu, o pelusiano resmungou e avançou. Os dedos dele roçaram o capuz.

A neve pulsou sob as botas de Zafira.

O frio ficou preso em seu peito.

— Basta — retumbou o califa, e Zafira se encolheu. — Haytham, me livre desses homens. Respeito é algo conquistado, pelusiano, e você certamente não tem o meu.

Ninguém se mexeu. Ninguém conseguia *respirar*.

Zafira deu um suspiro, e o mundo voltou a girar. Sentiu os dedos se contraírem de vontade de tirar o capuz. *Tenha orgulho de si mesma*, dissera Yasmine tantas vezes. Mas ela não conseguia. Não tinha orgulho. Tinha *medo*.

Ela tinha medo de ser mulher. A decepção de Yasmine recaiu pesadamente sobre suas costas.

Pela neve que cai. Um soldado acabara de ordenar que ela tirasse o capuz, e o califa o repreendera em seu nome. Zafira viu com o canto do olho Haytham levar o grupo de soldados para longe dali, gritando o tempo todo. Sua última ordem foi seguida por uma resposta da qual Zafira captou um sibilar:

— Ele parece até uma daama nisa.

De fato, ela *era* uma "maldita mulher", e era muito azar do pelusiano não saber disso.

— Quando chegar a hora, Caçador, você vai saber. Até lá, não me importo com um rapaz de capuz — disse o califa de modo suave. Até gentil.

Ela respirou fundo. Detestava os raros momentos em que precisava falar e agora, na presença de tantas pessoas, era ainda mais difícil. Ainda mais porque Deen, Yasmine e Lana também estavam ali.

— Shukrun, sayyidi — disse ela, usando o tom mais grave possível. Sua voz ressoou na garganta, quase indecifrável.

Ele a impediu antes que ela voltasse a se ajoelhar. Todo mundo sabia que o califa não tinha sangue real nas veias, nenhum deles tinha. Nem mesmo o Sultão Ghameq, por quem a sultana se apaixonara e para quem entregara a coroa de Arawiya. As Irmãs não esperavam morrer, e não havia ninguém na linha de sucessão do trono depois que elas desapareceram.

Os humanos não eram nem de longe tão poderosos quanto as Irmãs, e um conselho na Fortaleza do Sultão não era suficiente. De modo que, em cada califado, o povo recorria aos homens de maior confiança das Irmãs. Ali, era o pai de Ayman. Era o afeto pelo velho califa que mantinha Ayman no trono.

— Nossos minaretes podem voltar a ficar acesos — falou o califa em voz baixa, suas palavras destinadas apenas a ela. — Podemos finalmente nos livrar dessa maldição. Você aceita o convite prateado, Caçador?

Uma risada surgiu nos lábios de Zafira, que a reprimiu de imediato. Por que será que ela sempre tinha vontade de rir nos momentos mais absurdos? Sentiu o coração pulsar em sua garganta.

Diga sim. Sim para as ondas. Magia para o futuro. Todas as histórias de Baba tornadas realidade. Vingança contra a floresta que o roubara dela.

Minha vida perdida.

Zafira sentiu um tremor na ponta dos dedos. Uma veia em seu pescoço dançava ao som de uma música frenética. A metade superior de seu corpo se inclinou para a frente em concordância, mas o resto dela se conteve. As pessoas reunidas ali a observavam, sem saber o que estava acontecendo, mas o olhar de Haytham recaiu pesadamente sobre ela de seu lugar ao lado do califa.

Conquistar Arz não bastaria. Céus. Era por *aquilo* que ela estava esperando.

Zafira respirou fundo e sentiu o coração se partir. Em seguida, ela assentiu com a cabeça, entregando sua vida a uma causa miserável. Pelo futuro de seu povo. *Pela magia.*

O suspiro de alívio de Haytham ecoou o do califa.

Ela faria o que nenhum homem jamais conseguira fazer. O povo de Arawiya finalmente teria uma chance de sobreviver. Uma chance de derrotar Arz e sentir a magia correndo em suas veias.

Mas de repente...

Ouviu o som de botas que conhecia tão bem quanto as suas arrastarem-se até ela e teve um mau pressentimento. Zafira olhou para a direita enquanto ele olhava para a esquerda.

Deen.

capítulo 17

Zafira tentou endireitar os ombros, mas estava paralisada. Como os passarinhos que às vezes encontrava presos na neve. *É estranho do que serei capaz de lembrar com uma colher de cacau e um pote vazio de mel.*

Yasmine já sabia.

— Deen Ra'ad? — indagou Haytham.

A pergunta arrancou Zafira de seus pensamentos. Não sabia que Haytham conhecia Deen.

— Posso ajudá-lo?

— Eu gostaria de participar da missão — respondeu Deen, levantando a cabeça.

A voz dele. Suas palavras. Todas as terminações nervosas que acenderam quando Zafira concordou finalmente explodiram.

— Por que um desertor quer ir? — gritou um soldado ali perto. Pelo visto, também tinham conhecimento da missão. Murmúrios surgiram no meio da multidão, poluindo o ar com pensamentos injustos. — Ele prefere abandonar o califado a…

— *Basta!* Ele foi dispensado de nosso exército com honrarias! — berrou Haytham.

Deen quase se tornara um desertor após a morte dos pais, mas foi salvo da desonra quando o califa lhe deu uma dispensa que alguns achavam que o rapaz aceitara rápido demais.

Haytham continuou, não de maneira indelicada:

— Só o Caçador foi convidado.

Ela podia ouvir a respiração de Deen. O suspiro entrecortado que conhecia tão bem. O mesmo que antecedera o pedido de casamento. Ele estava tão perto que poderia tocar nele e cochichar em seu ouvido, mas o califa estava diante dos dois e cada movimento seu enquanto o Caçador tomava a força de mil pessoas.

— Pretende mandá-lo sozinho? — perguntou Deen com firmeza.

Ficou claro que Haytham não havia pensado naquilo.

— Há muitos homens qualificados ainda a nosso serviço.

Deen meneou a cabeça.

— É bem possível que sejam superiores em força, mas eles são leais a Demenhur e Arawiya. — Ele falou alto e claro, mas Zafira conhecia aquele tom de voz, com o medo oculto sob a superfície. — Você precisa de alguém como eu.

— Não entendo — disse Haytham.

— Assim como não há nenhum homem mais propenso a ter sucesso do que o Caçador — ele fez uma pausa e deu outro suspiro —, não há nenhum homem em Arawiya mais leal ao Caçador do que eu.

No silêncio, os cacos do coração de Zafira se desintegraram.

Caíram.

Choraram.

Afogaram-se.

Ela viu as engrenagens girarem na mente de Haytham conforme a lógica de Deen o atingia. As pessoas começaram a murmurar, seus sussurros zumbindo no ar. Teve vontade de cair de joelhos no chão e gritar.

Haytham respirou fundo e abriu a boca, condenando Zafira. Condenando *Deen*, o homem que queria se casar com ela.

— Pois muito bem — disse ele com a voz distante. As batidas de *Sharr, Sharr, Sharr* na pulsação dela mudaram para *Deen, Deen, Deen.* — Pode se juntar ao Caçador. Sayyidi Ayman, mire os homens que restaurarão a glória de Arawiya.

O califa abriu um sorriso. Haytham ficou radiante. Nenhum dos dois percebeu o que tinham acabado de fazer.

Zafira sentiu o silêncio pesado de uma tumba.

Virou-se de repente. Deen a seguiu como uma boneca de pano, mas ela receou que, se começasse a juntar as palavras, acabaria unhando seu belo rosto, por isso ficou de boca fechada. Enquanto homem, não podia se dar ao luxo de cometer erros. Olhou para o rosto coberto de lágrimas de Yasmine e se voltou para o lugar onde Arz costumava se erguer sobre troncos finos.

Era familiar. Tranquilizador. E a deixava apavorada.

Ao longe, as ondas batiam preguiçosamente contra as rochas escuras, avançando e recuando. O navio balançou e voltou a se endireitar.

Foi então que ela entendeu por que a Bruxa de Prata havia escolhido aquele momento para aparecer no estábulo, quando Deen e Zafira estavam juntos, a sós, com os pensamentos e os sentimentos à flor da pele. Manipuláveis. Ela só enviara um convite, mas sempre tivera a intenção de que Deen fizesse parte da viagem.

A mulher tinha jurado que o sultão não saberia de nada, mas ele acabaria descobrindo que uma boa parte de Arz havia desaparecido e que o notável Caçador subira a bordo de um navio no próprio Baransea.

Que outros planos será que a bruxa tecera em sua teia de prata, enganando sem precisar mentir?

— É uma visão e tanto, não? — perguntou alguém ao se aproximar dela. Haytham. Uma espada afiada pendia ao lado de seu corpo, o punho branco entalhado com palavras na língua antiga.

Poderia descrever o mar como belo? Certamente. Mas será que um homem usaria aquela palavra? O cérebro de Zafira se recusava a funcionar, então ela assentiu com um aceno de cabeça.

De perto, não seria difícil perceber que ela não era um rapaz, por isso tentou manter a postura. Haytham sorriu, examinando seu rosto: os lábios, o nariz, o capuz que ocultava todo o resto. Zafira tinha sorte que seus traços delicados fossem comuns em Demenhur e que...

— Você é mais jovem do que imaginei.

Ela perdeu o fôlego. *Eu* poderia *passar por um garoto.* Um garoto bem alto. Haytham abriu a boca. Zafira engoliu em seco.

— O califa já é bem idoso — continuou Haytham, e ela deu um suspiro de alívio. — Ele está desolado com a devastação de nossas terras e de todo o reino de Arawiya. Aprecia o que você faz pelas aldeias ocidentais, mas ainda não teve a chance de recompensá-lo por suas ações. Não era assim que ele pretendia conhecê-lo.

Zafira manteve os lábios apertados e esboçou um sorriso.

— Não faz mal, effendi.

— Por favor, pode me chamar de Haytham — disse ele.

Alguns passos atrás, o califa deu uma tosse que agitou até seus ossos.

Haytham voltou a olhar para ela.

— Você sabia que há um herdeiro ao nosso trono de gelo?

Zafira pestanejou com a rápida mudança de assunto e se sentiu inquieta.

— Pensei que o califa não tivesse filhos.

— Assim como todos em Arawiya — falou Haytham. — Veja bem, o herdeiro é uma garota. Banida pelo próprio pai. Afinal de contas, como é que uma garota poderia assumir o controle de um califado inteiro?

— Como é que uma mulher poderia fazer qualquer coisa? — disparou Zafira, a raiva mascarando sua surpresa.

— Sempre desejei que alguém resolvesse esse assunto — disse ele de um jeito estranho, estudando-a com atenção. — Que provasse ao nosso califa que um corpo é só um corpo e que é a alma que determina as ações de uma pessoa. E aqui estamos nós, não é mesmo, Caçadora?

O pânico tomou conta dela e subiu por sua garganta.

— Como? — sussurrou ela.

— Experiência. Há melhor maneira de permitir que uma mulher fique diante de tutores de política e estratégia militar do que vesti-la como um rapaz?

Zafira pensou na garota, na futura califa.

— Você criou um lugar para um homem que não existe — continuou Haytham. — Farei o que puder para preparar a filha do califa para o papel que é seu por direito, mas se você encontrar a coragem para ser o que é, o mundo se tornará um lugar bem melhor.

A neve começou a cair, e a raiva embotou sua visão. Como é que ele podia impor tamanha responsabilidade a ela? Já não ia fazer o bastante?

— Posso falar com nosso estimado Caçador, Haytham?

O califa. Haytham se deteve por um instante antes de se afastar, e o califa sorriu ao tomar seu lugar ao lado de Zafira. Deen se juntou aos dois, tentando chamar a atenção dela.

Zafira o ignorou. Num minuto ele queria se casar com ela e explorar o mundo, e no seguinte estava disposto a se entregar e morrer como um velho.

Mas se Deen não tinha medo da morte, quem era ela para detê-lo?

Zafira também não tinha.

O califa pegou um floco de neve na palma da mão enrugada.

— Tenho fé de que você obterá a vitória sobre o Jawarat perdido. Talvez não tenhamos a brutalidade dos zarameses, a astúcia dos sarracenos, a sabedoria e o poder dos pelusianos, ou a experiência dos safis de Alderamin, mas temos boas intenções, bons corações e vocês dois.

Dois homens entregaram uma bolsa a Zafira e Deen.

— Pomadas, tâmaras e carne em conserva — explicou o califa.

— Tenho um pedido — disse Zafira depressa, a voz rouca. — Se me permitir, sayyidi — acrescentou.

Ele meneou a cabeça, o que ela tomou como permissão para continuar.

— Eu… eu gostaria que nossas famílias, minha e de Deen Ra'ad, fossem abrigadas no palácio. — Ela manteve a voz num cuidadoso tom rascante. — Em Thalj. E que minha mãe, que está doente, recebesse cuidados médicos.

O califa ficou em silêncio.

Ela sentiu que tinha passado dos limites. *Céus, Zafira. Thalj?* Mordeu o lábio e se voltou para Haytham, que agora era a própria personificação do nervosismo, olhando ao longe como se esperasse alguém. Zafira desviou o olhar antes que a inquietação dele passasse para ela.

— Conceder residência para a família de vocês no palácio de Thalj é o mínimo que posso fazer por salvadores com o coração de leões — disse o califa por fim. — E encontrar uma enfermeira para sua mãe doente será muito simples.

Zafira assentiu, reprimindo o alívio que sentia para que não se transformasse num sorriso.

— Há mais uma coisa. Sem a caça, as aldeias ocidentais não...

— Também cuidaremos disso — interrompeu ele. — Não será fácil, mas forneceremos grãos de nossa despensa e carne de cervo quando possível.

Zafira deu um suspiro.

— Fique tranquilo, meu bravo rapaz, cuidaremos de tudo — prometeu o califa.

Tudo. Ela só precisava atravessar o Baransea, desbravar Sharr e voltar com o livro. Ou então morrer. Tão simples.

Zafira sentiu um aperto no peito. Deen voltou para junto dos outros e esfregou o nariz no de Misk em despedida antes de dar um abraço apertado em Yasmine, cuja expressão quase partiu o coração de Zafira. Em seguida, abraçou Lana, ajeitou seu xale e deu-lhes algumas instruções de última hora sobre como cuidar de Sukkar e Lemun.

Zafira assistiu a cena de longe, pois não conseguia chegar perto deles. Talvez nunca mais os visse. Nunca mais segurasse as mãos de Lana ou ouvisse a voz de Yasmine. Mas não sabia dizer adeus. Por isso desfrutou daquela visão antes de fechar os olhos e respirar fundo.

O califa abriu um sorriso, e Zafira teve vontade de lhe dizer que laa, não eram destemidos coisa nenhuma.

— Quer voltem como heróis ou sucumbam como mártires, vocês dois ficarão para sempre em nossos corações. — As palavras seguintes foram dirigidas a ela. — Que Arawiya esteja com você, coração de leão.

Era uma gentileza. Um adeus dirigido a um soldado que não se esperava que voltasse.

Uma prancha conectava o navio à costa de seixos. Zafira olhou para Yasmine, que segurava os ombros de Lana, Misk logo atrás das duas. Ele retribuiu seu olhar, apesar do capuz pesado, e acenou a cabeça, as borlas do turbante tremulando na brisa fresca. Havia uma expressão estranha em seu rosto, como se a enxergasse pela primeira vez. *Ele sabe quem sou eu.*

— Adeus — sussurrou Zafira antes de atravessar as pedras com cuidado e entrar no que costumava ser a floresta de Arz.

As pedras escorregavam sob suas botas, chocalhando como ossos. Já na metade do caminho, continuavam surpreendentemente limpas. Não havia sequer uma folha sobre elas.

Depois do que pareceu uma eternidade, ela alcançou a costa, com Deen seguindo-a em silêncio. Abaixou-se para tocar a água, mas ele pegou seu braço para levá-la até o navio, surpreso com sua atitude, e ela se desvencilhou do toque. A prancha rangeu sob seus pés, um gemido de adeus à medida que ela se afastava do lugar que chamava de lar.

O navio balançou em sinal de boas-vindas e, embora ela soubesse como era estar em cima de uma fera que se movia por vontade própria, aquilo era bem diferente. Sentiu o estômago embrulhado e se segurou na amurada.

Da neve ao longe, dezenas de pessoas observavam os dois. Já estava longe demais para enxergar as lágrimas que brilhavam nos olhos de Yasmine. Longe demais de sua família. Ela desviou o olhar para o navio reluzente, artificialmente perfeito. Zafira sabia a quem tinha de agradecer por aquilo.

À mulher com sorriso de gelo, poder ilimitado e controle absoluto sobre eles.

Um homem que carregava um baú passou na frente dos dois, e Deen apontou em sua direção.

— Há algo errado com eles. Quero dizer, este navio não pode ser real. É obra da Bruxa de Prata. Talvez os homens também não sejam reais. Não precisamos de baús nem do que quer que seja que estejam carregando. Eles ficam andando de um lado para o outro, sem fazer nada, e tenho a impressão de que o navio navegará por conta própria.

Zafira não gostou nem um pouco da ideia de uma miragem levá-los pelo Baransea. Uma ilusão cheia de homens ilusórios. Reprimiu um calafrio, mas ainda estava muito irritada para sentir outra coisa.

Deen suspirou depois de um instante.

— Você não tem o direito de ficar com raiva de mim. Também resolvi fazer isso, igual a você.

— Não, idiota. Você resolveu fazer isso *porque* eu resolvi! — gritou ela.

Os dois se entreolharam por um bom tempo, suas respirações tensas turvando o ar frio. Os olhos de Zafira faiscavam, traçando a curva dos lábios de Deen, sempre tão sorridentes. A barba por fazer que sombreava sua pele. A ruga no meio da testa, agora franzida de raiva. Os rebeldes cachos cor de bronze que saíam de seu turbante para captar a luz.

Ele estava diferente sem o thobe e o casaco volumoso que costumava usar. Suas calças largas estavam enfiadas nas botas de couro de bezerro. Uma camisa de linho escuro complementava o turbante índigo em volta da cabeça.

Havia um machado às suas costas; fazia muito tempo que Zafira não o via com sua arma preferida. Ele costumava sentir orgulho de ter sido treinado por um soldado zaramês, pois somente eles eram hábeis com o tabar. Mas isso foi antes. O Deen do passado.

Agora ele estava ali por sua causa. Deixara os medos de lado e arriscara a própria daama vida por ela. Era tudo culpa de Zafira.

A luta irrompeu de seus lábios:

— Não venha.

— Por que não? — perguntou ele prontamente.

Zafira olhou para o céu, depois para o navio e então fixamente para ele.

— Não quero te perder.

— Você não pode perder o que já está perdido. — Deen balançava a cabeça devagar.

Zafira estremeceu.

— O que é que você quer dizer com isso? — perguntou ela, mas então se lembrou do sonho dele e disse: — Não, deixa para lá. Não quero nem saber.

Ela cruzou os braços sobre o peito, como se seu mundo não tivesse parado de girar por um minuto. As histórias de Sharr eram assustadoras, mas as do Baransea também. Falavam de criaturas tão grandes que eram capazes de engolir navios inteiros e até o próprio mar. De criaturas menores e tão numerosas que poderiam devorar uma embarcação enquanto seus ocupantes nem sequer se davam conta. As águas batiam preguiçosamente contra o navio numa inocência fingida.

— As pessoas contarão histórias sobre nós — insistiu ele.

Zafira pensou em ignorá-lo, mas agora estavam juntos naquilo. Lançou-lhe um olhar relutante, fingindo não sentir o peito mais leve ao ver o alívio nos olhos dele.

— Não sabia que você era tão vaidoso — comentou Zafira, arqueando a sobrancelha.

Ele deu uma risada.

— É típico dos homens.

Ela abriu um sorriso.

— Vejo que reencontrou seu tabar.

Algo passou pelo rosto de Deen antes que ele sorrisse, e Zafira se deu conta de que já tinham perdoado um ao outro.

— É verdade. Vejo que você só trouxe, o quê, quinze flechas? — Ele deu um soquinho de leve em seu ombro, e ela sentiu um calor dentro do peito. — E se você errar, Caçador?

— Você me conhece, Ra'ad. Eu nunca erro.

capítulo 18

A bússola no bolso de Nasir era a única prova de que a Bruxa de Prata não era fruto de sua imaginação. Ele enfiou o keffiyah na bolsa e sussurrou no ouvido do garanhão cinza que encontrasse o caminho de volta para casa.

Será que o Caçador demenhune já tinha embarcado num navio em seu califado? Será que Haytham tinha levado seu califa até Arz, onde o batalhão sarraceno roubado por Ghameq mataria todos nas redondezas das aldeias ocidentais?

Crianças, idosos, inocentes. Não havia fim para a morte.

Nasir cerrou o maxilar.

— Temos de nos mexer. O navio não vai navegar por conta própria.

— Não me diga que sabe navegar, principezinho — disse Altair.

Nasir se irritou ao ouvir o apelido que a Bruxa de Prata lhe dera.

— Eu não...

— Ah, você não vai ter que fazer nada. Veja só! Homens para atender ao seu comando.

A brisa do mar despenteou os cabelos de Nasir. De fato, *havia* homens a bordo, mas algo estranho o fez hesitar ao embarcar no navio.

— Não são homens. — Ele caminhou pelo convés até uma silhueta atrás do leme. — Eles não projetam sombras.

— Akhh, me sinto bem mais seguro agora que sei que estamos num navio cheio de fantasmas — comentou Altair com um sorriso forçado. Em seguida, aproximou-se de um dos homens e passou a mão direto por ele, tocando o ar. — Posso até torcer seu pescoço que ele não sentiria nada... Nem eu, aliás.

Nasir deu um suspiro. Os fantasmas retiraram a prancha e soltaram as amarras sem dar um pio. Quanto mais ele os observava se mover em perfeita sincronia, sem um gesto ou som de comunicação, mais ficava nervoso.

Desviou o olhar.

— Fique alerta.

Afinal de contas, se Arz era uma amostra de magia sombria e Sharr era o mal encarnado, o mar devia ser igualmente nefasto. Ele pegou o arco, mas franziu a testa ao olhar para Altair.

— Você trouxe um arco... sem flechas.

Altair deu um sorriso torto, com uma expressão calculista no rosto.

— Você tem um monte de sobra, não tem?

Nasir respirou fundo e deu cinco flechas pretas e prateadas a Altair, indicando quanto tempo esperava que o general fosse durar.

Ele encarou Nasir com um olhar surpreendentemente sincero e encaixou uma das flechas no arco.

— Ficarei alerta, Sultani.

O soberano e o plebeu novamente. Nasir teve a impressão de que Altair sabia de suas ordens para matá-lo. O general certamente sabia mais do que aparentava, a julgar pelo medo em seu rosto naquela noite no Daama Faris. Por que acompanhá-lo se sabia de sua destruição iminente?

No entanto, questionar o general seria uma demonstração de fraqueza, e Nasir não era fraco, por maior que fosse sua curiosidade.

— Lá vamos nós, crianças — berrou Altair, e o navio começou a avançar, junto com o estômago embrulhado de Nasir.

Sharr não estava à vista. Eles tinham uma longa travessia pela frente, mas Nasir acreditava que não levaria tanto tempo quanto num navio comum. Não, a viagem seguiria o tempo da Bruxa de Prata e de seu poder abominável.

Era como se ela *quisesse* que Nasir encontrasse o Caçador. Que o seguisse. Que o matasse.

A costa da Fortaleza do Sultão se tornava cada vez mais distante.

— O que temos a temer nesta travessia, Sultani? — perguntou Altair.

Nasir teve a impressão de que o general estava zombando dele, pois Altair devia saber bem mais detalhes do que ele sobre a terra e sobre o mar. Mas enquanto os marinheiros seguiam sem sequer um lampejo de emoção nos olhos vidrados, Nasir se viu abrindo a boca e recitando nomes de histórias havia muito esquecidas que não deveria ter desenterrado.

— Há muitas histórias sobre o bahamut[44] e o dandan.[45]

Altair franziu a testa. Abaixou a cabeça de encontro ao peito e inclinou os ombros trêmulos para frente. *Enjoado*. E logo depois de zarpar, que cretino fracote! Nasir nem se deu ao trabalho de se afastar da amurada. Alguns instantes depois, Altair se endireitou, com o rosto todo vermelho do esforço.

Não estava enjoado coisa nenhuma, e sim morrendo de rir. Nasir fez uma careta.

— Cuidado com o poderoso dandan! — gritou Altair. — Imagino que a criatura se esconda de tanta vergonha do próprio nome. — Ele voltou a rir. — Dandan? Dandan!

Em resposta, o navio começou a balançar. Nasir se segurou na amurada.

Altair bufou de desdém.

— Ah, você está a salvo do temido dandan assim tão perto da costa. Pelos dentes do Sultão, olhe só para isso!

Nas margens da Fortaleza do Sultão, um crepitar violento ressoou no ar. A floresta de Arz estava voltando. As árvores irrompiam do chão, jogando os seixos para todo o lado. O próprio ar começou a ficar mais escuro. Os troncos se erguiam no

44 Monstro marinho da mitologia árabe, um peixe imenso que sustenta a Terra nas costas. [N. T.]

45 Monstro da mitologia árabe, uma serpente-marinha capaz de engolir um navio e toda a sua tripulação. [N. T.]

alto, com seus galhos entrelaçados, retorcidos, pontiagudos. As folhas caíam dos ramos como o orvalho.

Numa questão de segundos, Arz estava de volta como se nunca tivesse desaparecido.

Se a Bruxa de Prata era capaz de domar a floresta de Arz (rimaal, de fazer com que *sumisse por completo*), Nasir não conseguia nem imaginar a extensão de seus poderes. No entanto, era Sharr que nem mesmo ela era capaz de subjugar. Era em Sharr que ele poderia encontrar seu fim. Depois de anos à espera da morte pelas mãos do próprio pai, ele poderia morrer numa ilha e ninguém ficaria sabendo. Não que houvesse alguém que ainda se importasse com aquilo.

— Você não devia ter dito aquilo sobre ela para a bruxa — disse Altair em tom ácido, interrompendo seus pensamentos.

Nasir arqueou a sobrancelha e apoiou a jambiya com punho de ônix contra a amurada para polir a arma.

— Sobre quem?

— Kulsum.

Ele se deteve.

— Só disse que ela não é mais da minha conta.

— Você usa as pessoas e depois as descarta. Ninguém é da sua conta, Nasir — falou Altair friamente.

Como se ele soubesse. Como se soubesse o que Nasir havia passado.

Altair e sua boca grande.

Nasir tentou recuperar o fôlego, mas no instante seguinte empurrou o homem contra a amurada e encostou a lâmina contra sua garganta.

— Vou te contar uma história, general — sussurrou ele.

Os olhos de Altair faiscaram. Ótimo. Era muito bom ver Altair temê-lo para variar.

— Era uma vez uma garota na Fortaleza do Sultão. Ela costumava cantar durante as noites estreladas com a minha cabeça no colo e os dedos nos meus cabelos. Até que, um dia, ela perdeu o que mais prezava. Porque eu a amava. Porque *eu* fui egoísta. — Nasir cuspiu as últimas palavras no rosto dele. — Eu lamentaria menos se ela tivesse morrido.

Ele se afastou. Altair ajeitou as roupas enquanto o vento brincava com a franja de seu turbante. As ondas batiam no navio e, em algum lugar, Kulsum levava uma bandeja para o sultão.

— Você sempre será egoísta — disse Altair, a voz estranhamente calma. — Sabe por que fico ao seu lado como um igual, principezinho? Porque sou intocável. Porque sou um homem que ninguém pode manipular. Você não só disse que ela não é da sua conta, mas, com toda a sua arrogância, revelou a associação de Kulsum comigo. Podia muito bem ter carregado uma placa que dizia: *Altair se importa com a garota.*

Nasir ficou paralisado. Se Altair se importava ou não com Kulsum era irrelevante.

O general viu a compreensão no rosto de Nasir.

— Ainda bem que ela não é mais da sua conta, *Sultani.*

capítulo 19

Zafira vira a neve cair todos os dias de seus dezessete anos. Nunca deixara a família por mais tempo do que um pôr do sol. Mas agora um navio iria levá-la dali. Para longe de Lana, Yasmine, sua mãe. E até de Misk. Sentiu um calor incandescente no peito. *Perda.*

Deen apertou seu ombro. Parecia tão forte e poderoso sob o novo sol. Ela nunca tinha usado tais palavras para descrevê-lo, mas hoje ele parecia tão diferente. Hoje, ela se sentiu uma idiota por não o ver como deveria.

Que engraçado o modo como os olhos funcionavam.

— Elas vão ficar bem. Já estive em Thalj, lembra? A neve é mais escassa e as condições, muito melhores. Há mais comida, menos mortes por causa do frio. Elas serão bem cuidadas no palácio — tranquilizou Deen. — Foi muito inteligente da sua parte pedir isso.

À medida que Demenhur se distanciava, o coração dela disparou como se estivesse correndo por Arz. Yasmine e Lana abraçadas, Misk logo atrás. Zafira não falara com Yasmine depois que Deen se ofereceu para acompanhá-la. Ela estava com raiva. Deveria *ainda* estar com raiva, mas agora parecia meio anestesiada.

Um movimento chamou sua atenção: os camelos da caravana e os soldados de uniforme cinza e azul. Covardes. Nenhum deles se oferecera quando Deen falou em lealdade e sucesso.

O califa estava aninhado em segurança ali no meio. O homem com a visão equivocada de que somente homens seriam capazes de salvar o reino. Naquele momento, Zafira sentiu algo: uma onda de raiva, um lampejo de desafio.

Seu olhar encontrou Haytham, que se arriscava a ser acusado de traição por causa de outra garota disfarçada. Não era à toa que parecia tão inquieto. As palavras de Yasmine ecoaram em sua mente: *o que é que você está esperando?*

Uma vibração começou em seu peito e seguiu até a ponta dos dedos. *Isso.* Era isso que ela estava esperando havia tantos anos.

Estava na hora de transformar o Caçador e Zafira na mesma pessoa.

Ela não tinha nada a temer — o califa não podia alcançá-la agora. E não era um homem *cruel*, então ela não precisava se preocupar com a segurança de sua família. Zafira levou as mãos até o capuz.

O vento entre seus dedos.

O tecido contra sua pele.

O gosto de sal na língua.

Zafira bint Iskandar abaixou o capuz. Sacudiu a cabeça e uma juba de cabelos pretos ondulados caiu atrás de seus ombros. Deen perdeu o fôlego.

Seus cabelos brilhavam sob a luz do sol. O bico de viúva que herdara da mãe fazia uma ponta em sua testa. Ela abriu o fecho, e a capa que usava para cobrir a silhueta caiu no convés.

Um ruído baixo de tecido escuro, seu disfarce por tantos anos.

Mesmo de longe, Zafira podia ver os sorrisos largos de Yasmine e Lana. Misk deu um soco no ar. Os demais a observavam com admiração, *daama admiração*, e ela precisou de todas as forças para não se esconder atrás de Deen. O alívio a fez relaxar os ombros, pois a novidade se espalharia depressa, e uma história dependia do ponto de vista de seus narradores. Céus, era bem capaz que a novidade chegasse até a Fortaleza do Sultão.

Haytham a saudou com dois dedos na testa, as pontas de seu keffiyah flutuando na brisa. Zafira quase abriu um sorriso.

O califa, por outro lado…

A manta sobre seus ombros mal escondia a raiva estampada em seu rosto. Zafira caçava em Arz havia anos. Ela era a prova viva de que as ações de uma mulher não causavam nenhuma malevolência. No entanto, lá estava ele, incrédulo. Bravo.

Se estivesse na frente dele, ela teria medo de perder a própria vida.

Os homens que o acompanhavam tinham emoções variadas. Alguns pareciam jubilosos. Outros a vaiaram. E outros estreitaram os lábios com uma expressão tão severa que ela conseguia enxergar mesmo à distância.

O califa, por outro lado…

Com aquela única demonstração de emoção, todas as suas vitórias (desbravar a escuridão, voltar de Arz, alimentar seu povo) foram pisoteadas e jogadas no lixo. Porque ela era uma mulher. Como ele podia permitir que tamanha injustiça se enraizasse em seu coração?

Vou mostrar a ele do que uma mulher é capaz. Zafira se assustou com tal pensamento, irritada e furiosa. Afinal de contas, conquistar Arz não bastaria. Agora, ela iria para Sharr.

Traria justiça a seu pai, apesar de malditos reis e bruxas.

E, quando voltasse com a magia nas mãos, entregaria o trono a uma califa. Devolveria a magia a Arawiya e faria o próprio sultão se curvar diante dela.

Zafira ergueu o queixo e sustentou o olhar do califa numa despedida cheia de desafio, e a floresta de Arz voltou à vida.

capítulo 20

Nasir tinha dezessete anos quando descobriu o jeito de agir do sultão e o sultão descobriu o dele. Quando Ghameq percebeu que a dor não funcionava mais, não quando infligida ao corpo de Nasir.

Afinal de contas, a sultana se certificara de que o corpo do filho fosse forte, imbatível, resistente.

Foi então que o sultão descobriu a compaixão de que Nasir não conseguia se livrar, por mais que tentasse. Não importava quantas vezes murmurasse, forçando-se a acreditar naquilo, acordando ensopado de suor e cheio de adrenalina antes de compreender o que repetira durante o sono.

A compaixão mata.

Mas nada na Fortaleza do Sultão era fácil, muito menos a morte.

Na primeira noite após o enterro da mãe, Nasir sofreu sozinho, dizendo a si mesmo que aquela dor interna e invisível não seria infinita.

Na segunda noite, percebeu alguém nas sombras, amaldiçoando-se pelo treinamento de hashashin que o tornara tão consciente.

Na terceira noite, ela se aproximou, confundindo-se com as sombras, seus olhos iluminados sob a tênue luz da lua.

Na quarta noite, ela juntou as saias de miçanga e se acomodou ao seu lado no muro com vista para as dunas do deserto atrás do palácio. Ela, sua criada, sentada ao seu lado como uma igual. Ele ficara chocado demais para dizer uma palavra sequer, caso contrário teria dito algo de que ainda se arrependeria.

Na quinta noite, seus lábios pronunciaram o nome dela. *Kulsum.* E foi então que ela abriu a boca e o presenteou com um som tão belo que um coração sombrio como o dele não deveria ter permissão para ouvir. Logo, seus lábios se entreabriram para algo mais do que apenas cantar.

Aquilo continuou até que seu pai encontrou os dois: Kulsum com os dedos nos cabelos dele, seus lábios a poucos centímetros de distância, a voz dela rouca da melodia misteriosa que aprendera com a própria mãe.

Depois disso, Nasir só se lembrava de alguns borrões.

Os dois, cambaleando até a parede. Os dois, primeiro lado a lado, depois um atrás do outro, senhor e serva. Tochas fracas, pois seu pai detestava a luz. Uma lâmina, dourada no fogo, pronta para atacar.

Ela com a boca aberta. Olhos aterrorizados. Corpo sem reação. Lágrimas caindo pelas faces.

Sua língua, numa caixa prateada, presenteada a ele no final.

O navio balançava enquanto ele subia os degraus de madeira. Mal dormira na noite anterior, agitado como o mar, revirando na cama com a caixa de prata ardendo atrás das pálpebras.

O amor era para os fracos e a compaixão, para os atormentados. Se ao menos pudesse se livrar de seu coração e escapar daquela maldição infernal. Talvez seu pai ficasse contente.

Talvez seu pai conseguisse amá-lo.

Ele se curvou sobre a amurada, tão consumido pela raiva que sua visão ficou turva. Se o pai queria matar o filho de Haytham de fome, então que seja. Se o pai queria Altair morto, o próprio Nasir cortaria sua cabeça. Se o pai queria o Jawarat, ele logo o encontraria, junto com o cadáver do Caçador.

O estômago de Nasir ficou embrulhado com o balanço do mar, mas ele se sentia mais calmo. À vontade.

O mundo ficou escuro apesar do nascer do sol. O navio, o mar, o próprio ar que respiravam estava repleto de sombras. Quando Nasir tentou piscar os olhos para se livrar delas, a embarcação começou a se agitar.

Altair deu um grito por sobre o barulho das ondas e o mundo voltou para o lugar; as sombras eram apenas um fruto dos pensamentos de Nasir. Era raro o general acordar antes dele.

— Ei! Nasir! — Do outro lado do navio, Altair apontava uma flecha.

Nasir deu a volta pelo convés. O mar se agitava em ondas furiosas, e seu coração acelerou com um sentimento que ele reconheceu com entusiasmo: não era medo depreciativo, mas empolgação.

Sede de sangue.

O general não sabia que sua menção a Kulsum no dia anterior lembrara a Nasir quem ele era e para que fora treinado. Que a compaixão não o levaria a lugar nenhum.

Altair estudou Nasir antes de falar, e a cadência em sua voz dizia que ele *sabia*, sim, daquilo.

— Acho que estamos prestes a conhecer o tal de dandan.

Um monstro emergiu da água, com o dobro da altura do navio, e se contorceu, exibindo as presas num sorriso aterrorizante.

Nasir sorriu de volta para ele.

capítulo 21

Quando Zafira era criança, o céu era mais claro e a neve, pura magia. As histórias de Baba a enchiam de calor e espanto. Só agora ela via a neve como um obstáculo e o céu como uma jaula.

Mesmo naquela época, as histórias já eram cheias de sangue e escuridão, monstros e horrores. Toda vez que Umm o repreendia com um sorriso zombeteiro, Baba lhe dizia que mentiras não levariam sua garotinha a lugar nenhum. Foi a mesma coisa que ele disse ao colocar um arco nas mãos ainda macias de Zafira e ensiná-la a disparar as flechas. E foi assim que ela ouviu a verdade numa época em que ainda olhava para tudo sob o véu da inocência.

Ele lhe contou sobre os zarameses, que veneravam o Baransea. Eram marinheiros por profissão e, como os brutos que eram, acreditavam que nada ficaria em seu caminho. Assim, quando Arz lhes privou do Baransea, um grupo dos mais corajosos homens e mulheres ergueu seus tabares nos punhos fortes e invadiu a floresta amaldiçoada. Arawiya riu da tolice deles, mas os zarameses estavam determinados.

Eles cortaram árvore após árvore, a escuridão mais densa do que qualquer tempestade que já haviam enfrentado no mar. Dizem que as árvores de Arz voltavam a se erguer no mesmo instante que os zarameses as derrubavam. Mas bastava ter vontade. Eles as cortaram e derrubaram incessantemente. Até por fim desabarem, triunfantes, ao verem as águas do mar cerúleo lambendo a costa escura de Zaram.

Jamais voltaram. Ninguém sabia se a escuridão os levara ao desespero ou se eles se jogaram no mar de alívio. Dizia-se que qualquer um que se aventurasse pela trilha sombria que dividira Arz ao meio, com a intenção de chegar ao mar, poderia ouvir os gritos e berros dos Zarameses Caídos, corajosos até o fim.

Agora Zafira entendia de onde vinha tanta coragem. Se tivesse ao menos um gostinho daquela liberdade, daquele poder, ela também abriria caminho por Arz. Sentia o gosto do mar na língua, o vento nos cabelos e o sol na pele.

No entanto, quanto mais olhava para as ondas altas, mais pensava em Lana e Yasmine e tinha dificuldade para respirar. Sentiu o estômago embrulhado como acontecia durante as caçadas em Arz, quando a distância da família a fazia se preocupar mais com elas do que consigo mesma. Afinal, se estivesse presente, elas estariam em segurança. Se estivesse com elas, Zafira *saberia* o que estava acontecendo.

Tal sensação era dez vezes maior agora que a floresta inteira de Arz as separava.

E só piorou quando a noite surgiu no céu, sua primeira noite longe de casa. Por isso desceu até o ventre do navio, acostumando-se aos poucos com os balanços suaves e os solavancos repentinos que vinham do mar. Sabia que a Bruxa de Prata cuidaria dela. Afinal, a mulher precisava de sua ajuda.

O pensamento não a fez se sentir nem um pouco mais segura. Algo lhe dizia que a bruxa estava se esforçando demais. Havia malevolência demais em sua postura, exagerada para uma simples redenção. Talvez o Jawarat perdido fosse capaz de restaurar a magia a Arawiya, mas havia algo mais.

Zafira sentia isso bem lá no fundo do peito.

O que significava que precisava encontrar o livro e trazê-lo para o califa *antes* que a bruxa colocasse as mãos nele. Nela.

Se é que tal coisa era possível.

Ao acordar na manhã seguinte, Zafira viu que a cabine em frente à sua estava vazia, com os lençóis escuros de Deen espalhados na forma de um sorriso carmesim. Ela foi até o porão com um suspiro, colocando o lampião ao seu lado antes de se debruçar sobre um baú de madeira. Soltou a capa e a segurou de encontro ao peito, seus cabelos a envolvendo como uma cortina de escuridão, a violência do retorno de Arz tremulando em seus pensamentos: os galhos crepitantes e os ramos rangentes à medida que a floresta se erguia em direção ao céu como centenas de lanças afiadas. O que mais a incomodava era o que o retorno de Arz havia lhe mostrado: a floresta era uma muralha atrás da qual ficava todo o seu passado. A viagem a levaria ao seu futuro.

Talvez até o final de seus dias.

Se não tivesse embarcado no navio, Zafira continuaria caçando em Arz e ajudando seu povo, ignorando como sempre a escuridão que a chamava. Ignorando a floresta rasteira até que ela os devorasse por completo.

Mas ah, como tudo mudara numa questão de dias.

Ela se endireitou quando as escadas rangeram sob o passo pesado de botas.

— Você se sente culpada — disse Deen a título de saudação, o rosto tomado de preocupação.

— E como não me sentiria assim? — Ela se esforçou para encará-lo. — Se eu não tivesse pisado neste navio, você também não teria.

— Se existe algum culpado, esse alguém é a bruxa — retrucou ele, sentando-se ao lado dela.

— Tenho medo de provar que ele está certo.

Ele sabia que ela estava falando do califa.

— Você não espera morrer, não é? A única maneira de provar que ele está certo é morrendo. E você tem a mania de dar um soco na cara da morte.

Ela deu um sorrisinho.

— Você não precisa cuidar de mim.

— Eu não perderia isso por nada no mundo — falou ele.

O comentário arrancou uma gargalhada dela.

— Você é tão banal, Deen.

Ele deu de ombros.

— Na minha opinião, uma frase só se torna banal se for usada em excesso por alguém. Então vou repeti-la várias vezes até você se cansar dela.

O sorriso nos lábios dele deixou seu olhar mais triste.

Ela brincou com o fecho da capa, a pequena fivela que separara Zafira do Caçador por tantos anos.

Então voltou-se para Deen, para seu turbante mal enrolado, e teve uma vontade ridícula de ajeitá-lo. Ele ficou imóvel, notando a mudança nos pensamentos dela. Como é que ele conseguia ser tão perceptivo a seu respeito?

Ele a fitou enquanto tirava a capa das mãos de Zafira.

— Vou me livrar disso para você.

Ela balançou a cabeça, sentindo-se estúpida e ridiculamente fraca.

— Eu vou usá-la.

Tudo o que sentiu ao tirar a capa sumira por completo. Ela ainda era Zafira. Só uma garota com um arco e um monte de carne de cervo em seu nome.

Ele ficou em silêncio por um momento e então se pôs de pé.

— Pois muito bem.

Ela começou a trançar o cabelo, mas se deteve ao sentir mãos quentes fecharem-se sobre as suas.

— Posso? — perguntou ele baixinho. — Vou até prendê-las numa coroa para você.

Zafira assentiu com a cabeça. Os dedos de Deen eram hábeis, pois não era a primeira vez que trançavam seu cabelo, mas dessa vez o gesto parecia diferente, cercado por uma certa melancolia. Ela oscilou entre vigília e sono enquanto ele trançava.

Até que ela sentiu.

Bem de leve. O roçar de lábios em sua nuca.

Zafira se retesou e sentiu Deen ficar tenso também. Virou-se e encontrou os olhos dele.

— Não importa quantas vezes aconteça, é sempre igual — murmurou ele. — É como acender o fogo com uma pederneira sob o céu frio, golpeando-a até que aquela gratificante faísca ganhe vida. Se você soubesse…

Ela não sabia do que é que Deen estava falando, mas não conseguia encontrar as palavras para perguntar, não quando ele a olhava tão *intensamente*.

— Se você soubesse como é sentir o peso do seu olhar — concluiu ele, meio que para si mesmo.

Ah. Ela franziu os lábios. Sua nuca ardia pelo toque dos lábios dele, e ela estava tão cheia de calor quanto o sol ao nascer no horizonte.

— Sinto muito — sussurrou ela.

Eu também, disse ele em silêncio, mas Deen Ra'ad não tinha pelo que se desculpar. Ele era puro demais. Perfeito demais. *Bom* demais para um mundo que vivia na escuridão.

— Às vezes esqueço que você não é mais a garotinha que eu ajudava a descer das árvores. A garota que se emporcalhava na lama e me deixava todo imundo também — disse Deen suavemente.

Ela deu uma risada, e ele trançou seu cabelo numa coroa.

— Agora você é uma mulher. A Caçadora que mudará o reino de Arawiya.

O silêncio elevou o volume de suas palavras, ecoando-as nos confins escuros do ventre do navio. Como é que ela poderia dizer alguma coisa quando sabia que não era capaz de ser tão poética quanto ele? Mas ele leu seus pensamentos. Deen sempre lia todas as suas divagações imediatamente, por isso abriu um ligeiro sorriso.

O navio parou de repente.

Chegamos aqui. Aqui. Aqui. Aqui.

Ela desviou o olhar do belo rosto de Deen e vestiu a capa. Seus dedos tremeram ao pegar o lampião e se levantar, voltando a ser a Caçadora.

capítulo 22

Nasir nunca tinha visto o dandan, apenas ouvira suas lendas. Isso na época em que ouvia com entusiasmo todas as mentiras das histórias.

Não havia a menor dúvida de que a criatura diante deles era um dandan. Parecia uma serpente mitológica, agitando-se ao vir à tona. Por causa de Arz, era bem provável que a criatura estivesse hibernando havia décadas. Com uma fome insaciável.

Era duas vezes mais larga do que a altura de Nasir, com a maior parte do corpo oculta sob as ondas que balançavam o navio. Suas escamas grossas se sobrepunham, cintilando num tom iridescente de verde-azulado sob a luz do sol.

Altair deu um assobio.

— Que pena que tamanha beleza esteja ligada a um nome tão ridículo.

A criatura balançou a cabeça, virando os olhos pretos e opacos de um lado para o outro. Um estranho sibilo escapou de sua boca, as brânquias se contraindo em ambos os lados do rosto estreito.

— Acho que ele não consegue enxergar — murmurou Nasir. Ao ouvir sua voz, a criatura meneou a cabeça num gesto quase inocente.

Altair recuou a passos lentos e comedidos antes de puxar o arco e mirar nos olhos da criatura, ou nas brânquias, Nasir não sabia bem qual dos dois.

Olhou de relance para a tripulação distraída que continuava seu trabalho. Os marinheiros entravam e saíam de foco sob a luz, sólidos, mas etéreos. O dandan não notou sua presença, assim como eles não notaram a da criatura.

Nasir respirou fundo e posicionou uma flecha também.

— É melhor...

A criatura deu um grito estridente e tão alto que agitou a areia no fundo do mar. Assim que terminou, com um silêncio ensurdecedor e uma rajada de vento salgado, o dandan voltou a avançar.

Ele pegou impulso e disparou em direção ao navio, suas mandíbulas abertas exibindo presas afiadas e uma bocarra enorme. Uma língua verde chicoteava lá dentro.

Nasir e Altair soltaram suas flechas.

Ambas foram evitadas.

Nasir praguejou e se abaixou contra a lateral do navio.

A cabeça do dandan perfurou a vela principal, derrubando o mastro ao cair no convés. Altair deu um berro. A água se infiltrou na madeira e encharcou as roupas de Nasir quando o navio tombou para o lado com um rangido assustador.

O dandan sacudiu a cabeça, sibilando e gritando, ainda maior do que parecia ser de longe. Passou pela tripulação fantasma ao ziguezaguear em direção a Nasir. *Kharra*. Ele se levantou num salto e correu para o lado, mas o dandan era mais rápido.

Muito mais rápido.

Nasir foi jogado contra a parede do navio. O arco caiu de suas mãos e derrapou pelo convés. Tentou recuperar o fôlego, preso entre a amurada e a criatura, que cravava as escamas pontudas como ossos em seu abdômen.

Uma brânquia se abriu perto dele e a respiração fumegante do dandan quase o sufocou. Ele se afastou quando outra fenda se abriu e um buraco sem fundo o encarou de volta. *Se o olho e a brânquia estão tão perto, então a boca...*

A criatura deu outro grito. O som reverberou, e Nasir berrou de surpresa, levando as mãos aos ouvidos e rangendo os dentes. Viu tudo manchado de vermelho e preto. O silêncio repentino que se seguiu ao grito do dandan foi igualmente ensurdecedor.

O monstro levantou a cabeça, balançando-se o tempo todo, e virou para encará-lo.

É cego, Nasir lembrou a si mesmo com os ouvidos vibrando. Ficou tonto, mas se manteve firme. No entanto, quando a criatura exibiu suas presas, Nasir não teve mais tanta certeza das histórias que ouvira.

Até que alguém gritou.

— Ei! Dandan! O que deu na sua mãe para te dar um nome tão idiota?

Altair, o tolo.

O dandan se deteve, contraiu as brânquias e estreitou os olhos pretos.

— Dandan, ei! Dandaaan — cantarolou Altair. — Olhe só para você, tão verde e azul. Que nome! Que pena! Tenho pena da sua mãe e do seu irmão. Ei, dandaaan!

A criatura sacudiu a cabeça, ondulando o corpo, e Altair continuou sua cantoria ridícula.

Nasir abriu a boca para impedir Altair de envergonhar sua família por toda a eternidade, mas o dandan revirou os olhos e começou a ter uma convulsão. Suas escamas verdes caíram como as telhas soltas no telhado de um homem rico. A criatura deu um grito sem entusiasmo e pulou, espirrando tanta água ao voltar para o mar que fez o navio balançar.

Altair sorriu para ele do outro lado do caos.

— É assim, principezinho, que se derrota um dandan.

Nasir olhou por cima da amurada, esperando que a criatura voltasse com outras de sua espécie.

— A criatura morreu? — perguntou ele, incrédulo.

Altair se juntou a ele.

— Receio que não. Eu tinha me esquecido. Das histórias, quero dizer, porque nós os chamávamos de *den*dan. Eles são feridos pelo som do canto, podem até *morrer* por causa disso.

Nasir ficou imaginando a quem o "nós" se referia, mas não se atreveu a perguntar.

— Claro, "dendan" e "dandan" são tão diferentes que você nem conseguiu se lembrar — zombou ele.

Altair ignorou o comentário.

— Eles costumavam engolir navios inteiros na calada da noite, quando ninguém podia vê-los nem saber se estavam por perto. Até que os capitães começaram a contratar donzelas para cantar durante toda a viagem, pobrezinhas. Mas já faz tanto tempo que ninguém navega no Baransea que a criatura deve ter perdido completamente a noção de dia e noite e nos atacou no segundo que sentiu nossa presença.

O sol quente já havia secado as roupas de Nasir, e agora o suor escorria por suas costas. O navio começou a balançar.

O navio danificado e quebrado.

Nasir se virou para examinar a bagunça, os ouvidos ainda zumbindo, mas o mastro quebrado tinha sido consertado e a vela rasgada tremulava intacta sob a brisa. Tudo brilhava. Foi até a escada que levava para o convés inferior e pegou o arco, prendendo-o atrás de si enquanto estudava a tripulação imperturbável. Ficou arrepiado ao sentir a essência da magia, como sempre ficava ao se aproximar do pai e daquele medalhão miserável.

— Ei! Principezinho!

— Me chame assim mais uma vez e… — Nasir parou de falar ao avistar o que Altair tinha visto: um monte rochoso de escuridão tremulando sob o sol.

Sharr.

Ato 2

Tão Longe de Casa

capítulo 23

O navio havia parado, mas, quando Deen disse: "Vamos desmontar", como se o navio fosse um corcel, Zafira ficou intrigada com o trecho de água que havia entre eles e a massa de terra oculta pelo sol escaldante.

Então lembrou-se dos lábios dele em sua nuca. Das palavras que sussurrara em seus ouvidos.

— Temos de pegar um barco a remo para chegar lá — respondeu Deen antes que ela pudesse perguntar, bem à vontade, como se não tivesse acabado de abrir sua alma e lhe contar coisas que ela nunca tinha ouvido antes.

Zafira subiu no barquinho, que parecia prestes a afundar, e a raiva azedou seus pensamentos. Raiva dele, por dizer tudo o que tinha dito e continuar imperturbável. Fechou os olhos e respirou antes de voltar a abri-los. Era Deen. Seu Deen. Não precisava ficar acanhada.

O barco tocou a água, e ele pegou os remos. Depois de algumas remadas atrapalhadas que quase fizeram os dois caírem no mar, finalmente pegou o ritmo e começou a levá-los adiante.

— Pensei que você fosse nos levar de volta para Demenhur — provocou ela, sentindo-se à vontade novamente.

— Há, há, há — brincou ele, com uma risada surgindo nos lábios.

Os dois suspiraram quando o sol desceu no horizonte, livrando a paisagem de seu brilho implacável.

Sharr.

Uma construção imponente, pontiaguda como as presas de um monstro, se erguia em direção às nuvens esparsas. Um muro, ela percebeu, feito de pedras desbastadas unidas com argamassa. Era bem capaz que tivesse sido do tom de bronze do calcário, mas agora era cinza com veios escuros que subiam por toda a superfície pedregosa. A escuridão que havia logo atrás das rachaduras reluzia e piscava de volta para ela.

Zafira desviou o olhar. Por que será que a escuridão sempre tentava seduzi-la?

Deen continuou a remar em direção à costa, o navio encolhendo lá atrás. Ele era tão inexperiente quanto ela no que dizia respeito ao mar, e a água lambia o barquinho. Até o mar a chamava. *Só um toque*, parecia dizer. Ela se inclinou para perto da água e o barco começou a virar.

— Zafira!

Ela se endireitou ao ouvir o grito de Deen, abaixando a cabeça de medo, e teve de se lembrar que não havia nenhum homem ali para repreendê-la. Nenhum za'eem para se casar com ela.

— Só queria sentir a água — disse ela, segurando a capa.

— Por favor, não teste suas ideias malucas aqui.

Seu capuz escondeu o olhar penetrante que ela lançou a Deen.

— Continue remando.

Ele deu uma risada.

— Pois não, sayyida.

Foi então que ela percebeu para que servia o muro: para manter alguma coisa lá dentro. Um resquício da prisão que já fora tão gloriosa e imponente. Um mundo dentro de si mesmo.

Um mundo de onde Zafira não sabia se sairia viva.

Quando chegaram à costa, Zafira já estava toda suada. Ela perdeu o equilíbrio ao pôr os pés na areia. Os grãos se deslocaram e afundaram como uma criatura viva, engolindo todos os bolsões de espaço.

Há areia sob as minhas botas, Baba. Sentiu os olhos cheios de lágrimas.

Avançou aos tropeções, aprendendo a dançar no ritmo da areia, com sua movimentação ininterrupta. Uma vez superado o obstáculo, sentiu os grãos queimarem seus pés através da sola das botas e as mãos abafadas pelas luvas. Enfiou-as na bolsa.

— É melhor tirar a capa também — disse Deen com a mão na testa enquanto examinava o muro. Olhou para ela. — É só o começo. Se eu estiver certo, há um deserto atrás dessa rocha. — Ele lhe entregou um frasco de um tom verde duvidoso, e ela reconheceu a garrafa do baú de boticário dos pais dele. — Não estamos bem protegidos para enfrentar este sol.

Ela esfregou a pomada na pele, lembrando-se de Yasmine. Do choro de despedida de Lana. Do estranho ataque de nervosismo de Haytham ao olhar para o horizonte cheio de ansiedade. Como se esperasse algo pior que Arz.

— Zafira — falou Deen suavemente. — Não pense nisso. Agora não.

Agora não. Agora não. Agora não.

— Vou tentar — sussurrou ela.

O muro se impunha de maneira fria e sem vida, à exceção do mato que se espalhava em sua base e das poucas palmeiras que abanavam suas folhas escuras contra a rocha.

— Como é que vamos passar pelo muro? Não sabemos escalar como um daama hashashin — ponderou Deen. Zafira teve vontade de cruzar os braços e invocar a Bruxa de Prata. Isso *se* ela pudesse ser convocada.

Zafira não confiava nela. Às vezes, as frases mais sinceras não passavam de mentiras elaboradas. E, se alguém fosse proibido de mentir, então teria mais um motivo para aprender uma nova maneira de juntar as palavras.

De repente, ela viu uma alcova incrustada diagonalmente na construção.

— Ali — disse ela, apontando. — Acho que é uma escada.

— E se subirmos a escada e não encontrarmos porta nenhuma, Caçadora? — perguntou Deen, cético. — Akhh, quem me dera ter um mapa.

Zafira era o Caçador. Conseguia encontrar cervos no meio da escuridão e voltar para casa, apesar dos riscos. Nunca precisou de uma bússola para encontrar o caminho nem precisaria de um mapa agora. Ela passou por Deen em direção ao pé da escada.

Algo vibrou sob a pele dela, correndo junto ao sangue em suas veias. Um impulso de energia que não conseguia compreender. Reprimiu a sensação e começou a subir os degraus escuros, esmagando a areia sob os pés.

E Deen, leal como era, seguiu em seu encalço.

capítulo 24

Nasir não tinha como se comunicar com os fantasmas que ancoraram o navio a uns cinco quilômetros da ilha, mas, como quatro deles ficaram parados ao lado de um barquinho prestes a ser baixado ao mar, supôs que era para onde ele e Altair deveriam ir.

— Espero que saiba remar, principezinho — disse Altair, subindo atrás dele.

Nasir se sentou bem longe dos remos, deixando claro que não faria tal coisa.

Altair se acomodou do outro lado e sustentou o olhar de Nasir. A tripulação baixou o barco ao mar e a água entrou na embarcação quando ela tombou com o peso dos dois.

— Ei! — exclamou Altair, bufando. Pegou os remos e lançou um olhar seco a Nasir antes de começar a remar em direção à ilha.

Nasir era o príncipe herdeiro de Arawiya. Recusava-se a remar.

Quanto mais se aproximavam, mais desolada era a aparência de Sharr. Os muros da fortaleza estavam desmoronando e tudo que pareciam impedir de entrar eram o mar e a brisa.

— Espero que saiba escalar — disse Nasir.

— Tenho cara de macaco, por acaso? — perguntou Altair.

— Seria uma vergonha para o macaco — respondeu Nasir antes de sair do barco a remo, ignorando a consternação fingida de Altair.

Quando finalmente o seguiu, o general trouxe um dos remos consigo. A água escorria pela madeira clara e chiava na areia quente.

— Acha que devemos ficar com isso? Pode ser útil para darmos pauladas nos inimigos.

Nasir olhou para ele de cara feia.

— Não vamos dar *pauladas* em inimigo nenhum. Você é uma criança, por acaso?

— Tá bom. Depois não me culpe se outra pessoa aparecer equipada com um remo — gritou Altair atrás dele.

Nasir ouviu o remo bater no chão do barco. Com certeza esperava que ninguém mais viesse. O Caçador já era o suficiente.

— Então qual é o plano, já que não inclui pauladas? — perguntou Altair.

Nasir subiu a duna de areia, estudando a construção de pedra enquanto traçava seu caminho rumo ao norte.

— Podemos ver se há uma entrada em algum lugar — sugeriu Altair.

— Aproveite para encontrar uma estalagem e carne de cervo assada — retrucou Nasir, enrolando o turbante na cabeça antes que seu cabelo ficasse todo queimado. — Temos de atravessar o muro e seguir rumo ao sul.

— Sul? — perguntou Altair logo atrás dele, afundando as botas pesadas na areia. — O que a bússola diz? Você acha que o Jawarat está lá?

Nasir não confiava naquela bússola, assim como não confiava na Bruxa de Prata.

— Não, mas é onde o Caçador está.

Por outro lado, *seria* uma boa maneira de testar a bússola mágica. Que apontava para o sul.

— E como é que você sabe disso?

— Porque, seu tonto, Demenhur fica ao sul da Fortaleza do Sultão e ele deve ter navegado até aqui pelo caminho mais rápido, ou seja, reto. Não sabe calcular? — perguntou Nasir.

Altair arqueou a sobrancelha e refletiu por alguns instantes antes de começar a escalar o muro mais rápido do que Nasir esperava, dado seu corpo musculoso.

— Então vamos direto ao assunto, hein, Sultani? — gritou ele lá de cima.

Um abutre sobrevoava o céu aberto, já à espera da morte.

Nasir sentiu a pedra áspera sob as mãos.

Altair encontraria a sua em breve.

capítulo 25

Zafira chegou ao topo do muro com uma certa satisfação. Um obstáculo a menos; faltavam só mais uns mil agora. Ou muito menos, caso o obstáculo seguinte a matasse.

Deen deu um assobio atrás dela, que se voltou para o amigo. Para o que ele via.

Sharr.

Um deserto se estendia diante deles, com o horizonte envolto num véu de poeira. Formas irregulares de pedra se erguiam ao longe, disformes pelo vento. Dunas da cor do trigo escuro subiam e desciam. Era um mar de âmbar, piscando sob o sol generoso. Era areia, não tinha *vida*, mas o coração de Zafira disparou com tal visão.

As ruínas se estendiam lá embaixo. Uma coleção de pedras com arcos esculpidos e colunas com janelas em treliça. Minaretes por toda a paisagem. Não era uma prisão, e sim uma metrópole. Alojamentos, a lona esfarrapada que cobria um sooq, escadarias que levavam a construções que devem ter sido belíssimas.

Foram pessoas que fizeram aquilo, desafiando a areia e o sol para dar vida a edifícios imponentes de tanta magnificência.

A guardiã não mantivera as criaturas banidas trancadas em celas, ela lhes dera um lugar para morar, trabalhar, *viver*.

— Nunca vi um lugar tão gloriosamente assombrado — murmurou Deen com admiração. A brisa agitava a ponta de seu turbante e esvoaçava a capa de Zafira. Ela ainda conseguia sentir o roçar dos lábios dele na nuca toda vez que olhava para o amigo. — Eles viviam aqui, Zafira.

Ela sentiu uma necessidade urgente de silenciá-lo, pois teve a sensação de ser observada. O deserto estava quieto demais, como se a pedra prendesse a respiração. Cada duna sombreada se contorcia e acenava para ela.

— Acho que é melhor não ficarmos no mesmo lugar por muito tempo.

— Não há ninguém por perto.

— Para onde acha que os monstros foram?

Embora andassem à solta pela ilha, as criaturas não deixavam de ser malignas. E, se as histórias de sua infância fossem verdadeiras, Sharr estaria cheia delas. Ifrits, que podiam assumir a forma de qualquer pessoa. Sombras que matavam. Sereias conhecidas como naddaha. A bashmu,[1] que deixava as outras serpentes com vergonha. E tantas outras de que não conseguia nem se lembrar.

A própria ilha devia ser temida. Era repleta de magia sombria, já que, quando foram derrotar o Leão da Noite, as Irmãs da Antiguidade trouxeram a magia consigo, e Sharr a absorvera por inteiro. Zafira soltou o arco e posicionou uma flecha.

— Akhh, não sei nem para onde ir — exclamou Deen.

Ela lhe lançou um olhar divertido.

— O plano é ir para o centro — disse ela, levando-o por uma trilha que descia antes de se dividir em duas direções diferentes. O pulsar em suas veias vibrou com a escolha, contente por Zafira lhe dar ouvidos.

— Centro? Não sei nem de onde foi que *viemos*. Do sul? Do norte? E quem foi que disse que o Jawarat está no centro para onde *supostamente* vamos?

— É como a floresta de Arz: quanto mais pensar a respeito, mais louco você vai ficar. Mas tenho o pressentimento de que o livro está no centro.

Ela adentrou as sombras, e o suor começou a escorrer por seu buço. O mundo ficou mais cálido. Mais quente. As sombras a alertavam do perigo.

— Zafira — chamou Deen.

Ela teve de parar e se virar para ele porque, como o homem que era, Deen não seguiria em frente antes disso. Viu-o tirar uma bússola da bolsa atrás das costas.

1 Criatura mitológica que tem a forma de uma cobra com chifres, duas patas dianteiras e asas emplumadas [N. T.]

— Estamos em *Sharr*. Não temos nenhum mapa. Não sabemos onde é saída. Vamos mesmo nos embrenhar neste lugar com base numa vaga ideia? Num pressentimento?

— Exatamente — respondeu Zafira sem rodeios. Ele ficou sério, e ela se apressou a acrescentar: — Pode verificar a bússola à medida que avançarmos. A menos que você tenha uma ideia melhor.

A seriedade dele deu lugar à exasperação, o que a fez abrir um sorriso.

— Não tenho, não — disse ele.

Eles haviam despertado Sharr de seu sono. Zafira se deu conta disso ao ouvir o gemido das pedras conforme os dois passavam silenciosamente. Ao sentir os escombros seguindo em direção às sombras e as paredes respirando fundo quando esbarravam nelas, cobrindo seus dedos de areia.

Só esperava que a ilha tivesse acordado de bom-humor.

Saíram da trilha para um deserto árido. As ruínas pareciam ainda mais assombradas de perto e a poeira rodopiava sem parar, indiferente à magnificência que corrompia.

E o calor…

O calor a cercava, deixando sua pele absurdamente seca. Como é que alguém podia *sentir* tanta secura? Era um fardo. Uma coisa sufocante, que reverberava por toda parte.

— É só no deserto que se pode ver o calor — comentou Deen, seguindo seu olhar.

— Se não fossem ruínas, acho que não me importaria com isso — disse Zafira, passando a mão pela pedra empoeirada. Puxou a gola da capa. A desolação se estendia para todos os lados.

— Não há ninguém para julgá-la aqui. — Ele apontou para a capa.

Ela desviou o olhar.

— Preciso de mais tempo.

Ele assentiu com a cabeça e os dois seguiram adiante, subindo escadas degradadas e pisando na madeira há muito petrificada. Zafira olhava para as colunas por onde passavam. Será que a magia tinha criado aquilo tudo? Ou o trabalho? As histórias não diziam que Sharr era usada como *moradia*, e sim como uma prisão.

Ela ouviu um movimento e viu a curva da cauda de um escorpião que se arrastava sob uma laje de pedra. Arregalou os olhos e andou mais depressa, mal reprimindo um calafrio.

Quando não tinha mais saliva para umedecer a garganta seca, Zafira avistou um brilho azul a uma certa distância dali e começou a seguir em sua direção, ignorando o cantil de pele de cabra.

Deen a pegou pelo braço.

— É uma miragem, Zafira. — Ele acenou para a direita. — Há um oásis por aqui.

— Como é que você sabe? — Zafira só ouvira falar de miragens nas histórias, nas quais eram sempre mágicas e milagrosas. Agora mais pareciam uma isca. Uma maneira de atrair os sedentos para que as areias pudessem devorá-los.

Ele apontou para o céu, onde três pássaros voavam alto. E depois para uma tamareira mais ao longe.

— Vida.

Zafira ficou surpresa com a vegetação ao chegarem à poça d'água. Samambaias selvagens e arbustos verdejantes. Uma água tão clara que refletia as nuvens tão primorosamente quanto um espelho. Mas quando Deen fechou as mãos em concha e se abaixou para tomar um gole, ela viu as pedras escuras que reluziam sob as águas claras, lembrando-a da Bruxa de Prata.

— E então, Caçadora? O que é que você acha? — brincou ele, deixando a água escorrer por entre os dedos.

— Eu não beberia essa água se fosse você — disse ela, repuxando os lábios. Deu a ele o cantil de pele de cabra pendurado ao lado do corpo.

— Você sabe que isso não vai durar para sempre, não sabe? — perguntou ele, limitando-se a tomar um golinho.

— Até que eu esteja morrendo de sede e fome, vou fingir que sim — respondeu ela, tampando o cantil.

Ele girou a jambiya nos dedos e olhou adiante.

— Vamos esperar que não chegue a esse ponto.

Se havia uma coisa que Zafira não fazia era ter esperança. A esperança, assim como o amor, era uma doença.

Os dois seguiram em frente sem dizer mais nada, atentos ao deserto à sua volta e aos olhos que os observavam em silêncio. Seria um ifrit? Ou coisa pior?

— Como é que a sua bússola avalia nosso progresso? — brincou Zafira depois de alguns minutos.

Deen guardou o disco no bolso, olhando para ela com um rápido piscar de olhos.

— A minha o quê? Não faço a menor ideia do que você está falando.

Ela lhe deu um tapinha na cabeça e ele começou a rir, o som evocando lembranças de casa. Ainda bem que ele estava ali. Ainda bem que não estava sozinha naquele lugar desconhecido.

Zafira mantinha a flecha encaixada, retesada e pronta para disparar, mas, depois de um quilômetro de caminhada em silêncio, sem ter como saber a posição exata do sol, relaxou os ombros. Talvez só tivesse imaginado os olhos que os seguiam, pois ora a encaravam por trás e ora pela frente.

Talvez as histórias a respeito de Sharr fossem um exagero. Talvez o perigo se resumisse a uma miragem ou tempestade de areia.

Ou foi nisso que ela se forçou a acreditar, até que ouviu o som que tanto esperava. Longe, mas perto o suficiente para deixá-la toda arrepiada.

O som de alguém que tentava manter o silêncio.

capítulo 26

Os dois demenhunes vagavam juntos como fantasmas, com sua pele etérea e suas feições aristocráticas, embora Nasir tivesse reparado que uma boa parte do Caçador estava oculta sob uma capa e um capuz pesados. O idiota devia estar sufocando naquele calor.

Porém, se os rumores fossem verdadeiros, o Caçador preferia virar uma poça de suor a revelar sua identidade. Ele só não esperava que o Caçador viesse acompanhado, um deslize bem fácil de remediar.

O Caçador atravessava as ruínas em silêncio, seguido de perto pelo companheiro. Nasir desprendeu o arco.

Altair seguiu seu olhar.

— De olho no prêmio?

Rimaal, mas que homem insuportável.

Altair preparou uma das flechas de Nasir.

— Nunca se sabe — explicou ele com um sorriso forçado. — Ouvi dizer que o Caçador nunca erra e detestaria ver meu querido príncipe empalado por um de seus belos galhos.

Altair parecia ter ouvido um bocado de coisas e, desde a noite na taverna, Nasir começara a refletir a respeito do general que parecia só se preocupar com mulheres e bebida. Com quem será que Altair compartilhava seu conhecimento, com Ghameq? Dificilmente.

Altair se abaixou sob um arco deteriorado pelo tempo. Nasir afastou uma pilha de escombros, preparando sua própria flecha. Soltou o ar e apontou-a para o segundo demenhune, que encarava o Caçador com um olhar cheio de… *desejo*.

Tal intensidade fez com que Nasir hesitasse. Era sua chance de parar. De livrar-se do domínio do pai e conservar os resquícios de humanidade que ainda existiam em algum canto de seu coração sombrio.

Mas ele tinha apenas uma flecha antes de perder o elemento surpresa. Respirou fundo e esvaziou a mente.

A corda do hashashin, projetada pelos pelusianos da Fortaleza do Sultão, se esticou sem fazer barulho. Nasir fez a pontaria e estava prestes a soltar a corda quando ouviu uma corda menos silenciosa sendo puxada com força. O Caçador e seu companheiro estavam na frente dele e Altair à esquerda, o que só podia significar que...

Havia mais alguém ali, escondido. Sua pulsação acelerou. Um dos homens sobre os quais Ghameq o alertara. Ou pior, um ifrit. A ponta escura de uma flecha surgiu entre as colunas de calcário.

Apontada para Altair.

Nasir cerrou o maxilar, mas não mudou a pontaria.

Se o arqueiro desconhecido matasse Altair, então não teria de ver a luz se apagar nos olhos cintilantes do general. *Cintilantes?* Nasir não era um covarde. Altair só não estava morto porque o príncipe precisava dele. A morte do general era incumbência de *Nasir*. Não queria que ninguém fizesse seu trabalho por ele, por mais tentador que fosse.

Ouviu a corda do arqueiro se retesar; sua mira trêmula, mas certeira.

Olhou para Altair, alheio à flecha apontada para seu coração.

Nasir soltou o ar.

Três flechas voaram ao mesmo tempo.

capítulo 27

Zafira ouviu o estalido de uma corda de arco: três vezes. Depois disso, tudo aconteceu muito rápido. Viu a flecha espiralando em sua direção.

Em seguida, Deen deu um grito e pôs as mãos nos ombros dela para afastá-la dali. Seu próprio arco estava armado com uma flecha que disparou, deixando que o coração a guiasse porque não conseguia ver nem pensar em nada. Ouviu um farfalhar atrás de si. Sentiu o chão vir ao seu encontro. A areia arranhar seu rosto. A pedra dura bater em seus ossos. Uma barulheira ressoando nos tímpanos.

E então,

o silêncio.

Antes que tudo voltasse com um único som: uma respiração sufocada. Não.

Zafira se pôs de pé. O deserto ávido já absorvia o sangue, sua areia tornando-se vermelha-escura. Sua visão ficou turva.

Não. Não. Não.

— Seu tolo. Eu te avisei, *eu te avisei.*

Ela caiu ao lado dele e procurou a flecha. Atreveu-se a ter esperança, a desejar, só por um momento.

Só para sofrer. Pois a flecha o atingira logo abaixo do coração. *Deen. Deen. Deen.*

Ele tentou sorrir, mas parecia uma careta. Seu rosto estava pálido, os olhos avelã opacos, a pele coberta de suor e sangue. Ela balançou a cabeça. Era tarde demais. Como quando Baba saiu de Arz, e Zafira não teve como salvá-lo. Ou quando Umm apunhalou o coração dele, e ela não teve como salvá-la.

Lembrou-se das noites após a morte de Baba, das noites após a morte dos pais de Deen, quando os dois se abraçavam para afugentar o medo com a simples presença do outro. Os anos em que ele estivera por toda parte, não importava para onde ela olhasse.

Ele tentou respirar, tossindo ao tirar algo do bolso. O objeto reluziu sob o sol. Um cordão de ouro, com uma aliança pendente. Ele o segurou no punho frouxo e trêmulo.

— Você jamais usaria uma aliança — disse, arfando — no dedo.

O cordão escorreu como ouro derretido da palma da mão dele, e ela o pegou, a areia grudando em seus dedos suados. A aliança de ouro começou a balançar, perfeita e imaculada. Bem diferente de Zafira.

— Primeiro, você queria explorar o reino de Arawiya, você queria se casar, você *me* queria. E então mudou de ideia e se juntou a essa jornada. Jogou tudo fora por... por *isso*.

Os olhos de Deen percorreram o rosto dela. Zafira pensou que estava prestes a explodir. *Se você soubesse.*

— Por quê, Deen? — rogou ela. — Por que você veio a esta ilha?

— Por você, milhares de vezes — balbuciou ele, mas ela já sabia o resto da frase. Palavras que Deen já lhe havia dito tantas vezes. Os olhos dele cintilaram. *Milhares de quilômetros e milhares de dunas. Por você, eu desafiaria o sol milhares de vezes.*

Ele sempre pedia o impossível. Sempre pedia o que ela não estava disposta a dar. Zafira roçou os lábios na bochecha de Deen, que deu um suspiro. Desta vez, ela não desejava algo mais. Ansiava o que já havia perdido.

E não foi isso que ele lhe dissera pouco antes de embarcarem naquela jornada?

— Encontre o Jawarat, Zafira. Confie em...

Ele estendeu a mão, e ela deixou que passasse os dedos por seu rosto. Em seguida, Deen baixou a mão e enroscou o dedo mindinho no dela, seu toque já hesitante.

— Hoje era o meu dia — sussurrou ele. Respirou uma última vez antes que o mindinho largasse o dela. Antes que o belo coração que não fazia mal a ninguém e amava demais parasse de bater.

— Adeus — murmurou Zafira, esperando que as lágrimas começassem a cair. Mas as gotas permaneceram em seus olhos, sufocando-lhe o coração.

Pensou na lata de cacau de Yasmine, guardada na despensa, no pote vazio de mel. Será que ela sabia da morte do irmão por meio dos laços de sangue?

Era culpa de Zafira por ter embarcado no navio, quando sabia que ele faria *qualquer coisa* por ela.

A raiva, intensa e tola, estremeceu por seus dedos.

As pessoas contarão histórias sobre nós, dissera ele.

Era uma vez um rapaz com o futuro pela frente.

Até que tudo que lhe restou foi seu passado.

Ele tinha um ar tranquilo, como se estivesse dormindo. Mas, quanto mais olhava para ele, mais Zafira sentia a solidão.

Envolvia todos os membros de seu corpo, prendendo-a à areia sob seus pés. Estava longe de casa, num lugar onde ninguém conseguiria encontrá-la. O homem que a amava estava morto.

Yaa, Deen. Se Yasmine era sua irmã de alma, mais que uma melhor amiga, então Deen *era* seu melhor amigo. Deen era tudo para ela, logo depois de Yasmine.

Como era possível que acontecesse tamanha injustiça com uma alma tão pura?

Agora, ele era apenas um corpo. Carne moldada em belos traços que já não se iluminariam ao ouvir a voz dela nem sorririam com suas palavras. Zafira finalmente começou a chorar.

De repente, ela ouviu um crepitar.

Levantou a cabeça. Não importava mais quem estava ali. Quem quer que fosse devia querer matar Zafira, e não Deen. O arqueiro certamente tinha mais uma flecha, não? Deu uma gargalhada: a bruxa havia mentido. Outra pessoa *também* fora mandada para lá.

Além disso, havia uma segunda presença: o farfalhar que ouvira atrás de si quando Deen pulou na frente da flecha.

O crepitar ficou ainda mais constante, acompanhado por um uivo. Ela estremeceu e ficou de joelhos na areia.

Sombras começaram a sair do chão e se enrolar em volta dos membros e do tronco de Deen. Seu turbante azul se fundiu com a escuridão e os cachos cor de bronze ficaram escuros. As areias se agitavam como a água sob a brisa. Tentáculos negros se estenderam até cobrir o corpo dele.

Sharr estava reclamando o corpo de Deen.

Zafira ficou de pé num salto, mas hesitou. Assim ele teria um tipo de enterro, ao menos era o que lhe dizia seu cérebro confuso. A flecha reluziu sob a luz que mudava à medida que as sombras o arrastavam para o fundo da areia.

A flecha. Zafira se aproximou e tentou arrancar a flecha do peito de Deen. A flecha quebrou, e o coração dela chorou de dor, mas a metade superior da haste de ébano com penas prateadas e pontudas era tudo de que precisava.

Pegou a jambiya e a sacola de Deen, mas não conseguiu tirar o amado tabar dele.

Zafira observou de longe enquanto Sharr engolia o homem que a amava até que não restasse nenhum traço dele. O vazio se apoderou dela, deixando seus braços pesados e os olhos cheios de lágrimas. Sentia nada e tudo de uma só vez.

Colocou o cordão em volta do pescoço, com a aliança caindo sobre o peito. Havia uma inscrição em seu interior: "por você, milhares de vezes". Mordeu a bochecha. Ela encontraria o Jawarat perdido. Mas antes vingaria a morte de Deen. Segurou a flecha quebrada contra a luz do sol e permaneceu imóvel enquanto o mundo escurecia ao seu redor.

As sombras começaram a subir, levadas pelo vento e em harmonia com as dunas. Um gemido baixo ecoou pelo ar denso, e ela entrou em pânico ao se dar conta do que acabara de acontecer.

Sharr tinha sido alimentada.

capítulo 28

A flecha de Nasir tinha atravessado o crânio do ifrit. Ele sabia que era um ifrit porque sua forma humana se transformara em algo sombrio antes que Altair caísse com um baque repugnante.

Um som que fez Nasir voltar a cabeça.

Altair estava morrendo.

Outra flecha também fora disparada pelo Caçador. Ela viera zunindo até atingir uma janela escura, mas teria acertado o coração de Nasir se ele não tivesse se esquivado no último segundo. Não deixou de notar que o Caçador tivera uma pontaria certeira no meio da luta.

O general olhou para ele das sombras do arco estreito.

Nasir se forçou a falar por entre os dentes cerrados.

— Perdeu a cabeça? Você quase matou o Caçador.

Altair abriu um sorriso detestável no rosto.

— Mas não matei, não é?

Estiveram *tão perto* de perder o Caçador, o único meio de encontrar o Jawarat, e o desgraçado ainda se vangloriava?

Nasir agarrou a flecha que se projetava sob o ombro do general e a torceu. Altair se ergueu, com os dentes trincados de dor e as mãos trêmulas.

— Lute — ordenou Nasir, praguejando. Ele queria dor. *Precisava* que a dor o ajudasse a lembrar e esquecer. Se o outro demenhune não tivesse interferido, o Caçador teria morrido. A missão seria comprometida.

Altair não se mexeu.

Nasir rosnou e tentou pegar a flecha outra vez. Os olhos de Altair faiscaram no escuro, e Nasir sentiu uma certa satisfação quando o general o empurrou contra a pedra, enchendo o ar de poeira. O esforço fez com que o sangue jorrasse da ferida de Altair, e Nasir desviou a cabeça do líquido gotejante.

— Não toque em mim — rosnou Altair, sua respiração quente na pele de Nasir. Nódoas escuras nadavam no azul de seus olhos.

— Vá em frente — provocou Nasir. — Inflija a dor que seu coração tanto deseja.

As mãos enormes de Altair se fecharam ao redor do pescoço de Nasir, seus dedos pulsando contra a pele lisa e apertando-o até que ele começou a sentir uma pontada de... *medo.* Era uma adrenalina bem-vinda, uma excitação que lhe aguçava os sentidos. Nasir quase abriu um sorriso.

Mas então Altair pestanejou ao se lembrar de alguma coisa e deitou no chão de pedra como se nada tivesse acontecido.

— Eu não estava tentando matá-lo.

Nasir se sentou lentamente, a confusão voltando a entorpecer seus sentidos. Olhou para o general, desconfiado.

— É o que acontece quando se lança uma flecha. Alguém acaba morrendo. Não é culpa de ninguém que você seja um péssimo atirador.

— Me mate logo — grunhiu Altair de repente, pressionando a pele em volta do ombro com uma careta.

De tudo que Nasir esperava de Altair...

Altair deu uma risada triste.

— Achou mesmo que eu viria até aqui sem saber dos planos de seu pai? Sei tudo a respeito do Caçador e do que Ghameq acredita que ele seja. Assim como sei o que ele mandou você fazer. Acabe logo com isso, Sultani.

Ele cuspiu o título com veemência.

— Você não sabe de nada — disse Nasir em voz baixa. — É apenas suposição.

Altair arrancou a flecha do ombro com um assobio de dor e o sangue começou a fluir livremente. A haste e as penas eram rudimentares, tão discretas quanto o ifrit. Mas por que será que a criatura tinha mirado em Altair em vez de Nasir? Ghameq não tinha nenhum controle sobre Sharr.

Altair repuxou os lábios num rosnado antes que pudesse se conter.

— Eu... tenho olhos... por toda parte.

Jogou a flecha entre os escombros e se virou para o lado, puxando a sacola para perto com a língua entre os dentes. Sua transpiração brilhava sob a luz que entrava pelo arco.

— Quer dizer que você tem um espião — perguntou Nasir.

— Muitos — respondeu o general, bufando enquanto vasculhava a bolsa.

Nasir se lembrou daquela manhã dois dias antes, quando o sultão o convocara. Quando tinha se ajoelhado no piso duro dos aposentos de Ghameq para receber suas ordens sobre a expedição. Quando uma criada tinha entrado na sala com uma bandeja de frutas e se demorado ali, acendendo o bakhour e enchendo a sala com seu perfume sensual.

Quando ela estivera no quarto de Nasir enquanto ele estava no Daama Faris com Altair.

Rimaal.

Kharra.

Não podia ser. A incredulidade expulsou o ar de seus pulmões.

— Kulsum — murmurou Nasir. — *Ela* é sua espiã?

Altair o fitou longamente.

— Acha mesmo que ela foi te procurar por vontade própria? Acha que alguém que foi tirada da família e escravizada por gente da sua laia poderia se apaixonar por um monstro? — zombou ele, rasgando uma tira de tecido com os dentes.

Nasir sentiu que algo dentro de si se rasgava da mesma maneira, com as bordas irregulares e as pontas frouxas.

Sabia que era um monstro. Reconhecia tal fato. Mas Kulsum...

— Você é ainda mais burro do que seu pai diz que é.

Nasir o encarou sem nenhuma expressão no rosto. Gostava de pensar que havia se livrado da fraqueza das emoções depois de tudo por que passara e de tudo que evitara. Mas *Kulsum*... Kulsum era diferente. Foi ela que o arrancou do desespero sem fim.

Kulsum o amara. Ela o procurara, mesmo depois da noite miserável em que seu pai lhe dera aquela caixa prateada de presente.

Ou isso também fora obra de Altair?

Nasir sabia que encontrar uma pessoa para amar e que o amasse de volta era quase impossível. Já sabia disso, mas ficara completamente cego pela afeição. Afeição *fabricada*.

Fechou as mãos em punho e puxou as mangas já abaixadas. Aqueles anos ficaram no passado por um bom motivo. As palavras em seu braço direito foram tatuadas por um bom motivo. O que importava era que agora ele não amava ninguém e ninguém o amava. O amor era uma fantasia.

A vida, essa existência terrível, ia continuar.

— Levante-se — disse Nasir.

Altair terminou de enfaixar o ferimento, pálido pela perda de sangue. Por um segundo, Nasir chegou a pensar que deveria tê-lo ajudado a cuidar da ferida. Mas o segundo, assim como o pânico que o dominara quando Altair foi atingido, assim como todo o resto, passou, e ele não sentiu mais nada.

O general jogou o resto do pano ensanguentado de lado.

— Decidiu que ainda precisa de mim?

Nasir se recusava a lhe dar a satisfação de reagir à sua espionagem. Ou à de Kulsum. *Para que me espionar, afinal de contas?*

— Ainda não decidi.

Altair se pôs de pé. Mantinha o braço direito rígido, sua camisa manchada de sangue.

— Não se preocupe comigo, Sultani. Eu me curo mais depressa do que a sua mente sem imaginação é capaz de conceber.

— Claro. Porque você é alguma espécie de criatura mitológica.

— Você ficaria surpreso.

— Nada a seu respeito é capaz de me surpreender.

— Ele está morto, não está? O demenhune — explicou Altair. Seu tom de voz fora suavizado por algo como arrependimento.

Nasir franziu a testa.

— Você o conhecia.

Altair respondeu com um encolher de ombros. Mais um indício de seu conhecimento misterioso que parecia transcender os califados.

— Ele... — Altair parou de falar e encurtou a resposta. — ... já esteve envolvido numa missão de resgate. Era um bom homem.

— Uma missão de resgate. Logo você. — Nasir bufou de desdém. E com um *demenhune*? Resgate de quê? Nasir mordeu o lábio para não perguntar nada.

— Não sou de fazer fofoca, principezinho.

Nasir deu um bocejo fingido.

— Enfim — disse Altair com uma alegria forçada. — Parece que voltamos a ficar a sós, e que bela dupla somos!

Nasir lhe lançou um olhar capaz de murchar plantações inteiras.

— Continue com seus latidos intermináveis e só restará um de nós.

Altair abriu um sorriso.

— Ah, mas eu já estava morto quando pus os pés em Sharr. Posso muito bem me divertir ao longo do caminho, laa?

Nenhum dos dois mencionou o fato de que Nasir havia salvado a vida de Altair. Ou de que um ifrit tentara acabar com ela.

Nasir não sabia o que o fizera mudar de alvo no último segundo e salvar o homem que sempre o desmerecia. Que, contra todas as probabilidades, era seu único aliado em Sharr.

Nasir estava cansado de falar. Sentir. Pensar.

— O Caçador vai ficar mais alerta a partir de agora, e já perdemos muito tempo com sua indisposição.

O sol já não estava tão forte e as sombras haviam surgido das dunas. Sharr voltava à vida. Mas não importava, a tarefa de Nasir continuava de pé.

Já estava na hora de o Caçador se tornar a caça.

capítulo 29

Zafira estava sendo seguida, mas só conseguia pensar em Sharr. A ilha havia sugado o sangue de Deen e ainda queria mais, deixando as dunas escuras e afugentando o sol.

Subiu alguns degraus de pedra, passando por colunas quebradas e abrindo caminho pelo meio das barracas velhas feitas de madeira corroída. Teria se detido um momento para contemplar o sooq abandonado de Sharr se não fosse seu daama perseguidor.

O vento soprava forte, e ela mal conseguia enxergar alguma coisa além dos cinco degraus seguintes. Sua capa a atormentava, um animal selvagem em conluio com o calor. Mas como não queria que seu perseguidor soubesse quem era, enxugou o suor com as costas da mão e amaldiçoou o deserto.

Se quiser fazer alguma coisa, vá derreter a neve de Demenhur.

As sombras se agitaram, rindo dela.

Tropeçou uma, duas vezes: sua bota ficou presa num degrau que não conseguia ver e ela rolou ladeira abaixo. Soltou uma série de palavrões que só Yasmine usaria, as palavras ecoando nas ruínas até que o calcário a cuspiu em cima de mais areia, a um palmo de um escorpião que atacava um lagarto, o que a deixou sem fôlego. Rastejou para longe dali com um assobio.

De repente, ouviu um farfalhar. À sua *frente*. Não de trás, onde deveriam estar seus perseguidores.

Zafira se levantou devagar, os ossos doloridos, e fechou as mãos trêmulas. Ela era o daama Caçador, não devia estar tão abalada. Avistou um vão no meio de dois arcos em treliça, enfiou-se no buraco e ficou à espera, soltando sua jambiya com cuidado.

Ela já matara animais, mas nunca tinha matado um ser humano. Porém, se fosse preciso, se o outro fosse uma ameaça, então estaria preparada. Seu pai a ensinara muito bem.

A areia se agitou, e Zafira prendeu a respiração quando um homem saiu do meio da poeira, olhando por cima do ombro como o vira fazer tantas vezes, seus cabelos reluzindo da cor do bronze. Pensou no mindinho dele enroscado no dela, na aliança em seu peito.

Deen.

Ela estava ficando maluca. Era filha de uma louca com um lunático. A loucura estava em seu sangue. Era a única explicação possível.

No entanto, ele parecia sólido, real, *vivo*. Ela o vira morrer, assistira enquanto seu corpo inerte era levado por Sharr.

Não. Sharr não o levara embora. Sharr o consertara e o devolvera a ela.

Ela se levantou sem pensar duas vezes, sem se preocupar em não fazer barulho. Ele se virou ao ouvir o som das botas dela.

— Deen — chamou Zafira.

Talvez fosse uma ilusão de ótica que o fazia parecer tão imóvel. Ela passara tanto tempo olhando para o peito inerte dele que Deen ainda parecia imóvel. Afinal, quem é que se certificava de que o outro continuava respirando?

Ele levantou a mão, esticando os dedos compridos de modo incerto. O gesto a fez vacilar, mas ele notou sua hesitação, assim como notava tudo a respeito dela, e sorriu.

Deen abriu um sorriso capaz de rivalizar com o próprio sol, e tudo voltou a ficar bem.

capítulo 30

Nasir quase rosnou em voz alta.

O idiota do Caçador era maluco. Ele viu a criatura, horrenda e sombria, e embainhou a jambiya.

Baixou a guarda.

Chegou mais perto.

Nasir assistia à cena de um vestíbulo em ruínas, angustiado de tanta frustração.

O ifrit caminhava com cautela. Era uma criatura feita de fogo sem fumaça e aprisionada em Sharr pelas Irmãs. E, com o céu cada vez mais escuro, não seriam só os ifrits que surgiriam do meio das sombras.

— Você acha mesmo que o Caçador vê o ifrit pelo que é de fato? — perguntou Altair, girando o ombro com cuidado.

Nasir não se importava. Se esperasse mais, a criatura mataria o Caçador, e seu único meio de encontrar o Jawarat também morreria. Por que será que o homem estava sempre em perigo?

Ergueu o arco, sentindo a bússola no bolso. Não dissera a Altair que ela mudara de direção duas vezes desde que escalaram o muro de Sharr.

Que o levara ao Caçador nas duas vezes.

O início de um grito dispersou os pensamentos de Nasir.

capítulo 31

Era a segunda vez que Zafira via Deen morrer. Tamanha tortura devia ter um fim.

A flecha o acertou novamente logo abaixo do coração. A mesma flecha de antes, preta com penas prateadas. Uma expressão de fúria distorceu as feições de Deen, uma violência que nunca vira em seu rosto antes.

Mas quando ele tombou no chão, o coração de Zafira assumiu o controle de sua voz e provocou o início de um grito antes que seu cérebro a fizesse se conter. Era um som que ela jamais emitia.

E, no entanto…

Ele começou a se decompor diante dos olhos dela. A *mudar*. Seus cabelos afinaram até a cabeça ficar calva e seus olhos escureceram até um tom de preto quando o corpo caiu sob as sombras do sooq.

Zafira se afastou e soltou um palavrão. A morte de Deen a deixara tão perturbada que ela baixou a guarda e caiu numa das armadilhas de Sharr. Um ifrit. Criaturas que se alimentavam do desespero e da tristeza. Sharr não havia enterrado nem devorado o corpo de Deen.

A ilha o tinha roubado.

Zafira ouviu um estalo atrás de si e se deteve. Outro estalo: um som deliberado, feito para ser ouvido.

Botas pesadas sobre um terraço de pedra. Quem quer que a tivesse salvado do ifrit agora e matado Deen antes. Zafira estendeu a mão para pegar o arco e…

— Parado.

Era uma voz fria, habituada a dar ordens sem precisar se repetir, apesar do timbre baixo. Zafira ficou imóvel, com a mão pairando acima da cabeça antes de fechá-la num punho.

— Não se mexa, Caçador.

Ao ouvir isso, ela retesou o corpo.

— Sua reputação o precede.

Zafira baixou os olhos para o cadáver do ifrit, onde a flecha preta e prateada a provocava. Prata *de verdade*, o que significava que pertencia a uma pessoa abastada. Preto e prata, preto e prata. Vasculhou a memória. Conhecia aquelas cores. Sabia onde as pessoas falavam com aquele sotaque melodioso.

Perdeu o fôlego. *Sarracena*.

— Abaixe o rida'.

Rida'. A palavra em sarraceno para capuz. Sarraceno, tal como os homens que a emboscaram nos limites de Arz. Tal como o próprio sultão.

— Eu disse: abaixe o rida'.

Ela avaliou a probabilidade de o homem matá-la pelas costas. Seria uma covardia, mas um sarraceno era bem capaz de fazer aquilo. Afinal de contas, ele quase a matara antes que Deen…

Não, já que ia morrer, Zafira queria saber quem havia roubado Deen de Arawiya antes do tempo.

Virou-se e abaixou o capuz.

Havia dois homens ali, ambos jovens. Eles tinham kohl esfumado em torno dos olhos, e Zafira pensou vagamente que Yasmine aprovaria tal escolha. O maior deles era mais claro e bonito, com a pele bronzeada de Arawiya e um sorriso divertido nos lábios. Seu turbante estava cuidadosamente enrolado em volta da cabeça, exibindo algumas mechas douradas. O ombro direito ostentava uma mancha de sangue, onde um pano atado às pressas marcava o lugar de uma ferida. Uma jambiya cravejada de joias repousava contra sua coxa musculosa, envolta pelo sirwal de um tom opulento de roxo.

O outro homem era mais magro, com uma força que emanava do corte reto dos ombros e do queixo. O cabelo que cobria sua testa era tão escuro quanto as sombras que envolviam a ilha e sua pele tinha o mesmo tom oliva dos homens que a emboscaram. Ele tinha um keffiyah xadrez preto e cinza em volta da cabeça, com uma franja que roçava seu pescoço.

Vestia um traje que ela nunca vira antes, sem nenhuma arma aparente, o que devia ser seu propósito: parecer inofensivo. Uma cicatriz cortava o lado direito de seu rosto, da testa até o topo da bochecha; era de se admirar que o olho direito ainda estivesse intacto.

Os olhos dele. Eram de um cinza tumultuoso como as brasas apagadas de uma fogueira, à deriva sob o vento frio. Era ele que tinha uma flecha apontada para o coração dela, as sobrancelhas arqueadas de perplexidade.

Era uma novidade e tanto ser avaliada por um homem enquanto mulher. Zafira estava tão acostumada a só ser vista com o corpo envolto em sombras que quase se encolheu. Mas então sentiu o fantasma dos dedos de Deen no queixo e se empertigou, abrindo um sorriso ao ver o sarraceno tentando recuperar a voz.

— Você é uma garota.

capítulo 32

Nasir duvidava muito que seu pai soubesse que o renomado Caçador demenhune era uma garota. Por outro lado, achava que Ghameq nem se importaria com quem era o Caçador.

— E você é um assassino — replicou ela sem perder tempo. As palavras foram ditas no tom áspero de Demenhur. Ergueu o queixo e sustentou seu olhar sem nem se importar para a flecha apontada para ela.

A garota era alta e tinha os ombros largos, duas características que deviam ajudá-la a manter a fachada de masculinidade. Carregava duas bolsas e tinha a sirwal enfiada nas botas macias, com duas bainhas de couro em cada perna. Sua qamis larga era presa por uma faixa preta na cintura, escondida pela capa assim que ela abaixou o punho.

Ele já vira alguns demenhunes antes, mas nenhum era como ela. Tudo nela era duro, desde as maçãs do rosto e os lábios retos até a ponta do nariz e a rigidez dos cabelos escuros presos numa trança em forma de coroa ao redor da cabeça. Um perfil de ângulos, uma escultura de gelo. Até seu olhar era difícil de encarar, dois cacos azul-claros, frios e insensíveis, cobertos por cílios que roçavam as bochechas pálidas.

A garota olhou de relance para Altair antes de se voltar novamente para ele, arqueando as sobrancelhas finas.

— Vá em frente.

Até sua voz era fria. Ele abaixou o arco, e ela arqueou ainda mais as sobrancelhas.

— Não hesite agora — disse ela. — Você estava mirando em mim antes, não estava? Dispare a sua flecha, jaban. Não vou me esquivar.

Nasir segurou o arco com mais força ao ouvir a palavra "covarde".

— Ele mudou de ideia — anunciou Altair, seguindo em direção a ela. Nasir franziu os lábios ao ver o general abrir um sorriso capaz de derreter o coração das mulheres que conhecia. — Altair al-Badawi.

Silêncio. Ela se voltou para Altair. Era um olhar cauteloso, uma mudança fria e deliberada. A raiva pulsava em sua mandíbula, a tristeza evidente em suas feições.

— Isso costuma funcionar? — perguntou ela sem rodeios. O vento soprou forte, jogando mechas de cabelo sobre seu rosto.

— Hein?

— Chegar perto demais de alguém e dar um sorriso estúpido. Funciona?

Nasir reprimiu um bufo de desdém.

Mas Altair se recuperou bem rápido, como sempre.

— Às vezes. Mas você não é qualquer uma, é, Caçadora?

Ela se retesou ao ouvir a palavra e deu um passo para trás, na direção do cadáver chamuscado do ifrit. Nasir não tinha certeza se uma flecha no peito era suficiente para matar um ifrit, mas não ia avisar a ela que a criatura poderia estar viva.

Ela. O Caçador era uma garota.

— Vai querer esfregar o nariz no meu e fazer amizade comigo agora? Depois de matar... — Zafira se engasgou, sem saber como rotular o relacionamento entre ela e o homem que a olhava com um desejo não correspondido. — ... meu melhor amigo?

Mentira. Ela era uma péssima mentirosa.

Altair cruzou os braços.

— Receio que haja lugares melhores para fazer amizade do que Sharr. Estamos aqui para propor uma aliança... já que eu e meu companheiro viemos atrás da mesma coisa que você.

— O Jawarat perdido — disse ela.

Ele assentiu com a cabeça.

Ao ver seu olhar depreciativo, Altair repuxou os lábios na tentativa de reprimir um sorriso.

— Você vem aqui, tenta me assassinar, mata meu amigo e agora quer ser meu... aliado? Vocês, sarracenos, são mais bárbaros do que dizem.

— Pode ser. — Altair meneou a cabeça e seu ar brincalhão desapareceu. — Do meu ponto de vista, podíamos muito bem matá-la e seguir nosso caminho. Mas os três juntos teremos mais chance de alcançar nosso objetivo. — Ele apontou para o ifrit morto, agora oculto pelas areias movediças. — Nós salvamos a sua vida.

A garota era tão expressiva: Nasir podia *vê*-la analisando a proposta.

Ela ergueu o olhar para ele, aqueles cacos de gelo avaliando a ameaça. A flecha de Nasir a levou a pensar que ele matara o demenhune.

— E quando encontrarmos o Jawarat? — perguntou ela.

Não se, mas *quando*. Não havia nada mais respeitável e perigoso do que uma mulher confiante.

Desta vez, foi Nasir quem falou:

— Então veremos.

capítulo 33

A fúria queimava nas veias de Zafira, mais quente que as dunas ardentes. A daama Bruxa de Prata tinha mandado Deen *e* sarracenos para lá.

Fazer uma aliança para quê? Se eram capazes de caçá-la naquele abismo de pedra e areia, então poderiam muito bem encontrar o Jawarat sozinhos. Não precisavam dela. Ser o Caçador demenhune não valia de nada em Sharr. Ela não passava de uma garota de um califado onde todos tinham neve no lugar do cérebro e um sorriso estampado no rosto. O mais alto sequer lhe dera seu sobrenome verdadeiro: *al-Badawi* significava "nômade". Um nome comum que os homens costumavam usar quando queriam ocultar sua origem.

Ela seria uma isca ou um escudo.

Mas era morrer agora ou depois, tal como em sua decisão de aceitar aquele convite miserável. Se os sarracenos não a tivessem salvado do ifrit disfarçado de Deen, ela *já* estaria morta.

Adiar a morte lhe daria tempo para pensar num jeito de sair daquela enrascada. Melhor ainda: de vingar Deen.

Então ela assentiu com a cabeça, e o rapaz moreno assentiu de volta. Não foi um juramento de forma nenhuma, e sim um acordo frágil feito por meio de um aceno mútuo de cabeça. Ela deu uma risadinha, ignorando os olhares esquisitos que os homens lhe lançaram.

— Agora que estamos todos de acordo, que tal nos contar qual é o seu nome? — perguntou Altair, como se não tivesse acabado de ameaçá-la de morte. — Nunca imaginei que o infame Caçador fosse tão bonito.

Zafira revirou os olhos.

— Você sempre fala tanto assim?

Ele fez uma careta, um semicírculo perfeito de lábios virados para baixo.

— Pensei que você fosse preferir minha conversa fiada ao silêncio mortal daquele ali.

O moreno a estudava com seus olhos cinza como o aço. Aquela cicatriz horrível reluzia em seu rosto. Ele podia até não falar nada, mas sua cabeça estava cheia de palavras. Zafira sabia que pessoas como ele eram perigosas.

Altair começou a liderá-los, brandindo uma cimitarra curva como se fosse uma extensão da própria mão. Também tinha uma arma na outra mão, mas o curativo enrolado em volta do ombro deixava claro o motivo de não a usar. Os músculos de seus grandes braços se flexionavam contra os tendões que os envolviam, e Zafira desviou o olhar. Quanto será que ele tinha de comer para suprir músculos daquele tamanho?

— Vejo que está me observando, Caçadora. Não se preocupe — disse Altair, olhando para o ferimento. — Logo estarei novinho em folha. — Voltou-se para o companheiro. — Já se perguntou por que as mulheres olham tanto para mim?

— Deve ser porque você se parece com um cão raivoso e perdido — sugeriu o jovem moreno num tom sério.

Zafira reprimiu uma risadinha, e Altair se voltou para ela com um beicinho fingido. Ela não sabia qual era a natureza do relacionamento entre os dois sarracenos. Eles não pareciam irmãos nem amigos, mas tinham um respeito mútuo que duvidava muito que reconhecessem. Um deles tinha poder sobre o outro, só não sabia quem era quem.

Assassinos, lembrou a si mesma. Era só isso que importava. E, se as flechas de penas prateadas e madeira fina serviam de indicação, então os dois deviam ter mais recursos do que Zafira poderia imaginar.

Depois de um momento de silêncio, ela disse:

— Zafira.

— Quem é essa daí?

— Você perguntou qual era o meu nome — respondeu ela. As dunas dançavam ao longe, brilhando sob os raios do sol. O mundo continuava mais escuro do que quando ela e Deen chegaram ali. Tocou na aliança fria que ele lhe dera e quase vacilou ao se lembrar de seu peito inerte. As lágrimas ficaram presas em sua garganta.

Altair assentiu com a cabeça, alheio a tudo aquilo.

— Pelo visto, sua mãe seguiu o exemplo da sultana ao lhe dar esse nome.

Ela pestanejou.

— Hã?

— Zafira significa "vitoriosa". — Altair usou a ponta do turbante para enxugar o suor da testa. O tecido era escuro e tinha a borda vermelha. Parecia uma cobra de cores vibrantes, daquelas tão venenosas quanto atraentes. — Nasir significa a mesma coisa, o nome do nosso amado príncipe herdeiro. Sabe, Caçadora, entendo algumas coisas sobre nomes.

— Ele entende algumas coisas a respeito de tudo — resmungou o outro.

— Ora, ora, hashashin. Está com ciúmes, por acaso?

Um assassino. Isso explicava seu traje e os movimentos calculados. Seria fácil presumir que ele matara Deen se Altair não tivesse ameaçado matá-la.

— Eu sei qual é o nome do príncipe — disse ela.

Altair lhe lançou um olhar divertido, e o hashashin se limitou a olhar para o outro lado.

Seguiram rumo ao leste, percorrendo uma trilha em arco cheia de pedras quebradas e dunas de areia. Altair cortava as videiras mortas à medida que avançava, e por mais contente que Zafira fosse ficar em deixá-lo limpar as ruínas, ela tinha de encontrar o Jawarat.

E planejar sua fuga.

— É melhor seguirmos por aqui — disse ela, virando para o norte e saindo do meio das sombras.

Os sarracenos se entreolharam.

— Tenho o pressentimento de que o Jawarat está perto do centro de Sharr — acrescentou ela.

O hashashin olhou para a trilha de Altair.

— É para onde estamos indo.

Sua voz baixa e mortiça a fez estremecer antes de responder:

— Não, esse caminho nos levará para as margens da ilha.

— É isso que diz sua bússola? — perguntou Altair. — Você... ganhou uma?

— Se eu ganhei uma bússola? — repetiu ela antes de se lembrar da bússola de Deen, e seu coração se partiu ao recordar tudo de novo. Ela balançou a cabeça antes que Altair pudesse ver sua angústia, antes que o hashashin, com seu olhar frio e calculista, pudesse ler seus pensamentos.

Ele se aproximou com uma bússola vermelha e prateada na mão enluvada. O objeto a fez se lembrar da Bruxa de Prata.

Altair olhou por cima do ombro.

— Para onde está apontando?

— Está quebrada — respondeu ele, fechando a tampa.

Mentiroso. Ela viu o ponteiro mudar de posição.

— Não precisamos de bússola nenhuma — disse ela. — Sei para onde vou. Sempre soube qual era o caminho certo.

Só não sabia como. Antes, ela atribuía isso à experiência. Do mesmo modo que um padeiro nunca pesa a semolina antes de fazer sua fornada diária de harsha.[2] Ela nunca precisou de um utensílio para lhe mostrar aonde ir. Mas, se um padeiro deparasse com uma quantidade desmesurada de semolina, será que não hesitaria? Será que não precisaria de um utensílio nesse caso?

Zafira nem parou para pensar em qual caminho seguir nas ruínas de Sharr. Mas aquele estranho frenesi em seu sangue só se acalmava quando ela se voltava para a direção que desejava tomar.

— Ah, sim. Venha, vamos seguir a garota que decide seu caminho com base na própria intuição — falou Altair, afastando-a de seus pensamentos.

Ela revirou os olhos e deixou os dois para trás. Mas Deen também não lhe dissera algo do tipo?

Foi o caminho de Zafira que o matou.

Ao se deter, ouviu o sibilo das cimitarras e o deslizar de botas na pedra escorregadia de areia. Até que levar o gigante

2 Panqueca marroquina feita de semolina e tomilho. [N. T.]

e seu companheiro resmungão em direção à morte não seria tão ruim assim.

— Sei muito bem em que você está pensando — disse Altair, sempre suave.

— Não sabe coisa nenhuma — retrucou o outro.

Zafira não se incomodaria em perguntar seu nome.

— Por que você sempre acha que estou falando contigo?

— E ela lá está prestando atenção ao que você diz?

— Por que é que os homens acham que as mulheres só conseguem ouvi-los se estiverem olhando para eles? — vociferou Zafira.

Após alguns segundos, ela não ouviu mais nada e se virou para vê-los em seu encalço, em silêncio absoluto. Quer dizer que o farfalhar de antes *era* um ardil. O mistério do motivo de precisarem dela a deixou tensa.

Zafira tocou na jambiya de Baba em sua coxa.

— E então? Abra logo a matraca.

— O quê? Quer que eu cante para passar o tempo? — perguntou Altair.

— Me diga logo o resultado da sua leitura de pensamentos — disse ela, sem um pingo de bom-humor.

— Ah, é só que consigo vê-la tramar nossos assassinatos a quilômetros de distância — respondeu Altair. Havia uma malícia em sua voz ao acrescentar: — Aqui vai um lembrete, Caçadora: seu rosto pensa antes de você.

— Meu cérebro, ao contrário do seu, funciona antes do resto do meu corpo — retrucou Zafira. Ela sabia que tinha um rosto expressivo. Todo mundo sabia. Mas Deen sabia melhor do que ninguém.

Altair deu uma risada.

— Não seria do meu feitio discordar.

À medida que saíam do abrigo das construções de pedra, Zafira tinha plena ciência dos olhares ponderados que os jovens trocavam toda vez que achavam que não iria perceber. E principalmente do jeito que o moreno a observava.

Quanto mais Zafira alternava entre a areia e a pedra implacável, mais sentia dificuldade para respirar. O capuz se tornou uma jaula e seus olhos ardiam quando o suor escorria entre as pálpebras. O mundo começou a girar, o horizonte tremulava ao longe.

Passou a língua pelos lábios rachados.

Água. Havia água por toda a parte.

Uma miragem, Zafira. É uma miragem.

— Caçadora? — Altair parou ao seu lado quando ela se segurou numa treliça para se manter de pé. Ela lhe deu um aceno impaciente, e ele seguiu adiante com um encolher de ombros, arrastando areia em seu rastro.

Respire. Tire essa maldita capa. Para que usá-la agora? Eles já sabiam que ela era uma garota. Levou os dedos até o fecho frio da capa e... *não*. Não seria derrotada por uma capa. Era bem capaz de suportar um pouco de calor.

Uma sombra surgiu ao seu lado, e Zafira se voltou bruscamente para o hashashin de cabelos escuros. Houve uma ligeira mudança em suas feições quando ela encontrou seu olhar. Uma mistura de surpresa com uma pontada de raiva. Havia uma vulnerabilidade no modo como os cílios pretos roçavam sua pele ao piscar os olhos.

— Tire a capa — disse ele.

Ela sentiu um nó na garganta e sua cabeça começou a girar. Jatos de areia atingiram sua pele.

— O que você quer comigo? — sussurrou ela, cada vez mais ofegante.

Ele balbuciou uma resposta, mas tudo que Zafira ouviu foi seu sotaque prateado antes de o sol desaparecer e ela mergulhar na escuridão.

Zafira finalmente entendeu por que os habitantes de Arawiya celebravam a lua. Por que sua mera visão fazia o povo chorar.

Era o deserto. O calor sufocante que os esgotava até o âmago antes que o sol sumisse no horizonte e a lua aparecesse na imensidão escura do céu, presenteando-lhes com seu toque frio. Era uma beleza que não apreciavam em Demenhur por causa do sol tímido da região.

Ela nunca ficara tão feliz ao ver aquela majestosa esfera branca.

O musgo estava frio sob suas costas. Um vulto se debruçava sobre ela, com o perfil delineado pela lua. Ele passou um pano úmido em sua testa e franziu os lábios ao notar que ela estava acordada. O hashashin de cabelos escuros. Altair não estava em lugar algum.

Céus. Ela tinha desmaiado. Ela tinha desmaiado no meio de uma ilha desconhecida com dois homens sarracenos. O pânico tomou conta de Zafira, que se afastou, cravando as botas na areia e sentindo o musgo grudado na palma das mãos.

Uma poça d'água reluzia sob o céu escuro, cercada de plantas exuberantes. Além do pequeno oásis, as dunas se estendiam para todos os lados. A capa estava dobrada ao seu lado. As bolsas também estavam ali, intocadas.

A lua projetava uma sombra sobre o hashashin, acentuando os sulcos de seu rosto.

— Você desmaiou por causa do calor e teria fraturado o crânio se eu não a tivesse pegado nos braços. Altair a carregou até aqui. Eu tirei sua capa. — Ele virou a cabeça e levou a mão ao pescoço. — Nada mais.

Sua voz se confundia com a escuridão, quase inexistente. Como se a simples ideia de falar fosse uma desonra para ele.

— Quem é você? — perguntou ela, cruzando os braços e ignorando o pano na mão dele.

Ele largou o pano ao lado do corpo.

— Depende da incidência da luz.

Havia uma desolação em suas palavras.

— O que você quer comigo? — repetiu ela num sussurro. *Por que tentou me matar? Por que cuidou de mim?*

Ele entreabriu os lábios.

— Ah, a sayyida nos abençoa com sua presença, tão pálida quanto a própria lua! — exclamou Altair ao sair das sombras, banhado pela luz azul. Zafira quase se engasgou ao ver seu peito nu. Bronzeado, bem delineado, *céus*. Ele abriu um sorriso, aquele homem descarado. — Já estava na hora. Temos de seguir em frente.

— Vamos passar a noite aqui. Ela precisa descansar — disse o hashashin.

Agora foi a vez de Zafira olhar para ele, perplexa. A julgar pelo resmungo de Altair, ficou bem claro que o hashashin raramente prestava atenção às necessidades dos outros.

— Vou ficar de vigia — continuou ele.

Altair envolveu o corpo com uma toalha.

— Pois não, sul…

O hashashin o cortou com um rosnado e Zafira arqueou as sobrancelhas. Altair deu um suspiro exagerado e levou dois dedos à testa.

Para dois sarracenos, até que eles pareciam estranhamente… normais. Enquanto Zafira se esforçava para desviar o olhar, Altair colocou uma bandagem nova ao redor da ferida. Vestiu suas roupas antes de desenrolar o saco de dormir, um tapete intricadamente tecido em azul e verde com franjas bege. Em seguida, deitou-se de costas e cruzou os braços atrás da cabeça com um estremecimento. Kharra. Zafira não tinha trazido um saco de dormir.

Altair deu um sorriso malicioso ao reparar nisso.

— Podemos compartilhar o meu, se quiser.

— Ah, não, shukrun — disse ela rapidamente, reprimindo a raiva dentro de si enquanto se voltava para a capa. Deen teria oferecido seu saco de dormir e dormido na areia, se fosse necessário. Pegou a bolsa dele e encostou-a contra uma pedra corroída pela erosão. Deen. Deen. Deen. Tudo que restara dele eram as coisas em que havia tocado. Uma lata de cacau e um pote de mel, tão vazios quanto o mundo sem ele. Ela fechou os olhos.

Não. Não podia fechar os olhos no meio de seus inimigos de novo. Ela tinha uma missão. Precisava continuar viva.

Um vento gelado percorreu a noite, e ela colocou os braços em torno dos joelhos. Como era estranho que o mesmo deserto que lhe provocara insolação havia tão pouco tempo agora a fazia estremecer.

Altair se voltou para ela com o rosto franco.

— Sinto muito. — Ele olhou para a bolsa de Deen. — Pelo seu amigo.

Mais adiante, o hashashin limpou uma rocha e se sentou de costas para Zafira. Ela passou o capuz por cima da cabeça, deixando-o cair sobre os olhos. Era o valor que os sarracenos davam à vida. Matavam e depois pediam desculpas. Tentavam compensar uma alma abatida com uma simples palavra.

A fadiga que sentia foi substituída por uma dor avassaladora. Enfiou o dedo na aliança, esfregando a pele contra a gravação em seu interior. *Por você, milhares de vezes.* Sentiu o olhar de Altair, mas duvidava muito que ele já tivesse sentido a dor de uma perda. Olhou para a parte de trás da cabeça do hashashin e imaginou que ele também nunca passara por aquilo.

Os sarracenos eram mesmo sem coração.

Por fim, a respiração de Altair diminuiu de ritmo, e ela travou uma batalha perdida para continuar de vigília. Batalhou com afinco, sem saber ao certo se ainda estava acordada quando ouviu um farfalhar de roupas atravessar a noite. Observou com os olhos ocultos pelo capuz quando o hashashin se virou do oásis para o acampamento.

Pelo brilho em seus olhos, Zafira percebeu que o jovem estava concentrado em Altair. Um bom tempo depois, seu olhar se voltou para ela, que ficou tensa, mas ele não pareceu notar.

Depois de uma eternidade, ele deu um suspiro pesado e resignado e voltou a fitar a noite.

Zafira refletiu sobre aquele som tão humano antes que o sono a arrastasse para longe dali.

capítulo 34

A garota falava durante o sono.

Rimaal, uma garota. A Caçadora. Ela murmurava sequências de palavras pontuadas por palavrões que fariam Altair dar gargalhadas, balbuciava "agora não" e repetia um nome sem parar. Se tivesse de adivinhar, Nasir diria que Deen era o nome do demenhune que Altair havia matado e duvidava muito que ele fosse só um amigo.

Também chamava por suas irmãs. Eram duas. Seus nomes faziam um sorriso surgir nos cantos dos lábios dela. Como será que era ter um irmão ou irmã nascido da mesma mãe? Todos os relacionamentos que Nasir vivenciara ou foram fingidos, ou tiveram curta duração.

Ele pairou sobre Altair, que tinha as feições embotadas pelo sono, e olhou para a coluna lisa de seu pescoço, onde o tecido de qutn[3] do turbante havia se deslocado. Seria muito fácil. Um corte limpo e indolor.

Deixaria seu pai orgulhoso.

Foi esse último pensamento que fez Nasir cutucar o bíceps nu de Altair com a ponta da bota. O general abriu o olho direito na mesma hora e Nasir cerrou o maxilar: já devia saber.

— Por um momento, pensei que você fosse fazer isso — disse Altair.

— Fazer o quê? — perguntou a garota, bocejando enquanto escovava os dentes com uma siwak.[4]

Altair curvou os lábios num sorriso.

— Me beijar.

Nasir deu um chute nele, e Altair começou a rir.

— Vamos partir agora — declarou Nasir.

3 Algodão. [N. T.]

4 Escova de dentes de madeira. [N. T.]

Ela voltou a encará-lo, e Nasir hesitou. Além do pai e de sua falecida mãe, havia apenas duas pessoas que o fitavam nos olhos: Altair e Kulsum, e agora ela também, só que apenas por um breve instante.

Como se sustentar seu olhar fosse tão doloroso quanto espionar um monstro como ele.

Ele parou de pensar naquilo e guardou o arco na aljava. O sol ainda subia no horizonte, de modo que o ar estava fresco. Desamarrou o keffiyah do pescoço e o enrolou como um turbante em volta da cabeça.

Altair ofereceu um pedaço de seu pão pita e um trio de tâmaras sukkary para a garota, que olhou para o alimento com suspeita.

— É perfeitamente seguro — disse ele.

— A comida que eu trouxe também — respondeu ela, vasculhando a bolsa para pegar tâmaras da variedade safawi.

— Você sabe que não vão durar para sempre, não sabe? — perguntou Altair, oferecendo a comida a Nasir, que o ignorou. Ele deu de ombros e enfiou o pão na boca, limpando as migalhas da barba bem-aparada.

— Até que eu esteja morrendo de fome, vou fingir que sim. — Ela mordeu o lábio, como se falar tais palavras lhe causasse dor. Fechou os olhos, com as narinas infladas.

Altair arqueou as sobrancelhas.

— Se já terminou de cochilar — disse Nasir, ajustando as lâminas da manopla —, precisamos subir numa colina para traçar nosso curso.

— Já, sim — retrucou ela de olhos bem abertos, duas foices de fogo azul.

Ele estremeceu; não ficou nada orgulhoso dessa atitude.

Ouviu o assovio do aço quando Altair sacou suas cimitarras sem se preocupar em não fazer barulho. As *duas* cimitarras, Nasir notou com surpresa. *Já estava curado.*

Nasir seguiu na frente, com Altair em seu encalço e a garota arrastando-se atrás deles, ainda perturbada pela conversa com Altair. Nasir cerrou os dentes para conter a vontade de dizer para ela se apressar, mas a garota não precisava que um homem lhe dissesse o que fazer. Disso ele já sabia.

Como em resposta a seus pensamentos, ele a ouviu preparar uma de suas flechas brancas e caminhar com passos mais leves até que mal ouvisse o sussurro de sua presença, tornando-se o Caçador que todo o reino de Arawiya conhecia. A *Caçadora* que poucos conheciam.

Todos os demenhunes pareciam fantasmas, mas a Caçadora também se movia como um.

Nasir tentou imaginar como seria viver sem as dunas intermináveis e inconstantes sob os pés. Sem o sol bronzeando sua pele e enraizando-se em sua alma. Sem o calor escaldante do sol e a carícia fresca da lua.

Ele olhou para trás e viu a Caçadora observando-o, daquela vez com o rosto inexpressivo. Seus lábios estavam franzidos.

Por que a bússola me levou até você?, Nasir teve vontade de perguntar.

Foi o primeiro a desviar o olhar.

capítulo 35

Zafira seria uma idiota se usasse a capa e desmaiasse outra vez, por isso a guardou com grande relutância. Endireitou as mangas da túnica e voltou a enrolar o lenço antes de ajustar as dobras da faixa. Sentia-se nua. Leve. Diferente.

Mas o mundo estava mudando, e ela precisava se adaptar. Aliás, *continuava* em mutação. Desde que Sharr devorara Deen, a ilha ficara mais escura, e quanto mais se embrenhavam nela mais escura ficava.

O plano do dia era chegar ao vilarejo que Altair avistara do oásis, onde fariam o reconhecimento do terreno de um dos minaretes. Zafira estudava os sarracenos enquanto os seguia, deslizando entre as ruínas e passando por cima dos escombros. O moreno era observador demais: pegara-o olhando para ela diversas vezes, uma delas para avaliar suas roupas, e não sabia muito bem o que pensar a respeito daquilo.

Imaginou que nenhum dos dois se dava conta da sintonia que tinham, ou então não brigariam tanto. Bem, talvez Altair soubesse e o outro apenas tivesse uma aversão descarada a qualquer coisa que não fosse ele mesmo.

Por outro lado, seu toque fora suave na noite anterior e suas palavras, quase gentis.

Quando chegasse a hora, Zafira teria de vingar a morte de Deen. Não sabia ao certo qual dos dois o matara, mas Deen não podia ser o alvo: ele pulara na frente da flecha escura que zunia em direção ao coração *dela*. Mas agora que tinham a chance de matá-la, os sarracenos não faziam isso. Pelo contrário, eles até a *salvaram* na noite anterior.

O hashashin passou o braço pela barriga dela, provocando um calor por todo o seu corpo antes de se afastar com a respiração ofegante, como se não percebesse o que estava fazendo. Mais uma vez, aquele som estranhamente humano a deixou inquieta.

E foi então que ela percebeu por que ele a fizera parar de andar.

Zafira se agarrou à parede mais próxima e recuou, com o coração disparado. Pelo visto, eles tinham chegado ao vilarejo e escalado o minarete enquanto ela estava perdida em pensamentos.

Ela balançava na beira da torre cujo parapeito tinha desmoronado, uma parte inteira arrancada pelo vento. Mais um passo e teria caído no precipício. Seu coração martelava na garganta, latejando até a ponta dos dedos.

— Primeiro, descubro que você é uma mulher. Depois, você desmaia. Agora está tentando se jogar de uma torre — disse Altair, com uma risada. — A diversão não tem fim.

Zafira ficou furiosa. O sangue vermelho reluzia em sua visão e brilhava atrás de suas pálpebras. Assassinar Deen não fora suficiente? Agora ele estava rindo porque ela quase tinha morrido?

Encaixou uma flecha no arco e virou-se para eles, sibilando de raiva.

A poeira rodopiava no céu azul, acompanhando o assobio do vento. Altair levantou as mãos com um sorriso malicioso nos lábios. O hashashin se limitou a arquear as sobrancelhas. A parede de pedra atrás dele continuava intacta, protegendo-os do sol.

— Diga-me quem você é — ordenou ela, com a voz surpreendentemente suave — ou vou enfiar uma flecha na sua garganta.

— Pensei que você já soubesse — disse ele, meneando a cabeça.

— Não presuma nada — retrucou ela.

Alguma coisa se partiu em seus olhos insensíveis antes de se fixarem na flecha e depois de volta nela.

— Se eu te dissesse qual é o meu nome, você se curvaria diante de mim? — Sua voz era suave. Uma carícia melancólica. Ele ergueu o queixo quando a compreensão ficou estampada no rosto de Zafira. — Ou sairia correndo?

A flecha tremeu em suas mãos.

Hashashin. A flecha com penas prateadas. A autoridade em sua voz. O *nome* dele.

Príncipe herdeiro Nasir Ghameq. O Príncipe da Morte. A ponta de seu turbante tremulava na brisa.

Pela neve que cai.

Zafira disparou a flecha, que acertou seu turbante, prendendo-o na pedra atrás de si e dando-lhe a oportunidade de que ela precisava para passar por ele e correr até a escadaria. Cada degrau de pedra a fazia ranger os dentes até que ela perdeu o equilíbrio e derrapou por três degraus antes de se apoiar no corrimão empoeirado, quase invisível no corredor escuro. *Respire*. Dobrou o corpo, o suor escorrendo da pele. As sombras se enroscaram em seus braços, e Zafira se afastou delas.

O daama príncipe herdeiro. Meio safi, meio humano. Não era à toa que ele tentava mandar nela como bem entendesse.

Dizia-se que ele marcava suas mortes no próprio corpo, que começou pelos braços, mas logo ficou sem espaço, pois nunca deixava um trabalho inacabado. Seu corpo era tão maculado quanto seu coração.

— Kharra, kharra, kharra — praguejou ela, voltando a correr.

Mãos ásperas a agarraram pela cintura e a empurraram contra a parede da escadaria.

Altair *al-Badawi*.

General al-Badawi: filho de ninguém e sem descendentes conhecidos. Podia muito bem ser o comandante do exército que matara os pais de Yasmine e Deen.

Os dois homens com quem viajava eram assassinos de sangue frio.

— Assim que você sair da escadaria, ele vai acertá-la — advertiu Altair, soltando-a.

— Ele ou você? — sibilou ela.

Ele retesou o corpo.

— Não sou muito habilidoso com o arco.

— E agora está preocupado com a minha *s*egurança?

— Sempre estive — murmurou ele, olhando para as escadas. — Venha logo, Sultani!

Sultani. Zafira reprimiu um soluço. A Bruxa de Prata tinha mandado os dois piores sarracenos de todo o reino de Arawiya para Sharr. O estimado general do sultão e seu próprio daama filho.

— A Bruxa de Prata mentiu para mim. Ela me disse que não queria que o sultão soubesse — sussurrou ela.

— A mulher de prata não pode mentir, Caçadora. Ela deve ter dito isso de um jeito diferente.

— Por quê? Por que ela o mandou até aqui? — Ela precisava saber o que estava acontecendo.

— Não foi ela. — Altair deu de ombros quando o príncipe apareceu ali. *Céus*. O príncipe. Príncipe Nasir Ghameq, cujo nome tinha o mesmo significado que o dela. Cujas mãos eram sujas de sangue.

Cujo toque em sua testa fora tão suave.

Ele a encarou com seus olhos cinzentos. A ponta de seu turbante estava rasgada, mas ela não conseguiu ter a menor satisfação com tal visão.

Altair a empurrou para a frente, e ela voltou a descer os degraus.

Zafira não se curvaria diante deles. Trataria os dois como se fossem seus criados. Virou-se para ele. Para o daama príncipe.

— Se não foi a Bruxa de Prata que o mandou aqui, então quem foi?

— O sultão — respondeu ele com naturalidade. — Ele ficou sabendo da sua missão e, já que ninguém confia nas bruxas, me mandou vir aqui.

Zafira confiara na bruxa. Não de todo, mas o suficiente para embarcar em seu navio. Antes que pudesse perguntar "Para quê?", Altair disse:

— Comigo. Então, da próxima vez que pensar em matá-lo, saiba que é melhor se livrar do homem mais dispensável primeiro.

— Como foi que vocês atravessaram a floresta de Arz?

O príncipe meneou a cabeça.

— Ghameq tinha certeza de que a bruxa sabia de nossa vinda. Ela nos ajudou a atravessar a floresta e providenciou um navio para nós dois, como deve ter feito por você, presumo eu.

— Mas isso não faz o menor sentido — disse ela. Por que a Bruxa de Prata ajudaria o príncipe herdeiro se queria esconder a viagem do sultão? Zafira duvidava de muita coisa que a Bruxa de Prata dizia, mas não havia motivo para se manter afastada do sultão e depois ajudar o filho dele.

Não, seu motivo devia ter a ver apenas com o príncipe e Altair.

— Ninguém pediu para você entender — falou ele no mesmo tom de voz monótono, e Altair a empurrou escada abaixo.

— Para onde vamos agora?

— Para o próximo oásis — respondeu o príncipe com um sorriso irônico nos lábios.

— E depois? — perguntou ela.

— Depois vamos encontrar o Jawarat.

— E depois? — *Você vai me matar?*

Havia uma certa malícia na voz dele.

— Só o destino sabe.

— Você é sempre tão insuportável assim? — vociferou ela, ajeitando o lenço.

— Ele é bem pior quando está com fome — brincou Altair.

Zafira reprimiu um resmungo de raiva. Os dois eram moleques insuportáveis. Com inúmeras mortes nas costas.

capítulo 36

Um impulso assassino ardia no olhar da Caçadora, mas ela se virou e seguiu adiante com uma destreza graciosa, permitindo que Nasir voltasse a respirar. Era bastante difícil pensar quando ela olhava para ele.

Laa, uma *outra parte* dele começou a pensar.

Ela tinha razão de estar confusa. O sultão mandara Nasir e Altair para Sharr porque não confiava na Bruxa de Prata, mas então a própria bruxa apareceu e *ajudou* os dois. Não apenas com Arz e o navio, mas também com a bússola em seu bolso. Com aquelas palavras de despedida.

Havia alguma coisa que ele estava deixando passar. Alguma coisa importante.

Quando saíram dos confins do minarete, a Caçadora contornou a torre e passou pelas construções em ruínas que a rodeavam. Seus movimentos eram sempre precisos, calculados e espontâneos ao mesmo tempo. Seu corpo sabia para onde ir antes que ela tivesse consciência disso e caminhava pelas dunas como se tivesse vivido a vida inteira no deserto.

— Se você continuar olhando para ela desse jeito, a Caçadora vai acabar desaparecendo — sussurrou Altair zombeteiramente em seu ouvido.

— Se você continuar falando demais, vai acabar desaparecendo também — retrucou Nasir, satisfeito com a rapidez com que pensou na resposta, e deixou Altair para trás a fim de alcançá-la.

Ela franziu os lábios ao vê-lo se aproximar, e ele não sabia por que abriu a boca.

— Ser um assassino notório não me torna o único.

— Você é o pior de todos — disse ela, áspera.

Nasir sentiu uma pontada de algo que não o agradava.

— Você matou Deen.

Ele não negou. *A intenção vale o mesmo que a ação.*

— Você levou aqueles sarracenos à morte — retorquiu ele. Ela arregalou os olhos de surpresa. — Há menos de uma semana atrás.

— Foi em defesa própria, não de propósito. — *Ah, aí está.* A rachadura que ele esperava, a hesitação em sua voz antes que ela conseguisse se recompor. — Não mato pessoas por capricho.

— Nem eu. Nós, hashashins, não acreditamos na brutalidade do assassinato. Somos poetas da morte, operamos nas sombras. Um alvo raramente conhece seu destino antes de perecer.

Antigamente, havia certo nível de respeito no credo dos hashashins. Uma consideração.

Ao contrário dos zarameses, que se deleitavam com a tortura e o tormento. Em seu califado, havia torneios nos quais os competidores eram colocados para lutar um contra o outro numa arena cheia de expectadores entusiasmados, até mesmo crianças pequenas.

Ainda assim, Nasir supunha que merecia o nojo que ela lhe dirigia e o desgosto em sua voz ao dizer:

— Não. Uma morte é sempre uma morte, Sultani.

Ele nunca detestara tanto o título de príncipe quanto naquele momento.

— Ouviram isso? — gritou Altair antes que o vento começasse a soprar alto.

A areia começou a soprar nos olhos de Nasir, que enrolou o turbante como um capuz ao redor do pescoço e da cabeça. Até teria achado estranho que uma tempestade de areia surgisse do nada, mas estavam em Sharr. De repente, no meio da chuva cor de âmbar, ele viu alguma coisa.

Cinco silhuetas se aproximavam deles com os passos calculados de homens. Nasir apertou os olhos. Não, pior do que homens: argolas de ouro brilhavam em suas orelhas pontudas. Safis.

— O que será que aconteceu com as camisas deles? — perguntou a Caçadora, dando um passo para trás.

— Não estão de camisa — explicou Altair com franqueza.

— Isso eu já percebi — disparou ela, lançando um olhar penetrante a Nasir assim que ele desembainhou a espada. — O que é que você está fazendo? Eles são humanos.

— Safis — corrigiu Nasir com um aceno da cabeça. — E posso te garantir que não são nada amigáveis.

Altair flexionou os braços.

— Os safis não viveriam em Sharr por vontade própria. A única razão para estarem aqui é porque foram aprisionados, e aposto um bule de qahwa nisso. Então pegue uma flecha, Caçadora.

Só Altair dava tanto valor assim ao café.

— Safis — murmurou ela, com uma certa admiração. — Talvez eles só queiram se libertar. Não precisamos matá-los.

Será que ela era mesmo tão alheia ao resto do mundo?

— É matar ou morrer — afirmou Nasir. — Somos três e eles são cinco. Os safis vão morrer com ou sem a sua ajuda. Só estou lhe dando a escolha de se envolver, mas ninguém ficaria surpreso se não quisesse participar disso. — Ele abriu um sorriso malicioso antes de acrescentar: — Os safis são mesmo assustadores.

Ela soltou uma série de palavrões, amaldiçoando-o a morrer no Grande Deserto.

A risada que subiu por sua garganta o deixou apavorado.

— Eu poderia condená-la à morte por isso — murmurou ele.

Ela pareceu abalada por não mais que um segundo.

— Já desafiei as probabilidades por tempo suficiente para saber que não vou morrer por blasfemar contra um príncipe.

Em seguida, preparou uma flecha e mirou pela haste, completamente indiferente. O gesto quase o fez sorrir.

Os cinco safis pararam diante deles, com suas cimitarras cobertas de ferrugem.

Altair foi o primeiro a falar, quebrando a tensão no ar.

— Vocês não sabem onde fica a estalagem mais próxima, sabem?

— E eu aqui pensando que vocês tinham vindo nos salvar — disse o safi do meio. Embora falasse com o tom zombeteiro característico de seu povo, sua voz carecia do sotaque irritantemente lento de Alderamin.

— Vocês foram aprisionados aqui por um motivo — falou Nasir, embora não soubesse qual.

O safi à direita deu uma risada seca e irritada.

— Um pecado deve custar toda a eternidade? Isso é justiça?

— Nós sentimos muito — disse a Caçadora.

Nasir arqueou as sobrancelhas quando ela abaixou o arco. Não sentia muito coisa nenhuma.

— Venham conosco — continuou ela. — Depois que encontrarmos o que viemos buscar, ajudaremos vocês.

Nasir e Altair ficaram parados quando o safi se aproximou dela. A Caçadora perdeu o fôlego, esforçando-se para desviar o olhar de seu peito desnudo.

— Não recebemos ajuda de meros mortais — murmurou ele.

E então a atacou.

A Caçadora foi mais rápida. Esquivou-se sob as mãos dele e saiu de seu alcance, erguendo o arco enquanto os outros quatro entravam em ação. Nasir atirou uma faca num deles, depois brandiu a cimitarra com ambas as mãos e atacou mais outro, certo de que quebraria sua lâmina enferrujada ao meio.

Mas não foi isso que aconteceu.

As lâminas se chocaram e o safi rosnou, bem menos elegante do que costumava ser. Nasir saltou para trás, usando a parte plana da lâmina para bloquear os golpes rápidos do safi. A brisa aumentou, jogando areia em seus olhos, e ele cobriu a boca com as dobras do turbante. O som característico das investidas das espadas duplas de Altair ecoou nas ruínas.

Os safis eram ágeis e resilientes. Seriam inimigos de valor se estivessem em posição de equidade.

Em resposta aos pensamentos de Nasir, outra figura entrou na batalha, usando uma faixa vermelha ao redor dos quadris. Ela girava uma lança nas mãos, sua ponta dourada reluzindo sob a luz do sol.

Humana. A julgar pela pele escura, pelo traje vermelho e pela cabeça raspada: pelusiana.

— Pelos dentes do sultão. Uma integrante da Nona Elite — gritou Altair, sua voz abafada pelo vento. — Você está muito longe de casa, senhorita.

— Não estamos todos? — gritou ela de volta.

Nasir flagrou Altair sorrindo ao ouvir sua resposta sagaz.

— E tão solitária — disse o general.

Ela colocou a lança de lado e abaixou o queixo para avaliar seu oponente.

— Prefiro viajar sozinha.

O safi apontou a cimitarra para a cabeça de Nasir, que voltou a se concentrar no inimigo. Seu contra-ataque mal arranhou o braço nu do safi. Embora não soubesse como uma das guerreiras de elite do califa pelusiano havia chegado ali, parecia que ela seria uma aliada na batalha. À sua direita, a Caçadora puxou a corda do arco e posicionou a haste de uma flecha de ponta branca, a metade inferior do rosto enfiada sob o lenço. Sua mira era baixa, não letal. *Rimaal*, mas que garota!

— Deixe para devorá-la com os olhos depois, principezinho — gritou Altair em seu ouvido.

Nasir atirou outra faca e depois avistou a Caçadora, que estava...

Correndo?

Nasir se esquivou da lâmina do safi. *Ela vai acabar morta.* Cerrou os dentes e atacou com rapidez e precisão. Enterrou a cimitarra no peito do safi com um estalar de ossos repugnante e o jogou no chão. O imortal se engasgou, cuspiu e parou de respirar.

Um a menos.

Nasir passou correndo pelos silvos duplos das cimitarras de Altair e encontrou a pelusiana travada numa batalha perdida.

— Você deveria ter ficado junto aos seus livros, humana — rosnou o safi para ela.

A lança vacilou em suas mãos conforme a cimitarra do safi recaía sobre ela, que cerrou os dentes e empurrou com toda a força. O sangue escorria de um corte feio em seu braço esquerdo. Ela era ágil, mas o safi era mais forte.

E a Caçadora fora salvá-la. Ergueu a flecha encaixada no arco, apontou para as costas do safi…

E disparou.

A flecha o acertou no ombro, dando tempo para que a pelusiana se livrasse dele. Enquanto o safi praguejava na língua antiga, a guerreira se deteve para acenar com a cabeça em sinal de agradecimento à Caçadora, mal escondendo sua surpresa.

Aquelas pessoas eram inimigas de Nasir. Ele fora até ali para matá-las.

O ar se agitou atrás dele, que girou o corpo e cravou a cimitarra em outro safi. *Por que é que eles não morrem logo?* Cerrou o maxilar e soltou a lâmina, mas, quando se atreveu a desviar o olhar, Nasir avistou a Caçadora.

Na areia, com o corpo longilíneo preso sob o safi que se dirigira a eles primeiro, cuja cimitarra enferrujada estava erguida em posição de ataque.

capítulo 37

Zafira mal conseguia respirar. O príncipe havia falado da morte como se avaliasse a doçura das tâmaras. E agora ela era esmagada como se fosse uma.

Não era assim que ela esperava encontrar um safi pela primeira vez. Também não esperava encontrar alguém tão *nu*. Seu peito, bronzeado de sol, brilhava de suor. Ela sentiu o rosto afogueado e ficou imaginando se aquele seria o momento patético em que finalmente ficaria corada, como Yasmine dissera que aconteceria no que parecia ter sido séculos atrás.

Ele lutava para segurá-la de encontro ao chão, mas ela se recusava a morrer de um jeito tão deselegante. *Morte por asfixia. Porque um safi seminu se sentou em cima de mim.* Empurrou-o com força, fazendo com que ele soltasse a cimitarra. A lâmina se enterrou na areia do lado cabeça dela.

O safi rosnou e jogou o peso sobre ela, que batia os joelhos contra seu corpo duro como pedra. Ele estreitou os olhos sob as dobras do turbante imundo. Era até engraçado que apenas seu rosto estivesse coberto ao passo que o resto do corpo não estava.

Doce neve, mas que *calor*. Ela esticou a cabeça em direção às mãos ao redor de seu pescoço e atacou com os dentes, mordendo a pele ressecada.

O safi se afastou com um rosnado.

— Vou estripá-la e me banquetear com sua carne.

Ela arregalou os olhos de surpresa. Os safis não deveriam ser cruéis. Costumavam ser reservados, inteligentes, vaidosos e elegantes. Já aqueles safis eram monstruosos. Ela ergueu os joelhos de novo, desta vez atingindo seus membros desavisados. Ele uivou de dor e rolou pelas dunas.

Desta vez, foi *ela* que o segurou de encontro ao chão. Ele se livraria de Zafira no instante que se recuperasse, mas ela aproveitaria aquele momento. Ninguém, safi ou não, ia se banquetear com sua carne.

Ele a atacou com as unhas. Ela ficou mais enojada do que com medo. Deu um soco nele, imaginando onde foi que aprendera a infligir dor. Ela era a Caçadora. Matava coelhos e cervos com o mínimo de sofrimento possível.

Gritos e palavrões ecoaram ao longe, e ela distinguiu a voz de Altair. A mulher pelusiana que aparecera do nada também estava lutando. O sangue rugia nos ouvidos de Zafira. O príncipe devia estar encostado em alguma coluna, esperando que a confusão se resolvesse sem seu envolvimento.

— Sofra como eu, demenhune. Morra aqui, assim como eu morrerei — murmurou o safi enquanto pegava sua espada.

Zafira desembainhou a jambiya, mas a adaga não era páreo para uma cimitarra. Ele deu um chute nela, expulsando o ar de seus pulmões. Ela caiu em cima de uma pedra, batendo os ossos e estalando os dentes. Ele apontou a espada para ela, com a ponta afiada voltada para seu pescoço.

O pavor tomou conta de Zafira.

É matar ou morrer. A voz monocórdia do Príncipe da Morte ecoou em seus ouvidos.

Recusava-se a ser feita em pedacinhos por um safi rebelde enquanto o príncipe assistia a tudo com cara de tédio.

Zafira rolou para a direita e para a esquerda enquanto o safi brandia sua cimitarra sem parar, lançando areia e pedras soltas a cada golpe. Seu olhar parecia desvairado.

Ela chutou os pés dele, que tropeçou, mas se endireitou depressa. Sua lâmina voltou a descer sobre Zafira.

Tenho

de sair

do alcance dele.

Mas ela não tinha para onde ir. As pedras a cercavam em ambos os lados, bem como atrás de si. O pânico se apoderou de Zafira. A escuridão começou a provocá-la do lugar onde a luz se recusava a ir, onde as sombras se agitavam num frenesi.

Lute com ele. Faça o que for preciso.

Zafira o puxou para baixo com um enroscar de pernas. Respirou fundo. Brandiu a lâmina para cima. Torceu as mãos por puro instinto.

— Você… — balbuciou o safi, engasgando-se com algum líquido.

Baba. Baba. Me perdoe.

A viscosidade se espalhou por seus dedos, e Zafira sentiu um peso nos ossos que a prendeu sobre os escombros. Viu tudo vermelho. Sua mente ficou em branco. O safi caiu, tão surpreso quanto ela.

Morto.

Pelas mãos de Zafira.

Ela estava habituada a ver o sangue pingando de seus dedos, escorrendo por baixo das unhas, mas não o sangue de um ser senciente. De uma morte cheia de violência.

Largou a jambiya e deu um grunhido. Tinha vontade de gritar. *Fui eu que fiz isso.* Quais seriam as consequências agora que sua alma se tornara sombria? *É matar ou morrer.* Ela era uma idiota por dar ouvidos ao príncipe, por não lembrar que sempre havia um meio-termo. Poderia ter mutilado o safi ou então…

As dunas se abriram, mas ela estava estarrecida demais para reagir conforme a ilha devorava o cadáver do safi. Sharr estava satisfeita com ela. O vento agradeceu-lhe com seu assobio.

Zafira se limitou a assistir a ilha se banquetear, certa de que a alma do príncipe era a mais sombria de todas.

capítulo 38

Nasir deu um suspiro, mas não mais demorado do que de costume. Sem dúvida não foi um suspiro de alívio ao ver a Caçadora sã e salva. Ele a viu se encolher como uma garotinha perdida no meio das barracas de um sooq.

— Akhh, pensei que ela seria mais útil numa batalha — comentou Altair.

Nasir olhou para ele de cara feia.

— Preciso mais dela que de você.

— Vou fingir que você não acabou de me insultar.

Nasir remexeu a areia com a ponta da bota, mas os cinco safis mortos e suas cimitarras enferrujadas haviam desaparecido, consumidos pela ilha.

— Pelos dentes do Sultão, será que Sharr também devorou a mulher? — perguntou Altair, olhando à sua volta.

A pelusiana não estava em lugar nenhum. Se Altair não tivesse mencionado a mulher, Nasir imaginaria que Sharr a tinha conjurado, pregando peças em sua mente depravada. Sharr, que assistia a tudo enquanto a Caçadora demonstrava sua fraqueza para o deleite da ilha.

— Caçadora — chamou Nasir, mas ela fechou os olhos e voltou a cabeça em direção ao céu. Ele podia jurar que a temperatura subia sem o olhar frio dela. Voltou os olhos para seu pescoço imaculado, exceto por uma manchinha escura acima da clavícula direita. Uma marca de nascimento.

Forçou-se a olhar para o rosto dela.

— É um lugar estranho para os safis se esconderem — comentou Altair, chutando algo para as sombras, que retiniu fazendo barulho.

— Protegido, afastado dos ifrits. Perto de um oásis com água e caça. Não é nada estranho, e sim privilegiado. Eles não tinham a menor esperança de sair daqui, ou não teriam sido tão violentos — replicou Nasir.

A Caçadora fez menção de pegar sua bolsa, mas abaixou a mão e fechou os olhos outra vez ao vê-la toda ensanguentada. Rimaal. Era melhor seguirem logo adiante.

Nasir foi até ela.

— Pare de sentir pena de si mesma.

Ela abriu os olhos e se pôs de pé num salto, os lábios ressecados e vermelhos.

— Ah, laa. Não vim aqui para receber ordens. Já estou farta de ouvir você e seu estimado general me dizendo o que fazer, para onde ir, quando entrar em ação. Suas ameaças não significam nada para mim.

Ela se aproximou e ele deu um passo para trás, arrependendo-se no mesmo instante.

— Se quer que eu seja obediente, príncipe, então me mate e leve meu cadáver consigo.

A voz dela ecoou em meio ao silêncio. Sua boca estava retorcida de raiva, seus olhos faiscavam numa fogueira de gelo. Nasir devia ter lhe dado as costas.

Não devia ter se deixado levar pelas sensações causadas pela aparência da Caçadora. Pelo modo como, de um golpe só, ela jogara o Príncipe da Morte no chão e pisoteara sua existência com as palavras.

Mas deixou. Então seu coração traiçoeiro o fez dar uma risada.

capítulo 39

Zafira se preparou para a luta. Para que o príncipe a empurrasse no chão e cortasse sua cabeça como o safi queria fazer. Não esperava que ele risse da cara dela. Foi um som rouco e surpreso, como se sua garganta não estivesse habituada a rir, como se ele tivesse esquecido o que era uma risada. Mas aí seu coração o repreendeu pela coisa absurda que sua mente lhe permitiu fazer e ele parou de rir.

Isso se ele tivesse um coração.

No entanto, a risada ainda cintilava em seus olhos escuros quando Altair tampou o cantil de pele de cabra e estalou os lábios. O príncipe (não, *Nasir*; chamá-lo de "príncipe" era demais para Zafira) olhou para o cantil de Altair antes de abrir o seu e oferecê-lo a ela.

— Há sangue nas minhas mãos — disse ela baixinho.

Ele retribuiu seu olhar e estendeu os dedos longos e limpos. Sem luvas.

— Nas minhas também.

O Príncipe da Morte. Até teria achado que aquilo era um lembrete, se um abismo não tivesse se aberto em seus olhos. Ele era hábil em manter o rosto inexpressivo, mas aqueles olhos de pedra o haviam traído mais de uma vez.

— Você é imortal? — perguntou ela do nada. — Assim como os safis de sangue puro?

— Só há uma maneira de descobrir, não é mesmo? — disse ele com aquela voz que se confundia com o vento.

Ele inclinou o cantil para Zafira e, quando a última mancha vermelha saiu de seus dedos, ela escondeu as mãos claras. Se já se sentia esquisita em Demenhur, onde *todos* eram pálidos, era ainda pior ali, entre as areias cor de âmbar e a pele mais escura dos sarracenos.

Altair estendeu sua jambiya limpa.

— Parabéns, Caçadora. Você é oficialmente uma assassina. Bem-vinda ao clube.

Nasir olhou para ele friamente. Ela quase não pegou a lâmina de volta. A lâmina de Baba.

Matei um homem. Um safi imortal. Seus crimes não importavam: ele era uma pessoa como ela, que também devia ter uma família e sonhos.

— Não devíamos ter falado com eles armados. Talvez os safis ainda estivessem vivos agora — disse ela, esquecendo que os dois sarracenos também eram seus inimigos.

— Eles atacaram primeiro. É matar ou morrer, lembra? — perguntou Altair.

— Sua boca presta para alguma coisa além de repetir o que ele fala?

O general deu um sorriso malicioso.

— Você está se referindo só a falar? Ou a outras aventuras envolvendo a boca? Porque...

— Ninguém quer saber das suas aventuras com a boca — interrompeu Nasir.

Altair deu um suspiro e se afastou.

— Então vamos deixar isso para outra hora. Que tal quando o resmungão estiver dormindo?

Zafira achava muito esquisita a facilidade com que Altair insultava o príncipe herdeiro. Ele era o general, mas o príncipe não tinha a fama de ter amigos. Nem admiradores. Ninguém gostava dele, e ele não gostava de ninguém, khalas; ponto-final. E, levando em conta a rapidez com que lutava, era surpreendente que Altair tivesse sobrevivido por tanto tempo.

Poetas da morte. A aliança em seu peito era um lembrete de que ela não estava em segurança.

— Ah, principezinho? — gritou Altair, e Nasir fechou a cara. — Por mais que odeie admitir, acho que perdi a conta. — Zafira se voltou para Altair, parado no meio do acampamento dos safis. — Quantos safis matamos mesmo?

— Cinco? — ofereceu Zafira antes de ver o que ele estava observando.

Os safis haviam construído um lar nas ruínas. Pedras polidas serviam de camas, com taças e travessas opacas ao lado. Tudo em números de sete. *Sete?*

Nasir pegou sua espada quando passos soaram à frente deles, onde os ventos ainda agitavam as dunas. Zafira ficou tensa, mas mal conseguiu reunir as forças para pegar o arco. Quantas vidas tiraria antes que tudo acabasse? Ela fora até Sharr temendo pela *própria vida*. Mas aquilo era muito pior.

Os dois últimos safis correram em direção a eles, e foi a primeira vez que Zafira notou como eram ágeis, bem mais rápidos que os humanos.

Altair sacou as cimitarras das bainhas duplas às suas costas, mas os safis pararam a alguns passos dele, arregalando os olhos de pânico.

Com gemidos idênticos, os dois caíram sobre a areia feito fantoches com as cordas cortadas.

Uma baba escorreu de suas bocas abertas.

A morte roubou seus últimos suspiros.

Fios azuis cintilaram em seu rastro. *Mas que feitiçaria...*

Duas silhuetas surgiram em meio à poeira. A pelusiana de antes, com sua lança de ponta dourada ao lado do corpo. A outra estava desarmada e caminhava elegantemente, com um sorriso largo no rosto.

— Bem, já estou aqui. Quais são seus outros dois desejos?

capítulo 40

A noite roçava o horizonte, pintando o céu com uma mistura de carvão e amoras silvestres enquanto um punhado de estrelas piscava e dançava numa saudação tímida. Era um céu estranho: claro a ponto de ser possível enxergar suas cores e escuro a ponto de já ter estrelas. Um céu desértico.

Em meio ao silêncio carregado de tensão, Zafira ficou impressionada com sua falta de poder. Diante de lanças, espadas, cimitarras duplas e... *feitiçaria*, ela não era nada. Uma simples folha de grama a ser pisada.

Ou, pior, arrancada.

De onde vieram aquelas pessoas? Primeiro uma guerreira de Pelúsia, e agora um homem vestido com uma elegância incongruente com a devastação de Sharr.

Antes que Zafira pudesse se mexer, Nasir agarrou seu braço e a puxou para as sombras das ruínas. Ela se desvencilhou com um sibilo de raiva.

— O que é que você está fazendo?

— Fugindo — respondeu ele sem maiores explicações.

— Do quê? E quanto ao seu amigo?

— Amigo? — perguntou ele, atônito com a ideia de ter um amigo.

Ela apontou para Altair, que sorria abertamente para o recém-chegado. Nasir se deteve, dando-lhe a impressão de que não sabia que os dois se conheciam.

Altair apertou o ombro do recém-chegado e disse com uma voz afetuosa:

— Se você demorasse mais um pouco, teria encontrado meu cadáver aqui.

— Peço-lhe mil e uma desculpas. É a velhice, sabe como é — respondeu o recém-chegado, embora não parecesse mais velho do que Altair. Sua voz era melodiosa e suave, densa como a bebida de chocolate que ela, Yasmine, Deen e Lana haviam tomado em uma das noites mais quentes de Demenhur sob o céu sem fim.

— Quem é ele? — sussurrou Zafira.

Nasir olhou para ela.

— Se eu soubesse, acha que diria a você?

Quer dizer que ele não sabia.

— Já que Altair o conhece, imaginei que você também o conheceria. Afinal de contas, você é o príncipe.

Algo em seus olhos cintilou sob o luar.

— Receio que seja só isso que sou. — Em seguida, ele apertou os lábios, zangado consigo mesmo por falar demais. — Precisamos seguir adiante.

As sombras se agitaram atrás deles.

— E para onde vocês pretendem ir depois que salvamos suas vidas?

A pelusiana. Ela falava tão depressa que era uma surpresa que tivesse tempo de respirar. Nasir estendeu a lâmina da manopla, mas a mulher se limitou a olhar para Zafira, imperturbável. Mulher não, garota. Devia ser somente um ou dois anos mais velha do que ela.

— Por que você me salvou? Nem sabe quem eu sou — perguntou a pelusiana, com a cabeça raspada reluzente. Um aro de ouro circundava seu antebraço.

Havia três castas em Pelúsia: os agricultores; os eruditos, que consistiam em inventores e estudiosos; e os guerreiros. O brasão das lanças cruzadas no bracelete dela a distinguia como uma das guerreiras da Nona Elite da califa. No entanto, um de seus braços (do ombro até a ponta dos dedos) era todo tatuado com inscrições na língua antiga, a marca de uma erudita, pois eram os únicos que davam tanto valor ao conhecimento dos anciões a ponto de tatuar seus corpos daquela maneira. Será que ela tinha mudado de casta para atender a um novo chamado?

— Você é minha inimiga? — perguntou Zafira, e Nasir deu um grunhido exasperado.

Um sorriso surgiu nos lábios carnudos da pelusiana.

— Nunca simpatizei com a ideia do Caçador demenhune, e poderia derrubá-la no chão antes que nosso príncipe sequer mexesse o braço. Se isso significa que sou sua inimiga, então suponho que sim.

Zafira teve de se esforçar para manter a compostura.

— E então? Por que você me salvou?

Zafira abriu a boca, mas só deixou escapar um sussurro. Balançou a cabeça, sentindo o olhar penetrante de Nasir.

— Porque era a coisa certa.

Uma emoção cintilou no rosto da pelusiana.

— A honra não existe mais, garota.

— De onde você vem a gratidão também não existe? — retrucou Zafira.

Por um segundo, achou que a pelusiana fosse cravar a lança em seu pé, mas ela se limitou a dar uma gargalhada e segurar a haste feroz com ambas as mãos antes de abaixar a cabeça.

— Kifah Darwish, integrante da Nona Elite, a serviço da grande Califa Ghada bint Jund de Pelúsia, ao sul do reino. — Em seguida, apontou a cabeça para Altair e o recém-chegado e sua amistosidade voltou a sumir. — Agora se mexam.

Nasir cerrou o maxilar e avançou sem dar um pio. Zafira se virou para perguntar a Kifah de onde ela tinha vindo, como e por quê, mas a garota estava ocupada enfiando uma agulha na carne do braço ensanguentado sem sequer vacilar. Os olhos de Zafira se arregalaram.

No que foi que eu me meti?

— Ah, você decidiu se juntar a nós — disse o recém-chegado a Nasir. Ele se movia com a graça felina que Zafira atribuía apenas aos personagens das histórias de Baba. Seu keffiyah xadrez estava preso por um aro ornamentado de minério preto e seu rosto era acentuado por uma barba escura cortada rente à pele, muito parecida com a de Nasir, mas com um estilo bem mais definido. A pele bronzeada brilhava sob o luar, clara demais para ser de um pelusiano. Uma tatuagem contornava seu olho esquerdo, a tinta de um dourado opaco, quase bronze.

— Quem é você? — perguntou Zafira.

Ele voltou os olhos delineados por kohl para ela e abriu um sorriso de dentes brilhantes.

Era um sorriso que a fazia se sentir segura. Um sorriso que a fazia questionar tudo.

— Meu nome é Benyamin Haadi — respondeu ele.

Em seguida, o homem que os ajudara a matar os safis rebeldes levantou as pontas do keffiyah para enrolá-lo como um turbante em volta da cabeça, exibindo duas argolas de ouro no topo de uma das orelhas.

Uma orelha alongada. *Um safi.*

capítulo 41

Benyamin Haadi não era nenhum jinn[5] que concedia desejos. Ele era vaidoso, imortal e de Alderamin: um safi. Além disso, era primo de Nasir e filho da califa alderã. Embora Nasir soubesse do filho da irmã da sultana, a barreira da floresta de Arz entre a Fortaleza do Sultão e Alderamin havia impedido que os dois se conhecessem.

Como todos os altivos safi, Benyamin era mais rápido, ágil e sábio do que os humanos. Se ao menos mais sangue safi tivesse passado para Nasir…

Qual era sua conexão com Altair? Aliás, como foi que ele *chegou* até ali? A Bruxa de Prata não se reuniria com os safis, que tampouco se rebaixariam a participar de uma reunião com o sultão.

— E aqui estamos nós, no meio de um oásis de sombras, prontos para dilacerar uns aos outros como se não passássemos de feras num covil.

— Pensei que seu falatório fosse efeito colateral do enjoo ao mar. Se soubesse que você falava tanto, não teria vindo contigo — resmungou Kifah.

Benyamin pareceu refletir a respeito.

— Se uma pessoa recebeu o dom da eloquência, por que não usá-lo?

— Talvez porque nem todo mundo goste tanto do som da sua voz quanto você? — replicou a Caçadora sem rodeios.

Ele fez uma careta.

— Eu até que gosto do som da voz dele. Não há nada como um belo sotaque — ponderou Altair. — O que é que você acha, principezinho?

5 Gênio. [N. T.]

— O que eu acho — respondeu Nasir com os dentes cerrados — é que é melhor você parar de pedir a minha opinião.

Altair deu um suspiro.

— E você achava que viajar com um tagarela era difícil? — Ele olhou para Kifah com admiração. — E quem seria você, Integrante da Nona?

— Não perguntei o seu nome — disse ela, olhando para ele de cara feia. Ela não conseguia ficar parada por mais de dois segundos, como se uma inquietação vibrasse incessantemente em seus membros.

— É por isso que estou sendo um cavalheiro — salientou ele. — Meu nome é…

Ela revirou os olhos.

— Kifah Darwish, e não me interessa saber seu nome.

Benyamin caminhou por ali, com a mão apoiada na bolsa que trazia no cinto. Parecia patético e desarmado. Kifah manteve-se ao seu lado, mesmo quando ele parou diante de Altair e meneou a cabeça, como se conversassem sem precisar dizer nada. Nasir estreitou os olhos.

A Caçadora murmurou algo baixinho e, com raiva, encaixou uma flecha no arco. Os demais se voltaram para ela.

— Ah, está na hora de mais um interrogatório — disse Altair, animado. — Presumo que…

— Não presuma coisa nenhuma — vociferou ela.

Nasir estremeceu ao ouvir as palavras que já lhe haviam sido dirigidas tantas vezes antes.

Altair levou dois dedos à testa com um sorriso malicioso. Ela alternava a mira entre os quatro.

— Quem te mandou aqui. — Sua voz era monocórdia e severa, não uma pergunta. Havia coragem em seu queixo erguido. Confiança nos lábios apertados.

Benyamin sacudiu a cabeça de leve.

— Ninguém.

— Então como foi que você chegou aqui?

— De navio — respondeu Kifah presunçosamente enquanto enrolava um pano em volta do braço. Benyamin abriu um sorriso irônico.

Nasir percebeu que a paciência da Caçadora estava se esgotando, mas só havia uma maneira de lidar com os safis: desafiando seu orgulho.

E, pelo visto, ela tinha chegado àquela conclusão sozinha:

— Quer dizer que vocês atravessaram Arz engatinhando?

O choque ficou estampado no rosto de Benyamin, e Altair reprimiu uma gargalhada. Nasir abaixou a cabeça para esconder um sorriso.

— As caravanas percorrem o Grande Deserto de vez em quando. Juntei-me a uma delas e parei em Pelúsia para pedir à califa a ajuda de uma das estimadas integrantes da Nona Elite. Juntos, Kifah e eu viajamos até Zaram, procuramos um marinheiro disposto a fazer a travessia e seguimos a trilha dos Zarameses Caídos. Chegamos bem a tempo de salvar suas vidas, e agora estou aqui diante de vocês, a própria imagem da perfeição.

— A última parte é discutível — disse Kifah.

— Ah, mas também não é fácil de negar.

Ou seja, ele não recebera os mesmos favores que Nasir e a Caçadora. Nada de floresta desaparecida ou navio fantasma. Seu primo se esforçara bastante para chegar ali; portanto, devia ter um bom motivo para vir a Sharr.

E, ao recrutar a ajuda de uma pelusiana e de uma tripulação zaramesa, garantira que os cinco califados tivessem algum envolvimento com a ilha.

— Você veio até aqui só para nos salvar de dois safis rebeldes — disse Nasir, cheio de ironia.

A atitude de Benyamin se tornou fria.

— Um bônus, dependendo do seu ponto de vista.

— Poucas pessoas sabem da missão — insistiu Nasir. — Os rumores não podem ter chegado a Alderamin a tempo de você atravessar o Grande Deserto, Pelúsia *e* Zaram.

— Se fizer amizade com muitas aranhas, você vai acabar cheio de teias — ponderou Benyamin.

As palavras deram um tapa de bom senso em Nasir.

Altair.

Altair era uma das aranhas de Benyamin. Altair, cujas ações eram minuciosamente deliberadas. Nasir se lembrou da garçonete e do pedaço de papiro: ele nem sequer entrava numa taverna só para tomar uma bebida. Quanto do reino de Arawiya girava numa direção que o sultão não havia ordenado?

Nasir devia matá-los e levar a Caçadora. Era a coisa certa, pelo menos aos olhos do sultão.

Ele não via as coisas com os próprios olhos havia um bom tempo.

Nasir percebeu que Benyamin o observava atentamente e notou uma ligeira mudança no olhar cor de âmbar do safi. Havia algo suave ali.

— Calma, príncipe. Acredito que tenhamos muita coisa para conversar.

capítulo 42

Zafira manteve distância enquanto Benyamin os conduzia por um rochedo pontiagudo como uma coroa. Esperava que Nasir fosse acabar com o safi, mas o hashashin parecia dócil pela primeira vez.

A extensão de rochas se alargava num círculo cinza-claro vagamente familiar e bastante deslocado entre os muitos tons de marrom de Sharr.

— Uma jumu'a? — perguntou Altair.

Então era *aquilo* que ela tinha achado familiar. O círculo era quase idêntico àquele onde o casamento de Yasmine havia sido celebrado. Zafira não sabia que as Irmãs tinham disposto jumu'as em Sharr também.

— Exato. Passamos por aqui a caminho de salvá-los — respondeu Benyamin.

— Não seja tão convencido, safi — disse Nasir. — Podíamos muito bem ter enfrentado mais dois da sua laia.

— Não vamos discutir semântica — retrucou Benyamin com um trejeito dos lábios.

Zafira ficou paralisada quando o chão se sacudiu com tanta força que sentiu o tremor até no queixo. Os entalhes nas rochas ficaram mais profundos e começaram a ondular.

— Kharra — murmurou Nasir, lançando um olhar penetrante para Benyamin, que balançou a cabeça depressa, negando qualquer culpa.

Zafira não imaginava que o contido príncipe seria dado a praguejar, mas supôs que até ele tinha limites.

Altair riu baixinho.

— Você está ficando cada vez pior, Sultani. Na próxima vez…

A rocha cinza foi tomada pela escuridão. *Sombras*. O vento agitou suas roupas, puxou seus cabelos e, de repente, um grito quebrou o silêncio. Zafira se abaixou quando a noite se tornou impossivelmente escura.

Uma criatura voou pelo céu, suas longas asas movendo-se como as ondas do Baransea, o poder fluindo pelas penas afiadas e escuras como as de um falcão. Um bico da cor do pôr do sol projetava-se de sua boca.

Altair deu um assobio.

— Um rukh![6] — exclamou Zafira quando a ave gritou de novo e subiu em direção às nuvens.

— Não precisa de um nome específico além de "pássaro gigantesco com garras afiadas" — comentou Altair.

— É bom saber o que se está enfrentando — rebateu ela, referindo-se a mais do que apenas o pássaro, enquanto lhe lançava um olhar perspicaz.

— Ela tem razão — disse Kifah enquanto o céu clareava. Numa questão de segundos, o rukh se tornou um pontinho no horizonte, uma estrela negra no céu escuro. — Mas vamos torcer para que não tenhamos de enfrentar essa coisa tão cedo. Não deixei a califa para virar alpiste.

— As histórias sempre descrevem os rukhs como pássaros tão grandes e fortes que conseguem pegar um elefante nas garras. Só não imaginava que eles eram *tão* grandes assim — continuou Zafira.

— As histórias também dizem que os elefantes marcham numa ilha mítica no extremo leste, mas só você acharia isso interessante, Caçadora — disse Altair com um bocejo.

Eles passaram o resto da noite na jumu'a. Zafira se encostou numa das rochas, tentando ficar acordada enquanto seus olhos se fechavam sem parar. Benyamin afirmou estar cansado da viagem e dormiu bem no meio das rochas, sem se importar com o olhar assassino do príncipe.

Ela tinha tantas perguntas que precisavam ser respondidas. Um *monte* de perguntas. Um safi não iria até ali só por causa de alguns boatos. Além disso, Benyamin *e* Nasir eram bem mais capazes do que ela, então por que a Bruxa de Prata a

6 Figura mitológica na forma de um enorme pássaro selvagem. [N. T.]

mandara para Sharr? Quanto mais tentava entender, mais sua cabeça girava.

Obteria tais respostas nem que tivesse de apontar sua jambiya para o pescoço perfeito do safi. *Alguém está ficando violenta*, cantarolou Yasmine em sua cabeça.

Ela deve ter acabado cochilando, pois logo a luz penetrou pelas nuvens esparsas e o parco calor do sol da manhã lhe provocou um calafrio.

Lembrou-se das manhãs frias em Demenhur, quando Lana colocava uma harsha quente em suas mãos e a panqueca amanteigada e granulada derretia em sua boca enquanto ela se preparava para mais um dia de caça. Sentia falta de uma comida que não consistisse em tâmaras secas e pão tão duro que podia até deixar um homem desacordado. Sentia falta de sua aldeia tranquila.

O Príncipe da daama Morte estava encostado numa rocha do outro lado, com a perna dobrada e os braços cruzados. Tinha a cabeça voltada para o céu e os olhos fechados. Não tentara matar ninguém durante a noite, ou seja, devia estar tramando alguma coisa. Ele poderia muito bem ter se esgueirado pelas ruínas e sumido dali, mas ela o pegou acordado várias vezes, examinando a jumu'a antes de se fixar nela e relaxar o corpo novamente.

Para que mais o Príncipe da Morte a procuraria, se não para matá-la?

Zafira se curvou e bebeu um filete de água antes de subir na rocha. Levou o metal frio da aliança de Deen aos lábios e examinou o terreno, reprimindo a dor que borbulhava em sua garganta.

As ruínas espalhavam-se por toda parte. Seções inteiras haviam sido cobertas pela areia, por dunas que subiam e desciam como as ondas. Avistou o enorme oásis que tinham visto do minarete no dia anterior, uma extensão de terra verde e azul que reluzia sob o sol.

— Vê alguma coisa interessante? — perguntou Benyamin.

Zafira pulou da rocha e limpou as mãos. A areia ficou grudada em suas palmas.

Ainda não conseguia acreditar que tinha encontrado safis (e matado um deles, lembrou-se com um nó no estômago). Ele sorriu sob seu olhar avaliador. Chamá-lo de bonito seria uma mentira, pois ele era absolutamente lindo, com traços bem delineados e uma pele bronzeada perfeita, acentuada pela barba aparada. O kohl ao redor de seus olhos cor de âmbar estava intacto e as duas argolas de ouro que perfuravam a parte superior de sua orelha direita cintilavam. Céus, o alderão devia passar a manhã inteira na frente do espelho.

— Há um oásis não muito longe daqui — respondeu ela, desviando os olhos.

— Vamos para lá daqui a pouco — disse ele antes de apontar a cabeça para ela. — Jamais imaginei que o Caçador demenhune fosse uma Caçadora.

Ela repuxou os lábios.

— Deve ter sido difícil colocar uma aranha tão perto de mim.

— Ah, mas eu tinha uma aranha de olho em você, Caçadora. Apenas subestimei a lealdade das pessoas ao seu redor.

Ela sentiu um nó na garganta: só havia um recém-chegado em seu círculo de amizades. Só uma pessoa que poderia ter descoberto sua identidade caso a irmã de alma tivesse partilhado seu conhecimento. Caso Deen tivesse partilhado o segredo com o novo amigo.

Misk.

Zafira se recusava a deixar que Benyamin visse sua mágoa.

— Você seguiu mesmo a trilha dos Zarameses Caídos?

— De fato — confirmou ele. — Tive a sorte de ter Kifah comigo.

Seus olhos se voltaram para a tatuagem dele, a tinta cor de bronze que reluzia sob a luz da manhã. Era uma inscrição em safaítico, notou. Uma simples palavra de duas letras, a curvatura do *ha* emoldurando seus olhos enquanto o *qaf* se arredondava de leve, seus dois i'jam[7] parecidos com pássaros em pleno voo.

7 Pontos diacríticos que distinguem várias consoantes da escrita árabe. [N. T.]

Haqq. O termo na língua antiga para "verdade".

Com os olhos cor de âmbar e tamanha graciosidade, o safi mais parecia um felino. Ele se afastou antes que ela pudesse fazer outra pergunta, sua capa ajustando-se ao corpo esguio.

Ele fez um sinal para que os demais se aproximassem, e os olhos de Zafira faiscaram quando Nasir se dirigiu até eles, com seu andar confiante de passos leves. Altair inclinou a cabeça para ele, cochichando em seu ouvido antes de lançar um olhar furtivo para ela.

Ora, ora…

Eles eram mais fortes do que ela, a garota que caçava coelhos e cervos na escuridão. Até os safis que pereceram eram melhores lutadores.

Mas Zafira tinha uma missão. Ela tinha um arco, uma jambiya e uma chance.

Daria trabalho a eles.

capítulo 43

Agora Nasir entendia por que o sultão desejava a morte de Altair. Ele era uma das aranhas de Benyamin, mas tecera sua própria teia de segredos na Fortaleza do Sultão. Nasir não sabia exatamente quantos segredos, mas sabia que o general al-Badawi tinha ido a Sharr com algo além do conhecimento de ser o próximo alvo de Nasir.

Pensou várias vezes que a Caçadora fosse fugir. Os olhos dela disparavam para o rochedo, a parte superior do corpo se voltando em direção ao cume pontiagudo, seu corpo em guerra consigo mesmo. Em seguida, mordia o lábio inferior, pensativa.

Depois brincava com a aliança em volta do pescoço e a colocava no dedo pálido, uma vez, duas vezes, seus olhos gélidos fechados de angústia.

— Percebi que você não para de olhar para ela — dissera Altair baixinho no dia anterior.

Nasir o ignorou. Era seu trabalho notar essas coisas.

Convenceu-se de que a observava para garantir que ela não fosse fugir. Porém, mesmo depois que o instinto lhe disse que ela não faria tal coisa, ele continuou de olho nela, estudando--a. A Caçadora.

A curva orgulhosa de seus ombros, que o desafiava. Sua boca reta, com os lábios vermelhos das mordidas constantes.

Como se ouvisse seus pensamentos, ela ergueu o olhar, passando os olhos pela lança de ponta dourada de Kifah e pelos braços desnudos de Altair até pousarem nele. A Caçadora levantou o queixo de leve, e Nasir demorou um pouco para entender o que aquilo significava: uma demonstração de coragem.

Foi então que percebeu por que preferia a companhia de Altair. Por que seu olhar a procurava. Porque nenhum dos dois olhava para ele através de um véu de medo do monstro que todos os outros em Arawiya o consideravam.

— Muito bem, zumra...

Um grito ao longe cortou as palavras de Benyamin. Não era um grito de desespero ou angústia, mas um rugido de raiva, um juramento de vingança. Um lembrete da ilha, de sua vastidão, sua *estranheza*. De que, em Sharr, Nasir era a presa, não a ameaça. Ele ficou todo arrepiado.

— Poucas criaturas do deserto que conhecemos permanecem em Sharr.

Altair deu um muxoxo.

— E eu que pensei que o resmungo do príncipe fosse assustador.

Nasir ignorou seu comentário, e Kifah perguntou:

— Zumra?

— É a palavra em língua antiga para *gangue* — explicou Nasir.

— Aprendi a ler safaítico na escola, shukrun — disparou ela.

Enquanto colocava as luvas, Nasir se perguntou, pela milésima vez, porque se dava ao trabalho de abrir a boca.

— Não vou me juntar a gangue nenhuma — disse a Caçadora. — Sempre trabalhei sozinha e continuarei...

— Tenha confiança, Caçadora — interrompeu Benyamin suavemente.

Algo se partiu em seu olhar. Uma lembrança. Uma recordação. Ela levou os dedos até a aliança, e Nasir desviou os olhos.

— Todos chegamos aqui por um motivo diferente — continuou o safi. — Você, com uma carta prateada; o príncipe e o general com suas próprias ordens; Kifah e eu com a vontade de acertar as contas. Disseram-lhes para rastrear o Jawarat perdido, e aqui estão vocês, como mariposas em busca de uma chama, procurando às cegas por uma miragem capaz de quebrar a maldição de décadas que aflige nossas terras.

Nasir apertou os lábios. Kifah cruzou os braços e bateu com o pé no chão.

Benyamin olhou de Nasir para a Caçadora.

— Vocês dois conheceram a mentirosa que é incapaz de mentir. Nenhum dos dois ouviu a verdade por inteiro. No entanto, deixaram-se levar pelo fascínio de suas palavras.

A Caçadora respirou fundo, e Nasir sentiu o peso de seu olhar, que o desmantelava lentamente.

Ele tinha recebido ordens do sultão, que havia contado com a Bruxa de Prata para ajudá-lo. Será que se deixara levar por suas palavras? Pela bússola que ela colocara em suas mãos?

A bússola continuava apontando para a Caçadora, por mais que ele a sacudisse.

— Vocês sabem para onde a magia foi naquele dia fatídico? — perguntou Benyamin conforme o sol subia no céu, seus raios cada vez mais fortes.

— Ela desapareceu — respondeu a Caçadora.

— É preciso de magia para fazer algo desaparecer — ressaltou Kifah.

— Akhh, como eu adoro um impasse — murmurou Altair.

— Se quiser que a gente ouça o final da história, safi, é melhor irmos embora daqui, ou só nossos cadáveres ouvirão suas últimas palavras — disse Nasir. Ele *queria* ouvir o resto da história. Queria entender antes de seguir as ordens de seu pai. Mas preferiria cortar sua própria garganta a admitir uma coisa dessas.

Kifah deu uma risada estrangulada.

— Quem diria que o príncipe herdeiro tinha senso de humor?

— Ah, ele é ainda mais engraçado depois de tomar um belo café da manhã — comentou Altair.

A Caçadora quase deu um sorriso antes de se voltar para Benyamin.

— Podemos ir até o refúgio do oásis. Então, vou querer saber de tudo.

O safi fez uma reverência fingida.

— Pois não, sayyida.

capítulo 44

Sob a sombra das palmeiras, Zafira reabasteceu o cantil de pele de cabra depois que Kifah garantiu que a água era segura. A areia entrava em suas botas e juntava-se nas dobras da faixa. Ela sentia seu ligeiro gosto na língua e a aspereza dos grãos nas bochechas. Estava em *toda parte.*

Uma brisa soprou por entre as árvores, e ela estendeu a mão em direção ao capuz antes de lembrar que sua capa estava na bolsa. O fantasma dos dedos de Deen traçou seu queixo antes que ela abaixasse a cabeça.

Altair encontrou um pessegueiro solitário, de onde colheu um punhado de frutas felpudas e as distribuiu entre os cinco.

Kifah tamborilava a lança no chão e Zafira se afastou da pelusiana, observando-a tirar uma pequena lâmina preta de uma das várias bainhas ao longo de seu braço. *Uma lâmina de raio*, notou Zafira. Forjada pela ira da natureza, com um equilíbrio inigualável. Afiada pelo sangue; fortalecida pela idade. Tais lâminas eram raras, pois os ferreiros tinham de esperar até que um raio atingisse uma montanha antes de correr para coletar o minério preto sob o rugido do trovão e da chuva torrencial.

Pelo visto, havia certos benefícios em fazer parte da Nona Elite da califa.

Benyamin tirou um pedaço de pano da bolsa. Zafira sabia que os safis eram vaidosos, mas a ponto de levar um tapete para Sharr? Ele alisou os vincos com cuidado e afastou um besouro antes de se sentar de pernas cruzadas no meio do tecido vermelho, espanando a areia dos punhos enquanto esperava pelos demais. Nasir cruzou os braços e encostou-se a uma pedra saliente, deixando claro que não participaria da reunião de bom grado.

— A magia não desapareceu, zumra. Foi realocada — começou Benyamin, atirando um caroço de pêssego nas águas azuis. Ele os chamava de "zumra" como se fossem um bando de crianças, e não um grupo de pessoas desconhecidas que empunhavam armas contra seu corpo esbelto e desarmado. — Quando a guardiã de Sharr pediu ajuda durante a segunda batalha contra o Leão da Noite, as Irmãs trouxeram a magia para cá. Depois da morte delas, a magia não desapareceu, mas se enraizou em Sharr, que aceitou tal fardo avidamente. Ela devorou as criaturas da prisão: humanos, safis, ifrits, bashmus, tudo que havia em seu caminho. E, ainda assim, sua fome permanecia insaciável, contaminando o Baransea e criando a floresta de Arz. Quanto mais tempo Sharr se mantiver no controle da magia, mais Arz crescerá e nossas terras se tornarão devastadas.

— Para quê? — perguntou Zafira. — O que Sharr tanto quer?

Havia um brilho nos olhos de Benyamin.

— Você, Caçadora, é esperta demais para o seu próprio bem.

Ela se encolheu e quase perdeu o olhar que Altair e Benyamin trocaram.

— Se existe magia em Sharr — começou Altair, e Zafira teve a nítida impressão de que ele estava se apressando para esconder alguma coisa —, então devemos ser capazes de usá-la.

— Pelo menos por meio da dum sihr — disse Kifah.

— Não! — exclamou Benyamin, como se alguém tivesse cortado a palma de sua mão e o forçado a usá-la. — A magia de sangue é proibida. *Estritamente* proibida. Não há clemência para quem a comanda. O preço que se paga é alto.

— É por isso que só é feita em safaí...

— Superstição. A magia de sangue é proibida porque é incontrolável. O preço é uma amostra de sangue, nada demais — interrompeu Nasir, entediado.

— Não vamos mais falar da magia de sangue — afirmou Benyamin asperamente antes de se voltar para Zafira.

Por sua expressão, ela suspeitou que havia algo mais no medo que Benyamin tinha da dum sihr. Algo pessoal.

— Altair estava se referindo às afinidades com as quais nascemos — prosseguiu o safi tranquilamente, embora Zafira pudesse ouvir uma certa inquietação em sua voz. — Em particular, a especialidade com a qual você nasceu, minha cara demenhune.

Zafira estreitou os olhos. Nasir retesou o corpo.

— Eu possuo a magia — balbuciou ela. Suas palavras eram hesitantes. Incrédulas.

— Você tem uma *afinidade* — corrigiu Benyamin com um meneio de cabeça. — Assim como todo mundo. Sem a faísca da magia que iluminava os minaretes reais, nossas afinidades ficaram adormecidas. Constantemente famintas. É isso que torna Arz tão atraente: a floresta é uma extensão de Sharr. A mesma ilha que contém a magia que outrora pertencia ao reino de Arawiya. Quando nos aproximamos de Arz, nossas afinidades ganham força, estimulando-nos a entrar na floresta amaldiçoada. Muitos sucumbiram ao seu chamado, entrando lá para ter a oportunidade de libertar as afinidades que reprimimos por tanto tempo. Talvez tenham conseguido exercer seus poderes, como evocar o fogo e convocar a água, mas Arz nunca deixou que voltassem. Quanto a você, Caçadora, foi sua própria afinidade que lhe permitiu regressar tantas vezes.

Você sempre encontrará seu caminho. Tais foram as palavras da Bruxa de Prata no primeiro encontro das duas. Ela fora ver se Zafira tinha voltado de Arz a salvo.

Uma brisa agitou as folhas da palmeira, deixando sua pele mais fresca, e um pássaro subiu ao céu com um ligeiro movimento das asas.

Benyamin se voltou para os demais.

— Aqui em Sharr, livres da armadilha de Arz, *todos* podemos exercer nossos poderes. A única vantagem da Caçadora é que ela controla sua afinidade há anos.

Graças a Arz. *Céus*. Aquela floresta amaldiçoada era uma terra repleta de magia. Um lugar que ela desbravara por *anos a fio*.

— Qual é a minha afinidade? — perguntou ela, ofegante.

Benyamin a estudou com os olhos castanhos atentos.

— Por que não pergunta ao nosso príncipe? Ele e Altair têm uma boa ideia.

Nenhum dos dois sarracenos ficou surpreso. Ela olhou com um ar desvairado de um para o outro e se pôs de pé, quase tropeçando na areia. Em seguida, baixou os olhos para Benyamin, que continuava sentado impassível em seu tapete de franjas douradas.

— Conta logo — ordenou ela, arfando. — O que é que eu sou?

— Uma da'ira.

— Uma o quê? — perguntou ela baixinho, sentindo-se perder a sanidade.

— Você é a bússola no meio da tempestade, a guia na escuridão. Você sempre encontrará seu caminho, Zafira bint Iskandar.

Suas palavras ecoaram repetidamente na cabeça dela.

Não, ela era uma gazela no deserto, vulnerável diante de uma turba de leões. Encolheu-se, olhando para o príncipe e seu general. Depois para Kifah e Benyamin.

E então fez o que uma gazela faz de melhor. Saiu correndo dali.

capítulo 45

Zafira atravessou a paisagem do oásis, ignorando os apelos dos outros e o olhar inabalável do príncipe herdeiro de Arawiya, que lhe queimava o sangue.

— Deixe-a ir — disse ele suavemente, e Zafira hesitou. — Ela precisa de tempo.

Zafira não esperou para ouvir a resposta de Altair. Enfiou-se no meio de uma série de tamareiras, encostando-se num tronco espinhento para recuperar o fôlego. As árvores a acolheram, sussurrando ao fazer um casulo para ela. *Fique aqui. Descanse um pouco.*

As sombras imitavam sua angústia. As tamareiras murcharam assim que ela caiu de joelhos no chão.

Zafira piscou os olhos, e elas voltaram para o lugar.

Uma da'ira. Traduziu a antiga palavra em safaítico para sua língua. Uma *bússola*.

Era por isso que ela nunca havia parado para pensar em como encontrar o Jawarat naquela ilha abandonada. Afinal de contas, sua afinidade sempre a levava a algum lugar. Ela a guiava havia *anos*.

Seu senso de direção não era um mero pressentimento ou uma vaga ideia. Caçava em Arz, no escuro, por sua causa. E conseguia sair de lá pelo mesmo motivo.

Baba.

Céus, toda vez que Baba entrara em Arz, estava com ela. Guiando sua pontaria, avistando suas presas, seguindo seu rastro. Até aquela última vez. A aventura que o enlouquecera, distorcendo suas ideias.

Se ao menos ela soubesse disso na época.

— Ah, pela neve que cai. — Ela arfava, lembrando-se da vibração frenética em suas veias que a guiava pelo caminho certo.

De tudo que poderia ter ao alcance dos dedos (fogo, escuridão, ilusões), ela havia sido dotada de *direção*. Nem sequer soubera que isso *era* uma afinidade.

Uma risada histérica ecoou das árvores, e Zafira pegou o arco antes de perceber que o som havia saído de seu próprio ser dilacerado. Um soluço passou por seus lábios. Tal fraqueza não pertencia a ela. Era desorientadora e espalhava os cacos de seu coração partido.

De repente, tudo começou a fazer sentido. Por que os sarracenos tentaram sequestrá-la em Demenhur. Por que Altair e o príncipe se "aliaram" a ela: para que pudessem usá-la para encontrar o Jawarat. Estremeceu ao se lembrar dos olhos cinzentos de Nasir acompanhando cada movimento seu. Agora entendia por que ele a observava tão atentamente, por que a salvara do ifrit.

O príncipe estava protegendo um recurso valioso.

Ele sempre soubera, o que significava que o sultão também sabia. Bem, pelo menos tinha uma bela suposição e o poder de pô-la em prática.

Eram todos leais ao mesmo reino, mas a Bruxa de Prata e o sultão pareciam estar em desacordo. Havia dois lados. Uma hostilidade que Zafira não compreendia muito bem. Assim como não conseguia entender por que o príncipe e o general haviam tentado matá-la.

Talvez nenhum dos lados a favorecesse.

Ela não estava no topo da lista de caçadores da Bruxa de Prata, ela *era* a lista. O único caçador conhecido capaz de encontrar o Jawarat e, se nunca tivesse pisado em Arz, se nunca tivesse divulgado suas proezas, a Bruxa de Prata jamais saberia disso. O sultão não teria o menor conhecimento. O Jawarat continuaria perdido até que outra da'ira demonstrasse sua afinidade. Isso se houvesse outra.

Céus. Afinidades, poderes. Uma magia que não existia mais.

Zafira precisava descansar um pouco. Ora, e por acaso ela era um velhote? Não precisava descansar coisa nenhuma.

Gloriosas réstias de ouro brilhavam na folhagem verde à sua frente, onde uma trilha se desvendava em meio à quietude. Flores coloridas espalhavam suas pétalas, persuadindo-a a se aproximar com badalos suaves. *Seja livre, Caçadora.*

As sombras a lembraram de que não precisava dos outros. Zafira podia abrir seu próprio caminho de oásis em oásis, ruína em ruína, até encontrar aquele livro miserável. Podia restaurar a magia de Arawiya sozinha, sem se preocupar com possíveis aliados ou com quem tramava sua morte.

Por outro lado…

Lembrou-se do toque suave daquele pano em sua pele. Da tristeza nos olhos do príncipe. Da risada de Altair. Da persistência de Benyamin. Da sombra nos olhos escuros de Kifah.

Zafira precisava de respostas. Respostas que Benyamin tinha.

Deu meia-volta, esperando não se arrepender de sua decisão.

capítulo 46

Nasir ficou olhando para as árvores, querendo, *esperando* que ela voltasse. Era algo raro para ele. A esperança.

Por mais que fosse culpa de Benyamin, Nasir tinha… descoberto várias coisas com aquela conversa. O safi lhe dera respostas para perguntas que ele jamais conseguiria fazer.

— Toda essa tensão está me fazendo envelhecer antes do tempo — disse Altair, flexionando os braços com as armas em punho. Era enervante o modo como ele conseguia ser jovial e letal de uma só vez.

— A idade costuma levar à sabedoria — comentou Kifah, com uma expressão no rosto que sugeria que Altair era tudo menos sábio.

— Diz a garota que concordou em acompanhar um safi tagarela. Por que foi que você veio, afinal de contas? — perguntou Altair, virando-se para ela, que não se esquivou de suas lâminas.

Kifah o estudou por um momento e depois deu de ombros.

— Magia. Vingança. O de sempre.

Altair deu uma risada, e Nasir tentou conter os próprios lábios. Rimaal. Ele nunca tivera de reprimir tantos sorrisos antes. Benyamin passeava pelo oásis, com a testa franzida.

Por fim, a Caçadora apareceu, contemplando tudo com uma imobilidade esquisita. Nasir sentiu um nó no estômago. Seus ombros estavam curvados para a frente, até que ela percebeu e se endireitou, erguendo o queixo.

Benyamin logo entrou em ação, o alívio fazendo seus olhos parecerem feitos de ouro.

— Gostaria de pedir desculpas — disse ele devagar. — Nós, safis, temos a tendência de ignorar os sentimentos dos humanos. Eu devia ter pensado melhor antes de fazer uma revelação tão pesada para você.

Era fácil esquecer que Benyamin não era humano. Assim como a Bruxa de Prata. E como metade do próprio Nasir.

— Não sou nenhum hashashin, mas, por minha humilde observação, vejo que você não consegue tirar os olhos dela — cochichou Altair no ouvido Nasir.

— Ficou com ciúmes? — perguntou Nasir. A ponta rasgada do turbante se agitava na brisa suave, o tecido macio em seu pescoço.

— Até ficaria se não soubesse que você também não para de olhar para mim.

Nasir franziu o cenho.

— Eu preciso dela.

— É o que todo homem diz quando se trata de…

— Cale a boca ou use-a em outro lugar — rosnou Nasir. Ficou admirado por se dar ao trabalho de falar com aquele bufão.

Altair fingiu selar os lábios com os dedos, mas seu silêncio não durou mais que um inseto moribundo.

— Ei, seja lá o que você estava pensando, eu não estava.

— Cale a boca — retrucou a Caçadora ao passar por ele.

Altair se encolheu, para a satisfação de Nasir.

— Só voltei porque sei que vocês vão me seguir de qualquer jeito e já estou cansada de sentir os dois respirando no meu cangote.

— E você lá sabe como é ter um homem respirando no seu cangote? — perguntou Nasir. *O que foi que você disse, seu idiota?* Ele estava passando tempo demais com Altair.

Até o general pareceu surpreso. Kifah bufou, e Benyamin pediu aos céus para ter paciência.

A Caçadora vacilou, e Nasir viu o instante exato que ela teve uma recordação. Como devia ser difícil viver com os próprios pensamentos sempre estampados no rosto. Em seguida, ela levou os dedos à aliança, contando-lhe o resto da história.

Ao se dar conta de seu erro, Zafira o encarou desafiadoramente.

— Não olhe para mim desse jeito.

— De que jeito? — perguntou ele, arqueando a sobrancelha.

— Com sua pobre imitação de piedade.

Ele deu uma risada seca.

— Acha mesmo que estava apaixonada por ele?

Ela não respondeu, e seu silêncio o fez insistir com mais afinco, pois estava diante de uma plateia. Pois era igualzinho ao pai.

Nasir se aproximou dela.

— Vou te contar um segredo, Caçadora: o falecido a amava, mas você não sentia o mesmo por ele.

— Por Guljul, deixe-a em paz — exclamou Kifah, colocando a mão na cabeça raspada.

— A morte é a única certeza da vida humana. Por que ainda é uma surpresa quando chega? — perguntou ele.

— Você não sabe nada sobre o amor ou a perda — sibilou a Caçadora, e Nasir estremeceu ao ver seu olhar tão gélido que chegava a queimá-lo. — Aposto que é um dos privilegiados que se deitam com uma mulher diferente a cada noite só para matá-la antes do nascer do sol.

Nasir abriu um sorriso lupino.

— Quer dizer que você acha que é Sherazade?

Uma expressão sinistra surgiu em seu rosto antes que ela se voltasse para Altair.

— Me dê isso aqui.

— Eu? O quê? — balbuciou Altair, de olhos arregalados.

Ela seguiu em sua direção e tentou pegar uma das cimitarras. Ele era alto, mas ela também era. Ficou na ponta dos pés e arrancou a lâmina dele com um silvo, arranhando seu ombro de raspão.

Kifah arqueou a sobrancelha ao ver a perplexidade de Altair.

— Isso vai ser interessante.

A Caçadora se colocou em posição de batalha. Algo em seu olhar fez Nasir hesitar. Algo mais complexo do que a raiva, pois isso ele sabia derrotar.

Era algo selvagem.

Ele baixou a mão até a espada, o corpo vibrando, o sangue correndo nas veias, grato pelo desafio. Benyamin se interpôs entre os dois, deslocando areia para todo lado, mas Nasir tinha entrado em modo de combate e não estava disposto a parar.

— Afaste-se, alderão. Ela é uma mulher, não um velho decrépito. Não precisa da sua proteção.

Benyamin meneou a cabeça.

— Por que você acha que é *ela* que precisa de proteção?

capítulo 47

Zafira não fazia a menor ideia de como manejar uma cimitarra. Mas não devia ser tão difícil assim. Tinha apenas o dobro do comprimento de sua jambiya.

Tá bom. Talvez o triplo.

A arma cintilava como ouro sob o reflexo das dunas. Ela duelara com Deen tantas vezes que sabia que tinha talento para lutar com uma lâmina. Só esperava que aquele príncipe desgraçado não pagasse para ver seu blefe, apesar de seu cérebro lhe dizer que ele iria. Por outro lado, se seu coração a levara a caçar em Arz, será que não conseguiria enterrar a cimitarra no coração dele?

Zafira pestanejou para dispersar os pensamentos sombrios. Era péssimo agir sob forte emoção. Mas ele insultara Deen. E o pior é que tinha *razão*: ela nunca amara Deen do jeito que ele gostaria que ela o amasse.

Quando Benyamin se afastou, com a apreensão estampada na testa franzida, Zafira percebeu que ele estava pensando a mesma coisa que ela. Jogou as bolsas na areia e empunhou a cimitarra mais alto.

— Será que é uma boa ideia? — perguntou Altair a ninguém em particular.

— Não sei mais o que é uma boa ideia — respondeu Kifah secamente. — Afinal, vim parar em *Sharr*.

Nasir desembainhou a espada com um floreio, o cabo dançando por entre seus dedos ao girar no ar. Uma expressão que dizia que Zafira estava sendo ridícula ficou estampada no rosto dele. Para um príncipe que preferia a discrição e as sombras, ele parecia estar gostando bastante da atenção.

O medo percorreu o corpo dela, agitando-se com um entusiasmo bem-vindo. Ela conhecia as histórias. Sabia muito bem que o Príncipe da Morte era habilidoso com a espada.

Ele se aproximou dela.

E tudo

aconteceu

rapidamente.

Ela ergueu a lâmina e ele seguiu seu exemplo, o cabo preto confundindo-se com suas luvas. O ar mais parecia um borrão de aço reluzente até que metal se chocou contra metal, fazendo-a estremecer os dentes e o cérebro e deixando evidente sua estupidez e, céus, a idiota que era.

Mas ele não ia matá-la. Precisava dela. Todos ali precisavam. Era *ela* que não precisava deles.

A única pessoa de que Zafira precisava estava morta por causa dele.

Ela colocou todo o seu peso por trás das lâminas unidas e empurrou com vontade. Nasir era mais forte, alto e musculoso, mas escorregou de leve para trás. Era o melhor assassino não habituado a ver suas vítimas revidarem.

Ela empurrou com fervor renovado.

— Que bonitinho! — exclamou ele, desvencilhando-se com uma risadinha.

Zafira tropeçou e apoiou a mão na pedra áspera para recuperar o equilíbrio. Deu um rosnado e ergueu o braço antes que ele golpeasse a espada contra a cimitarra com toda a força. *Ele não está se contendo nem um pouco.*

Não precisava dela?

Zafira fingiu ir para a esquerda, mas ele nem reagiu. Então fingiu ir para a direita, e ele arqueou a sobrancelha, deleitado, antecipando seu movimento antes mesmo que ela o percebesse. Altair deu uma risada. Ela sentiu seu pescoço em brasas.

As lâminas se chocaram de novo, e ele chegou mais perto dela.

— Você sabe quem sou. Desista, Caçadora — murmurou ele, sua voz sombria retumbando por todo o corpo.

Ela aproveitou a oportunidade no instante que ele se preparava para desferir mais um golpe. Afinal de contas, Zafira era a Caçadora demenhune. Rápida. Precisa. Sem treinamento. Seria um bom páreo contra um assassino treinado e metódico.

Zafira avançou e deslizou sob os braços dele. O fôlego de Nasir roçou sua pele antes que ela enganchasse a bota na perna dele e puxasse com força. Ele tombou para trás, inflando as narinas. Ao testemunhar o triunfo de Zafira, ele rosnou e prendeu suas pernas entre as próprias numa última tentativa de lutar, até cair de costas com um baque abafado.

E ela caiu por cima dele, o ar expulso de seus pulmões.

Colocou uma das mãos no ombro dele para impedir a própria queda, mas as pernas dos dois estavam enroscadas e a areia afundava sob seus corpos. O peito de Zafira roçou o dele e a aliança traiçoeira pousou sobre seu coração, subindo e descendo com sua respiração pesada. Seus rostos estavam a meros centímetros de distância. Sem o refúgio da capa, cada toque dele a fazia se sentir completamente nua. Seu coração martelava dentro do peito.

— Se vocês ficarem mais perto, vou ter de fechar os olhos — comentou Altair num murmúrio alto.

E o príncipe teve a audácia de sorrir.

Uma mentira, disse a mente vacilante dela, pois uma infelicidade absoluta estava refletida em seus olhos da cor de brasas apagadas e pedras mortas.

— Vá em frente, acabe logo com o meu sofrimento — disse ele num tom de voz suave. As palavras acariciaram sua pele. Um hashashin não deveria ser tão gentil assim.

Foi só então que ela percebeu que pressionava a cimitarra contra a garganta dele da mesma forma que encostava a jambiya na garganta de suas presas durante a caça.

Zafira pressionou a lâmina com mais força na pele do pescoço dele, observando a coluna de sua garganta se mexer. Havia arrepios em toda a sua pele dourada, e ela teve uma vontade louca de passar o dedo para baixá-los. De tocá-los com a boca.

Engoliu em seco e cerrou os dentes. A garganta de Deen nunca voltaria a se mexer. Por causa dele. Por causa daquele assassino embaixo dela.

As árvores do oásis a aguardavam com a respiração presa. Mas Zafira estava completamente concentrada no metal reluzente na garganta dele.

Não se torne violenta como eles. Foi o que Deen lhe dissera quando Zafira resolveu desafiar o garoto de dentes amarelos que quebrara seu nariz durante uma partida de kura[8] anos atrás.

Zafira encarou os olhos cinzentos dele, e as brasas ali dentro viraram pó sob seu olhar. Ela levantou a lâmina.

Nem um lampejo de surpresa surgiu em seu rosto cheio de cicatrizes. Zafira abafou o grito com um grunhido.

— Três coisas. Wahid, não toque em mim. Ithnayn, não olhe para mim. Thalatha, nem pense em mim. — Zafira ficou de pé, apreciando seu silvo de dor ao cravar os joelhos nas pernas dele, só para garantir.

Ele se levantou e a saudou zombeteiramente, levando dois dedos à testa.

— Como quiser.

Ela olhou de relance para os outros antes de lançar um olhar gélido a Nasir.

— Se desejos se tornassem realidade, você já estaria morto.

8 Esporte semelhante ao futebol. [N. T.]

capítulo 48

Nasir ainda sentia o beijo frio do metal no pescoço, como o fantasma de uma queimadura.

Da última vez que uma mulher, ou qualquer pessoa, pressionou uma lâmina contra seu pescoço, Nasir ainda estava em treinamento. Depois disso, depois que sua mãe garantiu que ele não passasse de um sussurro no escuro, ninguém mais conseguiu chegar tão perto assim. Mas a Caçadora não era treinada. A selvageria tomara conta dela, perturbando sua calma, e ela o fez tropeçar como se fossem duas crianças num daama pátio de escola.

O pescoço dele ainda podia sentir o beijo do metal, mas o resto de seu corpo sentia o calor da vergonha.

— Akhh, adoro quando uma boa sessão de duelo termina com... outras coisas. — Altair sorriu quando a Caçadora lhe devolveu a cimitarra sem dizer nem uma palavra.

— E agora? — perguntou Kifah. O punho de uma faca dançava entre os dedos dela e seu bracelete de ouro brilhava como um farol sob a luz do sol. — Vamos todos começar a duelar até a morte?

— Chega de duelos. — Benyamin suspirou como uma mãe exasperada. Ele não parava de olhar à sua volta, onde o mundo escurecera ainda mais, embora não passasse do meio-dia.

— Sim, deem ouvidos ao nosso estimado safi. Se nos matarmos agora, quem usaremos como isca quando os ifrits aparecerem? — indagou Altair.

— Que tal você? — perguntou a Caçadora, ajeitando suas roupas. Nasir imaginou se tinha visto um ligeiro rubor no rosto dela. — Com o seu tamanho, poderá mantê-los ocupados por um bom tempo.

Altair endireitou o turbante, com um brilho no olhar.

— Com o meu tamanho, posso manter qualquer um ocupado por um bom tempo.

Nasir se engasgou e Kifah cuspiu de surpresa. A Caçadora parecia confusa com a reação dos dois. *Ingênua.*

Benyamin olhou de cara feia para Altair, mas ignorou seu comentário.

— Temos de partir logo.

— Não vamos a lugar nenhum, safi — afirmou a Caçadora, determinada.

Ele se virou para ela.

— Você fala como se eu fosse um inseto.

— E talvez seja mesmo. — Ela deu de ombros, e Kifah deu uma risada.

Ele parecia incrédulo.

— Seu povo se curvaria diante de mim.

— Meu povo tem neve na cabeça. E daí? — retrucou ela. — Não vamos sair daqui antes que eu obtenha algumas respostas.

Benyamin assentiu.

— Em breve, caríssima demenhune. As árvores começaram a se aproximar e as sombras têm um mestre. Vamos conversar quando for a hora certa.

Ela estremeceu ao ouvir as palavras dele, e os demais se calaram. Sharr parecia ficar cada vez mais ameaçadora.

De alguma forma, Nasir sabia que o tal mestre não era a Bruxa de Prata, muito menos Ghameq, pois o poder de seu pai não chegava até ali. Esse mestre fizera o medo transparecer no rosto de Altair durante a noite na taberna.

Esse mestre transformara Sharr no monstro que era.

A Caçadora sumiu entre as palmeiras após um murmúrio de Benyamin, que a seguiu, chamando-os com um apressado: "Yalla, zumra".

Vamos lá, turma.

Nasir ficou para trás. A força de um hashashin residia na discrição e na solidão. Nada estava acontecendo de acordo com seus planos: seu primo tinha aparecido, Altair continuava vivo, a Caçadora era uma garota (*laa, uma mulher*).

Além da vergonha que sentira quando ela caiu em cima dele, Nasir percebeu que a Caçadora era uma mulher feita. Deu um suspiro bem devagar.

E agora Benyamin dizia que havia uma ameaça ainda maior.

Altair olhou para Nasir assim que ficaram a sós pela primeira vez desde que Benyamin e Kifah haviam chegado.

— E agora?

Nasir meneou a cabeça.

— Vou cuidar da pelusiana...

Altair deu um grunhido e o empurrou para o meio das árvores. A luz do sol desapareceu por trás dos ramos escuros. Nasir se levantou e girou o corpo com os dentes cerrados. Seus olhos ardiam de raiva ao brandir sua cimitarra.

A fúria faiscava nos olhos de Altair.

— Mudou de ideia? Vai me matar primeiro, é? Não se trata mais de encontrar o Jawarat e voltar alegremente para o seu querido pai, seu idiota.

Nasir se esforçou para controlar a respiração, mas a escuridão havia aumentado e ele quase não conseguia enxergar nada além das árvores ao seu redor. A ansiedade fazia seu coração bater disparado.

— Peça ajuda, aranha — disse Nasir em voz baixa.

— Ficou com ciúmes porque cochicho no ouvido de outra pessoa? Eu já te disse: tudo que faço é pelo bem do reino.

Nasir não dava a mínima para aquilo.

— Posso cortar sua garganta antes que você consiga levantar o braço.

Altair colocou as mãos para cima, pálido.

— Por favor, vá em frente.

Em sua mente, Nasir se viu erguendo a espada, puxando-a para trás e lançando-a sobre ele. Viu um horizonte vermelho no pescoço de Altair e seus olhos azuis ficarem embotados. A vibração conforme sua alma se libertava do corpo. Viu tudo isso, de fato. Junto com o cadáver da Caçadora.

Mas, de repente, sua lâmina parecia pesada demais.

A cimitarra pulsava em suas mãos, e suor escorria por suas costas. Benyamin quase tropeçou ao correr até os dois, com uma careta de pavor. A Caçadora e Kifah vieram em seu encalço.

— O filho de sua mãe ainda está aí dentro, príncipe — disse Benyamin com cautela, como se Nasir fosse um animal que receasse assustar.

Se fosse outra pessoa, Nasir o teria matado ali mesmo, mas Benyamin conhecera a sultana. Ele sustentou o olhar de Altair e embainhou a cimitarra.

— Deixe que ele olhe ao redor. Deixe que veja que somos aliados pelas circunstâncias, não inimigos, e que dê uma trégua ao assassinato. Deixe que ele abra seu coração para a confiança. Talvez haja algo mais em sua busca do que aquilo que você veio procurar.

A estranha sequência de palavras do safi fez Nasir se lembrar da bússola carmesim.

Algo farfalhou nos arbustos e a areia se remexeu sob seus pés. Nasir ficou imóvel, e os demais se voltaram lentamente em direção às palmeiras. Um olhar inconfundível deixou Nasir todo arrepiado quando alguma coisa passou correndo por ali.

E as sombras irromperam das árvores.

capítulo 49

Zafira tinha passado a esperar muita coisa de Sharr. Mas jamais esperara ver Yasmine caminhar até ela em toda a sua beleza etérea, com a areia sob os pés descalços.

Um som estrangulado escapou de sua garganta. Yasmine, não.

Benyamin tocou seu pulso, e Zafira desejou estar de capa e luvas. A voz dele soou distorcida em seu ouvido.

— Caçadora, olhe para mim.

Zafira pestanejou e viu Deen, trespassado por uma flecha. Baba, arrastando-se do meio das árvores. Sujo. Ensanguentado. Morto.

Benyamin a sacudiu.

— Caçadora. *Olhe. Para. Mim.*

Zafira detestava a simpatia nos olhos dele, seu jeito de falar como se ela fosse uma criança.

— Isso. Respire bem devagar. Não é quem você pensa. Não se lembra? Está me ouvindo?

Yasmine. Yasmine. Yasmine.

— Não é ele — continuou ele com delicadeza.

Ele? Não, era ela. Era a doce Yasmine. A Yasmine de boca suja. A Yasmine casada.

— Respire fundo, Caçadora. Acalme-se. Não é real.

Foi só então que ela percebeu que não havia apenas *uma* Yasmine, mas várias. Enquanto seu olhar passava de uma silhueta para outra, sinistras contra as árvores de tronco largo, viu seus rostos mudarem.

— Ifrits — sussurrou ela. O alívio a fez cair de joelhos no chão, e ela agarrou o tronco mais próximo à medida que o mundo voltava ao normal.

Benyamin a ergueu, passando a mão em volta de seus ombros.

— Você precisa ficar alerta.

— Tamim? — balbuciou Kifah. Será que ela estava vendo um amante? Um irmão? Um amigo?

Os ifrits continuaram a mudar de forma conforme os rodeavam lentamente. Lana, Deen, Umm, Haytham, Baba. Ao ver aquele que se parecia com Baba, Benyamin se retesou.

— Você também o vê? — perguntou ela, esforçando-se para parar de tremer. Não conseguia mais enxergar o final do oásis. O sol parecia ter sumido completamente.

— Estou vendo alguém, mas não a mesma pessoa que você. — Benyamin se engasgava com as palavras.

Era tão obsceno entrar numa alma para arrancar o rosto de um ente querido. Um ifrit era capaz de retratar centenas de rostos de uma só vez, tudo dependia de quem olhava para ele. A menos que a vítima fosse forte o suficiente para enxergar além de seus truques. Nesse caso, ela não veria nada.

— Estamos cercados. — O murmúrio suave de Nasir veio de trás dela.

Zafira sabia como era ser engolida pela escuridão, mas isso não impediu que a ansiedade se insinuasse em seu coração. Suas batidas ficaram cada vez mais rápidas, numa febre incontrolável. *Uma empolgação.*

Ela podia sobreviver à escuridão, como sempre fazia.

Mas e quanto aos outros?

Eles precisam de você, disse uma voz em sua cabeça. Eles não se *importavam* com ela. Era bem provável que, depois que Zafira encontrasse o maldito Jawarat, todos fizessem uma fila para matá-la.

Ela poderia facilmente se enfiar no meio das árvores e fugir para o deserto.

Mas, ao piscar os olhos, ela via uma lâmina enterrada no peito inerte de Altair. Via os olhos vidrados de Kifah e o abdômen dilacerado de Benyamin. Via os tristonhos olhos cinzentos do príncipe, ainda mais frios depois da morte. Não podia abandoná-los, mesmo que eles jamais retribuíssem o favor.

Com uma manobra rápida, pegou uma flecha e a encaixou no arco, sentindo uma certa familiaridade nos ombros ao puxá-la para trás.

— Costas com costas — murmurou Altair, e Zafira se perguntou se o general teve de morder a língua para não dar mais ordens.

Um dos ifrits sibilou. Outro deu um grito, suas palavras truncadas pela língua antiga.

— Caso não tenha notado, você e seu príncipe não estão sozinhos aqui — disparou Kifah, sua inquietação ofuscada pela adrenalina do conflito.

Os cinco se dispuseram em círculo, um de costas para o outro. Zafira tentou entrar no estado de calma de suas caçadas, mas sua cabeça não parava de girar. O mundo vibrava, e ela não conseguia pensar direito. Mais sombras entraram na clareira. Até mesmo ela tinha dificuldade para enxergar alguma coisa.

Ainda assim, conseguiu contar doze ifrits contra eles.

O mais próximo tinha o rosto de sua mãe conforme inclinava a cabeça grisalha, como se ouvisse uma ordem. *Não é real, não é real, não é real.*

De repente, o mundo foi tomado pelo fogo.

capítulo 50

O mundo ardia em chamas, mas pelo menos Nasir conseguia enxergar. Ele sorriu diante de tanto otimismo. Passar tanto tempo com Benyamin não estava lhe fazendo nada bem.

Piscou os olhos para se livrar do resquício de escuridão e observou a cena que reluzia em labaredas cor de laranja. As criaturas de fogo sem fumaça a princípio pareceram desarmadas, mas então Nasir se deu conta de que *elas* eram as próprias armas. Disparavam entre as palmeiras e flutuavam sobre as dunas como se fossem etéreas. Cajados de fogo surgiram em suas mãos, tremulando no escuro. O calor o sufocava, dificultando sua respiração.

Pela reação dos demais, ficou evidente que eles viam os ifrits como pessoas que conheciam, mas Nasir os via como eram: seres sem rosto que desapareciam a todo momento. Assim que achava que tinha visto um deles, sua visão ficava turva. Estavam *ali*, sempre presentes, mas nunca à vista. Era a dádiva de ter um coração tão sombrio e fechado como o seu.

Altair deu um muxoxo. Angústia.

— Você viu alguém? — perguntou Kifah com delicadeza. Seus olhos escuros brilhavam sob as labaredas.

— Minha mãe, pouco antes de ser assassinada pelo homem que odeio.

Nasir não sabia nada a respeito dos pais de Altair ou das pessoas de quem não gostava além dele. O general respirou fundo e disparou sua primeira flecha, que zuniu nas sombras. Qualquer dia desses, ele ainda se convenceria de que era um péssimo arqueiro.

Nasir girou a espada quando um lamento ecoou na súbita escuridão. Esvaziou a mente e todo o resto saiu de foco, os outros já esquecidos. Um hashashin trabalhava sozinho. Um hashashin não prestava atenção a ninguém além de si mesmo. Um hashashin colocava sua missão como prioridade.

Um cajado de fogo veio em sua direção, e ele se abaixou, arranhando o joelho nas folhas afiadas que cobriam o chão antes de brandir a cimitarra para cima e à esquerda. O metal sibilou no ar, o ifrit fora de seu alcance.

Nasir avançou, mas o ifrit já tinha desaparecido. O calor de outro cajado beijou seu pescoço, e ele se virou, mas foi saudado apenas pela escuridão. Teve um vislumbre de cabelos lustrosos, cimitarras duplas erguidas em posição de ataque. Altair. Mas o general sumiu de vista de um segundo para o outro.

Nasir sentiu um calafrio na espinha, apesar do calor e do ar flamejante.

Os ifrits não usavam suas armas somente para atacar, mas também para ofuscar.

Zafira conhecia a artimanha dos ifrits. Toda vez que seus olhos se ajustavam à escuridão, eles disparavam suas armas de fogo, atacavam e depois começavam tudo de novo.

Queriam intimidar, mas ela era a Caçadora demenhune. A escuridão era sua velha conhecida.

Respirou bem devagar. Ouviu a voz de Baba em seu ouvido. Era ela que sempre encontrava o caminho, mas fora ele quem a ajudara a se fundir com a escuridão. *Deixe-a entrar, abal. Torne-se o que seu coração pede a você.*

Em meio ao caos (os gritos, as chamas tremeluzentes, o cheiro de suor e medo), Zafira encontrou a veia de quietude onde as sombras a chamavam e sussurravam para ela. Inspirou a escuridão.

Ela *era* a própria escuridão.

Marhaba, escuridão, minha daama amiga.

Sentiu uma onda de euforia, apesar da batalha que a cercava. A cada respiração cautelosa, o mundo voltava a entrar em foco, até que Zafira começou a ver os ifrits ao seu redor.

A menos de dois passos de distância, um ifrit tentou golpear Nasir com um cajado, mas ele se esquivou com um movimento fluido, como se fosse feito da própria escuridão. Zafira voltou sua atenção para outro ifrit, que brandia uma estaca. Ela tinha umas duas ou três chances antes que eles percebessem que conseguia vê-los e faria bom proveito delas.

Por um momento surpreendente, não viu o rosto de ninguém que amava: não viu nada. Um rosto sem face. A criatura se voltou para Kifah, cuja pele brilhava de suor, a lança dançando nas mãos.

Antes que o ifrit pudesse acender seu cajado de fogo, Zafira disparou uma flecha que acertou a criatura bem no meio dos olhos. Seu uivo agonizante acabou com o caos.

Tudo e todos pararam de se mexer.

Fique firme. Ela notou o ritmo pulsante da escuridão. Tentáculos escuros enroscavam-se em seus braços, acariciando sua pele.

Disparou mais uma flecha, acertando um ifrit que estava perigosamente perto de Altair. Foi o suficiente: o ifrit se voltou para ela.

Os outros seguiram seu exemplo. Benyamin tirou frascos do cinto e enrolou tiras de alguma coisa em volta de dardos afiados antes de atirá-los sem o mínimo esforço. Quer dizer que era *assim* que o esguio safi lutava sem ter a constituição de um guerreiro. Poções. Veneno.

Ele levantou a cabeça e lançou um sorriso bem à esquerda de onde ela estava, sua tatuagem iluminada sob a luz do fogo. Zafira reprimiu um sorriso. Apesar da graça felina, ele não enxergava tão bem quanto um gato.

Do outro lado, alguém deu um rugido, provavelmente Altair, e Zafira ouviu o rápido golpe de uma única cimitarra que só podia pertencer a Nasir. Com o canto do olho, viu Kifah assumir a posição de combate, girando sua lança bem rápido para criar um escudo em movimento.

Zafira lembrou a si mesma que eles só precisavam dela para encontrar o Jawarat e que ninguém a ajudava por se importar com ela. Mas sentiu-se grata mesmo assim, pois as criaturas pararam de focar nela.

Encaixou outra flecha e disparou.

Nasir sabia que a Caçadora era habilidosa. Ele a vira fazer pontaria no meio da queda, quando seu companheiro demenhune levara uma flecha por ela. Era ágil e ligeira em combate. Mas vê-la em ação de novo: seu rápido fluxo de flechas, cada uma encontrando o alvo, o fez se sentir... bem, ele não sabia como se sentia.

Restavam somente quatro ifrits quando as criaturas dobraram as armas para um cajado por mão, e até a Caçadora começou a ficar cansada. Nasir cravou a cimitarra num deles e empurrou Benyamin para longe da estaca de outro.

De repente, ele se deu conta de que estava ajudando os dois. Era ainda pior do que não os matar.

Nasir brandiu a cimitarra, acertando mais uma arma de fogo. O ifrit se aproximou dele, tentando intimidá-lo, mas Nasir não viu nada.

Sua força de vontade vacilou quando o calor lambeu suas mãos como um cão sedento.

E então começou

a soltar

a arma.

Laa. A palavra ecoou do fundo da massa escura em constante movimento que ele chamava de coração. Não podia ter chegado tão longe só para perder o controle sobre a própria espada.

Jogou seu peso por trás da lâmina, e os sons da batalha ecoaram ao seu redor enquanto ele perdia o foco. Um rugido, um assobio. O tilintar do metal. O farfalhar de um movimento, uma briga. Uma risada sombria ressoou em seus ouvidos.

E então, mais nada.

Nasir cambaleou para a frente. O ifrit tinha desaparecido. Não, desaparecido não.

Ele tremia a seus pés com uma flecha branca enfiada na cabeça, tão graciosa quanto sua dona. Kharra.

Uma dívida de sangue.

Nasir deu um suspiro. *É matar ou morrer.*

Salvar e ser salvo.

O suor escorria pelo pescoço de Nasir. Ele a procurou e, apesar de mal conseguir enxergar, sentiu seus olhares se encontrarem em meio à batalha. Antes que seu orgulho retornasse, agradeceu a ela com um aceno de cabeça.

A Caçadora acenou de volta para ele.

capítulo 51

Depois que Zafira derrubou o último ifrit, Altair passou por cima deles para dar um corte final em suas gargantas inertes. O ar cheirava a carne queimada. Ao ver a expressão inquisitiva de Zafira, Benyamin recostou-se nos calcanhares e explicou:

— Somente o aço dos safis os mantém mortos.

Ainda assim, saíram correndo do oásis no momento que a tarefa foi concluída.

— Sharr ficou irritada por termos matado seus habitantes — disse Kifah, olhando para o céu. Zafira imaginou que Sharr deveria estar contente por ter mais corpos em que se banquetear, mas não havia nenhum senso de humor nos olhos escuros de Kifah.

As dunas de areia se estendiam ao longe, sua cor âmbar agora de um tom mais escuro por causa do céu cinzento. Fora os cortes, os arranhões e as nem tão poucas queimaduras, todos saíram com vida dali, embora um tanto cansados. Altair partilhou algumas tiras de carne seca de cabra com eles, e até Nasir aceitou a contragosto.

— E então, caríssima demenhune? Para onde vamos? — perguntou Benyamin com cautela. Sua voz ecoava assustadoramente em meio ao silêncio da morte.

Zafira balançou a cabeça. Já estava farta de não saber o que se passava.

— Preciso de respos…

— E vai obtê-las — disse ele antes que ela pudesse terminar. — Assim que pararmos para passar a noite.

Ela abriu a boca para protestar, mas então lembrou que os safis eram incapazes de mentir. Assim, colocou o arco nos ombros e relaxou os braços, inclinando a cabeça para tentar ouvir além do movimento das dunas e do sussurro das sombras.

Ali. Um fio vibrando em seu sangue, um murmúrio deslizando por suas veias. Um frenesi que a empurrava para a frente. Após tantos anos seguindo o zumbido persistente em sua corrente sanguínea, agora ela sabia. *Aquilo* era a magia.

Não conseguiu sentir nenhuma empolgação com tal ideia. Desde que acolhera a escuridão durante o ataque, Zafira estava se sentindo... um pouco menos assustada, mas também um pouco menos *inteira*. Como se o espaço que ocupava agora fosse compartilhado com outra coisa. Outra *pessoa*. Deu um suspiro e seguiu em direção às ruínas que se estendiam à sua direita, e os demais foram logo atrás dela.

— E agora partimos de novo, acompanhando o Caçador demenhune e o Príncipe da Morte — disse Kifah, lançando um olhar demorado para o príncipe. — Um assassino.

— Acho que "assassino" é um termo relativo. Quantos insetos você já matou com os pés? — perguntou Altair.

Kifah bufou, e Zafira ouviu o *tum-tum* rítmico da lança contra sua perna. Nasir permaneceu em silêncio. Zafira não se virou para ver seu rosto, mas ficou imaginando se o magoava ser chamado de assassino. Não era como se fosse uma mentira.

Seus pensamentos foram interrompidos quando alguma coisa gritou nas sombras.

— Acho que prefiro um assassino de duas pernas a um que não conheço — disse Zafira.

— Até que enfim alguém diz algo sensato! — exclamou Benyamin, ignorando um comentário obsceno que Altair fez sobre pernas.

À medida que caminhavam, a quietude de Sharr *realmente* parecia uma acusação por terem matado tantos de seus habitantes. Ela não queria nem pensar no que aconteceria se fizessem mal às dunas cor de âmbar e suas ruínas assombradas. Muito menos em por que os ifrits os tinham emboscado.

E, no entanto... não parecera um ataque. Fora mais um teste. Um teste ao qual a escuridão assistira à distância. Um teste em que ela *passara.*

As sombras se adensaram ao chegarem às lajes de pedra em ruínas.

— Vamos passar a noite aqui — disse Nasir, e todos os sons cessaram. Ele não implorou, não pediu, nem perguntou. Sua voz era uma ordem, e ninguém o questionou enquanto começavam a armar o acampamento.

Montaram o acampamento nas alcovas das ruínas de pedra, debaixo da lua, e Zafira teve vontade de subir até o ponto mais alto e se deitar sob sua luz. Para tentar entender por que as sombras não paravam de chamá-la.

Mas os outros provavelmente a seguiriam, preocupados que sua bússola fugisse, por isso acomodou-se diante da fogueira com um suspiro e esfregou as mãos. A friagem não era nada em comparação com o clima de Demenhur, mas achou estranho que o deserto implacável pudesse ficar tão frio.

O cansaço pesava em seus ossos e estava louca para descansar, mas só depois que obtivesse suas respostas.

Os demais abriram seus sacos de dormir ao redor do fogo. Kifah tinha caçado três lebres depois de olhar para Zafira, que nem se mexeu quando ela perguntou se alguém iria caçar.

— Estou impressionado, Integrante da Nona — comentou Altair, inspecionando as lebres. — Nada consegue ultrapassar essas criaturas.

— E eu lá sou nada, por acaso? — perguntou Kifah enquanto limpava a lança. Mal parecia sem fôlego para alguém que tinha apanhado lebres que só uma chita era capaz de alcançar.

Altair esfolou as presas, e Kifah as assou com uma perfeição de dar água na boca. Havia um certo entusiasmo enquanto Kifah cozinhava, e Zafira achou encantador que a guerreira cuja inquietação só era suprimida durante a batalha pudesse ficar tão contente ao cozinhar.

Kifah até trouxera algumas especiarias de Pelúsia: uma mistura de cominho, sumagre, cardamomo e outras coisas que

Zafira não conseguia diferenciar, que ela partilhou de má vontade. O aroma levou Zafira de volta ao casamento de Yasmine, ao dedo mindinho de Deen enroscado no seu.

Tudo aquilo parecia tão distante. Uma outra vida.

Altair havia desfeito o turbante e enrolado uma parte ao redor do pescoço por causa do frio. Por mais estranho que fosse, Zafira ainda não o tinha visto sem o turbante, nem mesmo na noite em que ele voltara do oásis sem camisa. Ele se sentou de pernas cruzadas ao lado dela e deu uma lambida em sua própria porção de lebre.

— Vou fingir que é uma bela paleta de cordeiro assada com alho e harissa — disse ele, melancólico, dilacerando a carne assada com os dentes.

— Qual é o problema das minhas especiarias? — perguntou Kifah com uma careta.

Altair fez uma cara de cervo assustado.

— São deliciosas. Foi só um deslize, não estou com o cérebro no lugar.

Kifah resmungou baixinho.

— Você parece mesmo ter o cérebro em outra parte do corpo.

— Caríssima Kifah Darwish, acho suas muitas réplicas tão cativantes.

Kifah estudou o general como se o visse pela primeira vez.

— Você se lembrou do meu nome.

Zafira torceu o nariz.

— Prefiro sem alho.

— Não gosta de alho? — perguntou Altair, arqueando as sobrancelhas. — Pelo menos agora temos certeza de que você não é um ifrit.

— Os ifrits gostam de alho? Já perguntou a um deles?

— Os ifrits gostam de tudo que fede — respondeu Altair com franqueza.

Zafira ficou séria.

— Quer dizer que você reconhece que o cheiro é horrível, mas gosta mesmo assim.

— Comida é para comer, não para cheirar. O importante é o sabor. Não é verdade, Integrante da Nona?

Kifah assentiu com a cabeça como se fosse uma conversa de extrema importância, e Zafira virou para o outro lado com uma repulsa exagerada. Benyamin estava encostado numa parede, com a perna para cima e um livro encadernado em couro na mão. Só mesmo um safi encontraria tempo para ler em Sharr. O crepitar do fogo encobria o silêncio e, após alguns instantes, Altair continuou fazendo uma lista das coisas que devoraria se estivesse na Fortaleza do Sultão.

— Tem uma sobremesa pela qual eu mataria todos vocês num piscar de olhos. É uma massa folhada com coalhada, embebida em calda e…

— Eu sei o que é uma kanafah. A aldeia ocidental de Demenhur pode ser pobre, mas já provamos as iguarias do sultão — disse Zafira.

— Ah, que bom. Você me parecia tão desamparada — comentou Altair com um sorriso.

Zafira jogou uma pedra nele.

— Não sei se mataria alguém por ela, mas acho que deve ser típico dos bárbaros.

— Assim você me magoa, Caçadora — zombou ele com a mão no peito largo. Em seguida, franziu a testa e esfregou o braço que a pedra acertara.

Zafira sabia que não devia falar com Altair. Sabia que ele era astuto e tiraria informações dela pouco a pouco, assim como também sabia que era atraída por ele. Mas, quando o general começava a falar de modo provocante e casual, Zafira gravitava em sua direção. A escuridão se afastava e seu sorriso encantador tirava um peso de seu peito.

Ele a fazia se lembrar de Yasmine.

Ela estava começando a esquecer que ele não era seu amigo. Aquela não era a sua zumra. Eram aliados pelas circunstâncias, só isso.

Zafira suspeitava que o comportamento de Altair era o que mantinha o príncipe colado ao seu lado. Apesar dos resmungos e da indiferença, Nasir devia tolerar as provocações de

Altair não porque não pudesse fazer nada a respeito, mas porque *gostava* delas.

Pela milésima vez desde aquela tarde, ela questionou sua decisão de salvar o príncipe do ifrit. O que foi que ele lhe deu em troca? Um aceno de cabeça. *O que é que você esperava, um beijo?*

Ele estava sentado em uma coluna desmoronada, longe dos demais, comendo devagar e absorto em algum pensamento sombrio. Zafira mal conseguia distinguir sua silhueta sob a luz tremeluzente, mas o brilho de seu olhar era tão forte que chegava até onde ela estava. Sentiu-o sobre ela, e algo começou a correr em suas veias.

Zafira recordou o momento que o derrubara no chão durante a luta no início do dia. Seu corpo sob o dela, sem a barreira da capa entre os dois. Os lábios perto de sua pele. Os olhos escuros profundos e sábios. O jeito que ele olhara para ela, ofegante. Alguma coisa se partiu no coração de Zafira.

Ele é um assassino.

E ela estava começando a se esquecer disso.

capítulo 52

Nasir observava os outros se divertindo. Eram apenas três lebres, pouca carne para cinco pessoas famintas. Ainda assim, eles comiam e conversavam como se desfrutassem de um belo banquete. Como se a morte não estivesse à espreita na escuridão sem fim.

Ele havia pegado sua porção digna de um plebeu e a tirado da pequena fogueira, sentando-se nas sombras enquanto a zumra de Benyamin se deslumbrava com cada palavra que saía da boca de Altair. O general começou falando de comida, mas depois passou para outras coisas: viagens que fizera, paisagens que vira e batalhas que vencera. Ele os atraía, deixando-os encantados.

Nasir viu a Caçadora rir das palavras de Altair, suavizando as linhas severas de seu rosto. Viu os olhos do general se voltarem para os lábios dela e seguirem a curva de seu sorriso. Como será que Altair se sentia sabendo que fora o primeiro a arrancar um sorriso genuíno dos traços gélidos dela após a morte de seu companheiro?

A Caçadora era moldada em mármore frio, e Nasir não gostaria que ela se partisse em pedaços.

Ela se retirou para os próprios pensamentos e ergueu o olhar, percorrendo as lajes de pedra até encontrá-lo. Nasir se lembrou da maciez de seu corpo, do jeito que ela o encarava como só Altair fazia, desarmando-o como ninguém. Destemidamente. Sem o menor esforço. Como se, talvez, apesar de cada morte e ato monstruoso que cometera, ele ainda fosse feito de carne e osso: não passava de um ser humano, só isso.

Fazia anos que ninguém o via como um ser humano.

Ele desviou o olhar, apesar da fogueira entre os dois. Por que foi que a Caçadora o procurou? Será que se arrependia de sua decisão de salvá-lo?

Não importava. Por enquanto, ela e os outros podiam se divertir. Em breve, Nasir voltaria à tarefa de matá-los.

Porém uma voz sussurrou uma palavra em seu ouvido, a mesma voz que o fizera vacilar ao apontar a cimitarra para Altair.

Mentiroso, dizia.

Após a refeição, Zafira se voltou para Benyamin e abriu a boca, mas ele se limitou a levantar a mão, silenciando-a antes de puxar seu estúpido tapete vermelho para perto dela. Altair se esparramou no saco de dormir, cruzando os braços nus sob a cabeça sem vergonha nenhuma.

— Achei que não fôssemos conversar — disse Kifah, passando uma pomada no corte aberto em seu braço. — O que foi que aconteceu com "as sombras têm um mestre"?

Benyamin deu um longo suspiro.

— Era o meu plano, mas Sharr mostrou suas cartas. Não vejo motivo para termos cautela agora.

Um silêncio desconfortável recaiu sobre eles. Sob uma súbita rajada de ar seco, o fogo estalou como passos na pedra coberta de areia.

— Que jeito poético de dizer que um de nós vai morrer — falou Kifah.

— Todos os pelusianos são tão amargos assim? — perguntou Altair, perplexo, enquanto olhava para o céu aberto.

— Não sou amarga. Sou realista, e não vejo nenhum motivo para um otimismo desnecessário.

— Akhh, parece que Nasir finalmente encontrou sua alma gêmea — exclamou Altair.

Será que o príncipe estava ouvindo a conversa? Ou tramando o próximo assassinato? Ou olhando para ela? *Zafira, sua tola vaidosa.*

— Por onde devo começar? — perguntou Benyamin, deixando o livro de lado.

— Com você. — Zafira se espreguiçou, tentando afastar a exaustão e a dor nas costas da caminhada interminável.

— Eu nasci em…

— Acho que ninguém quer saber de você, safi — disse Altair, e Kifah murmurou em concordância.

Benyamin deu um suspiro e ajeitou seu keffiyah.

— Algum dia, serei tão amado que todo o reino de Arawiya desejará ouvir minha humilde história. O povo escreverá poesias em minha homenagem e cantará músicas sobre meus triunfos. Lembrem-se do que digo, meus caros amigos.

Altair bufou de desdém, mas Zafira não pôde deixar de sorrir.

— Vim aqui — continuou Benyamin — porque, embora não seja capaz de mentir, a Bruxa de Prata não é nada confiável.

— Você percorreu um longo caminho para dizer algo que já sei — disse Zafira.

Os lábios dele se curvaram num sorriso.

— Ah, na verdade, percorri um longo caminho para lhe dizer algo que *ninguém* sabe.

— Continue — falou Kifah.

Aquilo a surpreendeu. Zafira achava que a guerreira pelusiana sabia de tudo. Mas, pelo visto, ela também se juntara à expedição com pouquíssimas informações.

— Vocês já se perguntaram por que a Bruxa de Prata exerce a magia numa terra onde ela não existe mais? Já se perguntaram por que o sultão a mantém por perto?

— Você mais parece um comerciante tentando vender porcaria — resmungou Altair, com a mão no rosto.

Benyamin sustentou o olhar de Zafira. O fogo começou a crepitar e a escuridão se conteve, aguardando sua resposta tão atentamente quanto ela.

— Pense bem, Caçadora. Existiram apenas seis seres capazes de exercer a magia que tinham dentro de si. Que eram tanto portadores como usuários da magia.

Seis seres. Portadores da magia que imbuíram os cinco minaretes reais com seu poder ilimitado. Apenas cinco minaretes, pois um daqueles seres ficara ali em Sharr, guardando a prisão que criara com seu próprio poder, nascido do bem que havia em seu coração puro.

Zafira desviou do olhar dele. Seu coração batia como um tambor.

Ninguém pode ser tão puro assim.

— Então quer dizer que apenas cinco Irmãs pereceram naquele dia — sussurrou ela.

Benyamin assentiu. Ela se lembrou de Sukkar e Lemun, paralisados. Do desaparecimento de Arz e dos fantasmas a bordo daquele navio sobrenatural. Uma magia que nem sequer deveria existir. Uma magia poderosa.

Céus.

— A Bruxa de Prata... *Ela* era a guardiã de Sharr. Ela... ela é a sexta Irmã.

O silêncio de Benyamin era a única confirmação de que ela precisava.

Por um bom tempo, ninguém disse nada. A risada nervosa de Altair quebrou o silêncio pesado, replicando os sentimentos de Zafira.

— Já fiz muitas revelações no meu tempo, safi, mas essa é a melhor de todas — comentou ele com um ar distante, como se a revelação o atingisse mais profundamente do que os outros.

— É apenas a verdade — disse Benyamin, estendendo as mãos.

— Quer dizer que a mais poderosa das Irmãs se tornou má — concluiu Kifah com um suspiro. — Por que não estou surpresa? Os melhores são sempre os piores.

Zafira sentiu anos de ressentimento por trás daquela frase. A Bruxa de Prata era sombria, poderosa, única. Mas Zafira não tinha certeza de que era má.

Quando ela compartilhou tal pensamento, Kifah lançou-lhe um olhar demorado.

— Não sei em que caverna vocês vivem lá em Demenhur, mas a bruxa convive demais com o sultão para não ter nenhuma influência. Veja só o que aconteceu com ele, Caçadora.

Havia uma certa irritação na voz de Benyamin quando ele replicou:

— Somos todos feitos de carne e sangue, alma e coração. Capazes tanto de malevolência quanto de benevolência. Um erro não nos torna más pessoas.

Mas bem que *poderia*. Zafira percebeu muito bem que Benyamin não respondera às insinuações de Kifah. Supôs que toda criatura incapaz de mentir era adepta de contar meias-verdades. De responder a uma pergunta com outra.

Ele lhes dera apenas uma parte da verdade. Menos de uma página de um livro pesado guardado na biblioteca de seus pensamentos.

— Se ela não é má e estava aqui quando tudo aconteceu, então por que não pega o Jawarat sozinha? — perguntou Zafira. — Ela me disse que estava tentando consertar as coisas. Então por que não nos ajuda agora?

— Sharr só possui a magia porque a drenou das Irmãs durante a batalha contra o Leão da Noite. Se pisar nessas dunas, ela terá o mesmo destino das demais. Só escapou da primeira vez porque era a mais poderosa das Irmãs e teve tempo de fugir. — Benyamin meneou a cabeça. — Por outro lado, se soubesse onde o Jawarat está, ela poderia se materializar aqui por um segundo, pegá-lo e desaparecer. Mas acho que o livro não funciona desse jeito.

Zafira pestanejou.

— E é aí que você entra, caríssima demenhune, assim como todos nós. Juntos somos mais fortes, mais propensos a ter êxito. Como uma zumra. Talvez você já estivesse morta se eu a tivesse deixado por conta própria.

— Shukrun pelo voto de confiança — disse Kifah secamente.

— Ou seja, quando a magia se libertar de Sharr, a floresta de Arz vai desaparecer para sempre? — perguntou Zafira.

Benyamin assentiu.

Zafira continuou:

— E o caos se espalhará pelo reino. Poucos sabem da missão.

— Quando a maldição for quebrada e Arz desaparecer, meus emissários partirão para as ruas, notificando os califas e seus respectivos wazirs. O reino permanecerá em ordem. Viu só? Gosto de planejar tudo com antecedência — falou Benyamin com um sorriso presunçoso, e Altair lançou-lhe um olhar de desdém.

Zafira ficou impressionada demais para se conter.

Altair interrompeu a conversa.

— Me diz uma coisa, Integrante da Nona: como é que *você* ouviu falar da mulher prateada?

Zafira se perguntava a mesma coisa. Afinal de contas, ela não sabia da existência da Bruxa de Prata até a mulher se materializar diante dela.

— Não é de conhecimento geral, mas faço parte da Nona Elite da califa pelusiana, não é verdade? — retrucou Kifah.

Os olhos de Zafira se voltaram para as árvores, de onde podia jurar que era observada. *Venha, venha, venha*, pareciam cantar as árvores; o chamado envolvendo suas faces. Era como se a escuridão tivesse entrado em frenesi ao descobrir a identidade da Bruxa de Prata. Ao descobrir que a mulher que a controlava continuava viva.

Ou talvez fosse a magia. Zafira não tinha como saber. A ilha era repleta de magia e escuridão, ambas entrelaçadas.

Céus, Zafira tinha conhecido uma das Seis Irmãs da Antiguidade.

De alguma forma, a revelação permitiu-lhe respirar com mais facilidade. Ainda tinha dúvidas e não sabia como nem por que Benyamin fora para Sharr, mas sentiu que seu propósito se renovara. Que o Jawarat se tornara mais real.

Os demais se dispersaram pelas ruínas. Altair cantarolava uma canção ridícula e Kifah sacudia seu saco de dormir. Zafira permaneceu junto ao fogo, ouvindo os sussurros da noite e mais alguma coisa... água? O ligeiro gotejar cantava em seus ouvidos, mas, já que ninguém disse nada, pensou que estivesse bem longe dali. Ela estava comendo com as mãos sujas de terra havia dias. Seria maravilhoso lavar o corpo.

Uma sombra pairou sobre ela, ocultando o luar. Kifah. O turbante estava amarrado em torno de seu pescoço e seu rosto solene reluzia à luz das brasas. Ela trazia três bolsinhas de veludo das quais Zafira vira Altair tirar comida: uma cheia de tâmaras, outra de carne seca de cabra e a terceira de amêndoas caramelizadas em tons pastéis que não combinavam com Sharr.

A pelusiana perguntou algo com a boca cheia de comida, e Zafira arqueou as sobrancelhas, jogando grãos de areia na fogueira distraidamente, atiçando-a. Benyamin e Altair estavam absortos numa discussão cansativa.

Kifah terminou de engolir e ofereceu as bolsinhas de veludo para ela.

— Quer um pouco?

Zafira examinou as bolsinhas. Uma azul, uma vermelha e outra verde. Cores escuras e vibrantes, provavelmente feitas com tecido fiado em Demenhur. Todos os califados precisavam um do outro, mas empunhavam suas diferenças como espadas, sua amargura como muros.

— Por quê? — perguntou Zafira.

Kifah pestanejou.

— Por que o quê?

— Por que você está me oferecendo comida?

Ela deu de ombros.

— Você está com cara de fome.

— Não foi isso que eu quis dizer — retrucou Zafira, e Kifah sabia. *Ela* era a mais ávida para cravar a lança em Zafira.

As chamas estenderam seus punhos furiosos em direção ao céu, presas como estavam numa ilha que não conseguiam compreender. Zafira percebeu que Kifah estava escolhendo suas palavras com cuidado em meio ao silêncio.

— Sempre pensei que o Caçador demenhune fosse uma invenção. Não por duvidar que você pudesse entrar e sair de Arz, mas porque não tinha nome. Você não queria a glória nem a fama. As pessoas não são mais assim — disse Kifah. — Aí, você salvou minha vida. A honra já teve sua importância neste mundo. — O fogo chamou sua atenção por um bom tempo, e Zafira teve a impressão de que Kifah estava em outro lugar.

— Foi por isso que você veio para cá com Benyamin? — perguntou Zafira. — Pela honra?

— Os Darwish nascem para serem eruditos. Para cercarem-se de pergaminhos e escreverem ideias brilhantes, como se fossem vacas dando leite. Aprecio as palavras, sim, mas prefiro o poder da lâmina. Na primeira vez que colocaram uma caneta de bambu na minha mão, desejei que fosse uma lança. Eu queria o poder de saber que poderia causar a morte de alguém. Meu pai é um grande inventor e detesta a magia mais do que tudo. Mas venho logo em segundo lugar, pois ele queria que todos os filhos fossem cópias de si mesmo, e eu me recusei a isso. Ele fez meus irmãos me odiarem também, mas Tamim era diferente. — A voz da guerreira ficou embargada ao pronunciar aquele nome. — Se meu irmão não tivesse me salvado do meu pai no meu próprio quarto, eu teria me matado. Meu pai o castigou, mandando meu querido irmão para Arz. Eu o segui, imaginando que poderia salvá-lo, mas eles sabiam que eu faria isso. Por isso cortaram sua garganta primeiro, malditos covardes.

Kifah deu uma risada baixa e amargurada.

— Meu estudioso irmão sangrou até a morte em meus braços, e eu gritei de dor. Em reação à minha fúria, as árvores desapareceram por um segundo.

Zafira olhou para ela com um ar sério.

— Tamim chamou isso de amor pouco antes de morrer. Sua própria forma de magia. Mas agora sei que Arz deixou que eu substituísse suas árvores por folhas porque sou uma miragi.

Uma miragi. Uma ilusionista que tinha a habilidade de pegar uma coisa e transformá-la em outra. Fora assim que Kifah caçara as lebres. Não precisava alcançá-las, só criar a ilusão de uma armadilha.

Kifah balançou a cabeça.

— O corpo dele nem havia esfriado quando eu passei a navalha nos cabelos e usei seu bracelete para moldar a ponta da minha lança. Dizem que ninguém ingressa na academia da Nona Elite depois de uma certa idade. No entanto, aqui estou eu, mundo perverso.

O fogo abrandou e a lua se manteve imóvel enquanto Kifah pronunciava tais palavras mordazes.

— Naquele dia, enterrei-me junto com Tamim. Há uma certa liberdade em saber que se está morto. Quando se é um espectro, ninguém pode tocar em você. — O sorriso dela era afiado como uma faca. — A califa recusou o pedido de ajuda de Benyamin porque "Sharr é um risco". Mas os mortos não têm vínculos com ninguém, laa? Pedi dispensa e me juntei ao safi tagarela. Não pela honra, mas porque não há vingança mais doce do que trazer de volta o que meu pai mais detesta: a magia. — Kifah encarou Zafira. — Consegue entender agora por que eu acreditava que a honra não existia mais? Quando a mulher que fundou o nosso reino não é confiável? Quando um pai é capaz de fazer mal à própria filha?

Zafira não sabia o que dizer. Ela sabia que o mundo era cruel, mas jamais concebera os limites de sua crueldade.

— Ele... Seu pai...? — Ela não conseguiu terminar a pergunta.

A resposta de Kifah foi desviar os olhos e entreabrir os lábios antes de voltar a cerrar o queixo e endurecer o olhar.

Foi resposta suficiente.

— Somos duas desconhecidas, Caçadora. Aliadas pelas circunstâncias. Depois que sairmos de Sharr, talvez nunca mais pensemos uma na outra. Mas, neste momento, somos duas almas exiladas sob a lua, famintas e solitárias, à deriva na corrente do que não compreendemos. Estamos em busca da chama, da luz na escuridão, do *bem* que este mundo merece. Você se parece com Tamim, me faz lembrar que ainda há esperança.

Ela se calou ao ouvir um lamento vindo das sombras. Havia um brilho em seus olhos quando continuou:

— Juntas, ergueremos as dunas da terra e faremos a morte chover do céu. Juntas, somos capazes de qualquer coisa.

Zafira notou que não foi o fogo que aqueceu o vazio em seu peito.

Kifah Darwish abriu os lábios num sorriso, o que pareceu o começo de algo que Zafira não esperava.

— Então, vai querer um pouco?

Zafira olhou para as mãos estendidas de Kifah e pegou a bolsinha azul.

A de amêndoas caramelizadas.

capítulo 53

Zafira continuou acordada muito tempo depois de Altair adormecer. Benyamin estava tão entretido com seu livro que ela até poderia pensar que também tinha caído no sono. Kifah dormia de costas, a faixa vermelha sob a cabeça, a lança sobre o corpo, uma donzela feroz em repouso.

Neste momento, somos duas almas exiladas.

A vida era assim mesmo, não era? Uma coleção de momentos, uma variedade de pessoas. Todo mundo sempre encalhado em algum lugar.

Zafira se levantou e vasculhou as ruínas. Não viu o príncipe por perto, ainda bem.

Pegou uma túnica limpa e seu sabonete preferido da bolsa. Depois colocou a capa sobre os ombros, sentindo seu peso familiar e desconhecido ao mesmo tempo. Era quase uma barreira, uma manta de estimação.

Desviou-se dos besouros, subiu até o ponto mais alto das ruínas, prendendo a respiração quando os escombros estalaram sob seus pés, e examinou a vista. Um pequeno bosque de árvores pontilhava a paisagem perto dali. Se houvesse algum riacho, Zafira pretendia usá-lo.

As areias prenderam a respiração conforme ela se esgueirava entre as pedras caídas e pisava no terreno instável. *Marhaba, escuridão, minha daama amiga.*

Marhaba, Caçadora, nossa velha amiga, sussurravam as areias ao dançarem de uma duna para a outra. A lua minguante deixava-as num tom de azul e preto, uma névoa de sombra que embotava seu brilho, intensificando o frio até provocar um arrepio nos ossos de Zafira. Ondulações surgiam nas dunas, sombras escuras que deslizavam como serpentes. O vento gemia, chorava, implorava para ser livre.

O que você é?

Definir é limitar.

Zafira deu um suspiro. Antes achava que a escuridão a chamava, mas agora as areias também falavam com ela? Parou para olhar atrás de si: o fogo era uma pontinha incandescente entre as lajes de pedra, mas a quietude lhe dizia que sua ausência não seria sentida.

Acelerou os passos até passar por uma palmeira e adentrar uma clareira cheia delas. Afastou as folhas pontudas para o lado, passando por raízes sinuosas e pedras soltas.

A grama alta deu lugar a uma vegetação mais curta. O riacho era pequeno, mas corria de oeste para leste, azul-escuro sob a lua alta no céu. Zafira abriu um sorriso: nunca se sentira tão feliz por tomar banho.

Até que escutou um barulho.

O sibilar do aço cortava a noite. Murmurou uma série de palavrões e voltou para as sombras.

Ali. O brilho de uma lâmina curva, bem à sua esquerda.

Sob o luar, seu perfil o denunciava: esguio e imóvel. Cabelos desgrenhados ao léu. Nariz fino. Lábios entreabertos. Imaginou seus olhos sombrios da cor da tempestade. Ele levantou a cabeça, exibindo sua cicatriz.

Nasir. Ela sentiu algo fervilhar em seu estômago.

O príncipe abaixou a cabeça e brandiu a cimitarra para a frente com movimentos lentos. Zafira olhou para a direita, mas não viu nenhum oponente. *Ele está sozinho*. Franziu o cenho enquanto ele movia a cimitarra bem devagar, a lâmina reluzindo sob a luz da lua antes de cortar o ar com golpes ascendentes.

Nasir se deteve com a cimitarra estendida, e ela seguiu o brilho da lâmina até seu braço conforme ele deslizava elegantemente pela grama. Ela já tinha ouvido falar dos hashashins, mas jamais imaginara que seu treinamento fosse algo além de uma brutalidade violenta.

Mas aquilo não era violento nem brutal, e sim uma dança graciosa e ágil. Uma performance requintada. Ele se movia como se fosse feito da água do riacho, com uma imobilidade nos ombros e na coluna. Ela não podia nem imaginar como seus movimentos seriam suaves se ele estivesse deslizando pela areia, e não na grama irregular do oásis.

Rápido como um raio, ele saltou, dando uma volta completa antes de brandir a cimitarra num arco descendente. Terminou o golpe levando a parte plana da lâmina contra o outro braço e soltou o ar.

Nasir abaixou a lâmina, assumindo uma postura nova. Os olhos dela se iluminaram ao vê-lo sem camisa. Os sulcos ao longo do abdômen lançavam sombras em sua pele. Os músculos se contraíam e flexionavam no ritmo de sua respiração. Uma sirwal preta pendia de seus quadris.

Quando ele se virou para a água, ela perdeu o fôlego e sentiu um nó no estômago.

Havia sanguessugas ao longo das costas dele. Lesmas gordas enfileiradas como se tivessem sido colocadas ali, começando nas omoplatas e descendo até o cós da calça. Ele submergiu no riacho, que devia ser maior do que um riacho para que pudesse afundar ali dentro. Talvez fosse um rio. Como é que ela ia saber? Zafira morava em Demenhur. Só havia neve e mais neve por aquelas bandas.

Ela bateu a cabeça numa árvore ali perto. Quase podia sentir a presença de Yasmine, a amiga despejando teorias pelos lábios como água de rosas durante um casamento. Um príncipe com sanguessugas nas costas. Para quê? Sangue contaminado? Veneno? Doença? Ele parecia bastante saudável.

Apenas por diversão?

Um respingo baixo interrompeu seus pensamentos. Nasir veio à tona, os cabelos escuros grudados na cabeça, a sirwal colada às pernas e... Ela apertou os lábios e deu um gemido ao sentir a pulsação acelerada. Seu pescoço ficou afogueado. *As sanguessugas*, disse Yasmine em sua cabeça. *Você está olhando para ele por causa das sanguessugas.* Zafira acrescentou um toque de malícia à voz da amiga, só para garantir.

Ergueu o olhar quando ele começou a passar uma toalha pelo corpo com movimentos lentos. Esfregou-a no dorso distraidamente e se virou de costas para o luar.

As sombras cintilaram e ficaram ainda mais escuras.

Pela neve que cai. Não eram sanguessugas nem caroços, mas cicatrizes. Carbonizadas e enegrecidas.

Zafira sibilou baixinho.

Nasir se deteve.

Ela não se mexeu. Até parou de respirar.

Ele inclinou a cabeça.

Zafira praguejou, deu meia-volta e saiu correndo. Céus. O que é que ela tinha na cabeça para ficar espiando o Príncipe da Morte? Não sabia se ele conseguiria alcançá-la, mas não podia sair do refúgio do oásis. Amaldiçoou sua capa quando ela ficou presa na folha de uma palmeira e a soltou antes de sair em disparada. No final da clareira, parou e se escondeu no meio das árvores, tentando recuperar o fôlego enquanto tentava ouvir alguma coisa.

Silêncio, a não ser pelas batidas de seu coração. Nenhum barulho de perseguição.

De repente, o ar se agitou atrás dela.

Sentiu uma mão em seu ombro antes de ser arremessada contra uma árvore. Dedos compridos empurraram seu peito. O capuz caiu para trás, e ela mordeu a língua para conter um grito de incredulidade.

— *Você* — falou Nasir com a voz desafinada, arfando.

A surpresa estava estampada no rosto dele. A água brilhava em seus cabelos, pingando na qamis de linho branco justa em volta dos ombros, com as mangas arregaçadas até o meio do antebraço. Cada terminação nervosa estalava e fervilhava na barriga de Zafira. Ele parecia mais jovem vestido daquele jeito, sem o traje de hashashin. Quase inocente.

Não eram apenas as roupas que faziam o príncipe parecer diferente, mas também a expressão em seu rosto. Suas barreiras haviam desmoronado, deixando à mostra o medo, a surpresa, a infelicidade e outras emoções que Zafira mal podia distinguir no escuro. Seus olhos percorreram o rosto dela até se deterem em seus lábios, e ela sentiu o pescoço afogueado novamente.

— Sim, sou eu — sussurrou Zafira.

Foi o suficiente. A voz dela, três palavras, e as barreiras voltaram a se erguer, sua máscara firmemente de volta no lugar.

Ela olhou para a mão de Nasir em seu peito, estranha sem a luva escura que a cobria. Ele tinha dedos compridos e elegantes. O que será que Nasir teria se tornado se não atendesse ao chamado sombrio em seu sangue? Zafira baixou os olhos para o interior do braço dele. *Uma tatuagem.* Ele perdeu o fôlego e tirou a mão dela. Zafira umedeceu os lábios secos, ignorando sua decepção.

— Saiu à caça, Caçadora?

Aquele tom de voz. Suave, baixo e apático, confundindo-se com a escuridão. Agora Zafira sabia que era deliberado. Sabia que ele tinha sentimentos, mas os escondia muito bem.

— Ou para me espiar?

O coração dela se recusava a desacelerar. *Assassino. Assassino. Assassino*, parecia martelar. As cicatrizes dele voltaram à sua mente. Que tortura absurda era aquela? A palavra "assassino" vacilou e se partiu ao meio, dando lugar à dúvida e... algo mais.

Mudança.

Seu corpo inteiro ardia. Um doce tipo de fraqueza deixou suas pernas bambas.

— Eu queria tomar banho, mas parece que você chegou primeiro. — Se Nasir queria saber se Zafira o tinha visto, ela não dificultaria as coisas para ele.

Ele ficou sério ao ver o sorriso satisfeito dela e deu um grunhido baixo.

Aí está o príncipe resmungão.

— Há algumas regras, Caçadora — disse ele, chegando mais perto dela.

Zafira prendeu a respiração.

— Wahid: nunca se aproxime furtivamente de um assassino, a menos que queira ser pega.

E mais perto. Seu coração subiu até a garganta.

— Ithnayn: nunca ande perto de um assassino, a menos que queira ser a próxima vítima.

Ele chegou ainda mais perto dela, e Zafira teve de erguer a cabeça de leve. Podia até sentir o cheiro dele, uma pitada de âmbar e um toque de mirra. Sentiu seu hálito quente na pele. Ela só precisava se aproximar e…

— Thalatha: nunca veja um homem se despir, a menos que queira que ele tenha a impressão errada.

Ah.

Ele se afastou, os lábios apertados. Em seguida, deu mais um passo para trás, a boca repuxada, a cicatriz reluzindo. *Será que ele está…* Zafira perdeu o fôlego. Era um daama sorriso. Aquele não era o príncipe hashashin que conhecera, e sim um rapaz de quem ela não sabia nada.

Ah, não. Ela se recusava a partir sem dar a última palavra. Mas o daama mundo havia parado de girar quando ele chegou tão perto de Zafira e tudo que ela pensou em dizer se dispersou como a neve durante uma tempestade.

Ela se afastou da árvore e limpou as mãos, ignorando o ricochete de sua pulsação.

— Ver você se despir seria um tédio. Cheguei lá depois — disse ela. Em seguida, aproximou-se dele e abaixou a voz. — A tempo de ver a melhor parte.

Os olhos dele voltaram-se novamente para seus lábios, e Zafira se deu conta de que ele sentia a mesma atração que ela. A emoção deixava seus olhos cinzentos mais escuros e a respiração ofegante. Ela pensou que fosse explodir: nada nunca lhe parecera mais emocionante. Pela primeira vez em toda a sua vida, desejou não estar de capa. Ele levantou a mão.

E a baixou ao lado do corpo.

— Fuja, Caçadora. — Ele parecia cansado. — O escuro não é um bom esconderijo para uma bela gazela.

capítulo 54

Nasir fora um tolo. Insensato. Fora o palerma que seu pai sempre dizia que era.

Agora tinha uma dívida de sangue; alguém vira suas cicatrizes, e fora visto sem a máscara. Sabia que a Caçadora vira seu verdadeiro eu porque ela mesma era um daama livro aberto.

Ele nunca se importara com a aparência de suas cicatrizes até a noite anterior. Também nunca *sentira* tanto. Aquele sabonete ainda atormentava seus sentidos. Inebriante, intenso e com um toque de feminilidade que deixava seu coração acelerado. Sândalo, madeira escura e rosa defumada. Rimaal. Amaldiçoou a parte do treinamento da mãe que o forçara a saber distinguir cada aroma que existia.

Nasir não sabia o que tinha sido pior: o encontro com a Caçadora ou o sorriso de Benyamin quando voltou ao acampamento de banho tomado antes dela.

Agora, o rio no qual se banhara fluía ao lado deles, com o sol brilhante lá no alto. Nasir nunca pensou que fosse sentir falta do sol implacável até chegar a Sharr. Talvez o futuro fosse sombrio para os habitantes da Fortaleza do Sultão, mas a luz do sol sobre a areia era o que fazia com que fossem quem eram. Não essa névoa que sombreava tudo, deixando o mundo na escuridão. *Sentimentos são para os fracos.*

Aquela jornada estava transformando Nasir.

Kifah usou um utensílio de vidro para concentrar luz solar suficiente para acender uma fogueira. Ao notar que ele a observava, ela deu de ombros.

— Foi meu pai que fez. Funciona muito bem quando imagino que estou colocando fogo nele.

Nasir arqueou a sobrancelha.

Ajoelhou-se junto à diminuta fogueira e afiou a cimitarra, e após um momento Kifah o deixou para provocar Altair, que enchia o cantil de pele de cabra no rio. Benyamin lavava suas roupas e a Caçadora o ajudava a torcê-las. Nasir cerrou o maxilar ao ver a camaradagem dos demais.

Seria uma tolice matá-los quando ainda poderia usufruir dos benefícios da zumra, principalmente o consolo de saber que os outros o protegeriam se os ifrits (ou coisa pior) voltassem a emboscá-los.

— Cuidado, ou vai acabar deixando a lâmina cega — disse uma voz. Ele parou de amolar e olhou para as gastas botas marrons que haviam parado ao seu lado. O cheiro de rosa defumada acalmou seus pensamentos. *Acalmou, é?*

— O que é que você quer? — perguntou ele.

A Caçadora se agachou ao lado dele, afundando a areia sob suas botas.

— Sorvete. Meu melhor amigo. Um pote de mel. O sorriso de minha irmã. Não pergunte se não puder fornecer.

Ele demorou um pouco para perceber que a garota estava brincando e, àquela altura, ela já tinha mudado de assunto.

— O que é isso no seu braço?

Nasir vacilou. A Caçadora vira as marcas e ainda tivera a *audácia* de ficar curiosa. Ele sentiu bastante vergonha acompanhada de um certo conforto por ela não ter medo dele. Por que será que tinha tais sentimentos conflitantes? O silvo do aço preencheu o silêncio quando ele voltou a afiar a cimitarra.

— Tecido. Uma manopla e sua lâmina. Marcas de mordida de uma amante, já que eu me deito com uma mulher diferente toda noite. Depende de qual parte do meu braço você está falando.

— A arrogância não te levará a lugar nenhum — replicou ela.

A aliança dela brilhava sob a luz do sol, ofuscando-o mesmo com o olhar baixo. *Você o amava, bela gazela?*

Nasir costumava ter tanta certeza sobre tanta coisa, mas agora não tinha mais certeza de nada. Deteve-se e a encarou nos olhos. Se tivesse de descrevê-los, um poeta diria que encarar os olhos dela era como ver o primeiro vislumbre do sol no mar, sorvendo seu reflexo nas ondas sem fim. Ou algo do tipo. Nasir não era nenhum poeta. E, embora sustentasse seu olhar com firmeza, uma parte dela se mantinha à distância. Será que suas cicatrizes a enojavam? Será que *ele* a enojava?

— Eu estou aqui, não estou? — disse ele.

— Aqui seria a minha própria definição de lugar nenhum.

Sua fala lenta foi acompanhada por um olhar divertido. Uma brisa soprou pela grama, e ela tremeu de frio e estendeu a mão para o capuz antes de estreitar os olhos ao se dar conta de que não estava de capa. A Caçadora passou os dedos pela aliança e entreabriu os lábios. Nasir a observou, absorto, imaginando por que tais gestos inconscientes sempre chamavam sua atenção.

Algo havia mudado entre os dois na noite anterior. O *desejo* vibrava nas pontas dos dedos de Nasir.

Ele engoliu em seco.

— Não se parece com lugar nenhum para mim.

Era a parte mais tranquila da expedição. As águas do rio fluíam num tom de azul-cobalto sob o vento brincalhão. Um raro céu aberto envolvia o sol. Seus raios estavam amenos, lutando contra a escuridão crescente, mal erguendo os pelos de sua nuca, mas era mais luz do que via havia um bom tempo. E, se fosse felino como Benyamin, ele se deitaria sob o sol para apreciar seu calor. Mas Nasir não era nenhum vira-lata, nem o tipo de pessoa que ficava à toa, aproveitando a vida.

Não era nada tranquilo, Nasir decidiu de repente. E sim um intervalo. A calmaria antes da tempestade.

— As aparências enganam — retrucou ela.

Sob o clarão do sol, tudo que ele via era a brancura de sua pele e o corte reto dos lábios. Porém, na noite anterior, sob o brilho da lua, a mesma pele o seduzira e os mesmos lábios o atraíram.

E ainda atraem. Nasir franziu os lábios e voltou a afiar a cimitarra. O silvo de uma lâmina cortou o balanço da grama alta e uma jambiya foi estendida em sua direção, com a ponta voltada para o outro lado. Ele pegou a adaga e estudou o punho de couro, bastante gasto pelo tempo e pela troca de mãos. Pertencia ao pai ou à mãe dela, presumiu, e devia ser a única lâmina que conseguia empunhar confortavelmente na mão.

Assassino, dissera ela no dia que o conhecera. Não era pouca coisa entregar uma arma de confiança para um inimigo.

Ele baixou a espada e começou a amolar a lâmina dela.

— É safaítico.

— O quê? — perguntou ela, observando-o.

— A tatuagem. Meu braço. É uma inscrição em safaítico. Não creio que você saiba ler. — Kharra. Devia ter pronunciado as palavras na forma de uma pergunta.

Ela se limitou a franzir os lábios, mas não negou nem concordou.

— Então não faz mal me mostrar, faz?

— Defina "mal", Caçadora.

Ele passou os dedos pela ponta da lâmina, que enganchou no couro de sua manopla: afiada, mas podia ficar ainda mais.

Ela olhou para os demais. Altair fazia Kifah rir enquanto ela atirava dardos numa árvore. Benyamin tinha subido na mesma árvore e folheava seu livro distraidamente.

— Dor física — respondeu ela.

Ele deu uma risada seca, a adaga sibilando sob suas ministrações.

— Então você nunca sentiu dor de verdade.

— As emoções são apenas um aborrecimento. — Mas seu tom de voz sugeria que ela não acreditava em tais palavras. Só disse aquilo para estudar a reação dele com seus olhos penetrantes.

— Até que cheguem ao nível da dor — replicou ele baixinho. Depois se levantou e devolveu a jambiya para ela. Seus dedos roçaram os dela e, apesar da luva, Nasir respirou fundo, sentido o corpo todo alerta.

Ela guardou a adaga na bainha. Como é que uma caçadora conseguia ser tão delicada? Não havia nem um grão de terra sob suas unhas. Ela começou a se afastar, mas então se deteve e virou a cabeça para trás como se dissesse: *é sua última chance.*

Nasir sentiu que havia chegado a um certo… entendimento com ela. Um vínculo frágil e sombrio. Talvez fosse pena pelo que ela vira na noite anterior. Um protesto se agitou em seu peito, implorando-o para *quebrá-lo, quebrá-lo, quebrá-lo.*

Não havia lugar na vida dele para vínculo algum.

Hesitou por um segundo antes de soltar a manopla e arregaçar a manga. Desviou os olhos da caligrafia cursiva assim que ela se aproximou dele um pouco rápido demais. Uma coisa era saber o que estava escrito em seu braço, outra era ver a inscrição e se lembrar do dia que a tatuara na pele. Lembrar-se de sua mãe.

O hálito da Caçadora acariciou seu braço quando ela inclinou a cabeça, quente apesar de sua frieza. Seu ombro roçou o dele. A aliança tamborilava em seu cotovelo com uma batida constante. As sensações se chocaram, e ele teve vontade de… não. A Caçadora estendeu a mão, e ele viu o caminho que seus dedos estavam prestes a seguir, as palavras que ela queria traçar.

— *O que aconteceu com* "não toque em mim"? — perguntou ele.

Ela se afastou, respirando fundo.

Ele puxou a manga para baixo e colocou a manopla de volta no lugar. Amaldiçoou a aspereza em sua voz, a hesitação. Ela já tinha visto o suficiente. Já vira até demais.

Zafira o viu se afastar com os ombros contraídos, o sol lançando seus cabelos escuros num clarão de luz.

Ele não fazia ideia de que ela sabia ler safaítico. Baba tentara lhe ensinar a língua e, apesar de estar bem enferrujada, ela conseguiu ler a inscrição em seu braço. A tinta preta tatuada na forma de lágrima em sua pele dourada.

Eu já amei.

Ela já ouvira tais palavras antes, mas agora isso parecia ter sido havia uma eternidade. Ele tinha tantas cicatrizes quanto o céu tinha estrelas. Desde a que descia pelo rosto até as crateras em suas costas e a tatuagem no braço. Afinal de contas, as cicatrizes também eram um tipo de tatuagem, não eram? Uma recordação de momentos sombrios.

O príncipe era mais complexo do que ela havia imaginado.

— Já acabou o encontro de vocês? — perguntou alguém.

Altair. Sim, o "encontro" tinha acabado de vez. Havia uma seriedade na expressão do general, muito provavelmente por ter descoberto que a Bruxa de Prata era uma das Irmãs.

Zafira pegou o cantil cheio de suas mãos, enxugando as gotas derramadas com a bainha da túnica. Altair e Nasir eram tão diferentes que era de admirar que viessem do mesmo califado. Nasir era a própria escuridão em contraste com a luz de Altair. A noite e o dia.

— Bem quando estávamos chegando à melhor parte — disse ela secamente.

Altair deu uma risada.

— É a cara de Nasir. Ele sempre vai embora quando as coisas estão ficando boas.

— Você diz isso com tanto carinho.

Ele se engasgou, e Zafira deu uma gargalhada. Continuava intrigada com a amizade dos dois. Eles se conheciam bem, isso era certo, mas ela não conseguia entender como Altair podia ser um general tão cruel.

Ela parou de sorrir e sua mente começou a girar. Um general cruel. Um assassino de coração frio. Como foi que ela se esqueceu daquilo?

Altair se virou para ela, os olhos brilhantes com seja lá o que estivesse prestes a dizer. Seus olhos eram da mesma cor do riacho, um pensamento que Zafira apunhalou em silêncio. Mas ele notou sua expressão, a tensão em seus ombros. A desconfiança que não devia ter deixado de lado.

O general desviou o olhar sem dizer mais nada e encolheu os ombros.

Ao voltarem para perto dos outros, Benyamin abriu um sorriso, mas a paz que Zafira sentira antes havia sumido e ela só conseguiu retribuir seu olhar.

Kifah franziu os lábios antes de decidir não falar o que estivera prestes a dizer.

— É melhor seguirmos pelo riacho. Para evitar o sol — sugeriu ela no lugar.

— O sol tem sido um covarde desde o ataque dos ifrits — comentou Nasir, olhando para o céu sombrio.

Altair continuou calado, e a conversa parecia mais pesada sem os comentários dele.

— Não faz o menor sentido seguirmos uma trilha que não vai nos levar para onde precisamos ir — falou Zafira, e Benyamin murmurou em concordância. — Temos de seguir naquela direção.

Eles seguiram sua mão estendida até um ponto no horizonte onde o céu estava escuro como o breu e as dunas se erguiam em ondas de cobre.

— Se eu fosse mais pessimista do que realista, diria que vamos acabar morrendo por lá — disse Kifah em meio ao silêncio.

Nasir embainhou a cimitarra e começou a avançar.

— Então é melhor não deixarmos a morte à nossa espera.

capítulo 55

O cansaço e a cautela tornaram-se intercambiáveis à medida que o sol pesava sobre eles apesar de seu brilho opaco. Rastrearam e seguiram a trilha por cinco dias sem nenhum problema, descansando de vez em quando e comendo tâmaras para manter a energia.

Não, aquilo não era rastrear. Zafira não rastreava; era uma caçadora. Ela *caçava*. Por outro lado, caçadores rastreavam e rastreadores caçavam, não é mesmo? *Onde é que você quer chegar com isso?* Zafira inclinou a cabeça e imaginou seus pensamentos passarem para uma caixa que fechou com força. Se fosse tão fácil assim…

Uma mente ociosa é um prato cheio para o diabo, ela disse a si mesma, mas as palavras pareciam sombras em seus lábios.

Enquanto se arrastavam pelas dunas, Zafira tentava ouvir algum sinal de vida: o som de pássaros, o zumbido dos insetos de areia, o uivo de um predador, mas só encontrava o silêncio. Às vezes, o entorno imitava seus pensamentos, esmorecendo e vacilando antes que ela piscasse os olhos e tudo voltasse ao normal.

A escuridão sempre ficava feliz em vê-la.

Zafira *sentia* sua felicidade toda vez que o sol ficava ainda mais escuro ou que passavam por um rochedo ou ruínas encobertas pelas sombras, que começavam a se remexer numa dança eufórica. Seus fios se enfiavam por baixo da túnica dela, enroscavam-se em seus braços e mordiscavam suas orelhas como se fossem um amante invisível. Será que mais ninguém sentia a mesma coisa que ela?

Benyamin olhou-a de soslaio.

— Algum problema, Caçadora?

A preocupação genuína em sua voz quase a fez perder o controle. Zafira pestanejou e voltou a se concentrar nas pedras à sua frente. Um conjunto de colunas tinha caído, uma em cima da outra, criando uma ponte.

— Não — respondeu ela baixinho.

Praticamente tudo a levava a ter pensamentos tristes. Yasmine, e como contaria a ela sobre a morte do irmão. Deen, que tinha morrido por causa dela. Lana, que cuidava de sua mãe. Umm, e os cinco anos que Zafira passara a evitando. Nasir, e o jeito que seu corpo começara a reagir toda vez que ele estava por perto. Por que será que o hashashin mais letal de Arawiya sucumbira à agulha e inscrevera a palavra "amor", sob qualquer forma ou tempo verbal, na própria pele?

— Por que há uma flor em seu turbante, seu tolo? — perguntou Benyamin.

Zafira lançou um olhar para Altair, cujo turbante de franjas vermelhas ostentava um lírio.

Altair franziu a testa.

— Do que é que você está falando? Meu gosto é requintado demais para flores.

— Diga isso para a flor na sua cabeça — comentou Nasir.

Kifah, que não perdia uma piada em relação ao general sarraceno, estava estranhamente quieta.

— Akhh — resmungou Altair, e Zafira o ouviu tirar algo do turbante. — Você chama isso de flor?

A flor vibrante na cabeça de Altair agora não passava de uma folha morta em sua mão, toda ressequida. Zafira lançou um olhar para Kifah, que piscou para ela. Era uma obra da miragi.

— É a ilha, alertando-o sobre seu mau gosto — disse Nasir.

Kifah riu da incredulidade nos olhos arregalados de Altair, que jogou a folha na areia e pisou em cima dela só para garantir.

Passaram por dunas e mais dunas. Às vezes, Zafira pegava Altair chegando perto de Kifah e arrancando um sorriso afetuoso dos lábios da guerreira. Outras vezes, via o general e Benyamin conversando em voz baixa com uma expressão desolada no rosto. Nasir observava a todos com os lábios franzidos, sempre desconfiado.

A um olhar desatento, o príncipe parecia bastante indiferente. Porém, alguém mais observador percebia que seu olhar era atento e inquisitivo. A marca de uma pessoa nascida com uma mente curiosa, mas forçada a usá-la de outra maneira: para tramar a morte dos outros. Seu olhar se voltou para Zafira, que desviou o olhar bem depressa, sentindo a nuca afogueada.

— Tem certeza de que estamos seguindo o caminho certo? — perguntou Kifah conforme o deserto ficava cada vez mais escuro. Não eram as nuvens que ocultavam o sol, e sim o próprio céu que os afastava da esfera de luz.

— Não — respondeu Zafira, olhando para a faca que a guerreira girava nas mãos. Como é que poderia explicar a canção que a escuridão cantarolava em seus ouvidos? O frenesi que só se acalmava em suas veias quando ela os levava na direção que queria? — Mas, se tiver uma ideia melhor, pode falar.

Kifah resmungou baixinho.

— Você não poderia ter trazido alguns camelos naquele seu navio? — lamentou Altair.

— Você devia ter me mandado uma carta pedindo um, ou quem sabe dez? — retrucou Benyamin.

Kifah lançou um olhar de soslaio para Altair.

— Ou então você podia pedir para ele carregá-lo nas costas e tirar um bom proveito da força dos safis.

Zafira não tinha certeza se Benyamin conseguiria carregar Altair nas costas, mesmo com toda a força dos safis.

— Você tem uma mente tão criativa, Integrante da Nona — comentou Altair.

Depois do que pareceram horas, Altair começou a reclamar que sentia o estômago roncando, por isso pararam para descansar e as sombras engolfaram o céu, a única indicação do anoitecer. Não havia nenhuma estrela sequer na escuridão, apesar das histórias que Zafira ouvira das estrelas que guiavam os beduínos pelas areias do deserto.

— Quem vai ficar de vigia hoje à noite? Pois não serei eu — anunciou Benyamin.

— Acha que gosto de ter você encarando meu semblante perfeito? — perguntou Altair.

Zafira cruzou os braços.

— Aposto que ele não consegue dormir a menos que uma mulher fique olhando para ele.

— A Kifah aqui fica olhando para mim — disse Altair, sorrindo para a pelusiana.

Kifah fez uma careta de desdém.

— Só porque fico imaginando qual seria a melhor maneira de cortar sua cabeça com sua própria espada.

Altair se voltou para Zafira.

— Não vai se oferecer? Porque eu...

Nasir o interrompeu com um grunhido.

— Eu pego o primeiro turno.

— Quanta generosidade, principezinho — exclamou Altair, dando um tapinha no ombro dele. — Ninguém mais se voluntariaria tão prontamente. Akhh, não estou nem um pouco preocupado com meu bem-estar. Mas acho que vou pegar o segundo turno. Só para garantir.

Ninguém se opôs e, após mais uma refeição de lebre assada, Zafira se acomodou em sua cama improvisada. Kifah ficou conversando baixinho com Benyamin enquanto Altair dava sua opinião de vez em quando. Como amigos. Falavam uns com os outros porque queriam, não porque *precisavam*.

Por outro lado, só falavam com Zafira para perguntar para onde ir ou que caminho seguir. Ela era uma daama guia turística.

E estava solitária, como sempre.

Deu um suspiro e se virou de lado, olhando para o príncipe de vigia na pedra sarapintada. Só que ele não estava de frente para o deserto, e sim recostado na pedra de formato estranho.

Observando Zafira.

Ela desviou o olhar e demorou um bom tempo até cair no sono.

Nasir sabia como a Caçadora se sentia ao se voltar para ele com um olhar sombrio naquelas duas foices de fogo azul. Ela havia mudado desde que ele apontara uma flecha para seu coração de demenhune.

Não baixava mais os ombros. Toda manhã desde a insolação, ela tirava a capa da bolsa e pensava em vesti-la. Mas parara de fazer isso depois do… encontro no rio. Era como se ela tivesse nascido numa pele na qual não cabia, e só agora, na desolação do deserto, assumia seu comando. Moldava-se a ela.

A Caçadora esticou as pernas compridas e olhou para ele. Nasir imaginou que ela não conseguia dormir porque era durante a noite que os demônios acordavam. Memórias que ninguém queria lembrar. Fantasmas que ninguém queria ver. Seus demônios também costumavam se juntar a seu sono.

Boa noite, teve vontade de sussurrar.

Mas ele era o Príncipe da Morte, *Amir al-Maut*, como sua mãe o chamava na língua antiga, e um boa noite sempre lhe parecia um adeus.

capítulo 56

Nasir sacudiu o ombro da Caçadora outra vez. Rimaal, ela dormia como um defunto.

Não fosse pelo subir e descer de seu peito, até pensaria que ela estava morta. Tal como seus sonhos a conjuraram na noite anterior. Primeiro com o lábio entre seus dentes. Depois com os olhos vidrados e o sangue pingando de sua lâmina.

— Yalla, yalla. — Sua mão tremia. Um hashashin jamais vacilava.

Os olhos dela se abriram e fixaram nos dele, o pânico evidente em sua expressão. Nasir se afastou ao ver o medo em seu olhar. O medo era uma constante na vida dele, aparente em cada olhar que cruzava seu caminho. Então por que vê-lo em mais um par de olhos o fez sentir um nó na garganta?

Ele engoliu em seco, e ela abaixou os olhos assustados para seu pescoço. Kharra, mas que mulher!

— Você dorme como um defunto.

— Aposto que você torceu para eu ser um.

Não, mas ficaria livre de uma bela distração.

— Abaixe o tom de voz — disse ele, tentando ignorar sua voz sonolenta.

— Agora não é hora para brincadeiras, habibi — murmurou Altair.

De fato. Ele tinha mais com que se preocupar do que Altair o chamando de *querido*.

Como o círculo de criaturas que rosnavam para eles nas ruínas desmoronantes.

— Que animais são esses? — sussurrou a Caçadora. — Lobos? — Ela se pôs de pé, pegou o arco e encaixou uma flecha num único movimento fluido.

A resposta de Altair foi um simples murmúrio.

— Conheça seu mais novo adversário: os kaftar.

Eram maiores do que lobos. Seus corpos ágeis eram cobertos por pelos esparsos, salpicados de um tom de marrom mais escuro que o resto da pelagem. Línguas compridas se projetavam de suas bocas repuxadas num sorriso perverso que exibia fileiras de dentes afiados.

— Hienas? — perguntou ela. Uma das sete criaturas começou a rosnar.

Benyamin deu uma risada suave.

— Mais ou menos. Comparar uma hiena a um kaftar é como comparar um riacho a um mar tempestuoso.

Outro rosnado.

E então uma das tempestades deu um salto.

Seus músculos fortes se contraíram e os olhos escuros e profundos começaram a faiscar. O resto da matilha se dispersou, aproximando-se deles.

Nasir fez pontaria com a flecha, mas, antes que pudesse soltar a corda do arco, um aro metálico cortou o ar, captando a luz tênue. Quando o ouro líquido tocou a criatura, o tempo pareceu parar.

O kaftar se transformou em homem e caiu de pé no chão.

Nasir ouviu a respiração entrecortada da Caçadora. A hiena transformada em homem sacudiu a cabeça como um cachorro molhado, encarando Benyamin com seus olhos brilhantes como um qahwa que não ficou tempo suficiente em infusão. Ele parecia um habitante típico de Arawiya: cabelo e barba pretos, pele morena, exceto por seu olhar sobrenatural e antigo.

— Alderão — disse o kaftar a Benyamin com uma voz distorcida. Será que havia visto as orelhas pontudas de Benyamin por trás do keffiyah ou sentiu o cheiro do safi?

À sua volta, os outros kaftars foram se transformando lentamente em homens à medida que o resto da substância dourada de Benyamin tocava suas peles. Estavam vestidos com thobes brancos que iam até o tornozelo e seus cabelos desgrenhados escapavam por baixo de turbantes pretos. Nasir só não conseguia entender como é que eles tinham arranjado thobes tão imaculados durante a metamorfose.

Benyamin meneou a cabeça.

— Kaftar.

O kaftar arreganhou os dentes num sorriso, e Nasir pensou ter visto um focinho e dentes afiados. Então piscou os olhos e a criatura voltou a parecer um homem.

— Há quanto tempo não se transforma em homem? — perguntou Benyamin, calmo e paciente, como se o kaftar fosse completamente humano e nada mais. *Quanto tempo vai levar até que um de vocês dê um salto e rasgue a garganta de alguém?* era o que Nasir teria perguntado.

O kaftar alongou o pescoço com um suspiro. Daquela vez, sua voz soou suave como uma faca quente na manteiga. Ou uma lâmina afiada na carne.

— Cento e quatro anos.

Benyamin ficou visivelmente tenso. Nasir segurou o arco com firmeza.

— Cento e quatro anos que não como uma refeição preparada com perfeição. Cento e quatro anos que não me deito numa cama quente com uma mulher nos braços. Os kaftars devem se transformar ao pôr e ao nascer do sol, mas já faz cento e quatro anos, alderão — os olhos do homem tinham um brilho assassino conforme ele se aproximava —, que sua espécie amaldiçoou a mim e a meus irmãos em corpos de animais, aprisionando-nos nesta ilha.

— Não dê nem mais um passo, criatura — disse Nasir em voz baixa.

A surpresa cintilou nos dois poços escuros dos olhos do kaftar.

— Um sarraceno defendendo um alderão? O reino de Arawiya deve realmente estar devastado — falou ele, levando a mão à barba.

Nasir prendeu a respiração quando as unhas do kaftar se alongaram e se afiaram em garras. Um só movimento, e os dois lados se chocariam.

O kaftar olhou para Altair.

— Sinto um cheiro doce no sangue dele, alderão, e me pergunto…

— *Chega!* — Uma advertência ficou estampada no rosto de Benyamin. A Caçadora se sobressaltou. Kifah voltou-se para ele. Pouquíssimas coisas perturbavam o safi, de modo que todos notaram sua inquietação.

— Posso transformá-los de novo nos monstros da maldição e deixar que eles os matem com suas armas — continuou Benyamin, apontando para o resto da zumra —, ou vocês podem nos deixar em paz e permanecer na forma humana.

A tensão crepitava no ar.

Nasir ficou todo arrepiado.

— Por que você veio aqui? — perguntou o kaftar.

— Uma sombra começou a se agitar — cedeu Benyamin. — O reino de Arawiya fica cada vez mais escuro.

— Você está em pânico, alderão. — O kaftar deu um passo à frente. Seus olhos faiscavam com uma selvageria incontida.

— O Jawarat não continuará perdido por muito tempo.

Dessa vez o kaftar ficou alarmado, e Nasir sentiu um aperto no peito ao se lembrar: seja lá que livro fosse o Jawarat, era mais do que uma solução para o desaparecimento da magia. O kaftar encarou Altair desejosamente, respirando fundo, e Nasir quase se interpôs entre os dois, mas Kifah entrou em ação primeiro, de braços cruzados.

Após um bom tempo, o kaftar recuou e seus irmãos seguiram seu exemplo.

— Pode partir em paz, alderão. Assobie, e talvez minha matilha vá ao seu socorro. — Seu olhar se voltou para Kifah antes de se deter na Caçadora, percorrendo sua silhueta. Nasir teve vontade de acabar com ele ali mesmo. — Mas os amaldiçoados não fazem juramentos, muito menos promessas.

capítulo 57

Nasir deu as costas aos kaftars com relutância. Jamais deixara uma ameaça continuar viva. Raramente deixava um *inocente* continuar vivo. Seu sangue ainda fervia só de pensar no jeito como o líder da matilha quase despira a Caçadora com seu olhar perscrutador.

Foi por isso que, assim que se distanciaram das astutas criaturas, Nasir perdeu o controle. Empurrou Altair para o lado e jogou Benyamin contra um muro desmoronado, cobrindo-os com uma nuvem de poeira.

Todos ficaram imóveis.

Altair deu uma gargalhada.

— Já estava esperando por isso. Habibi Kifah, você me deve essa lança.

— A única maneira de você tocar minha lança será quando eu enfiá-la na sua garganta — vociferou Kifah.

— Mas que encantadora! Então você me deve seu bracelete de ouro.

— Vá se danar.

Nasir chegou bem perto do rosto de Benyamin, que retribuiu seu olhar de modo impassível.

— Primeiro você convence todo mundo a se arrastar atrás de você e depois faz amizade com os prisioneiros de Sharr? Logo estará de mãos dadas com os ifrits.

Benyamin não disse nada.

— Os kaftars devem estar esperando para nos matar bem no meio do deserto graças à sua bondade.

O safi fez uma cara de zombaria.

— Igual a você? Sabe, não paro de pensar quando é que você vai fazer isso, mas continua atrás de mim. — Ele mordeu o lábio. — Laa, você continua se *arrastando* atrás de mim.

Nasir rosnou.

— Não estou seguindo você. Ninguém está seguindo você. Graças à sua boca grande, todo mundo está seguindo a demenhune.

Um estalo metálico pontuou suas palavras, e Altair puxou Nasir para trás, abaixando a lâmina de sua manopla.

— Deixe disso, Nasir. Você está acabando com o keffiyah dele.

Nasir se desvencilhou do general, mas manteve distância com os olhos estreitados.

— Por que é que você está aqui, safi? — perguntou ele em voz baixa. — Sua espécie evoluiu para além da magia. Vocês conseguem viver muito bem sem ela.

— Eu poderia te fazer a mesma pergunta. Para que o sultão Ghameq quer o Jawarat se a *demenhune* pretende usá-lo para restaurar a magia ao reino que ele governa?

Nasir rangeu os dentes em meio ao silêncio. Sentiu o pescoço afogueado.

Porque não sabia.

Ele nunca sabia de nada. Não passava do garoto de recados de seu pai. Um príncipe ignorante. Um peão que se movia sem questionar. *Um jaban.*

Ele não sabia por que o sultão queria o Jawarat. Não sabia por que a Bruxa de Prata, uma das Irmãs da Antiguidade e guardiã de Sharr, queria o Jawarat. Só sabia que a Caçadora não tinha nenhuma má intenção, ao contrário de si mesmo.

— Conte logo, príncipe herdeiro Nasir. O que é que Ghameq quer com o Jawarat perdido? — repetiu Benyamin.

Tampouco achava que Benyamin tivesse alguma má intenção, apesar das palavras mordazes que o apunhalavam no peito.

O ódio e o desrespeito de seu pai jamais importaram tanto quanto naquele momento, quando pessoas de quase todos os califados olhavam para Nasir. As palavras "não sei" nunca lhe pareceram tão ofensivas. As ruínas escureceram, ou talvez tivesse sido a sua visão.

Uma coisa era certa: o controle escapava cada vez mais de suas mãos.

Altair o observava, e ele teve a nítida impressão de que o general lia seus pensamentos. Pela primeira vez, Nasir não sabia se sua máscara continuava no lugar ou se Altair conseguia enxergar através dela.

Você é um fraco. Um palerma.

Um cachorrinho de madame.

— Ele não sabe — disse Altair.

Para a surpresa de Nasir, não havia zombaria nem divertimento em seu tom de voz. Apenas a firmeza da proteção. A vergonha se apoderou de cada osso dele.

Benyamin deu uma risada sem humor e ajeitou o keffiyah.

— Espera mesmo que eu acredite que o príncipe não está a par dos planos do sultão? O conhecimento sem a ação é só vaidade, mas a ação sem o conhecimento é uma loucura.

Altair o encarou.

— Se você fosse filho do Sultão de Arawiya, safi, pode acreditar que não estaria a par de nada. Laa, você não passaria de uma isca, implorando para ser entregue aos ratos.

Nasir deu um suspiro trêmulo como as pontas de seus dedos. *Fraqueza.* Maldita emoção. Cerrou os punhos, desejando retomar o autocontrole. Sentiu o olhar da Caçadora e, pela primeira vez, teve vontade de sumir.

Altair quebrou o silêncio pesado ao sacar suas cimitarras. Brandiu-as no ar e entrou no meio das árvores. Quando ninguém seguiu em seu encalço, sua voz entediada ecoou alto:

— Yalla, Caçadora. Todo mundo só anda atrás de você.

capítulo 58

Zafira correu atrás de Altair, seus passos ecoando ao longo das ruínas. Não aguentava mais ficar parada ali, no meio de tanta tensão. Era só orgulho. O orgulho provocara aquele conflito ridículo de que ninguém precisava.

— Você o defendeu — disse ela, tentando entender.

Altair grunhiu, tão mal-humorado quanto Nasir, e chutou uma pilha de escombros antes de seguir adiante. Os dois estavam numa espécie de corredor, um labirinto de salas cujas paredes de pedra haviam desabado. Zafira olhou para trás e viu que os outros começavam a segui-los. Altair tinha razão: todo mundo ia atrás dela.

— *Por quê*? — indagou ela.

— Por que o quê?

— Por que você o defendeu?

— Não tenho permissão para defender ninguém? — perguntou ele com uma inocência fingida.

Zafira fez uma careta e o seguiu por uma escada desmoronada.

— Por que você defendeu Nasir?

— Por que você é tão insistente?

— Só quero saber — respondeu ela, passando sob um arco perigosamente instável. Ouviu um assobio em meio ao silêncio, um lembrete de que ali era Sharr e nunca estariam seguros naquele lugar.

Altair se deteve e a encarou com um olhar furioso que ela nunca tinha visto. Será que estava bravo por ter defendido Nasir? Ou zangado com Benyamin por pressionar o príncipe ao ponto de Zafira ver o medo em seu olhar?

— Se não tivesse interferido, ele acabaria se mijando nas calças. Está vendo algum riacho onde poderíamos lavá-lo? Pois nem eu.

Os homens podem ser um lixo encantador, suspirou Yasmine na cabeça dela.

— Você se importa com ele — disse Zafira, tentando arrancar alguma reação do general.

Ele arqueou a sobrancelha e a estudou por um instante antes de seguir em frente. Não era ela que devia guiar a zumra?

— Eu não — falou ele com naturalidade assim que Zafira o alcançou. Havia um tom de advertência em sua voz. — Mas cuidado, Caçadora, estou começando a achar que você se importa.

Os demais os alcançaram antes que ela pudesse protestar contra o que ele tinha acabado de dizer.

Benyamin bocejou alto e se espreguiçou como um gato, ignorando o príncipe como se Nasir não o tivesse atacado. Como se hienas não tivessem se transformado em homens diante de seus olhos.

— Quando voltar a Alderamin, direi olá à minha amada e talvez à minha irmã, e depois vou tirar uma boa soneca. A mais longa que Arawiya já viu — anunciou o safi.

— Diga olá por mim também — disse Altair. — Para a futura califa, não para a sua amada.

— Minha irmã não quer receber seus cumprimentos — retrucou Benyamin com uma careta.

— E eu vou visitar meu pai para me gabar — falou Kifah, e Zafira sabia que a amargura em sua voz não era só imaginação. — Depois, comemorarei com o maior cordeiro que encontrar na cozinha da califa.

Altair murmurou em concordância.

— Akhh, faça o cordeiro marinado à perfeição com ras el-hanout. Batatas assadas guarnecidas com manjericão. Qahwa à noite com biscoitos de tâmara.

— O que é ras el-hanout? — perguntou Zafira.

— A mãe de todas as misturas de especiarias. Originou-se em Pelúsia — respondeu Kifah —, mas os desgraçados dos sarracenos a roubaram de nós.

— Não se pode roubar algo que brota do chão. É a mesma coisa que dizer que roubamos a areia — replicou Altair.

Kifah deu de ombros.

— Vou levar meu falcão para caçar. O pobrezinho deve estar sentindo a minha falta. — O general olhou para Zafira. — E você, Caçadora? O que vai fazer em Demenhur? Sem a floresta de Arz, poderá finalmente parar de caçar.

Ela hesitou. Ainda não tinha pensado naquilo, uma conclusão tão óbvia. Acabar com a floresta que matara seu pai significava que não existiria mais a floresta que a fizera ser *ela mesma*.

Céus.

Ela não seria mais a Caçadora demenhune. Não seria *ninguém*. Sentiu um aperto no peito. Quem era Zafira bint Iskandar, senão o Caçador?

Benyamin tocou sua manga.

— É a oportunidade de o Caçador e Zafira se tornarem a mesma pessoa — disse ele delicadamente. A capa pesava em sua bolsa. — Junte os dois. Torne-se quem você é. A Caçadora. A garota que libertou a magia da escuridão e também a si mesma.

A Caçadora. Ela mordeu o lábio.

O safi não compreendia que a liberdade às vezes também podia ser um fardo.

Os outros se calaram em meio às próprias reflexões. Ninguém perguntou o que Nasir pretendia fazer assim que voltasse, fazendo-o perceber que nunca tinha pensado no que aconteceria depois da expedição. Ele não tinha sonecas ou belas refeições pelas quais esperar. Quando voltasse a encontrar o pai, não poderia se gabar de nada.

Apenas aguardaria sua próxima convocação.

Vivia para as ordens do pai. Pelo erro que cometera ao não as obedecer.

Não, não havia nada para Nasir depois de Sharr. Nada além de lágrimas, cadáveres e o próximo nascer sombrio do sol.

capítulo 59

Zafira acordou sentindo o chão balançar sob si e ouvindo os pássaros cantarem ao longe. A luz do sol ardia em suas pálpebras e uma brisa roçava sua pele.

Franzindo a testa, abriu os olhos e quase caiu de uma prancha. Suas mãos agarraram-se à madeira lascada. *Respire fundo, Zafira. Então avalie a situação.*

Estava num barco de pesca. Um dhow. As velas ondulavam ao vento que trazia um gosto de sal à sua língua e tinham um diamante vermelho-sangue bem no meio do tecido bege.

Brados quebraram a calmaria das ondas azuis, e Zafira se voltou para um pescador que puxava uma rede cheia de peixes agitados. Os animais escorregavam e deslizavam; suas batidas contra a madeira mais pareciam um clamor silencioso por salvação. Ela nunca tinha visto peixes vivos antes, mas sentiu pena deles, pois seu sofrimento terminava com a asfixia, e não com o corte eficaz de um caçador.

Havia cinco homens sem camisa a bordo, com a pele marrom brilhando de suor e as cabeças envoltas por turbantes marrom-avermelhados. Qual era o problema que os homens de Arawiya tinham com uma simples camisa? Eles usavam um sirwal de tecido áspero e tinham os braços dez vezes mais musculosos que os dela; humilhariam até mesmo os de Altair.

Nenhum deles olhava para Zafira: um dos homens passou por cima da prancha em que estava sentada sem sequer se voltar em sua direção. Ela se lembrou dos marinheiros fantasmas da Bruxa de Prata e sentiu um calafrio na espinha.

— Yaa, terra! — exclamou um dos pescadores. Os demais ecoaram seu contentamento.

A terra que avistaram se aproximava a cada batida de seu coração. Até que surgiu à vista. Ali. Bem diante dela.

E seu coração palpitou com tamanha magnificência.

Cúpulas facetadas reluziam num tom de dourado que rivalizava com o próprio sol; torres e minaretes com pontas em forma de diamante se erguiam em direção ao céu coberto de nuvens. As cúpulas abrigavam construções de pedra cor de creme, com as portas acolhedoras e as janelas abertas. Algumas delas estavam unidas por varais coloridos cheios de roupas amassadas e rígidas deixadas ali para secar. Tamareiras pontilhavam a paisagem, com os cachos de frutas avermelhadas escondidos entre as folhas em leque.

As pessoas andavam pelas ruas trajadas com uma variedade de vestidos e thobes coloridos, algumas de túnica e sirwal, turbantes ou lenços no topo da cabeça. Outras guiavam camelos sorridentes que transportavam rolos de tecido. Havia pessoas de todos os tons de pele: o marrom escuro de Pelúsia, o pálido de Demenhur e o cobre e o oliva de Sarracena, mas a maioria tinha a pele bronzeada do deserto, que brilhava sob o calor do sol.

Era bem diferente das dunas de Sharr, que ecoavam a devastação e a tristeza. A areia se espalhava pelo chão como a neve em Demenhur. Agitava-se sob os pés que passavam por ela. Agarrava-se aos muros de alabastro. Estava por toda a parte.

Onde é que eu estou?

— Já estava começando a achar que você não ia fazer essa pergunta.

A visão de Zafira ficou embaçada antes que ela pudesse se virar em direção à voz. Quando voltou a entrar em foco, ela não estava mais no dhow, mas em terra firme.

Deu uma volta, observando as pessoas que passavam por ali, algumas correndo e outras andando devagar e sem pressa. Ninguém sequer tomava conhecimento de sua existência.

Era como se ela não existisse.

Um camelo que mordiscava um pedaço de cana passou por ela, e Zafira procurou um brilho prateado no meio da multidão, uma capa que cobria uma cabeça de cabelos brancos e um sorriso vermelho, mas sua busca a levou a outro par de olhos, cor de âmbar, felinos e preguiçosos. Metade de um figo na mão.

Benyamin estava recostado em uma tamareira, com a luz do sol incidindo sobre a pele. Estava bem-vestido como sempre: de manto preto com enfeites em dourado sobre o thobe branco, um keffiyah xadrez na cabeça e sandálias de pele de bezerro nos pés.

— Você consegue ler os pensamentos das pessoas — disse ela.

Ele meneou a cabeça e lambeu o restinho de figo dos dedos.

— Seria uma afinidade muito boba, laa? E uma chatice sem fim, se você parar para pensar. Ora, você fez a pergunta em voz alta, Caçadora.

É mesmo? Ela não conseguia se lembrar.

— Apenas me diga onde estou.

Benyamin puxou o keffiyah com cuidado, ajeitando-o sob a faixa preta antes de se afastar da árvore e caminhar na direção dela com sua graça felina. Era um espanto que ele não tivesse um rabo para enroscar em volta dos pés.

— Este é o reino de Arawiya de antigamente. Antes que a neve cobrisse Demenhur, que as dunas de Sarracena ficassem escuras e que Zaram fosse isolada do mar. Antes que as terras férteis de Pelúsia adoecessem, deixando suas grandes mentes embotadas.

— Isso aqui? — sussurrou ela. Era um deserto, praticamente igual a Sharr, mas *vibrava* de tanta vida. O povo era exuberante, a arquitetura, espantosa, e o clima aquecia cada fibra de seu ser. Aquele reino de Arawiya estava *vivo*. Ali era Arawiya de verdade, antes que a batalha final das Irmãs contra o Leão da Noite espalhasse aberrações por todo o reino como uma praga. — Estou no passado?

Ele balançou a cabeça, evitando seu olhar.

— Não, no presente. Aqui é Alderamin.

Ela fungou.

— Você me trouxe aqui para esfregar seu privilégio na minha cara?

Ele meneou a cabeça de novo, daquela vez encontrando os olhos dela.

— Não vai me perguntar como *chegou* a Alderamin?

— Era a minha próxima pergunta — retrucou ela, subitamente irritada.

Zafira apenas tinha se esquecido momentaneamente. Afinal de contas, estava em Alderamin, o califado dos sonhos. De tudo que o resto do reino não era.

A pergunta de Benyamin recaiu pesadamente sobre seus ombros. Laa, deu um tapa na cara dela, fazendo-a perder o fôlego.

— Como foi que cheguei a Alderamin?

O triunfo cintilou no olhar dele.

— Agora, sim. *Essa* é a reação que eu estava esperando.

Zafira bufou. Ele e sua boca grande.

— Você não está *em* Alderamin — explicou ele, apontando para os arredores, onde as pessoas passavam e o vento seco serpenteava entre as construções cor de creme.

Ao longe, um pássaro cantava. Zafira não conseguia parar de sentir o deleite que tomava conta de seu peito.

Benyamin flexionou o dedo, e a visão de Zafira saiu de foco por um segundo. Ela não tinha se mexido, não houve sequer uma agitação no ar, mas agora os dois estavam numa varanda. Desolada, ela tocou o parapeito frio e polido e espiou a sala acortinada atrás de si, vislumbrando um enorme salão de jantar. Havia candelabros ornamentados iluminados por chamas, cuja luz era amplificada por espelhos. A obra de engenharia era dos pelusianos. Já a estética vinha do olhar artístico dos demenhunes. Um majlis de almofadas vermelhas jazia sobre o chão, disposto em torno de um tapete dourado que tinha um dallah de bico elegante acompanhado de xícaras em cima de uma bandeja.

Ela se virou para Benyamin.

— Então, onde é que... — Parou de falar de repente. De onde estavam, ela podia ver uma paisagem digna do quadro de um pintor além do parapeito.

As dunas reluziam lá embaixo. Mais adiante, o mar (o Baransea, percebeu com um sobressalto) lambia a costa com ondas preguiçosas. À esquerda, havia uma obra-prima feita de pedra, um mosaico azul na forma de cúpulas que rivalizavam com o céu aberto. Torres estreitas terminavam nos diamantes que ela vira por toda a paisagem. Uma delas se destacava do resto, com seus vitrais escuros e desolados, desprovidos de magia. *O minarete real.*

— Esta é Almas, nossa capital — disse Benyamin secamente ao seu lado.

Era bem apropriado que os safis tivessem chamado sua capital de um nome que significava "diamante".

— E essa magnificência atrás de nós é o palácio da califa. Que, por acaso, vem a ser a minha mãe. — Não era de admirar que Benyamin se portasse de maneira tão principesca. Ele se encostou no parapeito e bateu com o dedo na cabeça. — Não sou capaz de ler pensamentos, mas o que sei fazer não deixa de ter relação com a mente das pessoas.

— Quando é que você vai parar de me provocar?

— Sabar, sabar — acalmou ele, pedindo paciência. Uma brisa agitou seus cabelos, a primeira vez que o ambiente reagiu com ela. — Sem contar as anomalias, você sabe que nossas afinidades geralmente são classificadas em dois grupos, não sabe?

Ela balançou a cabeça. Não sabia quase nada sobre a magia, muito menos suas classificações.

— Existem os Jismi, cujas afinidades pertencem ao corpo e à mente: videntes, curandeiros, miragis. E os Ensuri, cujas afinidades pertencem aos elementos: corações de fogo, aquíferos, ferreiros. Usuários da luz e da sombra. Os Jismi usam a magia que possuem dentro de si, mas os Ensuri retiram a magia que existe no meio ambiente. Assim como você, também sou um Jismi. Um andarilho dos sonhos.

— Um andarilho dos sonhos — repetiu ela.

Ele assentiu com a cabeça.

— Esta é uma lembrança, uma cena reconstruída na minha mente com duas adições: você e eu. Menos a floresta de Arz. Ver Alderamin contaminada por aquelas árvores sempre deixa a minha alma aos pedaços.

Era por isso que ninguém na cidade olhava para ela.

— Parece exigir muito trabalho mental.

Ele encolheu os ombros.

— Ser capaz de encontrar o próprio caminho também parece exigir muito trabalho mental. — Havia um brilho em seus olhos quando ele chegou perto dela. — É por isso que se chama magia. — Deu um suspiro de contentamento. — Há anos que não consigo andar nos sonhos de alguém.

Um pássaro sobrevoou a visão de Zafira com suas penas marrons. *Um falcão.* Ela nunca tinha visto um falcão. Nunca tinha visto o verdadeiro reino de Arawiya, khalas. No entanto, ali estava ela, admirada por uma lembrança. O pássaro mergulhou atrás de uma tamareira e seu coração afundou junto com ele.

Ela se voltou para Benyamin.

— Você mencionou *anos.* Quer dizer que a última vez que andou nos sonhos de alguém foi quando a magia ainda existia. — Parou de falar e arregalou os olhos. — Quantos anos você tem?

— Só alguns a mais que você? — arriscou ele, dando de ombros quando Zafira o encarou de cara feia. — Vinte e três.

Ela arqueou a sobrancelha.

— Mais, hã, cem.

Zafira ficou olhando para ele. Benyamin deu um sorrisinho e passou a mão pela barba antes de ficar sério outra vez.

— Você viveu num mundo onde a magia ainda existia. Viveu sob a tutela das Irmãs — murmurou ela. Fazia mais de noventa anos.

— Também estive presente durante o reinado de trevas do Leão. — Ele deu de ombros. — Faz tanto tempo que às vezes fico imaginando se a magia não era apenas um sonho.

Zafira não conseguia nem imaginar como seria a vida naquele tempo se Alderamin era daquele jeito no presente.

— Por que "verdade"?

— O quê? — perguntou ele, pestanejando.

— Haqq — respondeu ela, apontando para sua tatuagem cor de bronze. Devia haver um motivo para um imortal tatuar o próprio rosto sabendo que viveria com a inscrição por toda a eternidade. — Qual é o significado?

Ele passou a mão pela palavra com um sorriso gentil, seguido por um lampejo de dor que escondeu bem depressa.

— Todos os safis do meu círculo de amizade têm uma tatuagem parecida, uma palavra para o que mais damos valor. Para mim, é a verdade, seguida de perto pela confiança: diferentes ramos de valor entrelaçados pela raiz.

Pelo visto, ele gostava bastante de zumras. Zafira só não achava que a turma que Benyamin estava tentando formar em Sharr pudesse se comparar à majestade de uma zumra de elegantes safis.

Um murmúrio soou da varanda; a voz subia e descia com suavidade. *Cantando*. O som lembrava Zafira de uma risada sob o sol brilhante. Lágrimas diante de uma alma inerte. Era linda e melancólica.

— Quem é? — perguntou ela, reprimindo um calafrio.

Benyamin voltou-se para a varanda com um sorriso triste no rosto.

— Minha esposa.

— Não sabia que você era casado.

— Eu teria te convidado para o casamento, mas você não era viva na época — brincou ele.

A melodia mudou. A letra da canção era repleta de tristeza, e Benyamin encolheu os ombros. Zafira ouviu um soluço antes que ele começasse a tremer e percebeu que o safi estava chorando.

Imaginava que os vaidosos safis jamais chorassem. Não parecia certo.

— Não chore — disse ela baixinho, e parecia algo tão tolo de se dizer, mas não sabia o que poderia fazer. — É o seu sonho, as suas lembranças. A primeira vez que anda nos sonhos de alguém em anos.

— Não há maldição pior do que a memória — falou ele por fim. Fechou os olhos e tentou se recompor, a tatuagem no rosto lamentando-se com ele. — Uma tragédia acontece só uma vez, mas a memória a revive para todo o sempre. Você me entende, não é? Também se afundou em perdas.

De fato. Zafira acreditava que nunca deixaria de ver o rosto de Baba. A última palavra que ele disse antes de atacá-la. O último fôlego que saiu de seus pulmões ao olhar para a mulher que o matara e *sorrir*.

— Podemos escolher quais memórias reviver. Você me trouxe para uma Alderamin sem a floresta de Arz. Escolheu reviver uma lembrança sem as árvores contaminadas — argumentou ela. — As lembranças nem sempre são ruins.

Ele balançou sua cabeça.

— Minha esposa é a safi mais bonita que Alderamin já viu, perdendo apenas para uma pessoa. — Ela quase riu da certeza de Benyamin, mas ele estava falando sério. — Meu filho. Sabia que antes de sua morte eu nunca tinha visto um caixão tão pequeno?

Zafira ficou paralisada.

— Nós, safis, somos imortais, Caçadora. Saramos bem rápido e jamais tememos a velhice. Podemos morrer, é claro, e embora seja algo bem raro, já enterrei minha cota de safis: homens endurecidos pela batalha, mortos em combate. Mas nunca uma criança… até o meu filho. Cujas mãos eram pequenas demais para empunhar uma espada, cujos dentes eram pequenos demais para provar a doçura de uma maçã. Cuja risada era o som mais baixo e jubiloso que já ouvi na vida… — Benyamin engoliu um soluço.

Ela já tinha visto caixões pequenos em Demenhur. Umm costumava dizer que nenhum pai ou mãe deveria ter de enterrar o próprio filho.

— Sinto muito — sussurrou ela, e pareceu-lhe cruel dizer tais palavras.

— Eu também — murmurou ele, pois a compreendia.

O Baransea se agitou em meio ao silêncio, e as cortinas diáfanas atrás dos dois começaram a esvoaçar na brisa. Os pássaros piavam para o sol, e o rebuliço das pessoas nas ruas encheu seus pulmões. A esposa de Benyamin continuou cantando para o filho falecido. Era uma canção melancólica. Era triste, mas também não era.

Benyamin respirou fundo e se afastou, embora ainda houvesse lágrimas de dor em seus olhos cor de âmbar.

— A Bruxa de Prata nunca teve a intenção de que você fosse para Sharr sozinha, Caçadora. Ela guarda segredos por motivos que você não é capaz de compreender. Ainda não confiamos completamente uns nos outros, mas é importante continuarmos como uma zumra. É importante nos lembrarmos de que tudo e todos possuem a capacidade tanto para o mal quanto para o bem.

Zafira bufou de desdém.

— Não me diga que você acha que o príncipe possui a capacidade de fazer o bem.

Ele sustentou o olhar dela.

— Todos têm um momento de virada. De ruptura também.

As cicatrizes dele voltaram à mente de Zafira.

— Você o conhece bem — disse ela com um tom de voz mais suave.

— Meu conhecimento vem de um amigo em comum.

Altair. Ela duvidava que houvesse outra pessoa tão íntima do príncipe. Não pelo jeito que se comportavam um com o outro.

— Nesse sentido — continuou Benyamin —, os alderãos não são melhores que os sarracenos da Fortaleza do Sultão. Nenhum dos dois envia delegações ou tenta formar alianças. Não é apenas a floresta de Arz que nos separa. Alderamin vê o resto de Arawiya como uma doença, por isso nos colocamos em quarentena. Sarracena vê o mundo através dos olhos de um abutre, como um banquete de terra à sua disposição.

— Ah, mas os abutres devoram os mortos porque não têm outra opção — salientou Zafira, franzindo os lábios. — Sarracena possui o maior exército de Arawiya. Eu não os chamaria de abutres.

Ele assentiu com a cabeça.

— E agora todas as forças de Sarracena estão nas mãos do sultão. Um balanço e tanto no equilíbrio do poder.

Zafira o estudou.

— Você sabe por que isso está acontecendo. Por que um sultão supostamente bom está enlouquecendo a ponto de controlar um califado que não deveria ser de seu domínio.

— De fato. Assim como sei que o califado com o segundo maior exército é o próximo da lista. Ou era. Já estou longe há bastante tempo para ter certeza — disse ele insensivelmente.

Demenhur. O coração de Zafira disparou dentro do peito. Yasmine, Lana, Umm, Misk. *Céus*. Até mesmo a *Bakdash*. Teve o mesmo pressentimento terrível que sentira a bordo do navio da bruxa quando Arz se ergueu entre ela e Demenhur. Uma muralha que a mantinha do lado de fora. Uma muralha que aprisionava os outros lá dentro.

O pio de um pássaro rompeu a agitação silenciosa das ondas.

Benyamin a estudou, os olhos castanhos agora mais gentis.

— É inútil se preocupar. Uma sombra começou a se agitar, cravando suas garras em toda forma de poder, incluindo o sultão. O Jawarat é a única maneira de acabar com essa loucura.

Inútil se preocupar? Zafira quase começou a rir. Ou chorar. Era como se seu coração estivesse sendo arrancado do peito. Forçou-se a respirar fundo.

— Que sombra? É o mestre de Sharr? — perguntou ela, apesar do nó em sua garganta.

— O mestre de Sharr — repetiu Benyamin num sussurro, como se pronunciar seu nome em voz alta mesmo num sonho pudesse despertar o monstro que tanto temia. — Ele é o motivo da obscuridade da Bruxa de Prata. A razão pela qual vim para a ilha. A razão pela qual *você* veio também.

Zafira passou o dedo trêmulo pelo parapeito.

— Podemos revigorar nosso corpo e fortalecer nossa mente, mas o coração é um monstro por conta própria. A Bruxa de Prata não costumava ter nenhuma má intenção. Ela tinha o coração puro…

Zafira se voltou para ele. *Ninguém pode ser tão puro assim*. A Bruxa de Prata parecera tão intrigada. Como se a mera ideia de fazer alguma coisa sem ganhar nada em troca fosse indecorosa.

— O que foi? — perguntou Benyamin, estudando-a.

Ela balançou a cabeça.

— O que aconteceu com ela? — perguntou Zafira. — O que aconteceu com seu coração puro?

— Foi o Leão da Noite — respondeu ele. — Sempre achei estranho que ele mostrasse as cartas que tinha na mão com tanta ousadia ao disputar o trono, praticamente *permitindo* que as Irmãs o derrotassem facilmente. Mas ele não dava um ponto sem nó: *queria* ser exilado em Sharr, onde poderia convencer as criaturas da ilha a ficarem do seu lado. Era um mestre das palavras e começou a influenciar a Bruxa de Prata, dizendo que suas Irmãs a haviam colocado em Sharr porque temiam seu imenso poder. Inventou mentiras sobre o amor e a solidão, alimentando as inseguranças que ela não revelava nem a si mesma. Ele a levou a amá-lo. A acreditar que retribuía seu amor. Juntos, os dois atraíram as Irmãs até Sharr para aprisioná-las. Em seguida, drenaram toda a sua magia. E, quando ela percebeu seu erro…

— Erro? — zombou Zafira. O pouco de simpatia que tinha pela bruxa sumiu por completo. — Ela é tão monstruosa quanto eu pensava.

Junto com a raiva, Zafira se sentiu aliviada, pois sempre soubera que as Irmãs não haviam roubado a magia. E agora tinha a confirmação: elas protegeram o reino de Arawiya até o último suspiro, não importava como o califa de Demenhur tinha distorcido a história.

Benyamin continuava sustentando seu olhar.

— Eu estava presente quando ela voltou de Sharr. Não era nenhum monstro.

— Viver mais de um século te deixou burro? — Zafira não conseguia mais manter a voz baixa. — Ela é uma bruxa. Uma das Irmãs da Antiguidade. Se não consegue sequer fingir remorso, céus, então nem sei como ela conseguiu manter uma metrópole inteira em ordem. Se fugiu de Sharr há tantos anos, o que é que ela ficou fazendo esse tempo todo? Dormindo?

— Não posso contar os segredos de outra pessoa.

— E até que eu fique sabendo de tais segredos ou veja as reparações que você acha que ela pretende fazer, não vou acreditar nela.

— Ela deixou várias pistas para garantir que eu soubesse que deveria seguir você. Ajudar você. Sharr é um lugar muito perigoso para uma mortal desbravar sozinha.

— Está tentando me dar motivos para duvidar de você também?

Ele balançou a cabeça.

— Quero que você confie em mim. Que me deixe ajudá-la.

Era a confiança que Deen havia mencionado antes. Será que ele sabia que Zafira teria de tomar uma decisão?

Ela estudou a palavra tatuada em volta do olho de Benyamin. Verdade. Uma das duas coisas a que ele dava mais valor. O safi lhe contara o suficiente da verdade para ganhar sua confiança, não? E Zafira confiava nele, ela percebeu. A ponto de dar as costas para ele sem temer que uma lâmina fosse cravada em seu coração, uma tremenda façanha num lugar como Sharr.

Presumiu que isso já fosse o bastante.

capítulo 60

Zafira lembrou-se da experiência de andar nos sonhos ao seguirem caminho na manhã seguinte. Pensou em Alderamin e reprimiu a esperança que surgia ao imaginar o califado de Demenhur da mesma forma: vivo, livre de Arz e da neve sem fim. No entanto, cada passo solidificava outra percepção: encontrar a magia implicava perder a si mesma. Ela teria de enterrar uma parte de si mesma em Sharr antes de partir. Isso *se* ela conseguisse sair dali.

Não seria tão fácil quanto Benyamin dera a entender. Que propósito teria se não fosse mais a figura encapuzada que alimentava seu povo com a magia de Arz?

Quanto mais pensava naquilo, mais Zafira perdia o controle.

Além de chamá-la, a escuridão tinha aberto um buraco dentro dela, enorme e faminto. Para onde quer que olhasse, ela via os olhos penetrantes dos kaftars e os cajados de fogo dos ifrits. O brilho de uma capa prateada e a curva de um sorriso carmesim. Zafira reprimiu um calafrio.

É errado buscar a redenção como qualquer mortal? Tais palavras podiam ser interpretadas de várias maneiras. Tudo que a bruxa lhe dissera tinha sido cuidadosamente fraseado, suas emoções deliberadamente encenadas.

Zafira não confiava nela. Mas também não desconfiava dela.

— Você está bem? — perguntou Nasir.

Ele devia estar preocupado que a bússola se desviasse do caminho. A vibração que ela estava começando a associar com sua presença apareceu de novo.

— Estou, sim — respondeu ela, tentando encontrar a trilha certa.

— Você não parece nada bem.

Zafira se voltou para ele, furiosa. Seus cabelos escuros estavam caídos sobre a testa e ele tinha uma mancha de sangue na bochecha. O que é que ele sabia sobre uma "boa" aparência? Sobre a aparência *dela*?

— Então pare de olhar para mim — vociferou ela.

Ela fora até Sharr com um único objetivo: encontrar o Jawarat. Agora, milhares de caminhos se desenrolavam como intricados tapetes pelusianos, e ela não sabia mais o que estava fazendo.

Aquele príncipe idiota não saía do seu lado. Nem mesmo quando ela se esquivou de um arbusto e mudou de direção. Ainda assim, Zafira acompanhava o ritmo dele porque… porque não *queria* que ele saísse do seu lado.

— Será que algum dia você vai deixar de me ver como um monstro? — perguntou ele de repente.

Ela se deteve ao ouvir a suavidade em sua voz, tão diferente do príncipe insensível que viera a conhecer. Uma parte de si teve vontade de esticar a mão e desfazer as rugas de infelicidade que marcavam seu rosto, de tocar nas cicatrizes que o faziam ser *ele mesmo*.

— Monstros não são capazes de se tornar homens — sussurrou ela, e a escuridão murmurou em concordância.

Ele suspirou de lábios entreabertos, ainda mais infeliz.

— Claro. Foi muito egoísmo da minha parte.

Não quer dizer que eu não seja capaz de amar um monstro.

De onde foi que isso veio? *Eu não poderia dizer "gostar", não é? Não soa tão bem.*

Zafira fechou os olhos e ficou tão absorta nos próprios pensamentos que, quando ele voltou a falar, ela quase deu um pulo.

— Você também sente, não é? — perguntou ele.

O daama estava tão perto que ela podia sentir o calor de seu corpo.

— A escuridão. Seu chamado.

Ela franziu os lábios para conter a surpresa. *Ele também sente isso?*

— Certa vez, minha mãe me disse que, assim como nossos olhos se adaptam à escuridão, o mesmo acontece com nossas almas.

Daquela vez, ela não conseguiu conter a surpresa. Ele era a última pessoa de quem esperava ouvir algo do tipo.

Ele leu seus pensamentos e desviou o olhar, e os olhos dela estudaram a pele nodosa de sua cicatriz. Conhecia bem aquele tom de voz. O jeito como ele dissera "mãe". Era assim que ela falava de Baba. Era assim que as pessoas falavam de alguém que não existia mais. Sua voz estava repleta de amor.

— Você sente falta dela — disse Zafira, sentindo-se culpada por pensar que ele era incapaz de ter sentimentos. Será que a tatuagem no braço era em homenagem à mãe?

O príncipe não respondeu, e ela achou que ele permaneceria em silêncio até dizer baixinho:

— Às vezes. Na maior parte do tempo.

Ela não conseguiu reprimir um sorriso.

Os olhos dele se voltaram para a boca de Zafira e seus olhos cinzentos assumiram um tom de preto líquido. Como uma tola, ela passou a língua pelos lábios. Seus olhares se encontraram, e ela respirou fundo, pois ali estava ele, o mesmo rapaz de antes, sem nenhuma máscara no rosto.

No entanto, ele continuava sendo o mesmo assassino de sempre. Mas... m*as o quê?* Zafira não sabia, exceto que um "mas" começara a penetrar todos os seus pensamentos relacionados ao Príncipe da Morte.

Ela só conseguiu sussurrar:

— Quem foi que matou Deen?

Nasir colocou a máscara de volta no lugar.

— Um monstro. Pois um monstro é sempre escravizado por um mestre.

capítulo 61

O controle escorria por entre os dedos de Nasir como as areias de Sharr. Sabia que estava perdendo o controle desde que chegara ali, mas a situação piorava a cada dia.

Fora até a ilha com um plano bem simples: matar todos os outros, encontrar o Caçador, pegar o Jawarat e voltar para a Fortaleza do Sultão. Agora tudo estava em frangalhos, inclusive ele mesmo. Quando ela retribuía seu olhar, abria um sorriso e falava com ele em seu sotaque melodioso, Nasir não era mais o herdeiro de Arawiya, hashashin e Príncipe da Morte.

Ele era um rapaz.

— Vamos passar a noite aqui — disse Benyamin ao seguirem um riacho até uma clareira de palmeiras moribundas. Ali, a construção permanecia intacta, os arcos pontiagudos como bocas abertas para devorá-los.

Altair franziu a testa ao olhar para o céu sem estrelas.

— Não que ainda haja alguma diferença entre a noite e o dia.

— Você nunca deixa de dar opinião? — perguntou Kifah, pegando uma carcaça de escorpião e estudando-a.

Altair fez uma reverência.

— Gosto de pensar que eu quebro a tensão, mudando o foco da tragédia iminente. De nada.

— Eu não estava te agradecendo.

— Eu sei. Estou poupando o seu fôlego. De nada por isso também.

O pavor se apoderou de Nasir. Se seus cálculos estivessem corretos, era sua décima noite em Sharr.

O que queria dizer que não tinha mais tempo.

Altair fez uma careta quando Kifah voltou das sombras com um punhado de lebres.

— Depois que sair de Sharr, nunca mais vou comer lebre de novo.

— Seja grato por ter lebre para comer — disse a Caçadora enquanto ele se agachava para esfolar e limpar os animais.

— Vou pegar uma raposa da próxima vez. Quero só ver você mastigar a carne — comentou Kifah.

Ela marinou as lebres com sua mistura de especiarias antes de colocar a carne num forno improvisado. O fogo começou a crepitar e o cheiro de carne assada tomou conta do ar, permeando os sentidos de Nasir. Era um cheiro tão bom.

Ele viu Altair encostar a perna de propósito na de Kifah ao atiçar o fogo e notou o sorriso surpreso que ela abriu, os olhos pretos mais suaves. *Ora, ora.*

Ao lado deles, a Caçadora fabricava flechas a partir da madeira que recolhera, descansando-as cuidadosamente até que a haste ficasse branca.

— Você acredita mesmo que vamos voltar para casa — Nasir ouviu Kifah dizer, sempre otimista.

— O primeiro passo para chegar a qualquer lugar é acreditar que se é capaz disso — falou Benyamin sombriamente.

Kifah ficou calada enquanto virava a lebre assada no espeto.

Nasir não tinha tanta certeza assim: não acreditava em muita coisa, mas conhecia bem o mundo. Ignorando a boca cheia d'água, tinha começado a amolar a cimitarra quando uma sombra recaiu sobre ele. O príncipe arqueou a sobrancelha para Altair.

— Então... você e a Caçadora? — perguntou Altair.

Nasir teve vontade de enterrar a lâmina no general. Ele rosnou:

— Qual é o seu nível de idiotice?

— Só queria lembrá-lo do que aconteceu com a última mulher que amou.

Nasir ficou imóvel, sua lâmina reluzindo sob a luz do fogo.

— De que momento você está falando? Quando ela perdeu a língua? Ou quando descobri que era tudo mentira?

O rosto de Altair se alargou num sorriso lupino.

— Tanto faz.

— Pelo visto, você também ficou bastante apegado a alguém.

— Estou falando é de *você*. Antes que esse jogo termine, precisará tirar vidas, e não se apegar a elas.

Nasir se pôs de pé, esmagando as pedras sob as botas. Ele tolerava muita coisa quando se tratava de Altair, mas interferir em seu trabalho já era demais.

Ele baixou o tom de voz.

— Não precisa me dizer o que tenho de fazer. Ao contrário de você, lembro-me muito bem do meu lugar.

— Você não resiste a dar essa cartada, né? — perguntou Altair, rindo baixinho. Seu rosto passou para uma máscara de frieza antes de fazer uma reverência. — Perdoe-me, Sultani.

O general se juntou aos demais. Uma íris desabrochou em seu turbante enquanto Kifah o observava com um sorrisinho. Sem se dar conta do fato, ele cochichou em seu ouvido e ela deu uma gargalhada antes de virar a carne outra vez. Nasir franziu os lábios.

Eu e a Caçadora.

Lá vamos nós, pensou Nasir enquanto se apoiava numa árvore.

— Assassinos são assassinos. Sei o que vi naquele dia — dizia Kifah a respeito de um incidente na capital de Pelúsia, Guljul. Ela olhava de cara feia para ele, mas Nasir mantinha o olhar fixo em outro lugar. — Hashashin ou não.

— Nenhum hashashin mataria um homem durante o sono — insistiu Benyamin. — Seria muita covardia.

— Como é que você sabe que foi um hashashin? Talvez tenha sido um bêbado vestido com aquele traje ridículo. Eu não saberia a diferença — falou Altair.

A Caçadora olhou de relance para Nasir.

Benyamin deu um suspiro.

— Vocês estão sendo tão infantis…

— Comparada a você, até a minha avó é uma criança — comentou Kifah.

Altair cuspiu a água que bebia, engasgando-se até que a Caçadora lhe deu um tapa nas costas.

— Chega — disse Benyamin, alisando o saco de dormir. — Kifah, você vai ficar de vigia.

— Seu desejo é minha insônia — disse a guerreira com uma saudação.

Eles demoraram a cair no sono. Como se estivessem numa viagem de lazer, na qual pudessem se levantar quando bem entendessem e apreciar o mundo ao redor. Mas Nasir, ao contrário do pai, era paciente. Era uma qualidade imprescindível a um hashashin.

Ele esperou até que Kifah se virasse para o outro lado antes de abrir caminho entre os sacos de dormir, parando mais tempo que o necessário na frente de Altair. Olhou para o pescoço do general novamente, a pele exposta evocando sua habilidade de cortar carne e tendões com a lâmina. Cada expiração de Altair era um chamado à ação.

No entanto, um hashashin jamais matava alguém em posição de vulnerabilidade. Até Benyamin sabia disso.

Nasir passou por cima dele com cuidado e jogou mais lenha na fogueira, observando a luz dançar sobre as feições pálidas da Caçadora. O bico de viúva mergulhava em sua testa como a ponta de uma flecha. Seus cabelos escuros, ainda trançados no topo na cabeça, pareciam uma coroa, e ela, uma rainha.

Você precisará tirar vidas. Ele visualizou o pescoço fino dela encharcado de sangue enquanto a luz se apagava em seus olhos. Viu sua pele acinzentada pela morte. Perdeu o fôlego.

A mão dela se mexeu, fechando-se em torno da aliança que tinha no peito, sussurros saindo de seus lábios.

Kifah se virou para ele.

Nasir franziu os lábios e correu até as ruínas, com os bolsos cheios de infortúnio.

Ele se movia sem fazer barulho, as sombras deixando seu coração em chamas. Não demorou muito para encontrar um vestíbulo longe do acampamento, com uma janela voltada para o outro lado. Empurrou uma tábua de madeira para o lado e entrou. Seus passos ecoaram no chão, e algo deslizou para longe dali.

Ele queria que fosse bem rápido, que acabasse antes mesmo de começar. Mas a esperança era para os desamparados, por isso esvaziou a mente e começou a trabalhar. Juntou arbustos e restos de madeira, empilhando-os dentro da câmara de pedra. A brisa fresca que vinha da janela frustrou suas tentativas de botar fogo no montinho. O vento passou por seu pescoço, beijou sua garganta e sussurrou em seu ouvido.

Nasir engoliu em seco, sentindo as orelhas afogueadas, e tentou de novo, soltando o ar só depois que o primeiro crepitar do fogo quebrou o silêncio. A câmara logo foi inundada por uma dança de luzes alaranjadas e douradas.

Tirou a maldita bolsinha de couro do bolso. Ali dentro havia três tiras de papiro. Três, caso perdesse uma delas. Ou caso perdesse duas, como o palerma que era. Pensar no pai despertou lembranças da mãe. Os cabelos escuros, a risada casual. O sorriso afiado ao derrotá-lo com a cimitarra cor de ébano no campo de treinamento. As palavras que o acalmavam como um bálsamo em meio à escuridão conforme ela passava a resina preta de cura rápida de Alderamin em suas queimaduras.

Ninguém sabia realmente apreciar o toque de uma mãe até que não pudesse mais senti-lo. Ninguém sentia falta do amor materno até que a fonte se esgotasse.

As chamas zombavam dele.

Nasir cerrou os dentes e se engasgou. Era a maldição da memória. De uma ferida aberta. Seus olhos ardiam, e ele sabia que estavam vermelhos.

O mundo saiu de foco e, na desolação de Sharr, Nasir Ghameq perdeu o controle de vez. Viu a dor nos olhos da Caçadora. Sentiu a raiva arder no rosto de Altair. Ouviu a reprovação nas palavras de Benyamin. Sentiu o gosto do sangue das centenas de pessoas que havia assassinado. O cheiro da própria carne queimada quando o atiçador tocou sua pele.

De novo, de novo e de novo.

Caiu de joelhos no chão e pegou um punhado de areia. Os grãos ásperos arranharam suas mãos e a escuridão aumentou ainda mais, quase engolfando as chamas. Nasir tinha pessoas para matar, um livro para encontrar e ordens para seguir. Ele tinha uma vida sem fim para continuar.

Jogou a cabeça para trás e deu um grito silencioso para o céu. O teto de pedra retribuiu seu olhar.

Como um túmulo.

O horror se espalhou por seus membros e entorpeceu todo o resto. Ele ficou de pé e se apoiou na parede com uma respiração firme.

Pegou uma tira da bolsinha de couro e jogou-a no fogo, ignorando as palavras escritas em sangue. O sangue da Bruxa de Prata, pois somente o seu sangue era cheio de magia, tanto portador quanto usuário. O fogo ganancioso começou a crepitar, devorando seu presente.

Com o maxilar cerrado, Nasir murmurou as palavras e deu um passo para trás, aguardando a chegada do Sultão de Arawiya.

O monstro à espera do mestre.

capítulo 62

Zafira acordou banhada de suor. Sem querer, olhou para a saliência onde Nasir tinha ido dormir, mas o príncipe resmungão não estava em lugar algum.

O brilho do metal chamou sua atenção: Kifah, girando uma de suas lâminas de raio pretas na mão. A fogueira havia se reduzido a brasas e o acampamento cintilava sob a lua minguante que espreitava por entre as folhas.

Ficou paralisada quando o crepitar e o silvo de outra fogueira sussurraram em seus ouvidos. Então saiu correndo sem pensar duas vezes.

Zafira se esgueirou entre os sacos de dormir e adentrou o labirinto de pedras, examinando os becos de um sooq em estado precário ao passar furtivamente por ali. Tateou o caminho pelas ruínas, as pedras antigas desfazendo-se sob seu toque conforme seguia o crepitar do fogo. Devia ter se assegurado de que Altair estava dormindo antes de partir. A última coisa de que precisava era deparar com um general desnudo. De novo.

Não demorou muito para avistar a pedra escura iluminada pelo brilho da fogueira.

Reconheceu os cabelos despenteados, a postura imóvel que mal escondia sua força silenciosa. Se ela não fosse tão familiarizada com o mundo e tão habituada ao silêncio, ele teria notado sua presença. Zafira não duvidava nem um pouco das histórias do príncipe hashashin.

Porém, também não duvidava da própria furtividade.

Ele estava numa pequena câmara, com a largura de um saco de dormir. Zafira passou por baixo de um arco pontiagudo e atravessou o corredor, detendo-se nas sombras do patamar desmoronado. Nasir encarava o fogo de costas empertigadas, e foi por isso que ela percebeu que havia algo errado. Afinal de contas, ele estava sempre relaxado, mesmo durante o combate.

O fogo sibilou assustadoramente e então cresceu, explodindo e rugindo em direção ao teto absurdamente alto. Zafira engoliu em seco.

As chamas gigantescas brilhavam e tremeluziam, passando para o tom de ameixa que permeava o céu de Demenhur nas primeiras horas do dia. Ouviu Nasir respirar fundo.

De repente, um homem saiu do meio do fogo.

Pela neve que cai. Que magia negra era aquela? O príncipe não ficou nem um pouco surpreso, ou seja, já devia estar acostumado com aquilo. Os olhos arregalados de Zafira ardiam por não piscarem. Embora o homem parecesse estar na sua frente, ela tinha a impressão de que ele não estava realmente ali.

Então, onde é que ele estava? *Quem* era ele?

O homem usava um turbante, mas sua silhueta flamejante ocultava a cor do tecido. Era uma cabeça mais alto que Nasir, e seu thobe se esticava sobre os ombros largos. O poder emanava dele.

— E então? — perguntou a Nasir à guisa de cumprimento. O tom frio de sua voz era bem parecido com o do príncipe. Zafira mal conseguia enxergar o rosto de Nasir, mas ele parecia diferente.

Mais fraco. Todo encolhido.

Ficou ainda mais confusa, e o medo tomou conta dela. Zafira estremeceu e, se não estivesse tão concentrada na cena, teria ouvido o som de passos. Mas, quando o estalar quase imperceptível da areia soou atrás de si, já era tarde demais.

A mão de alguém tapou seus lábios. Ela tentou se desvencilhar sem fazer barulho para abrir a boca e usar os dentes.

— Shh — sussurrou uma voz, o hálito quente em sua orelha. — Vou te soltar, mas você precisa continuar em silêncio. Entendido?

Altair. Ah, aquilo estava ficando cada vez melhor. Ela assentiu com a cabeça e, depois de um instante, o general afastou a mão.

Ele deu um passo à esquerda dela, com o rosto sombrio.

— Dez dias se passaram — disse Nasir ao fogo num tom de voz entediado. Sem vida.

A silhueta de fogo tremeluziu.

— Acha que sou tolo como você, rapaz? Sei muito bem quanto tempo faz.

Zafira se encolheu ao ouvir o tom grosseiro do homem. "Grosseiro" era um eufemismo. Ele tinha os mesmos olhos cinzentos de Nasir, só que ainda mais frios. As outras feições do homem também eram vagamente familiares. *Será que ele é…?*

— Quem é ele? — sussurrou ela, sentindo um nó no estômago.

Altair repuxou os lábios.

— Seu rei. O Sultão de Arawiya.

O homem que assassinara o califa de Sarracena e mandara dois homens atrás dela. O homem que fazia o Príncipe da Morte, temido por todo o reino de Arawiya, se acovardar diante de uma fogueira.

Nasir pigarreou.

— O senhor me pediu para convocá-lo.

— Sei o que disse para você fazer.

Depois disso, o sultão deu as costas para ele, deixando que Nasir ficasse de punhos cerrados olhando para a nuca do pai. O daama pai.

— O que é que o sultão está fazendo aqui? — perguntou Zafira devagar.

— Ele não está aqui, e sim na Fortaleza do Sultão. Nasir o convocou por meio da dum sihr — respondeu Altair, franzindo a testa. — Provavelmente com o sangue da Bruxa de Prata, pois não existe outra maneira de realizar tal feitiço em Arawiya.

— Ele parece ser tão mal-humorado quanto Nasir — disse ela, depois cutucou Altair com o ombro e sussurrou: — Vá lá cumprimentá-lo.

Ele olhou para Zafira com uma cara de nojo.

— Não tem a menor graça.

Ela quase riu da expressão no rosto dele.

— Eu não disse que tinha. Estou tão acostumada a ouvir você contando alguma piada. Senti falta delas.

Zafira fez uma pausa. Altair hesitou.

— Você... — começou a dizer ele.

— Na verdade... — falou ela no mesmo instante.

Eu disse mesmo que sentia falta de algo que ele costuma fazer? Não, respondeu a si mesma. Ela sentia falta de suas brincadeiras porque sentia falta das brincadeiras de Yasmine. Sentia falta de Yasmine, khalas.

— Por que Nasir o convocou? — perguntou Zafira, quebrando o silêncio constrangedor. Recusava-se a acreditar que Nasir cumpria as ordens do Sultão de Arawiya. Ele era um príncipe. Letal. Privilegiado. Ele...

— Ele está seguindo ordens.

— Mas *por quê*? Ele tem medo do sultão? — Lembrou-se das cicatrizes em suas costas. Fileiras e mais fileiras delas. — Ele tem medo de ser castigado.

Altair bufou de desdém.

— Nasir? Ele não tem medo da dor. Não mais.

Não mais.

A câmara se iluminou com uma mudança no fogo, e Nasir deu um passo para trás. Altair pegou a mão dela e os dois ficaram paralisados, embora estivessem a salvo nas sombras.

— Já recuperou o livro? — perguntou o sultão, voltando-se para Nasir.

— Não. — Até aquela simples palavra o fez se encolher ainda mais.

— Eu não devia ter esperado coisa melhor de você.

Nasir estremeceu, e Zafira ficou furiosa. Que tipo de pai menosprezava o filho o tempo inteiro?

— Já descartou os outros?

Descartou. Como se fossem restos numa lixeira. A pausa de Nasir serviu de resposta.

— Você está fracassando, o que não é nenhuma surpresa. E quanto a Altair?

Mais uma pausa, e o sultão bufou de desdém. Altair apertou a mão dela.

— Só preciso de mais tempo — respondeu Nasir com sua voz mortiça.

Zafira ficou irritada. Por que ele não enfrentava aquele homem?

— E o Caçador?

Nasir se retesou.

Zafira respirou fundo, e Altair a manteve parada ali, pressionando seus dedos numa advertência silenciosa.

— O Caçador demenhune é uma garota… uma mulher — respondeu Nasir com uma hesitação na voz cautelosa.

O sultão não teve nenhuma reação.

— E…?

Silêncio. Zafira esticou o pescoço, louca para ouvir a resposta de Nasir.

O sultão deu uma risada zombeteira que a deixou de sangue quente.

— Quer dizer que você pensou em poupá-la. Acha que é a sua chance de redenção? Rapaz tolo, a escuridão é o seu destino. Você nasceu para o inferno.

Nasir encolheu os ombros de leve. Se não estivesse tão concentrada nele, Zafira nem teria notado. Duvidava muito que ele tivesse notado o que acabara de fazer.

Céus.

O Príncipe da Morte estava tentando obter a aprovação do pai.

— Mate-os e traga-me o livro. Não volte antes disso, ou ela perderá mais do que apenas a língua.

Mate-os. Era isso que ele tinha ido fazer em Sharr. Ela deu um suspiro entrecortado. Ao seu lado, Altair praguejou baixinho.

Ela esperou que Nasir abrisse a boca para enfrentar o homem.

— Você me ouviu? — perguntou o sultão.

O silêncio recaiu entre os dois, e ela sentiu a impaciência do sultão. Todo o corpo de Zafira aguardava a resposta de Nasir. O protesto…

— Sim, Sultani.

… que não veio.

Zafira balançou a cabeça; a aceitação de Nasir bombardeou sua calma. *Laa, laa, laa.* Desvencilhou-se de Altair e deu um passo para trás sem pensar.

Algo estalou sob suas botas. O Nasir que ela conhecia voltou à vida e jogou alguma coisa no fogo, que se apagou imediatamente antes que ele se voltasse para as sombras.

Para onde ela e Altair estavam.

Zafira respirou fundo.

Altair pegou a mão dela, e os dois saíram em disparada. Ela sequer olhou para trás, pois sabia que não conseguiria ver nem ouvir o príncipe. Os hashashins desafiavam todos os sentidos.

De volta ao acampamento, Altair lançou-lhe um olhar que dizia que era tudo culpa dela antes de se deitar apressadamente no saco de dormir e Zafira, em sua cama improvisada. Kifah não estava em lugar nenhum. Um segundo depois, Nasir apareceu no acampamento.

Ele tinha o rosto afogueado e os cabelos em pé. A máscara tinha desaparecido; em seu lugar, havia apenas o desespero e um par de olhos injetados. Ele se esgueirou entre os sacos de dormir e Zafira fechou os olhos, controlando a respiração.

Bem, pelo menos tentando. Ao fracassar, resolveu prender a respiração, o coração batendo como um tambor no meio da noite.

O príncipe sequer olhou para ela.

Nasir não se deu ao trabalho de tentar dormir. Escalou o que restara do minarete e se sentou na pedra em ruínas. As dunas sumiam no horizonte sombrio. Estava com raiva de si mesmo e das coisas que se permitia sentir.

Matar. Matar. Matar. Como é que seu pai ficara sabendo de Benyamin e Kifah? O sultão parecera incerto durante a reunião na Fortaleza.

Uma sombra recaiu sobre ele quando Benyamin apareceu ali e se acomodou ao seu lado de pernas cruzadas. Um empurrão, e o safi imortal despencaria para a morte.

Morte. Será que ele não conseguia pensar em mais nada? Era risível.

— Seu pai já foi um homem digno — disse Benyamin, mas Nasir só conseguia pensar nas palavras duras do safi após a emboscada dos kaftars, que acabaram consigo.

— O sultão é meu pai. Sei muito bem o que ele era e o que é agora — retrucou Nasir, exausto. *Agora, vá embora daqui*, teve vontade de acrescentar, mas estava farto de lutar. Farto de tudo.

— Ainda existe amor dentro dele — insistiu Benyamin.

Mais uma palavra e Nasir daria o empurrão fatal que o safi praticamente implorava para levar. Ele manteve os olhos fixos no céu escuro e disse:

— Vou até adivinhar: você sabe o que o aflige.

— A mesma coisa que cravou as garras em Sharr. A cada dia que passa, Ghameq perde mais de si mesmo para a doença que há dentro dele. Daqui a pouco, o sultão de Arawiya não passará de um fantoche para um mal ancestral.

Ele estava quase lá. Não havia nenhum motivo para tomar Sarracena. Ou lançar gás venenoso em Demenhur. Nasir só não conseguia entender *o que* tal mal queria com isso.

— Não estou enganado, estou? Você já teve vislumbres do homem que ele costumava ser — continuou Benyamin.

Nasir o viu de relance naquele dia, ao lado das cortinas da cama de seu pai. A curiosidade o fez abrir a boca.

— O que é isso? O que está crescendo dentro dele?

— A lua mingua, mas a noite cresce cada vez mais, mergulhada numa escuridão terrível da qual a maioria de nós jamais sairá. Eu poderia lhe contar o que começou a se agitar nas sombras, mas precisamos da sua força.

Nasir encontrou os olhos do safi, mas Benyamin não havia terminado.

— Pois, se soubesse, nem mesmo o Príncipe da Morte teria a coragem de seguir em frente.

capítulo 63

Zafira acordou cedo. Bem, ao menos decidiu se levantar cedo. Mal tinha dormido, revirando-se na cama a noite toda, atormentada pela visão de um Nasir assustado e do Sultão de Arawiya.

Quanto tempo levaria até que o príncipe sucumbisse às exigências do pai e cravasse sua cimitarra nela? Zafira pensava que ele estivesse mudando, que estivesse se tornando um… aliado. Ou algo mais. Mas estava claro que ela não passava de um recurso útil para atingir seu objetivo.

Ela puxou a corrente, afrouxando-a ao redor do pescoço, e se sentou.

O príncipe herdeiro estava bem diante dela. Com a cimitarra em punho.

Zafira olhou para a lâmina e ergueu o queixo devagar, fixando o olhar no dele.

Ele deu uma risada suave.

— Sabia que era você.

Ela não gostava daquele Nasir. Aquele que deixava a máscara cair, que conseguia rir e olhar para ela sem sua típica frieza. Ele a deixava inquieta. Insegura.

Em brasas.

— Acabe logo com isso — desafiou ela antes que conseguisse se conter. Mas cada pedacinho dela esperava que houvesse outro motivo para ele estar ali.

Ele pestanejou e baixou os olhos para a cimitarra.

— Eu não ia… eu não ia te matar — replicou Nasir com uma careta que repuxou a cicatriz, como se tivesse engolido algo amargo ao pronunciar a palavra "matar". — Acabei de treinar. — Ele girou a cimitarra, considerando a arma antes de franzir a testa. — Me ajuda a pensar.

Imitar o ato de matar o ajudava a pensar. Zafira quase deu uma gargalhada.

As mangas do casaco dele estavam arregaçadas e seus músculos esguios se flexionavam com os movimentos. Zafira olhou sua tatuagem e, quando ele reparou nisso, embainhou a cimitarra e puxou as mangas para baixo.

— É só uma questão de quando você vai fazer o que prometeu — disse ela com a voz trêmula de raiva. Teve vontade de acrescentar *como o covarde que é*, mas ele já ouvira muitos insultos do pai na noite anterior.

Ela tinha pena dele. De seu silêncio. Do poder que ele tinha na ponta dos dedos, inútil por causa do vínculo com o sultão. Imaginou que Nasir nunca tivesse enfrentado o pai.

— Quanto mais adiar, mais difícil será — falou ela baixinho, surpresa com sua sinceridade. Nasir deu um passo para perto dela, e Zafira queria que ele que desse mais um. E mais um. E mais um. E mais um.

— De que forma? — sussurrou ele. Como se tentasse entender o que estava acontecendo entre os dois tanto quanto ela.

— Não sei.

Alguém bocejou, e ela ouviu o farfalhar de roupas quando outra pessoa se espreguiçou ali perto. Zafira se lembrou do timbre da voz do sultão.

— Você *não* tem medo dele — concluiu em voz alta.

Ele se retesou.

— Você tem medo de… — Ela fez uma pausa e franziu a testa. — O que ele quis dizer com "ela perderá mais do que apenas a língua"?

Nasir fechou os olhos e franziu o cenho. Zafira reparou que sua barba tinha sido aparada. Quando é que os homens arranjavam tempo para essas futilidades?

— Eu tenho medo — disse ele simplesmente, fugindo da pergunta, e, ao abrir os olhos, o Príncipe da Morte estava de volta, com a cicatriz no rosto e as íris como brasas apagadas pelo vento. — Sou o covarde que você pensa que sou.

Partiram cedo para evitar o sol que Benyamin achava que não chegaria. A noite sobre a qual os alertara recaía sobre eles, o céu cada vez mais escuro apesar de já ser manhã.

Nasir pestanejou para se livrar da exaustão que se abrigava por trás de seus olhos. Pensou na noite anterior, quando dois pares de pés saíram correndo pelas ruínas. Os passos mais leves pertenciam à Caçadora. Os mais pesados só podiam pertencer a um homem em particular, e ele esperava que Altair estivesse satisfeito com todo o menosprezo que ouvira de seu pai.

A Caçadora os guiava em silêncio, passando as mechas soltas dos cabelos escuros para trás com os dedos. Quando ela se levantou de manhã e o encarou com os olhos azuis afiados como foices sem nenhum medo ou dissimulação, Nasir sentiu-se estranha e inexplicavelmente triste.

Ele sabia que estava sempre triste. Mas havia uma diferença entre um estado perpétuo de melancolia e uma súbita rajada de infelicidade, que o deixava gélido e desamparado. Chafurdando numa tristeza sem fim.

Nasir deu um longo suspiro.

Altair tinha razão. Entre o momento que jurara matar o Caçador demenhune e o presente, passara a sentir algo por ela. Afeiçoara-se à garota. Os sentimentos se manifestaram sem a permissão dele, tramando contra seu cérebro e agindo em conluio com o que restava de seu coração.

De fato, era só uma questão de quando cumpriria seu juramento. Ele não podia enfrentar o pai, o notório sultão de todo o reino.

Mas você é o Príncipe da Morte.

Cale a boca, escuridão, sibilou Nasir em sua cabeça. A escuridão deu uma gargalhada, e Nasir se deteve, pensando na idiotice daquilo tudo antes que a Caçadora tombasse do nada.

Ela caiu
de joelhos
no chão.

Nasir sentiu o impacto da queda como se fosse um soco no estômago. Passou por Kifah e Altair e se agachou ao seu lado. Ela tremia sem parar, com a cabeça voltada para o céu.

A Caçadora ficou imóvel assim que ele se aproximou dela.

— É a escuridão? — murmurou ele antes que os outros pudessem ouvir.

Benyamin chegou perto dos dois logo em seguida.

— Você está bem, Caçadora?

— O que... — começou Kifah antes que Zafira os calasse.

— Olhem ao redor — disse a Caçadora com a voz aterrorizada. Intensa.

Nasir examinou os arbustos, as ruínas de calcário, as dunas de areia. O mesmo canteiro de salicórnia repleto das mesmas flores brancas que vira no dia anterior.

— Kharra — murmurou Kifah, largando a lança.

— Acha que a Bruxa de Prata pensou no que aconteceria quando sua bússola falhasse? — A voz da Caçadora era afiada como uma faca. Ela se pôs de pé, o rosto iluminado pela fúria. Uma fúria dirigida a ele. — Você devia ter me matado.

Ela estava tão perto que Nasir até poderia tocá-la. Suavizar, com os lábios, as duras linhas de raiva que marcavam sua pele.

O último pensamento o deixou intrigado.

Quando foi que Nasir sentira vontade de beijar alguém? Até mesmo Kulsum o beijara primeiro, e só para... *usá-lo*. A aflição pesou em seus ombros. Combinava com o olhar da Caçadora.

— Para que você vai me usar agora, príncipe? Não passo de uma bússola quebrada.

Usar. A palavra fez um corte profundo no peito dele.

Altair quebrou o silêncio.

— Você não está quebrada — disse ele, pousando a mão com delicadeza em seu ombro.

Mas ela não olhava para o general, e sim para Nasir, à espera do que teria a dizer. Ele era hábil em tantas coisas, mas não com as palavras. Não conseguia falar por mais que aqueles dois cacos de gelo lhe implorassem.

— A culpa é sua — falou Nasir de repente, voltando-se para Benyamin. O safi estremeceu ao ouvir a acusação. — Se não tivesse lhe contado o que ela era, isso jamais teria acontecido.

Kifah fervilhou de raiva.

— De todas as coisas egocêntricas que você poderia dizer…

— Laa, acho que o príncipe tem razão — interrompeu Altair. — Você não está quebrada, Zafira.

Nasir se encolheu ao ouvir o nome dela na boca de Altair. Mal conseguia se referir a ela pelo nome em seu íntimo, pois achava que… não merecia.

— Você sempre seguiu o caminho indicado por seu coração — continuou Altair. — Era uma noção do seu subconsciente em que você confiava sem a menor hesitação. Mas agora que sabe o que é, começou a usar a cabeça. E isso a levou a se desviar do caminho certo.

— Quer dizer que estamos perdidos? — perguntou Kifah. Suas palavras foram seguidas por mais uma camada de escuridão, que tomou conta do céu.

Benyamin cerrou o maxilar, estudando as sombras crescentes.

— A noite começou a se agitar — murmurou ele.

Nasir não fazia a menor ideia do que dizer.

Havia algo de agridoce num dia havia muito esperado. Ela ouvia os outros conversando, mas eram como vozes cantando uma música, uma que ela não escutava mais.

Zafira havia chegado ao destino que tanto temia. E, agora que alcançara tal ponto, percebeu que era inevitável: sempre estivera numa viagem rumo à perdição.

As coisas haviam piorado muito na noite anterior, quando o Sultão de Arawiya lembrara a Nasir o que devia fazer. Quando Benyamin a lembrara que ela não passava de um recurso útil para o jogo da bruxa.

Ao contrário da escuridão, que sempre cuidara dela. Era sua constante. Importava-se com Zafira.

Agora ela lhe dava as boas-vindas mais uma vez. Talvez estar perdida lhe desse uma sensação de liberdade. Livrava-a das obrigações.

Zafira bint Iskandar acolheu a escuridão.

E a escuridão a acolheu de volta.

Ato 3

As Mentiras que Engolimos

capítulo 64

Zafira estava em outro lugar, e não na ilha de Sharr que viera a conhecer e temer.

A luz difusa a fez pensar em quartos escuros e no farfalhar de roupas. Em cochichos e sorrisos disfarçados. Aquele lugar com certeza não era o deserto. Nem as ruínas. Nem *lá fora*.

O teto erguia-se numa abóbada alta. As paredes de madeira escura e pedra eram recortadas por treliças tão complexas e finas que deviam ter levado anos para serem concluídas. Um brilho surgiu por trás delas, lançando um caleidoscópio de sombras e luz sobre o piso cor de cobre. Era um lugar cheio de extravagância.

Um majlis se estendia à direita numa cor vibrante, suas almofadas num tom de roxo-escuro. Um corredor abria-se à esquerda. Alguma coisa se alongou em meio à penumbra, sussurrando de suas profundezas. Ela desviou o olhar com um calafrio.

Não havia nenhuma janela para que espiasse lá fora e tentasse adivinhar onde estava. Em seu lugar, havia flâmulas de arte com pinceladas ousadas de cor, tudo de forma abstrata. Às vezes, ela conseguia distinguir algumas palavras em safaítico, mas o objetivo da arte abstrata não era fazer cada um ver o que queria?

— Que a paz a acompanhe, Caçadora.

A voz era suave e exuberante. Aveludada e sombria. Ouvi-la era como voltar para alguém havia muito perdido. Zafira não sentiu medo no coração nem apreensão no peito. Ficou… à vontade. Voltou-se para o dono da voz.

O homem estava parado sob as sombras da abóbada. Ele repuxou os lábios num sorriso de boas-vindas e a estudou com frios olhos cor de âmbar enquanto ela também o estudava. Havia uma cicatriz em sua têmpora que sumia sob o turbante escuro. Ele era jovem, mas nem tanto, talvez fosse um pouco mais velho que Nasir. Seu thobe, num tom de malva tão escuro que até parecia preto, ajustava-se ao corpo esguio com o auxílio de botões prateados.

Ele era lindo. Um tipo assustador de beleza.

Zafira retribuiu seu sorriso.

— Onde estou? — perguntou ela, grata por sua voz não tremer.

— Em casa — respondeu ele de um jeito que dava a entender que ela já devia saber disso.

— E quem é você?

— A Sombra.

A cautela tomou conta de Zafira.

— Isso não é um nome.

— Quando se vive em isolamento por tanto tempo quanto eu, a utilidade de um nome lhe escapa até que o próprio nome acabe por desaparecer.

Quanto tempo é preciso viver para se esquecer do próprio nome? Zafira pensou na Bruxa de Prata. Ancestral e jovem ao mesmo tempo. *Imortal.*

Ele deu um passo sob a luz dourada, e Zafira perdeu o fôlego ao ver a tatuagem cor de bronze em torno de seu olho esquerdo. *'Ilm.* Ela acompanhou as letras com o olhar, desvendando o significado da inscrição safaítica na cabeça. *Conhecimento.*

Benyamin tinha…

A Sombra voltou a sorrir, e Zafira foi atingida por uma cacofonia de emoções, esquecendo-se imediatamente do que estava pensando. A zumra não estava por perto. Ela estava sozinha num lugar escuro com um homem. Não um rapaz com medo das consequências, mas um homem com um sorriso sábio e malicioso nos lábios.

Zafira não devia ter ouvido as histórias de Yasmine, que a faziam pensar demais. As histórias que a amiga jurava que a fariam corar, mas só a deixavam de sangue quente, pois uma demenhune jamais corava.

A Sombra estendeu o braço em direção ao majlis, abrindo os longos dedos.

— Sente-se.

Ela estava dolorosamente ciente da presença dele ao colocar um pé diante do outro. Dolorosamente ciente de seu estado de imundície face a tamanha extravagância. Na beira do tapete, tirou as botas e pisou no tecido macio. Em seguida, sentou-se na almofada, enfiando os pés debaixo das coxas.

Ele se sentou em frente a Zafira. Havia um dallah todo ornamentado na almofada redonda entre os dois, o vapor escapando de seu bico curvo. Xícaras pequenas e sem asas estavam empilhadas bem ao lado, junto com uma tigela de sementes de romã que brilhavam sedutoramente. A Sombra começou a servir o líquido escuro nas xícaras. O aroma inebriante do café cheio de especiarias, como cardamomo, cravo e açafrão, tomou conta do ambiente.

Se tinha achado que ficar sentada fosse acalmar seu coração acelerado, ela estava muito enganada.

— Onde é que estamos, de verdade? — perguntou ela.

Ele empurrou uma das xícaras em sua direção com as costas da mão. O vapor que subia da xícara parecia preto.

— O qahwa mais forte que você já provou — insistiu ele com sua voz sombria.

Zafira arqueou as sobrancelhas de leve, e ele repuxou um canto dos lábios.

— Você está na minha casa.

Ela ainda tinha que entender os limites daquele homem estranho que surgira do nada. Por outro lado, já estava bem acostumada com a escuridão. Uma sombra não devia ser muito diferente, não é?

— Em Sharr. — Ele sorriu. — Mas seus amigos, laa, aqueles exploradores, não podem encontrar você aqui.

— Não são meus exploradores. — Ela franziu a testa. *Nem amigos.*

Ele meneou a cabeça.

— Ah, não? Cada um deles é a própria definição de explorador: alguém que usa o outro a fim de alcançar um objetivo egoísta.

Foi o que lhe parecera. Mas em algum momento entre a primeira vez que pôs os olhos em Nasir e o instante que se perdeu, desencaminhando a zumra, os sentimentos de Zafira haviam mudado e ela ainda não conseguira colocar ordem na bagunça de suas emoções.

Ela direcionou a conversa de volta para a casa invisível da Sombra.

— Um rastreador poderia encontrar este lugar. Não é lá muito discreto.

Ele quase começou a rir. Em seguida, pousou a xícara no otomano e se recostou, entrelaçando os dedos em volta da perna esticada. Uma das pontas finíssimas do turbante preto escapou das dobras, curvando-se em torno de sua orelha direita. Uma coisa tão banal e mundana para captar a atenção de Zafira, que quase não notara suas orelhas pontudas de imortal.

— Não confia que eu vá cuidar de você, azizi? — perguntou ele com sua voz aveludada.

Ela apertou os lábios ao ouvir o apelido "minha querida".

— Você não está presa aqui — continuou ele. — Pode ir embora quando bem entender.

— Como é que você pode falar em confiança se eu nem o conheço?

Os olhos cor de âmbar da Sombra tornaram-se líquidos de mágoa. Ele tomou outro gole de qahwa, e Zafira observou o movimento de sua garganta e sua língua passar pelos lábios. As histórias de Yasmine lhe voltaram à cabeça.

— Ana Zalaam. Ana Zill.

Sou a Escuridão. Sou a Sombra.

Zafira estremeceu.

— Não estou entendendo.

— Pois nem deveria. — As palavras foram ditas com uma intensidade incontida.

Ela foi novamente atingida por uma estranha sensação de familiaridade. Como se conhecesse aquele homem estranho e belo por toda a sua vida.

Ele prosseguiu:

— Fui seu socorro em Arz. Seu consolo em Sharr. Aquele que sempre te fez companhia.

O coração de Zafira disparou dentro do peito.

— A escuridão — concluiu ela devagar, tentando entender. Lembrando-se dos anos de sombras e noites escuras e acolhedoras. Das vozes. Das sombras que mudavam de forma em júbilo, beijando e acariciando Zafira. Da resposta toda vez que saudava as árvores sombrias, tanto em Sharr quanto em Arz. — Era você.

Como é que a escuridão que envolvia tudo se tornara um homem? E por que ele estava em Sharr?

— Você acha que sou maligno, azizi — ponderou ele. — A escuridão é a ausência de luz, a mera razão de a luz existir. Sem as trevas, a luz não teria limites. Laa, seria uma maldição. — Ele ajeitou as xícaras e colocou uma única semente de romã na língua. Seus dedos eram longos e aristocráticos, mas, depois que Zafira piscou os olhos, ficaram parecidos com garras. — As coisas só existem para repelir seu oposto.

Ela fechou a boca com força para conter uma enxurrada de pensamentos. A Sombra a estudou, vendo seu conflito.

— Sou como você me vê agora, mas, quando necessário, sou zalaam. Sou zill.

Um homem que podia se transformar na escuridão. Espantoso.

Ele se levantou e estendeu a mão. A tatuagem começou a cintilar. Ela olhou para os dedos compridos e enrolou a língua. Caso recusasse, ele poderia parar de responder às suas perguntas. Caso aceitasse, talvez se aproveitasse de sua confiança.

A mão dele continuava firme, apesar da hesitação dela.

Ela a tomou.

O homem a ajudou a se levantar. Mas não a puxou para cima, e sim *em sua direção*, e ela estendeu a mão para não cair em cima dele. Ele olhou para os dedos dela contra seu peito, e ela ficou paralisada ao ver o sorriso perverso em seus lábios quando a agarrou pelo pulso.

— Por que estou aqui? — sussurrou ela, de olhos arregalados.

— Nós nos conhecemos há tanto tempo, azizi. — Sua voz era tão suave quanto antes, e o coração de Zafira começou a bater disparado. — Pensei que já estava na hora de nos encontrarmos.

Ele estava perto demais. Ela estava perto demais.

— Não está feliz por ter me encontrado? — perguntou ele, roçando os lábios em sua orelha, e ela quase perdeu o controle.

Zafira não conseguia pensar direito. Sabia que era melhor tirar a mão dali, mas o calor da pele dele através da roupa de linho a manteve no lugar. Até que uma percepção deixou seu sangue enregelado.

Ele não tinha batimentos cardíacos.

capítulo 65

Ela sumiu. *Desapareceu.* Nasir tentou encontrá-la, mas não viu a pele pálida da Caçadora nem o brilho de sua aliança em lugar nenhum. Não que precisasse.

Sentia sua ausência lá no fundo do peito.

Ao voltar para junto dos demais, deteve-se ao ver a expressão em seus rostos: expectativa. Nasir nunca era recebido daquele jeito, por isso balançou a cabeça, acabando com a esperança deles numa questão de segundos. *Agora sim.*

— A Caçadora estava bem ali — disse Kifah, apontando para as dunas com a ponta da lança. — Agora não há nem sinal dela.

As sombras se adensaram e a areia começou a girar. A tempestade era iminente. A consternação de Benyamin estava estampada em seu rosto.

— Chegamos tarde demais. Chegamos tarde demais. Ela…

— Não me obrigue a dar um tapa em você, safi — retrucou Altair, com a voz alterada.

Kifah escalou o rochedo em busca da Caçadora.

Uma risada histérica subiu pela garganta de Nasir. Estavam perdidos. Não tinham uma bússola para ajudá-los a encontrar sua bússola. *A bússola.* Trocou com Altair um olhar de compreensão, e ficou imaginando há quanto tempo o homem já sabia que a bússola sempre apontara para a Caçadora. Nasir tirou o disco do bolso e deu um suspiro quando o ponteiro parou em algum lugar a nordeste.

— Sei onde encontrá-la — disse ele, sem se dar ao trabalho de explicar. Como é que ia explicar algo que não compreendia?

Kifah saltou da rocha e estudou a bússola. Não o questionou.

— Há um declive logo adiante, mas não sei se é muito íngreme.

Ele assentiu com a cabeça. Podia abandoná-los ali. Caso morressem, Nasir não seria obrigado a ver a vida abandonar seus rostos já familiares.

Tirou a cimitarra da bainha e respirou fundo, olhando de relance para Altair. Benyamin assentiu com firmeza.

Ele tinha uma Caçadora para caçar.

capítulo 66

Zafira amarrou os cadarços das botas bem devagar, olhando para os arabescos do elegante piso de lajota e tentando controlar a respiração ofegante. Endireitou o corpo. Ele estava perto. Muit*o* perto.

— Você não para de procurar uma maneira de fugir, azizi.

Ela não negou.

— Eles não vão demorar muito para me encontrar. Exploradores não costumam abandonar seus bens tão fácil assim.

— Você está falando de seu amante — disse ele baixinho, inclinando a cabeça de leve.

— Meu amante. — A ideia era tão absurda que ela quase deu uma gargalhada.

— O príncipe herdeiro. Afinal de contas, ele é o único que sabe como rastrear uma pessoa.

Zafira se encolheu.

— Ele não é meu amante.

Havia um sorrisinho cruel nos lábios da Sombra.

— Ah, mas bem que gostaria de ser. Já perdi a conta de quantas vezes ele imaginou passar as mãos pelas suas coxas, levar a boca até a sua e roçar os dentes nos seus lábios…

— Pare — sussurrou ela conforme as palavras lhe corroíam o âmago e a deixavam em brasa. Só havia uma explicação para a Sombra ter entrado nos pensamentos de Nasir: o príncipe estava ainda mais enredado nas garras da escuridão do que ela.

— Que rapaz sem-vergonha — repreendeu a Sombra com um estalar da língua. Seus olhos cor de âmbar captavam cada um de seus movimentos; ele era tão caçador quanto Zafira.

— Isso não é amor — disse ela.

— De fato. Há uma grande diferença entre o amor e um amante. Eu diria que a última opção é bem mais prazerosa. Uma pena que você anseie pela primeira.

— O amor é para as crianças. — *Ataca os fracos, aqueles que nasceram com esperança demais.*

Ele franziu o cenho.

— É mesmo? Porque descobri algumas coisas.

Ele levantou a mão e começou a fechar os dedos um a um.

— Para conquistar o amor de seu pai, você pegou um arco e se tornou a Caçadora que ele queria que fosse.

A voz aveludada penetrava sob a pele dela.

— Para conquistar o amor de seu povo, você desbravou a floresta de Arz. Você os alimentou. Entregou belas peles de cervo para eles. Limitou-se a uma vida de mistério. Embora não lhes devesse nada.

Não era por causa disso.

Não mesmo.

Não.

Será que ela era tão contrária ao amor que se tornara uma escrava dele sem nem perceber?

— Recentemente, para conquistar o amor de seu califa, apesar de saber que não seria forçada a nada, apesar de saber que poderia muito bem perecer nesta ilha, você se juntou a essa expedição.

— Nunca senti a necessidade de conquistar o amor de ninguém. Nem de meu pai quando estava vivo, nem de meu povo, e nunca de meu califa.

— Ah, é? Então por que fez tudo isso?

A Sombra se recostou na parede escura e repuxou um canto dos lábios. Seu olhar era como um toque. Seu sorriso, como um sussurro no pescoço dela. Zafira teve sensações que nunca tinha vivenciado antes, ardendo dentro dela.

— Eu diria, Caçadora, que você acredita demais no amor. Todas as suas ações ao crescer e amadurecer vieram da necessidade de ser vista. De ser amada. Você sempre desejou isso. — Ele chegou tão perto dela que as palavras seguintes roçaram seus lábios. — Você anseia pelo amor.

Zafira se afastou e respirou fundo. Cada um de seus nervos entrou em polvorosa quando ele baixou os olhos dourados para sua boca.

— Não há nada de errado com o amor, azizi. Na verdade, o amor é tanto uma força quanto uma maldição.

Ela jamais desejara o amor. Ou então teria pulado nos braços de Deen no segundo que ele a pediu em casamento. Zafira caçava para o povo de Demenhur para que não ficassem com fome. Embarcara naquele navio para que não morressem. Fez tudo isso sabendo muito bem que *ela* poderia acabar morta.

Cada reflexão de sua mente se embaralhou e saiu do prumo. Ele começou a levá-la até o corredor escuro de onde as vozes tentavam sair.

Ela se deu conta de que continuava armada, com a jambiya no quadril, o arco e as flechas atrás das costas. Mas, ao farejar o ar, o aroma inebriante do qahwa embotou seus sentidos e sua mente tornou-se mais lenta.

A Sombra não era uma ameaça.

Ele lhe mostrara tantas coisas. Ajudara-a a organizar sua vida de modo a obter o que sempre desejou: o amor. Ele a trouxera para casa e a tratara como uma convidada.

Ele a estudou com os lábios entreabertos.

— Perdi a conta dos anos que vivi, assim como esqueci as letras de meu próprio nome. É possível tirar muita coisa de um homem, mas não seus desejos, sua paixão, sua vingança.

O coração de Zafira palpitou com a palavra "vingança".

— É por isso que preciso de uma parceira.

— Uma parceira — repetiu ela, bem devagar, enquanto se aproximavam do corredor. Algo lhe dizia que não era um lugar apropriado para ela.

— Você está procurando o Jawarat — disse ele com cautela. — Também preciso dele.

Do que foi que ele chamou os outros? Exploradores. Pois também era um deles.

— É por isso que está em Sharr?

O homem repuxou os lábios, considerando o quanto deveria revelar.

— Alguns diriam que sim.

Eles pararam sob um arco pontiagudo. A madeira escura era entalhada com diversos arabescos; a beleza de tal complexidade a fez perder o fôlego.

— O Jawarat — recomeçou ele.

Zafira quase arreganhou os dentes. Era como se a presença dele fosse um sinônimo do livro que começava a temer.

— Descobri que você é a única pessoa capaz de encontrá-lo.

— Foi o que me disseram.

Ele repuxou o canto dos lábios.

— Gostaria de propor um acordo. Vou ajudá-la em sua busca e, quando encontrar o Jawarat, você o trará para mim.

Ela o encarou, sentindo vontade de perguntar se ele era idiota.

— Que parte desse acordo me beneficia?

Se não estivesse prestando tanta atenção, Zafira não teria notado o arquear quase imperceptível de suas sobrancelhas. Será que ele não imaginara que ela seria inflexível?

— Só preciso dele por pouco tempo. Será todo seu depois disso.

— Entendo — disse ela, sem entender coisa nenhuma. — Tenho um sultão maligno que quer o Jawarat. E um reino inteiro cujo povo precisa do Jawarat. E agora *você* também precisa dele?

O silêncio se alongou entre os dois até ele soltar um suspiro cansado.

— Se não fosse por mim, azizi, você e sua zumra já teriam morrido.

Zafira ficou paralisada. Até que enfim ouvia o tom de voz que esperava da escuridão. De zill e zalaam. De um homem que vivia em Sharr com uma malevolência mal contida. O caos e a insanidade no meio da noite. O poder que zumbia no silêncio.

Ele abriu aquele sorriso que ela agora reconhecia como igualmente terrível e belo. Zafira não duvidou nem um pouco de sua afirmação. Lembrou-se do ifrit ouvindo uma ordem silenciosa. Lembrou-se das sombras que a protegiam e lhe davam as boas-vindas.

Quem era ele?

A Sombra se deteve na entrada do corredor. Foi só então que Zafira percebeu que ainda tinha o arco, as flechas e a jambiya porque eram inúteis. Nada disso a protegeria dele.

Ele examinou o rosto dela, mas não encontrou o que queria. Seus lábios se curvaram naquele sorriso enigmático. Ele se aproximou e encostou os lábios na testa de Zafira. Ela estremeceu, mal conseguindo se conter.

Ele disse em voz baixa:

— Se o seu amante vier aqui, azizi, vou arrancar a carne dos membros dele. Vou cortá-lo em pedacinhos e atirar sua carne na fogueira.

Zafira perdeu o fôlego.

— Acorrentem-na — disse ele às sombras antes de também se tornar uma delas.

capítulo 67

Nasir estava chegando cada vez mais perto. Conseguia sentir.

Bem, pelo menos foi o que disse a si mesmo para seguir em frente. As sombras se alongavam e se encolhiam no ritmo de sua respiração. Ainda era cedo para anoitecer, mas o céu sem estrelas estava escuro como o breu.

E era tarde demais para voltar. Mesmo que conseguisse se lembrar do caminho, o outros já deviam ter mudado de lugar. A Caçadora era a única pessoa capaz de encontrá-los agora.

Zafira.

Zafira era a única pessoa capaz de encontrá-los. Ele precisou fazer uma pausa ao pronunciar o nome dela em seu íntimo pela primeira vez.

Depois, seguiu o caminho errático que a bússola indicava até ouvir uma mudança inconfundível no ar, alertando-o da presença de outra pessoa.

Nasir ficou parado. Seus dedos se fundiram ao punho de couro da cimitarra.

Havia uma silhueta delineada contra o rochedo.

Não foi preciso que ela surgisse sob a luz para que ele reconhecesse seu andar sedutor. O vestido esvoaçante. Sua pele reluzia sob os tímidos feixes de luz, tão bela quanto o pôr do sol mais dourado.

— Kulsum. — murmurou Nasir.

Ela meneou a cabeça. Nasir franziu a testa e sentiu o coração palpitar em alerta, mas abaixou a lâmina mesmo assim. Guardou-a na bainha. Era como se uma tempestade corresse desenfreada por sua mente, espalhando as dunas de seus pensamentos.

— Meu príncipe — disse ela com a voz de seda que o libertara tantas noites.

Nasir se viu em centenas de lugares de uma só vez, nenhum tão assustador quanto aquela tempestade de fogo.

— Não vale a pena tanto esforço pela Caçadora.

Nasir falou bem devagar:

— Preciso dela para encontrar o Jawarat.

— E o que você vai fazer quando ela encontrar o livro e tentar matá-lo?

— Ela não faria isso. — Ele não duvidava nem um pouco daquilo.

Um sorriso surgiu no rosto dela e algo doeu dentro do peito de Nasir.

— Ela não é mais a garota inocente que chegou a esta ilha. — Kulsum apontou para as dunas. — Sharr muda as pessoas. Você também mudou. Começou a amá-la.

Ele fechou os olhos, mas nem tentou negar o que ela disse.

Kulsum continuou, com a voz mais suave:

— Você me esqueceu?

— Não, Kulsum — respondeu ele. — Eu não esqueci. *Jamais* esquecerei.

Ele se aproximou dela, querendo tocá-la. Abraçá-la.

Pela última vez.

— Mesmo que eu quisesse — murmurou ele —, jamais esquecerei que você não me amava.

Ele olhou para a beleza dela, para os abismos sem fim de seus olhos. As últimas palavras saíram ásperas, pois a culpa era sua.

— E que você não tem língua.

Ele deu um alto, derrubando-a no chão e arrancando um gemido de seus lábios. O ifrit que fingia ser Kulsum tomou seu lugar, e ele cravou a lâmina da manopla na carne da criatura. Aço dos safis, para garantir que não voltasse à vida.

Ele soube que não era Kulsum no instante que ela começou a falar com uma voz que jamais voltaria a ouvir, e mesmo assim perdeu um tempo precioso. O desejo o fizera puxar conversa com ela de modo tão egoísta. O desejo de entender, para finalmente fechar aquela ferida.

Era a primeira vez que um ifrit lhe mostrava o rosto de alguém, mas Nasir não teve tempo para refletir a respeito. Quando se levantou com um suspiro trêmulo, algo escorregadio se enroscou em seu tornozelo e o puxou em direção ao declive, seus gritos abafados pelas sombras.

capítulo 68

Zafira voltou a si no meio da escuridão.

Estava de costas para uma parede fria. Aros de metal envolviam seus pulsos e friccionavam seus ossos. Os braços estavam esticados e atados ao lado do corpo. O mesmo havia sido feito com suas pernas: estavam tão separadas que chegava a ser desconfortável. Ao tentar flexionar os ombros, ouviu o rangido das correntes.

A dor dominava suas emoções. O ângulo dos braços lhe repuxava o peito, a garganta, a pele. A abertura das pernas distendia o interior das coxas.

A sensação familiar do arco tinha desaparecido e o peso da jambiya na cintura era uma piada de mau gosto, já que ela não conseguia mexer as mãos.

Uma brisa fétida soprou em sua pele antes que o acender de um fósforo quebrasse o silêncio. Zafira fixou o olhar na diminuta chama que se movia conforme o cheiro de enxofre contaminava o ar.

Uma luz difusa permitiu que Zafira examinasse a sala retangular em que fora presa. Estava bem no meio do lado mais comprido. Em frente a ela havia uma cadeira do tamanho de um trono, de madeira preta e polida com adornos em prata velha. Vazia.

Uma lufada de ar, laa (seu coração palpitou), de *escuridão* passou e tomou forma em frente a ela num redemoinho de tinta, transformando-se num homem diante do trono. Um rei, coroado nas sombras.

Ele se sentou ali, com os olhos cor de âmbar perscrutadores.

— Sentiu um aperto no coração? — murmurou Zafira. — Ya laa, esqueci que você não tem um. — As únicas criaturas que ela sabia que não tinham batimentos cardíacos eram os ifrits. Mas os ifrits precisavam ser comandados. Não eram tão espertos. Tão ancestrais.

— Tanta amargura — ponderou a Sombra devagar.

Ela arqueou a sobrancelha, orgulhosa de si mesma por não se desviar do olhar penetrante do homem.

— Não estou numa posição que considero doce.

O divertimento suavizou as feições dele.

— É justo. Está com sede, azizi?

Uma garota se materializou à sua direita. Ela era a própria imagem da beleza em Arawiya: pele escura, olhos castanho-escuros, a curva suave de lábios vermelhos. Vestia um manto azul e um cachecol laranja em volta do pescoço fino. Trazia uma jarra de água numa das mãos e um copo vazio na outra. Zafira não conseguiu disfarçar a surpresa.

— Relaxe. Ela é uma ifrit — disse ele. — Não aguentava mais vê-los mudar de rosto a cada dois minutos, por isso fiz com que — ele olhou para a garota — alterassem seu costume.

— O que é que você quer comigo? — resmungou Zafira, tirando os olhos da garota. Ifrit. Tanto faz.

— Eu já te disse o que queria — respondeu ele, meneando a cabeça.

— Então decidiu me prender antes que eu pudesse aceitar o acordo? — Zafira esperava que a zumra não viesse atrás dela. Muito menos Nasir.

— Ah, mas você já tinha recusado. E agora não está mais em posição de negociar.

Ele pegou o copo da garota.

— Você costumava ser como este copo: gelado, vazio, um recipiente tão ansioso para ser saciado. — Ele fez um sinal para que a garota enchesse o copo. — Assim que descobri o que você é, chamei-a da floresta de Arz. Sussurrei para seu pai. Transformei-a na bússola afiada que você se tornou. Criei algo do nada. Mas sou um homem paciente, e a escuridão é eterna. Se não puder fazer o que lhe peço depois de tudo que fiz por você, azizi — ele fez uma pausa e passou a língua pelos lábios —, não tenho nada a perder.

Ele largou o copo.

Zafira se encolheu quando o vidro se espatifou no chão, espalhando cacos e gotas d'água pelo assoalho de cobre.

Assim como os cacos de seu coração, dispersos nas sombras.

Mais tarde, bem mais tarde, a Sombra voltou. Zafira sentiu os dedos delicados e frios do homem erguerem seu queixo antes de abrir os olhos. Seu corpo inteiro despertou ao sentir as pontas dos dedos dele, e seu coração traiçoeiro disparou dentro do peito quando ele passou o polegar por seu maxilar.

A tensão em seus braços e pernas começava a embotar sua mente. Seria capaz de fazer qualquer coisa por um segundo de alívio. Queria que os outros a encontrassem. *Não*. Não queria vê-los serem esfolados vivos.

Só que eles *não* conseguiriam encontrá-la. Sem Zafira, eram como cegos numa jaula cheia de lobos.

— Me solte — murmurou ela.

— Você teve a noite inteira para pensar. Vai trazer o Jawarat para mim? — A voz dele era tão suave quanto seu toque, e ela se perguntou como alguém tão bonito podia ser tão cruel.

Zafira quase disse que sim.

— Vou é te matar.

Ele deu uma risada preguiçosa.

— A morte é para os tolos, azizi. A escuridão é indestrutível, eterna, livre das limitações humanas. Suas armas não podem me fazer mal.

Definir é limitar.

— Faz anos que você planeja isso — disse ela ao se dar conta dos planos dele. — Desde que voltei de Arz pela primeira vez.

Desde a morte da sultana. Antes de Baba morrer. Antes de Umm enlouquecer.

Quem era aquele homem?

— A Bruxa de Prata — murmurou ela. Qual era seu papel naquela história?

— Uma mulher tão bonita, não? — comentou ele, afundando na cadeira. — Ela era firme em sua missão, mas estava carente e seu trabalho era tão solitário. Coloquei armadilhas e disse palavras bonitas, e minha paciência foi logo recompensada. O sultão de Arawiya, por outro lado, depois de ganhar o medalhão que ama mais que o próprio filho, foi muito fácil de controlar.

Carente. A compreensão começou a correr em suas veias.

Zafira fez a pergunta seguinte com muita cautela.

— Por que... por que você precisa do Jawarat quando comanda uma ilha inteira?

— Sharr está fora de controle. Acha mesmo que *quero* que Arz devore Arawiya? — Ele se recostou na cadeira. Sua tatuagem reluzia no escuro.

Ele estava mentindo. Sharr era só um pedaço de terra, não tinha a menor necessidade de ameaçá-los com um exército de árvores.

— Não sou idiota a ponto de desejar a destruição, azizi. Só quero manter tudo em ordem e é preciso fazer grandes sacrifícios para alcançar grandes feitos.

— Então você não passa de um criminoso qualquer, que usa a dum sihr para fazer com que Sharr o obedeça.

Ele meneou a cabeça, e um brilho faiscou no âmbar de seus olhos.

— Você não leu a meu respeito nos livros? Aquele que comanda a magia sem o uso do sangue? Torne-se um portador, e a magia será sua sem precisar dar nada em troca. Já estou farto de tomá-la emprestado, das limitações de uma única afinidade, apesar de ser capaz de usar a dos outros. Por que devo ser um mero usuário se posso ser um portador?

Você não leu a meu respeito nos livros? O homem que controlava a magia como nenhum outro. O homem que ultrapassara as limitações da dum sihr, quase tão poderoso quanto as próprias Irmãs.

Zafira sabia quem era a Sombra.

Sabia por que ele não tinha batimentos cardíacos, por que as orelhas pontudas dos safis se projetavam das dobras de seu turbante. Metade ifrit, metade safi.

O Leão da Noite.

capítulo 69

Nasir enfim parou de ser puxado, mas àquela altura já tinha perdido a noção de tudo: de tempo, de lugar, da Caçadora. Se duvidava antes, agora ele tinha certeza de que estava completamente perdido.

A videira em torno de sua perna escorregou de volta para as sombras. Laa, era uma escuridão absoluta. O medo deixou sua visão turva.

Ele se pôs de pé e ajeitou as roupas. Tentou não pensar no ifrit disfarçado de Kulsum. Nem no jeito que Sharr o transformava, deixando-o cada vez mais fraco.

Ela não é mais a garota inocente que chegou a esta ilha.

— Nós nos banqueteamos com mentiras quando nossos corações estão famintos.

Nasir se deteve ao ouvir a voz solene. Que tipo de monstro seria capaz de viver num lugar tão obscuro?

— Só aqueles que têm um coração — disse ele, virando-se devagar. — Apareça diante de mim, criatura.

— Você tem medo de mim, príncipe — replicou a voz, parecendo se divertir. Com certeza pertencia a uma mulher.

Nasir deu um passo para trás.

— Não tenho medo de nada.

A voz deu uma risada ofegante e moribunda.

— O que é você? — perguntou ele.

— Uma das muitas criaturas aprisionadas nesta ilha — respondeu a voz. — Nem todas tão perversas quanto você.

Nasir não negou sua perversidade.

Sentiu o deslizar da coisa que se enroscara em seu tornozelo e percebeu que havia mais de uma. Tentáculos? Antes que pudesse perguntar, ouviu um barulho à direita, e o movimento da pedra o fez se virar.

A poeira baixou e uma luz cinza se derramou do mundo lá fora. Um palácio se estendeu diante dele, uma enorme construção feita de sombras e pedra. Suas cúpulas pretas brilhavam sob a lua coberta pelas nuvens.

— Acabe com o desequilíbrio. Traga a luz. Destrua-nos para que possamos descansar em paz.

Ele pisou no caminho de pedra e guardou a bússola no bolso. Voltou-se para trás e descobriu que agora conseguia dizer uma certa palavra bem mais fácil do que antes.

— Shukrun.

capítulo 70

— Você é o Leão da Noite — sussurrou Zafira, prestes a desmaiar. Não conseguia mais encontrar forças para se manter ereta e escorregou pela parede, chacoalhando as correntes.

Ele abriu um sorriso, seus olhos cor de âmbar frios. Os olhos de um leão, ela percebeu.

Aquele era o mestre que Benyamin não tivera a coragem de revelar. A criatura a quem Sharr obedecia. O causador da mudança do sultão. Por que é que ele não estava morto?

Respire. Avalie.

Se, por algum milagre, ela escapasse das garras da Sombra (do *Leão*), não teria para onde ir. Se encontrasse o Jawarat, ele o tomaria dela. Se fracassasse de propósito, ele poderia mandar alguém atrás de sua família.

Se Zafira morresse, ninguém sentiria sua falta. Ninguém seria capaz de encontrar o Jawarat. Sua morte seria um sacrifício.

— Você nunca conseguiu guardar seus pensamentos para si mesma. — O Leão da Noite deu uma risada. — Azizi, *eu* sentiria a sua falta.

Ela cuspiu aos pés dele.

— *Ele* sentiria a sua falta.

O trinco de uma porta estalou no silêncio, e Zafira olhou para além da tela de treliça, passando pelo tapete e pelas almofadas que cobriam o chão até avistar um homem. Seus passos percorreram o assoalho de cobre, e Zafira sabia que o dedão de sua meia direita estava rasgado. Ele apoiou o amado tabar contra a parede e sorriu.

Deen.

— Vai me mostrar o mesmo homem morto de novo? É melhor se esforçar mais — disse Zafira lentamente, esperando que ele não notasse sua pulsação irregular.

— Zafira?

Aquela voz. Os ifrits não eram capazes de imitar a voz das pessoas.

Sentiu o toque do ar gelado de Demenhur, o conforto constante de sua capa, o calor do sorriso dele, o entusiasmo da risada de Yasmine. O sol nos cachos de Deen e a segurança de um dedo mindinho em volta do seu.

— Por que é que você não continua morto? — sussurrou ela.

— Eu não sou surdo, sabe? — salientou ele, quer dizer, *aquilo*. A determinação dela estava sendo esfolada de seu corpo.

— Mas também não é real.

Zafira encarou o Leão, sem forças para desviar o olhar enquanto ele lia seus pensamentos. Enquanto via que ela estava prestes a perder a sanidade, apesar de suas palavras corajosas.

— Vamos ver se ele é real ou não.

Uma porta de ferro forjado com um arco pontiagudo marcava a entrada do palácio. Nasir se escondeu atrás dos arbustos que cercavam a construção e examinou a área. Embora não visse nenhum guarda por perto, ouviu o farfalhar inconfundível de sandálias: patrulheiros no meio de uma ronda.

No térreo, havia várias janelas grandes, todas trancadas. Ergueu o olhar. *Ali.* Havia uma janela aberta no segundo andar e outra no terceiro, com as cortinas vermelhas esvoaçando na brisa seca.

Passou pela vegetação e atravessou o terreno pavimentado, parando diante do muro escuro do palácio. O cheiro de bakhour emanava na brisa leve, inebriante e sensual. Cerrou o maxilar e estudou o muro, fixando os olhos nas pedras que se projetavam e afundavam em sua superfície para ver onde poderia escorregar.

O barulho das sandálias interrompeu seus pensamentos quando um guarda virou a esquina.

Um alerta ficou estampado no rosto do guarda antes de Nasir cortar sua garganta com a lâmina da manopla. O homem rosnou e desabou no chão, o sangue preto escorrendo. Homem não. Um *ifrit*.

Nasir passou os braços sob o ifrit e começou a arrastar o cadáver para o mato, mas um grito o deteve. Dilacerou seu peito.

O grito dela.

Kharra. Nasir deixou o corpo onde estava (a discrição que se dane) e correu em direção ao muro. Seu pé escorregou duas vezes conforme escalava as pedras antigas. Mal conseguia respirar ao subir no parapeito da janela e pular para dentro do buraco negro do segundo andar. O medo tomou conta dele.

Um tapete palaciano afundou sob suas botas, o ar intoxicante com o perfume sedutor de madeira escura, açafrão e sândalo. *Um quarto*. Embora não visse nada ali, a combinação o fez pensar no farfalhar de roupas e em cochichos ao pé do ouvido. Sentiu a nuca afogueada.

A Caçadora — *Zafira* — gritou outra vez.

Ele seguiu o som de seus gemidos pelo quarto. O que quer que a estivesse obrigando a berrar daquele jeito não devia ser fácil de derrotar, pois ela não era nada fraca.

Abriu a porta e entrou numa varanda com vista para um vestíbulo vazio. Havia um majlis em tons de vermelho e violeta. Duas xícaras de qahwa em cima de um otomano, uma só com a borra no fundo e a outra ainda cheia e com a bebida já fria.

A escada que descia da varanda terminava no majlis, que ficava diante de um corredor escuro de onde saíam os gritos e lamentos. *Por ali, seu palerma*. Nasir respirou fundo, pulou do parapeito da varanda e pousou de cócoras bem ao lado da entrada do corredor, cerrando o maxilar com o impacto.

Fez uma pausa em frente à porta envolta em sombras. Deu um suspiro trêmulo.

Um grito o impeliu a prosseguir, aprisionando-o em pesadelos. Seu medo foi instantâneo. Sussurros abafados bombardeavam seus sentidos, e ele cerrou os dentes ao ouvir suas súplicas. Eram os mesmos sussurros que ouvira ao tocar no medalhão de Ghameq. Os mesmos que o chamavam dos confins de Sharr.

Rimaal. Será que havia alguma conexão?

Ele estava prestes a conhecer o mestre de Sharr. O homem que Benyamin dissera controlar seu pai.

Nasir estendeu a lâmina da manopla com um clique baixo. O suor brotou em sua nuca, seu couro cabeludo, abafando sua determinação.

Rapaz tolo, você tem medo do escuro.

Do que você tem medo?, perguntara-lhe Kulsum alguns dias depois da morte de sua mãe. Ele não soube o que responder. Sequer temia o pai, que lhe tirara tudo, menos a vida a que Nasir nunca dera nenhum valor: a própria.

Ele tinha medo do escuro, pois não conseguia enxergar. Ali, o sempre alerta hashashin estava cego para o que o rodeava, e o medo sufocava o resto de seus sentidos.

Os soluços dela e a luz difusa no final do corredor o fizeram seguir até a porta de uma sala envolta em sussurros e sombras.

Ele a viu primeiro. *Zafira.*

Seu corpo longilíneo estava acorrentado à parede cinza. Ela olhava para um ifrit a seus pés e puxava as correntes, implorando para que ele parasse. *Qif, qif, qif.*

Os olhos de Nasir se fixaram no rosto dela. Dilacerado e indefeso. Ele conhecia o fardo de uma angústia capaz de afogar uma cidade inteira nas dunas. Conhecia aquele olhar, aquela sensação. Ver um ente querido sofrer. Saber que a pessoa tinha tanto potencial, mas que agora não podia fazer mais nada.

Foi isso que o fez parar de sentir.

Ele perdeu a cabeça. A raiva tomou conta de Nasir, vibrando em seus dedos. Raiva por ela sofrer como ele. Raiva por ela sentir dor.

— Deixe-a em paz — disse o Príncipe da Morte, um tom acima de um sussurro, e todo o movimento na sala cessou de repente.

Ela levantou a cabeça, com os olhos embaçados. Não havia mais frieza nem determinação neles. O brilho selvagem que ele passara a amar havia desaparecido. Um som — um grito — saiu da garganta de Nasir.

Sua visão ficou turva quando as sombras o envolveram.

Laa. Quando as sombras saíram de *dentro* dele.

capítulo 71

Um aplauso lento quebrou o silêncio.

Nasir prendeu a respiração e as sombras recuaram; o mundo voltou a entrar em foco.

— Ah, príncipe. Tão apropriado para o rapaz habituado à escuridão, não é? — perguntou o homem diante dele.

Seu rosto possuía juventude e uma beleza aristocrática, mas seus olhos pareciam ancestrais… e estranhamente familiares.

Nasir não entendeu uma palavra do que ele disse.

— O que foi que você fez? — murmurou ele ao se ver ajoelhado no chão como um plebeu.

— Nada.

Nasir baixou os olhos para as próprias mãos e viu os fios escuros que saíam e voltavam a entrar em suas palmas. Iguais aos que ele sabia existirem em volta de seu coração sombrio. Algo percorria sua pele, corria por suas veias. Algo que ele reprimia.

Na verdade, vinha reprimindo aquilo desde que chegara a Sharr, mas fora covarde demais para admitir.

— Nasir! — gritou Zafira.

Ele levantou a cabeça. Era a primeira vez que a Caçadora se dirigia a Nasir pelo nome e nem sequer estava olhando para ele.

Algemas de aço prenderam seus pulsos. Ele foi erguido do chão como se fosse um saco de batatas. Algo lhe dizia para revidar. Lutar. Tentar se libertar. Mas a escuridão, as sombras… A coisa que tanto temia.

Ele

tinha

se transformado nela.

Era a sua afinidade. Por isso sua visão ficava turva toda vez que ele perdia o controle. Ele era capaz de dominar a escuridão como se ela lhe pertencesse. Seus braços foram puxados para cima. O clique de um trinco ecoou em seus ouvidos e de repente ele se viu pendurado na parede ao lado dela, as sombras emanando de seu corpo.

A escuridão é o meu destino. Seu pai tinha razão.

Ela escorria como fumaça de seus dedos, de seus lábios entreabertos, *dele mesmo*.

Nasir olhou para o ifrit no chão e ficou atônito ao ver um rosto, uma forma. Quase como se a criatura fosse inteiramente humana. Era o demenhune. *Deen*. Seu torso estava crivado das flechas brancas da Caçadora e o sangue preto escorria dos ferimentos, o único sinal de que ele era um ifrit. Nasir estava tão acostumado com o sangue e a tortura quanto com o próprio nome, mas, quando Zafira puxou as correntes e implorou para que parassem com aquilo, ele sentiu um desamparo que beirava a insanidade.

— Houve uma mudança de planos — disse o homem, estudando Nasir. Em seguida, apontou para o ifrit ensanguentado. — Limpem-no. Talvez precise dele mais tarde.

Sob os gritos dela e os gemidos da criatura, outros dois ifrits arrastaram o homem — a coisa — para longe dali.

— O medo lhe cai bem, príncipe — comentou o homem.

Nasir o encarou, embasbacado. Ele tinha fracassado. Como o palerma que era. Como o descerebrado que seu pai dizia que ele era. Seu pai, que podia até ser controlado por aquele homem, mas tinha razão a respeito de muitas coisas.

A coroa de cabelos escuros da Caçadora estava desfeita e uma trança serpenteava ao seu redor. Seus braços estavam irritados, vermelhos, e a aliança balançava ao ritmo de sua respiração ofegante.

— Caçadora — chamou ele, e algo se partiu no poço onde seu coração deveria estar. — Não é real.

Ela se limitou a chiar. Nasir distinguiu a palavra que a garota entoava sem parar. *Deen. Deen. Deen.*

— Zafira — chamou ele com delicadeza, sem conseguir desfrutar do momento em que sussurrava seu nome em voz alta pela primeira vez.

Ela se deteve e olhou para ele. Duas foices de gelo gotejante.

— Não é real — repetiu Nasir, as palavras vacilando em sua língua. As espirais escuras que saíam dele eram bastante reais.

— Quem é você para dizer o que é real ou não? — perguntou o homem. Nasir voltou o olhar para ele. Estava envolto pela escuridão. Suas próprias palavras eram repletas de sombras. Ele era a escuridão em forma humana. — Quando sua própria mãe guarda tantos segredos que o fariam cair de joelhos?

Nasir só entendeu metade das palavras que o homem disse. A outra metade foi ofuscada pelas sombras que emanavam dele.

Algo da antiga Caçadora voltou a seu semblante quando ela resmungou:

— Pare de falar em enigmas, Leão.

— São para você, azizi — respondeu ele com um sorriso afetado.

Nasir ficou imóvel. O homem voltou os olhos cor de âmbar para ele.

Ele está vivo, foi a primeira coisa que pensou. *Estava vivo o tempo todo*. Lembrou-se da afirmação de Benyamin de que havia uma escuridão em Ghameq e entendeu por que seus olhos lhe eram tão familiares.

Olhava para eles toda vez que olhava para o pai.

Não era à toa que Ghameq sabia da presença de Benyamin e Kifah.

— Tragam-me uma faca — murmurou o Leão da Noite. Mas, ao estudar o olhar inabalável de Nasir, abriu um sorriso e as sombras se agitaram de emoção. — Laa, me tragam o atiçador. A Caçadora tem de saber que sempre cumpro minhas promessas.

capítulo 72

Por mais que desejasse que ele não viesse, Zafira não pôde deixar de sentir uma certa alegria com a chegada do príncipe. Agora estava menos sozinha, menos perdida. Mesmo que ele estivesse preso ao seu lado. Exalando sombras.

— Vai trazer o Jawarat para mim, azizi? — perguntou o Leão com seu murmúrio suave.

Ela cerrou o maxilar, e ele leu seus pensamentos com clareza.

Um ifrit lhe trouxe o atiçador, uma barra de aço preta e despretensiosa. O Leão segurou-o na palma da mão e fixou seu olhar frio em Nasir.

E Zafira assistiu ao indiferente príncipe perder o controle. Fissuras nos olhos cinzentos arregalados, um tremor nos lábios entreabertos. As sombras gotejaram de sua silhueta e um som irrompeu de sua boca.

Um grito.

Um grito.

Ela não entendeu nada. Nem quando o Leão colocou o atiçador no fogo e disse uma palavra bem devagar:

— Patético.

Nasir estremeceu. O príncipe herdeiro, que lavava o sangue das mãos como se não passasse de fuligem, *estremeceu.* Sua respiração ficou ofegante e ele se encolheu ao ouvir o som do metal voando pelo ar seco.

As cicatrizes nas costas dele.

Aquela tortura absurda. As palavras ofensivas.

— Não faça isso — disse Zafira. Ela se engasgou no meio da frase, e o Leão inclinou a cabeça em sua direção. O príncipe se deteve. — Por favor.

— Fiquei até comovido — ronronou o Leão. — Esperava que eu parasse só porque você pediu com educação?

Zafira sentiu o calor do atiçador quando o homem se aproximou, e ouviu a respiração entrecortada de Nasir. Entrou em desespero e finalmente cedeu.

— Vou trazer o Jawarat para você.

Qualquer coisa para fazer o príncipe parar de tremer.

— Ah, mas eu jamais confiaria numa mortal. Farei outra proposta: até que você me traga o Jawarat, vou mantê-lo aqui. Continuando as fileiras de cicatrizes que o pai deu a ele. — Ele franziu a testa, olhando para o príncipe. — Ou será que fui eu que fiz isso? Que pena, parece que esqueci.

Ele era cruel. Era um…

— Belo vilão, só provoca quem está preso — disse Zafira, cerrando os dentes.

O Leão riu baixinho, levando a mão até o rosto dela e acabando com a calma de Zafira ao passar o polegar por sua pele. Nasir observou a cena, tenso.

— Que boca grande você tem, azizi. Vou ensiná-la a controlar a língua.

Então, o Leão da Noite afastou a gola do manto de Nasir e pressionou o atiçador contra sua pele.

Nasir se desfez por completo.

Cerrou os dentes para não dar um grito, o som subindo por sua garganta vindo de anos antes, num palácio bem distante dali.

O choque se transformou em dor e depois em angústia. A dor não era nada. Uma reação a um ataque, uma emoção sobre a qual o instinto lhe implorava para agir.

Mas ele era o Príncipe da Morte.

A dor, para ele, estava sempre confinada aos recônditos de seu coração. À lembrança, e ao que cada punição revelava. *Quarenta e oito vezes.*

Aquela era a de número quarenta e nove.

De repente, Nasir não conseguiu suportar mais e começou a chorar.

Cerrou os dentes e mordeu a língua até que o sangue escorresse de sua boca, misturando-se ao sal que pingava do queixo e brotava dos olhos. Até se fundir com a escuridão que emanava dele.

Enquanto ele não parava de lembrar. *Quarenta e oito vezes.*

— Pare! — gritou ela. Kulsum. A mãe. A Caçadora. *Zafira.*

Ela sacudiu as correntes com seus apelos. E conseguiu, não? O atiçador foi descartado, muito reluzente sob a luz do fogo. Assim como fora descartado quarenta e oito vezes antes.

A fumaça subiu da pele dele e o cheiro de carne queimada o envolveu, fazendo com que se lembrasse de tudo. Era um local bastante apropriado, já que não havia mais espaço em suas costas.

Nasir escorregou o corpo nas correntes. Espirais escuras emanavam de sua silhueta como se estivesse desaparecendo no meio das sombras.

O Leão se limitou a rir. O Leão da Noite, que continuava vivo.

Nasir tentou permanecer lúcido. *A dor não é nada. A dor é uma reação.* Lembrou-se do medalhão no pescoço do sultão. O Leão olhava para ele toda vez que seu pai o ofendia e magoava.

O atiçador tocara suas costas tantas vezes. A princípio, ele gritava. Depois, passou a morder a língua até arrancar sangue. Teria levado cada marcação até que seu corpo ficasse coberto de cicatrizes se sua mãe não tivesse interferido no castigo.

Foi só uma vez, uma lágrima escura na pele do braço dela pela qual Nasir jamais se perdoaria.

A mãe. Cujo luto a tinha dominado. Cujo amor se virara contra ela e cravara uma adaga em seu coração palpitante.

Foi então que Nasir começou a matar. Horizontes sangrentos nas gargantas de inocentes. Últimos suspiros que roçavam seus dedos ao brandir a lâmina da esquerda para a direita. Inúmeras penas manchadas de vermelho. Uma mulher amamentando um bebê. Um homem selando o camelo. Owais escrevendo num papiro. O Califa de Sarracena jantando com seu wazir.

Uma morte depois da outra.

O sorriso que guardara com cuidado na memória voltou à sua mente. Do pai, antes que o Leão reivindicasse sua mente, seu corpo e sua alma, tornando-o um monstro.

Tornando Nasir um monstro.

O Leão estalou a língua em desaprovação, estudando-o.

— Não há ninguém para protegê-lo agora, não é? Mas não se preocupe, está quase na hora da reunião de família.

Nasir tremia a cada respiração entrecortada. Não conseguia virar o rosto para fitá-la. Zafira. Vê-la com pena dele. *Você é fraco.*

Sua visão ficou turva ao encarar o Leão com toda a indiferença que conseguiu. Nasir tinha de agradecer ao Leão pela máscara que usava no rosto.

— Meu pai já sofreu demais nas suas mãos.

— Ghameq? — ponderou o Leão. — Laa, laa. Eu estava falando de seu irmão.

Nasir apenas rangeu os dentes, sentindo um gosto de cobre na língua.

— Não tenho nenhum irmão.

— Pelo que me lembro, tem sim.

Ele já estava cansado de ser enganado. Cansado de ser o rato entre as mandíbulas do leão.

— Engula suas mentiras, Leão. Ghameq só teve um filho. — Nasir tinha tanta certeza disso quanto dos fios de escuridão que saíam de seus dedos. Ou da queimadura que latejava em sua clavícula. Ele era a escuridão. Estava à deriva no deserto, completamente perdido.

— Talvez. — O Leão meneou a cabeça, adorando a situação. — Mas sua mãe teve dois.

Três silhuetas entraram na sala. Dois ifrits, um homem. O sangue escorria dos lábios do homem. Seus braços musculosos brilhavam de suor e seus cabelos dourados se erguiam como chamas. Cabelos que Nasir nunca tinha visto sem um turbante.

Um turbante que escondia suas orelhas pontudas.

Ele deu um sorriso amarelo, e o coração de Nasir começou a palpitar.

— Que a paz o acompanhe, irmãozinho — disse Altair.

capítulo 73

Zafira sabia que o príncipe era um matador. Um assassino. O maior hashashin de Arawiya.

Só não sabia que ele tinha a capacidade de chorar.

Ela queria destruir o Leão com as próprias mãos, mas tudo que podia fazer era implorar. Prometer-lhe o Jawarat. Amaldiçoar as algemas que a prendiam ali.

E então estava feito. As lapelas do manto de Nasir estavam abertas, revelando a pele acobreada e uma nova cicatriz em sua alma. Zafira olhou para a ferida, a carne empolada por bolhas. Seus olhos faiscaram com a ira de mil tempestades.

Nasir levantou a cabeça e falou com seu tom de voz habitual. Mas ela notou a diferença. No engasgar de sua voz, no tremor dos lábios, no pestanejar do olhar cinzento.

Altair olhou do Leão para o atiçador e depois para a gola aberta de Nasir. Uma fúria gélida ficou estampada em seu rosto, e ela viu o premiado general de Arawiya pela primeira vez. Irmão de Nasir. Jamais imaginara que os dois tivessem laços de sangue.

O Leão olhou para Altair com uma expressão indecifrável.

— Matem-no.

A reação de Nasir foi dar um gemido. Zafira se engasgou de surpresa.

— Dê um tempo, Leão. Acabamos de nos conhecer. Não vai me torturar também? — perguntou Altair devagar, e Zafira se perguntou se era assim que ele lidava com as emoções. O ifrit próximo ao general ficou imóvel, perplexo, e o Leão deu um suspiro de cansaço.

Altair abriu um sorriso.

— Vim salvar minha donzela em perigo. Não vou morrer agora.

— Não sou sua donzela nem estou em perigo — sibilou Zafira.

Zafira ficou surpresa ao sentir uma pontada de emoção quando Altair olhou para ela. Sentira *falta* dele.

— Quem foi que disse que *você* é a minha donzela? — perguntou ele, dando uma piscadela para Nasir. A raiva ainda deixava sua boca repuxada.

O príncipe não reagiu, mas seus olhos começaram a brilhar e um sorrisinho surgiu no canto de seus lábios.

— Você é ainda mais palhaço pessoalmente — refletiu o Leão. — Yalla. Matem-no.

Se o Leão realmente desejasse a morte de Altair, bastaria flexionar o pulso. Envolvê-lo nas sombras e sufocá-lo. A confusão se espalhava pelos braços doloridos de Zafira.

Os dois ifrits que seguravam Altair o soltaram para sacar as espadas. Altair jogou os braços para trás e, ao desembainhar suas duas cimitarras, o som do aço soou como uma canção para os ouvidos dela. Os ifrits avançaram para cima dele.

Altair não hesitou nem por um segundo ao lutar com os dois ifrits ao mesmo tempo, e Zafira se perguntou quem seria o melhor combatente: ele ou Nasir. Ficou imaginando qual dos dois tinha matado Deen. O general rosnou e um ifrit deu um gemido alto.

O Leão dobrou os dedos num ângulo estranho.

— Altair! — gritou Nasir com a voz rouca, voltando a ficar alerta ao ver o Leão lançar uma rajada de escuridão. Não, *dardos* de escuridão, em espiral e afiados, deixando um rastro de fumaça.

Altair se abaixou e três dardos de sombras prenderam um dos ifrits na parede enquanto o resto cercou a criatura morta com zunidos e baques. Altair lutou contra o outro ifrit e, apesar da dor que sentia, Zafira percebeu que estava adiando a morte da criatura de propósito. O Leão não fez nenhum movimento para atacar de novo; em vez disso, ficou observando a cena com um olhar distante.

— Ele está prolongando o duelo — murmurou Nasir.

Mais dois vultos vieram disparados pelo corredor escuro: Kifah e Benyamin, carrancudos e armados. Zafira soltou uma mistura de risada com choro.

O keffiyah imaculado de Benyamin estava enrolado como um turbante em torno da cabeça. Ele jogou um frasco no meio da sala e o vidro se quebrou, liberando uma névoa verde que desencadeou acessos de tosse em todos ali. Zafira ouviu a voz baixa e urgente do safi, seguida pela risada suave do Leão. Sua visão ficou turva e sua mente, mais lenta.

As algemas que a prendiam ficaram frouxas. Os dedos do príncipe roçaram os dela enquanto ele soltava as correntes em volta de seus pulsos.

— Como é que…

— Hashashin. Uma corrente ou dez, somos treinados especificamente para isso — respondeu ele em voz baixa.

Zafira sentiu as mãos dele deslizarem até sua cintura e engoliu em seco. O choque das cimitarras de Altair, o assobio da lança de Kifah, os gritos do Leão: tudo pareceu desaparecer com seu toque. Os dedos de Nasir tremiam ao colocá-la no chão. Sentiu o calor da pele dele pelas pontas dos polegares em seu abdômen. O *tum*, *tum*, *tum* de seu próprio coração. O olhar dele para o sinal de nascença em sua pele e a agonia ao lutar contra uma pontada de dor.

Em seguida, ele se agachou para tirar as algemas dos tornozelos de Zafira.

O mundo voltou de uma vez só.

— Yalla, Caçadora! — gritou Kifah.

Zafira puxou a perna direita em direção à esquerda, seus membros dormentes por causa do ângulo em que estavam esticados. Sentiu uma certa tontura e cerrou os dentes.

Um ifrit se aproximou pela esquerda e Nasir cortou a garganta da criatura, de onde escorreu um sangue preto antes que ela tombasse no chão. O príncipe guardou a lâmina de volta na manopla.

— Consegue andar? — perguntou a ela, não sem delicadeza. Parecia um tanto distante.

Ela fez menção de assentir e começar a segui-lo, mas tropeçou. Nasir se virou para apanhá-la, as mãos deslizando por seus braços, a respiração ofegante roçando sua orelha. O rosto dele estava tão perto e o cérebro dela mais parecia um borrão. Não sabia se era a dor que deixava sua visão turva.

Laa. Era a *sala* que ficava cada vez mais escura, e Nasir baixou o olhar para as próprias mãos, alarmado.

Os olhos do Leão pousaram sobre ela, e Zafira se lembrou do atiçador enquanto um tipo muito diferente de escuridão a envolvia nos braços.

Nasir não tinha a resina preta para curá-lo. Nem a mãe para cuidar dele. Estava sozinho, mas finalmente entendeu por que a maldição das trevas só se manifestava agora. Já tentara antes, durante as raras ocasiões em que ele perdia o controle, mas nunca tinha ido tão longe.

Ele percorrera Sharr por dias a fio sem que a afinidade conseguisse passar por suas defesas de aço.

Até conhecê-la. Aquela demônia de pele pálida. Foi ela que fizera isso com ele.

Ela amaldiçoara a vida dele com sua presença. Invadira a jaula de seu coração e o fizera lembrar como era ter sentimentos. Era por isso que o ifrit sabia que devia se disfarçar de Kulsum. Era como aqueles fios escuros sabiam que deviam se revelar.

A escuridão se manifestava quando ele sentia, percebia, dava ouvidos aos sentimentos. Como agora. Gritos ecoaram ao seu redor à medida que os demais ficavam cegos em meio à escuridão que *ele* provocara.

Voltou a sentir o familiar medo sufocante, que o bombardeava conforme sua visão e sua percepção sumiam, já que não enxergava mais nada. Era tão típico que seu poder — *kharra, seu poder* — fosse associado à coisa que mais temia.

Ela caiu, e Nasir a pegou. Segurou-a. Temeu por ela. Desejou-a como um tolo.

E de repente...

Na escuridão total, um véu se ergueu e, apesar da dor que sentia, Nasir finalmente conseguiu enxergar.

capítulo 74

Quando Zafira voltou a si, seu coração absorveu tudo de uma só vez: o Leão, seu corredor escuro, as correntes. O atiçador tocando a pele do príncipe. Foi tomada pelo pânico antes que cheiro de basalto das dunas de Sharr a tranquilizasse.

Ela estava livre das garras do Leão.

Um rochedo se erguia diante dela. Um riacho corria à esquerda, cheio de plantinhas imersas em suas águas, e a brisa seca de Sharr era um toque bem-vindo em sua pele.

Sua garganta estava seca e, ao se sentar, Zafira sentiu o corpo todo dolorido. Ela tinha uma alça no colo: saíra do covil do Leão só com uma das bolsas.

O príncipe estava sentado na frente dela, recostado na pedra. Seu manto estava aberto, envolvendo a pele bronzeada com as dobras de tecido preto, mantido no lugar pela faixa em volta da cintura.

Ele a observava com um olhar distante. Dilacerado.

— O Leão. Os ifrits. Onde estão os outros? — perguntou Zafira com cautela.

— Bem longe daqui, tanto que não preciso mais carregá-la nos ombros — respondeu ele com a voz hesitante. Nasir não a encarou, e ela teve a nítida impressão de que ele estava nervoso. Estudou a concha de seu ouvido, a curva suave que o definia como humano, apesar do sangue metade safi. — Você é pesada.

De todas as coisas que ele poderia dizer…

— Está esperando um pedido de desculpas? — perguntou ela.

Ele passou o cantil para ela. A escuridão engoliu o cinza de suas íris.

— Não.

Zafira bebeu, enxugou a boca com a manga e voltou a encher o cantil de pele de cabra. Ao se virar para trás, viu que ele olhava para a água corrente.

— Enterrei minha mãe ao lado de um riacho. Bem, o caixão dela. Nunca vi seu cadáver.

A sultana. Ele era o príncipe, vivia num mundo bem diferente do seu. Extravagância por toda a parte, pessoas à sua disposição. Zafira nunca desejara ter mais bens do que possuía, mas ficou imaginando como seria a vida de alguém como ele.

Nasir cerrou o maxilar e puxou o ombro para trás, uma reação ínfima a algo que devia ser muito doloroso. Quanta dor é preciso aguentar antes que uma queimadura se torne tão suportável quanto um polegar machucado?

Zafira percebeu que podia ajudá-lo. Vasculhou a bolsa até encontrar a lata de resina e passou o dedo sobre a tampa enquanto o observava. Não era nem de longe tão habilidosa quanto Lana quando se tratava de curar alguém, mas Umm lhe ensinara o suficiente.

Ele a encarou em silêncio, com os olhos cinzentos cheios de mágoa. Se conseguisse capturar um jinn, Zafira gastaria os três desejos para remendar seu coração partido, pois nem Umm saberia como tratar tanta tristeza.

— Isso precisa de tratamento — disse ela antes que pudesse se conter, tirando a lata da bolsa. Nasir fitou a lata prateada, mas não se opôs.

Ela pegou mais itens do kit de primeiros-socorros: um pano limpo, unguentos, uma pomada feita de mel, um recipiente de sais de cobre e um frasco de ácido tânico. Então lavou e enxugou as mãos antes de seguir até ele.

Uma veia tremulou em seu maxilar enquanto ele observava, e o coração dela disparou dentro do peito.

— Está sentindo dor? — perguntou ela suavemente.

— Agora não — respondeu ele com sinceridade.

Nasir ficou imóvel enquanto Zafira se aproximava dele e deu um suspiro quando ela colocou uma perna ao seu outro lado, prendendo-o entre as coxas. Suas mãos tremiam, como se estivesse se contendo. *Céus.* Ela não tinha parado para pensar naquilo, senão teria esperado a chegada dos demais. Agora as pernas dela ameaçavam ceder sob seu peso e a boca dele estava tão perto que só tinha de puxar sua cabeça para cima e...

— Eu te deixo com nojo?

Ele falou tão baixinho que Zafira não teria escutado se não estivesse tão perto. Não teria distinguido a mágoa reprimida sob uma simples pergunta.

Ela franziu os lábios, lembrando-se da capa.

— Eu seria a última pessoa a julgar alguém pela aparência.

A resposta dele foi metade de uma risada entrecortada.

— E pela personalidade?

Ela demorou um pouco para perceber que o Príncipe da Morte tinha contado uma piada, mas havia uma intensidade em seus olhos de aço que a impedia de ser engraçada. Havia perguntas demais e distância de menos entre os dois.

Zafira sentia o calor da pele do príncipe e culpou os ossos cansados pelo tremor nos dedos ao abrir as dobras do de seu manto. Puxou o tecido para o lado, deixando o ferimento à mostra sob a luz difusa de Sharr. Roçou as falanges na clavícula dele e o ouviu prender a respiração ao mesmo tempo que a sua ficava ofegante.

Por que é que estava tão perto dele? Pela neve que cai, devia ter pedido para Nasir se deitar. Assim não teria de subir em cima dele. Yasmine arqueou as sobrancelhas em sua cabeça.

— Eu não ia atrás de você — disse ele enquanto ela embebia o pano em água fria. — A última pessoa que tentei salvar durou dois dias antes que eu tivesse de enterrá-la com as próprias mãos. Antes de descobrir que matar era bem mais fácil.

— Mas foi — replicou ela, com vontade de perguntar sobre *quem* Nasir estava falando. Pressionou o pano na pele dele. Ele se encolheu, e Zafira teve de segurar seu ombro para que ficasse quieto.

Alguma coisa havia mudado depois que ele foi algemado ao seu lado. Algo se partira depois que o atiçador tocou sua carne e as sombras irromperam de seus dedos. Ele controlava a escuridão como se fosse sua.

— Não queria perder minha bússola.

Havia algo na voz dele que a impediu de rosnar de raiva. Nasir a encarou, examinando seu rosto com um olhar indecifrável. Zafira só percebeu que estava começando a se encolher quando ele disse baixinho:

— Não consegui encontrar a sua capa.

Ela retribuiu o olhar de Nasir, esperando encontrar algo de zombeteiro em seus olhos cinzentos, pois ninguém lamentava a perda de um pedaço de pano. Mas ele estava falando sério.

— Acho que não preciso mais dela — admitiu Zafira. A capa fora sua companheira fiel assim como a escuridão. Mas ela vagara por Sharr sem a capa e acabara aprendendo a se desvencilhar dela. Pegou a pomada de mel.

— Não, acho que não precisa mesmo — concordou ele, com um ligeiro sorriso no rosto. Ela teve vontade de fazer com que o tempo parasse para poder captar seu sorriso, por mais fraco que fosse.

Zafira manteve uma mão em seu ombro e levou a outra à sua pele.

— Não se mexa — sussurrou ela. Ele ficou imóvel ao ouvir tais palavras e sentir-lhe o toque. Mal respirava, embora Zafira pudesse sentir sua pulsação forte com os dedos ao esfregar a pomada na pele dilacerada. A proximidade a deixou tonta e ela cambaleou para perto dele, afastando-se com o maxilar cerrado. *Distraia-se.* — Minha mãe era uma curandeira.

— Era? — murmurou ele. Zafira sentiu o cheiro de tâmaras sukkary em seu hálito.

— Ela está doente — explicou ela com uma risada triste. — Que ironia, não? Ela e a mãe de Deen eram as melhores curandeiras do lado ocidental de Demenhur. Agora, uma delas está morta e a outra está bem perto disso.

Zafira engoliu o nó na garganta. Piscou para afastar as lágrimas dos olhos.

— Quem foi que matou Deen? — perguntou baixinho, recostando-se para olhar para ele. Zafira precisava saber. Expor a ferida ao ar livre antes que começasse a infeccionar.

Ele respirou fundo e uma janela se fechou por trás de seus olhos.

— Por que você não para de fazer essa pergunta? Não importa qual de nós o matou, o outro tinha a mesma intenção.

— Se ele estivesse aqui agora, você o mataria?

Uma parte dela se quebrou quando Nasir baixou a cabeça de leve, um gesto insignificante para qualquer outra pessoa, mas que, para ele, era uma demonstração de derrota. Pois, ao contrário do momento com o atiçador, agora tinha total controle de suas emoções.

— Um monstro é sempre escravizado por um mestre. Mesmo que tal mestre também tenha seu próprio mestre — respondeu ele.

— Mas um monstro tem *poder* — insistiu ela. A angústia o fez franzir o cenho. — O poder de se libertar de suas amarras. Você não é o seu pai nem o Leão que se apoderou da alma dele. Você não é a soma do menosprezo dele.

Ele se deteve ao ouvir tais palavras, e tudo que ela queria era que aquele rapaz tão magoado pudesse compreender.

As palavras lentas e ponderadas de Nasir saíram num sussurro rouco:

— Então, quem sou eu?

Zafira sabia de suas cicatrizes. Seu medo. Ele era igual a qualquer um: carne que podia ser esfolada. Um ser humano que podia ser punido e espancado. Usado e descartado.

— Nasir bin Ghameq bin Talib min Sarracena — respondeu ela. — O príncipe herdeiro de um reino que implora para que alguém enfrente seu governante tirânico.

Uma risada vazia escapou dele, e o coração de Zafira se partiu ao meio.

Um fio preto se desenrolou dos dedos de Nasir, que cerrou o punho para extinguir a chama da escuridão.

— Eu já o enfrentei antes.

Zafira prendeu a respiração. Ele observou suas mãos enquanto ela abria a tampa de outra lata.

— Recusei-me a matar. Minha resistência durou o tempo que consegui suportar a dor. Você viu as minhas cicatrizes repulsivas. São um registro das minhas mortes, que eram registradas na minha pele *antes* de acontecerem, com o atiçador, pela mão do meu próprio pai. — Ele deu um suspiro pesado. — Pela mão do Leão. Mas a destruição do meu corpo não era nada... — A voz dele ficou embargada. A voz do Príncipe da Morte ficou embargada e os olhos de Zafira ardiam. — ... em comparação com o que eu sentia ao ver minha mãe chorar enquanto assistia.

Ele fez uma pausa e prosseguiu:

— Foi ela que me treinou, com o auxílio dos melhores hashashins do reino. Para quê? Por que um príncipe tinha de ser um assassino? Depois de um tempo, eu conseguia suportar a dor pelo tempo que o sultão pressionasse o atiçador na minha carne. Enquanto agredisse meu corpo, ninguém teria de morrer pelas minhas mãos. Mas então ele se voltou contra a minha mãe. — Sua respiração estava entrecortada. Era por isso que a dor significava tão pouco para Nasir: ele tinha aprendido a ignorá-la. — Tive de escolher entre vê-la sofrer ou matar outra pessoa inocente. Mas quando resolvi parar de lutar e cumprir as ordens dele já era tarde demais.

É matar ou morrer.

Os olhos de Nasir estavam vermelhos. O príncipe olhou para as faixas de sombras que subiam por seus dedos, deixando sua pele escura, e depois por cima do ombro dela até o palácio do Leão. O senhor de Sharr, mestre das palavras. Vivo pelas nove décadas em que o povo de Arawiya o julgara morto.

Ela espalhou a pasta na pele de Nasir, que soltou um gemido antes de conseguir se conter.

— Devia me sentir aliviado por meu pai não ter se tornado um monstro por vontade própria. Mas... a maldade que se apoderou dele também corroeu minha alma. O Leão não exerce nenhum controle sobre mim. Eu me tornei isso.

— Não há nada de errado em ser um poeta da morte — disse Zafira suavemente, repetindo as palavras dele. — Permaneça nas sombras e sirva à luz. Talvez seu pai jamais recupere o controle sobre si mesmo. Mas *você* ainda tem sua força de vontade.

A única resposta dele foi um franzir de lábios, como se o que já tinha dito fosse o suficiente para a vida toda.

Ela mudou de assunto.

— Os outros...

— Se juntarão a nós aqui. — Ele não deixou espaço para dúvidas.

Ele tem certeza de que Altair vai continuar vivo. Seu irmão. Um safi que escondeu a própria identidade. *Para quê?*

E por que o Leão se conteve quando teve a chance de matá-lo?

— Por que você veio para Sharr?

Ela abriu a boca, mas ele a deteve com um brilho nos olhos.

— Se disser que foi por "honra", vou desembainhar a espada e você terá de lutar comigo.

Zafira arregalou os olhos, sentindo o sangue correr sob a pele. Tinha plena noção de que seu corpo estava pressionado contra o dele e a parte interna de suas coxas o prendia ali. De que os olhos de Nasir a examinavam, pesados como um toque.

— O que há de errado com a honra?

— Nada, só que um ato feito em nome da honra não passa disso. Não há nenhum motivo oculto.

— Não tenho outro motivo para fazer o que faço. O que é que você entende sobre honra, afinal de contas?

Ele repuxou os cantos dos lábios num sorriso quase tristonho.

— Um hashashin de verdade segue um credo. Eu não passo de um cachorrinho leal a seu dono. Você, por outro lado, pode até fazer o que faz pelo bem de seu povo, mas esse não é o único motivo, é?

Zafira mordeu a língua. Pensou na floresta de Arz, nos momentos antes de uma caçada. Quando ela ficava diante da morte e da incerteza e corria em sua direção. Quando a escuridão a chamava.

— A primeira vez que entrei em Arz foi porque estávamos morrendo de fome — respondeu ela. — Sei que podia ter roubado uma cabra ou um cordeiro, mas "ladrão" não soa tão bem quanto "caçador", não é mesmo?

Ele assentiu depressa com a cabeça ao perceber que ela esperava uma resposta.

— Depois, continuei voltando porque não conseguia mais parar. Quando você tem uma vida de inverno sem fim, na qual a neve sempre cai do mesmo jeito, as árvores estão sempre iguais, e sua mãe... na qual "metódico" se torna uma daama *doença*, você... começa a gravitar. A caça me deu um propósito. Porque uma vida sem propósito não é vida.

— E o que mais? — insistiu ele, remexendo as pernas sob o corpo de Zafira e aproximando-se dela.

Ela sacudiu a cabeça, detendo-o. Lembrou-se do Leão fechando os dedos ao enumerar seus motivos. Era impossível que fizesse tudo aquilo só para ser amada. Inimaginável.

— Nunca vi um rosto tão franco em toda a minha vida — disse ele com uma risadinha antes de encará-la fixamente, fazendo com que ela perdesse o fôlego. — Você faz isso por eles. Para que eles a amem.

Ela abriu a boca para protestar, mas ele a interrompeu:

— Consideramos tal sentimento uma fraqueza, mas nossos corações *batem* por amor, não é? Uma vida sem propósito pode até não ser vida, mas uma vida sem amor não passa de uma reles existência.

Zafira passou os nós dos dedos no peito para aliviar a dor. Algo se afrouxou ali e ela pôde voltar a respirar. Ele estava certo. O Leão também. Nasir sustentou seu olhar, com uma expressão esquisita no rosto.

Era como se ele tivesse chegado à mesma conclusão que ela.

capítulo 75

Zafira passou a pomada no ferimento dele. Não era tão potente quanto a resina preta de Alderamin, mas também o curaria sem deixar sua pele marcada.

Nasir devia ter percebido que ela tinha terminado, pois ficou imóvel.

— Caçadora.

— De volta aos títulos, príncipe? — sussurrou ela, hesitante.

A voz dele soou suave:

— O que são títulos se não nomes, *Zafira*?

Doce neve, seu nome saindo da boca de Nasir. Uma certa malícia deixou suas íris mais escuras, e ele parecia tão diferente do príncipe resmungão, rabugento e melancólico que Zafira viera a conhecer que seu coração quase parou de bater.

Ele deu um gemido e levou as mãos às coxas dela, e Zafira não conseguiu conter um suspiro. Sentia o calor das mãos dele tão intensamente que quase cambaleou. Puxou o lábio inferior para dentro da boca, e algo cintilou nos olhos semicerrados que examinavam seu rosto.

— Bela gazela — sussurrou ele. Seu toque a queimava, e ela se deleitou com o delicioso atrito de suas pernas contra as dele enquanto se aproximava.

O rochedo imponente prendeu a respiração, e o correr das águas do riacho era o único som ali. Zafira olhou para ele, tão perto dela que poderia até tocá-lo. Passar o dedo em sua cicatriz, na curva de seus lábios.

Ele engoliu em seco. Desviou o olhar. Seu corpo vibrava sob o dela. Sua garganta ondulou, e ela imaginou como seria encostar os lábios na pulsação no pescoço dele. Seu coração martelava dentro do peito, como se ela estivesse correndo para salvar a própria vida. Como se uma parte dela quisesse ficar o mais longe possível de Nasir enquanto a outra queria que ele chegasse cada vez *mais perto*.

Céus.

Ele cerrou o maxilar com um olhar angustiado e murmurou algo que ela entendeu como *essa mancha miserável* antes de abaixar a cabeça em direção à clavícula direita de Zafira, a que tinha uma marca de nascença. Sua têmpora roçou a curva do ombro dela. Seu hálito chamuscou-lhe o pescoço.

Zafira sentiu o roçar de seus lábios na pele.

A respiração dele ficou ofegante. A dela também.

Era por causa dela que o estoico príncipe mal conseguia respirar. Por causa dela que seus olhos cinzentos tinham aquele brilho escuro. Seu peito ardeu em brasas quando ele levantou a cabeça, e Zafira chegou ainda mais perto, deslizando as mãos sob seu manto aberto e…

Alguém pigarreou ali perto.

Nasir se afastou com um grunhido, tirando as mãos das pernas dela, e a decepção ficou estampada no rosto de Zafira. *Deen*, *Deen*, *Deen* vibrou um lembrete, mas o resto do corpo dela ardia com o fogo em seu ventre.

Os outros tinham voltado.

— Obrigado, minha cara Caçadora, por cuidar tão bem de meu príncipe — comentou Altair.

Ele se recostou no rochedo e enxugou o suor da testa, marcada por um corte feio. Mancou de leve ao atirar o arco e a aljava de volta para ela. Suas orelhas pontudas se destacavam como uma flor na neve, e Zafira se deu conta de que não sabia quase nada a respeito dele.

Ela se afastou e guardou as pomadas, as latas e o kit de primeiros-socorros na bolsa, tentando conter o tremor das mãos. Sentiu o pescoço afogueado ao se pôr de pé, seguida por Nasir logo antes de fechar as dobras do manto.

— Talvez até bem *demais*? — perguntou Kifah, segurando o braço direito com cuidado. Ela tinha a lança na outra mão, feroz como sempre.

Benyamin tinha apenas perdido sua perfeição: turbante desarrumado, roupas amarrotadas, rosto sujo de fuligem, o que, para os vaidosos safis, *Za*fira supunha que devia ser como perder um olho.

— Parece que chegamos numa péssima hora — ponderou ele, e o som de sua voz a fez perder o controle.

Ela passou por Nasir e agarrou o safi pelo thobe, empurrando-o contra o rochedo com uma força de ranger os dentes. Sentiu uma pontada de remorso diante de sua perplexidade, mas reprimiu-a ao ver a tatuagem dele. Quase idêntica à do Leão, exceto pela palavra em si.

— Confiança, confiança, confiança — rosnou ela. — Depois de tanto papo-furado sobre confiança, por que não nos contou que o daama Leão da Noite estava vivo? Que ele, entre todas as criaturas, fazia parte de seu círculo de amizades?

— É você que está falando, Caçadora? Ou é a escuridão? — murmurou ele, estudando-a com os olhos felinos.

— Eu fugi da escuridão. Não percebeu?

— Ninguém escapa de zill e zalaam — respondeu ele baixinho. — Muito menos quem ele ama.

— Mas ela tem razão, safi — interrompeu Kifah, estranhamente calma. — Você teve várias oportunidades para nos contar. Por que não disse nada?

Altair segurou os ombros de Zafira e a puxou para trás.

— Estou certo de que ele teve um bom motivo.

— Assim como você teve um motivo para esconder que também é um safi? — retrucou Zafira, virando-se para ele.

— O que sou não tem a menor relevância para esta missão. — Havia um tom mordaz na voz de Altair. Nasir olhou para ele com atenção. — O que sou nunca teve relevância nenhuma.

— E então? — Kifah devolveu o foco para Benyamin.

Altair cutucou o lábio ensanguentado com raiva, parecendo estranhamente amargo.

Benyamin ajeitou o turbante e deu um suspiro trêmulo. Ele cerrou o maxilar, e Zafira viu um vacilo em seu orgulho antes de se recompor.

— Não é só a crueldade de meu povo que deve ser responsabilizada pela ascensão sombria do Leão, mas também a minha própria bondade. Depois que ele foi excluído, ridicularizado e tratado como lixo, eu o trouxe para o meu bando. Eu tinha influência. Não existiam califas naquela época, mas minha família era importante. Ofereci ao Leão um lugar em meu círculo de amizades, ensinei-o a ler safaítico e lhe dei acesso a textos que poucas pessoas podiam ler. Conhecimento. Não há nada que ele ame mais do que isso. Mas minha bondade chegou tarde demais, pois o estrago já tinha sido feito. Depois de conseguir o que precisava de mim, ele foi embora, assassinando dois de meus melhores amigos.

A culpa cintilou em seus olhos cor de âmbar. Era por isso que Benyamin tinha ido para Sharr. Também queria corrigir um erro do passado. Mas Zafira não conseguiu sentir nenhuma empatia por ele, embora agora entendesse por que o safi não estava disposto a confiar neles. Sua relutância foi o que os levara até aquele momento em que tudo parecia estar prestes a ruir.

— Se soubessem que o inimigo era o Leão da Noite, como é que vocês teriam coragem de continuar a busca?

O olhar de repulsa de Kifah replicou os sentimentos de Zafira. Ela enterrou a lança na areia.

— Você tem mesmo tão pouca fé em nós, Benyamin? Nesse caso, não é muito melhor do que ele.

Benyamin desviou o olhar.

Altair desembainhou as cimitarras com um suspiro.

— Há um jeito bem melhor de gastarmos nossa energia do que lutando uns contra os outros. Precisamos descansar e decidir o que fazer. Sabemos que o Leão não vai matar a Caçadora, mas também não será mais tão discreto sobre suas intenções.

Depois de Kifah concordar com ele, Nasir os levou a um pequeno bosque logo adiante, seguindo o fluxo do riacho. Altair passou por ele. Nenhum dos dois sarracenos parecia reconhecer o laço de sangue recém-descoberto. Zafira não podia culpá-los: *ela* certamente não queria reconhecer o jeito que seu sangue corria nas veias com o toque do príncipe. *Ele é um príncipe*, lembrou a si mesma. *Você não passa de uma plebeia com um arco na mão.*

As árvores projetavam sombras sinistras, e Zafira vislumbrava olhos cor de âmbar em cada réstia do pôr do sol. Percebeu que continuava sem o menor senso de direção. A viagem ao covil do Leão a abalara tanto quanto os lábios de Nasir em sua clavícula, e a bússola de seu coração não parava de girar.

Benyamin tinha razão. Sua coragem diminuía junto com a luz do sol. Se nem a Bruxa de Prata conseguira se libertar do Leão, qual seria a chance da zumra de detê-lo?

capítulo 76

Nasir não estava com a menor disposição para descansar, e parecia que ninguém mais estava. Como é que conseguiria descansar se ainda sentia o peso das pernas e a vibração da pele dela? O roçar de seus cabelos? Era como se todas as emoções que reprimira ao longo dos anos tivessem decidido que estava na hora de explodir. Ou implodir.

Primeiro foi a escuridão que começou a emanar de seus dedos. Depois o Leão da Noite. O atiçador. Altair.

E depois foi ela. Aquele demônio pálido. Sua bela gazela. *Sua?*

— Você já sabia.

O veneno era tão incomum no tom de voz de Altair que Nasir se voltou rapidamente para o general.

— Não podia contar os segredos de outra pessoa — disse Benyamin com cautela.

— Ah, sim — disparou Altair. — Parece até que não tivemos uma conversa franca antes de você chegar, safi.

Os dois se entreolharam, Altair bufando de raiva antes de se acalmar ao ver o remorso no rosto de Benyamin. Nasir não entendia uma palavra do que diziam, mas estava cansado demais para perguntar. Já ouvira revelações demais para um dia, rimaal, para a vida toda.

Quando o silêncio recaiu, voltou a erguer o olhar. Benyamin olhava para as árvores, arrependido. Kifah passava uma pomada no braço, batendo o pé ritmadamente na pedra. Zafira estava toda encolhida, com os joelhos de encontro ao peito, e ele não parava de pensar no toque dela ao tratar de sua queimadura.

Aquela era a zumra. A zumra à qual ele pertencia.

Não estava mais ali para matar a Caçadora e recuperar o livro antigo. Estava ali para ajudar a ela e aos demais. Não se tratava mais do livro e da magia: precisavam derrotar aqueles olhos cor de âmbar de uma vez por todas.

Libertar a magia. Libertar Arawiya. Libertar seu pai.

Um assobio de dor interrompeu seus pensamentos. Ele se virou e viu Altair com a calça enrolada, o sangue escorrendo pela canela de um ferimento infligido pelos ifrits do Leão. O general se arrastou até a bolsa e abriu o cantil de pele de cabra com os dedos ensanguentados.

Suas orelhas pontudas contrastavam com os cabelos escuros.

Nasir respirou fundo e se aproximou com cautela. Cerrou o maxilar e se agachou ao lado de Altair, o casaco preto se assentando atrás de si.

Um monstro nunca se livraria de seu mestre se não tentasse.

Altair se engasgou e tossiu ao mesmo tempo.

— Estou chocado, principezinho.

Nasir também estava.

— Já ia pedir ajuda à Caçadora. Ela parece entender do assunto. — Altair sacudiu as sobrancelhas, esquecendo-se da raiva. Nasir olhou para ele de cara feia e tirou o cantil de suas mãos ensanguentadas sem dizer uma única palavra para enchê-lo no riacho.

Altair cerrou os dentes enquanto Nasir limpava o ferimento e enrolava uma bandagem em torno de sua perna, recitando quatro palavras repetidamente para si mesmo: *ele é meu irmão.*

Altair meneou a cabeça para observá-lo, e foi a coisa mais ofensiva que já fizera em toda a sua vida: desmontar a máscara de apatia que Nasir levara anos para aperfeiçoar.

— Você é meu irmão — disse Nasir de repente, e, quando Benyamin se voltou para eles, percebeu que já estava farto de fazer perguntas como se fossem afirmações. — Todo esse tempo e você nunca pensou em me contar?

— Meio-irmão — corrigiu Altair com um gemido. — Então, na metade do tempo, eu até *pensava* em te contar. Mas, na outra metade — ele pareceu ponderar as palavras seguintes

—, só tinha vontade de matar você. Foi por *sua* causa que nossa mãe morreu.

As palavras o atingiram como uma faca na barriga. Uma forca de letras em torno de sua garganta. O coração de Nasir palpitou quando um fio preto se desenrolou de seus dedos, e ele mordeu a língua para se controlar. Todo dia que continuava vivo era um lembrete da morte de sua mãe, mas ouvir as palavras da boca de Altair era diferente. Pior.

Lembrou-se das mãos de Altair em sua garganta depois da morte de Deen.

— Você teve a oportunidade de me matar.

— Fiz um juramento, senão já teria te matado anos atrás — murmurou Altair, e Nasir não duvidou daquilo nem por um segundo.

— Um juramento — repetiu Nasir. Ele apertou a bandagem, e Altair sibilou novamente.

— Pelo visto, a lealdade é a minha ruína. Se Ghameq era capaz de cumprir um juramento a ela, imaginei que também seria. Ele era um bom homem. Me tratava como um filho e nunca voltou atrás em sua promessa. Nunca me machucou. Até me mandar para cá com o filho, que tinha ordens para me matar. Foi então, principezinho, que eu soube que Ghameq não vivia mais no corpo do sultão de Arawiya.

Até o Leão. Mas Ghameq *continuava* vivo. Nasir já vira indícios do homem que ele costumava ser, ainda que cada vez menos com o passar dos dias. Ao mencionar a sultana naquele dia. Quando a cozinheira do palácio preparou o mahshi preferido dela, adicionando um pouco mais de limão sobre a abóbora recheada, do jeito que ela gostava.

— E o seu pai, quem...

— Você é meu irmão — interrompeu Altair calmamente, flexionando a perna —, não o meu diário.

Kifah olhou de um para o outro, com a lança na mão.

— Vou procurar alguma coisa para comermos.

Assim que ela partiu, Altair apontou com a cabeça para a queimadura de Nasir e perguntou no tom de voz mais gentil que ele já tinha ouvido:

— Isso dói?

— Mais do que as outras? Não — respondeu Nasir, olhando para o outro lado. Seu olhar se voltou para Zafira, absorta em seus pensamentos, segurando a aliança com o punho cerrado. — Preciso ler seu diário para descobrir por que você matou o demenhune?

Altair cerrou o maxilar e desviou o olhar.

— Você não tinha a menor intenção de matá-lo, não é? — Nasir lançou-lhe um olhar de pena. Altair permaneceu calado, e Nasir zombou baixinho: — Não estava nem tentando matar Zafira.

Altair franziu os lábios ao ouvir Nasir dizer o nome dela antes de fazer uma careta, de olhos baixos.

— Havia outro ifrit naquele dia, durante a nossa briguinha. Lembra daquele que você matou para me salvar? Ele estava nos seguindo desde que pisamos em Sharr. O outro seguia o demenhune. Ele estava... perto dela quando disparei a flecha.

Nasir jamais imaginou que um general implacável pudesse sofrer tanto por causa de uma morte.

— Então Deen pulou na frente dela — concluiu Altair —, e já era tarde demais. Ele era um amigo. O cunhado dele também.

— Quer dizer que você decidiu que *aquela* era a hora certa para atacar o ifrit? — perguntou Benyamin, finalmente assertivo.

Altair repuxou o canto dos lábios.

— Eu esperava salvar os dois. Matar dois coelhos com uma cajadada só: me livrar do ifrit e gerar o caos para que os dois demenhunes conseguissem fugir, poupando *você*, irmãozinho, de ter mais uma marca de morte na alma. — Seu tom de voz ficou mais suave. — Em vez disso, matei um deles e parti o coração da outra.

Um soluço seguiu-se às suas palavras, e Nasir ergueu o olhar de repente.

Zafira. Ele seria capaz de matar milhares de homens para acabar com a angústia que via nos olhos dela.

— Ele morreu porque você não consegue comandar uma flecha — sussurrou ela para Altair. — Porque você... — Ela mordeu os nós dos dedos para conter um soluço. — Ele morreu por causa de um *acidente*.

Sua respiração ofegante pesava sobre os ombros de Nasir. Altair não conseguiu esconder a própria amargura do rosto.

— Se pudesse voltar no tempo e me colocar no lugar dele, Caçadora, eu voltaria no mesmo instante — disse Altair por fim. — Se pudesse vender meu braço para que ele voltasse a respirar, eu venderia. Deen não merecia morrer daquele jeito.

Nasir esperou pela resposta dela. Pela raiva. Pelas palavras mordazes. Qualquer coisa além do silêncio e da mágoa em seus olhos enquanto ela olhava de um para o outro.

Zafira se limitou a dar as costas para eles e ir embora.

A Caçadora precisava de tempo, dissera Benyamin, por isso nem Nasir nem Altair foram atrás dela. Egoísta como era, Nasir ficou imaginando o que Deen tinha feito para ser tão amado.

Kifah voltou e Altair, apesar da perna ferida, se pôs de pé para ajudá-la, sentindo-se grato pela pelusiana não perguntar o que acontecera durante sua ausência. Benyamin recolheu-se para o livro, com o rosto tomado pela culpa.

Nasir foi até o riacho, subindo nas pedras que davam para as ruínas de Sharr. Manteve o olhar afastado do covil do Leão à direita. Para onde quer que olhasse, as dunas cintilavam sob o manto de escuridão que os envolvia, aproximando-se cada vez mais.

Agora ele entendia, era tão óbvio. Sua afinidade era muito parecida com a do Leão. Talvez até igual. Ele se fundia às sombras, assim como os fios que se enroscavam em seus dedos.

De repente, percebeu que não estava sozinho.

Um brilho prateado chamou a atenção de Nasir, que saltou da pedra e desembainhou a cimitarra. O rochedo o isolava do resto da zumra.

A Bruxa de Prata.

A única Irmã da Antiguidade ainda viva, guardiã de Sharr. Seus cabelos brancos como ossos brilhavam na escuridão, e ele sentiu o peso da bússola no bolso.

— Suas lâminas não podem me ferir — disse ela com uma voz cansada, quase triste.

— Fuja, bruxa — retrucou ele, sem o menor temor. — Ou estava mentindo quando disse que Sharr drena sua magia?

— É verdade, está me drenando agora mesmo. Só quero conversar com você.

— Sobre o quê? Sobre o quanto gostou de ver meu pai sumir dentro de si mesmo a cada dia que vagava pelos corredores do palácio? — Nasir se deteve e controlou a raiva. Do que é que ela queria falar com ele, apesar de saber muito bem dos riscos que corria?

— Sobre você — respondeu ela, tentando encontrar as palavras certas.

Fingimento. Só podia ser.

— Não é a hora nem o lugar certo, mas o reino Arawiya está cada vez pior e talvez não tenha outra oportunidade.

— De fazer o quê? — Ele não embainhou a espada. Talvez fosse impotente contra ela, mas a lâmina lhe dava uma certa aparência de controle.

Ela baixou o olhar para as águas escuras.

— Você enterrou a sultana ao lado de um riacho naquela noite?

Nasir estreitou os olhos.

— Que assunto mais estranho de se abordar.

— Só estou curiosa — disse ela, com uma pontada de remorso na voz. — Queria saber quem você enterrou e por quem lamentou tanto, já que sua mãe continua bem viva.

— Minha mãe era a sultana de Arawiya. Se ela estivesse viva, você saberia.

— E sei mesmo, Nasir — concordou ela.

Ele se deteve ao ouvi-la dizer seu nome, lembrando-se de outra época e outro lugar.

— Sei como as pessoas se curvavam diante dela, não por medo, mas por respeito. Como seu filho sorria para ela, não por obrigação, mas por amor. Lembro-me de como ele se encaixava na curva de seu braço quando era um bebê e da ferocidade de seus olhos ao derrotá-la no campo de treinamento. Lembro-me do jeito que ele chorou por mim, como nenhum filho jamais deveria chorar pela mãe.

Ela oscilou diante dele como se fosse uma miragem. Havia uma garra em sua garganta que ele pensava ter vencido havia muito tempo.

— Lembro-me de tudo isso e muito mais. Porque *eu* sou a Sultana de Arawiya. Guardiã de Sharr. Irmã da Antiguidade. E o mais importante, hayati, sou sua mãe.

capítulo 77

A pele escura de Kifah brilhava diante do fogo bruxuleante enquanto ela oferecia um pedaço de carne assada a Zafira. Nasir não estava em lugar algum. Benyamin tinha caído no sono. Parecia um fantasma de si mesmo desde que ela o confrontara. Ela não sabia como fazer as pazes. Estava cansada demais até para pensar.

Altair estava no mesmo estado, comendo em silêncio e olhando de relance para ela de vez em quando. O acampamento parecia desolado sem suas piadas. Zafira acreditava no general, mas não conseguia falar com ele. Nada que ele dissesse traria Deen de volta. Nada que ninguém dissesse ou fizesse o traria de volta.

Mas ela não queria perder outro amigo.

Kifah se sentou ao seu lado. O bracelete brilhava no braço dela.

— Você está bem?

Zafira poderia responder aquela pergunta de tantas maneiras, mas se decidiu por:

— Estou, sim.

— Ele disse que ficaria à nossa espera nos confins de zill e zalaam. Para onde quer que olhe, eu o vejo — disse Kifah, cutucando seu ombro. — Não que ele seja feio de olhar.

Zafira abriu um sorrisinho. Era o tipo de coisa que Yasmine diria. Yasmine era tão intensa que teria desmaiado aos pés dele. Assim como se debulharia em lágrimas ao ficar sabendo da morte de Deen. Ao contrário de Zafira, que se limitara a pestanejar quando ele sangrou até a morte diante dela.

Kifah a observava, e Zafira ficou imaginando se ela também conseguia ler seus pensamentos.

— Ainda bem que você finalmente se livrou daquela capa. Ouvi falar do preconceito do seu califa, e já estava na maldita hora de alguém mostrar àquele velho idiota do que uma mulher é capaz.

Dessa vez, o sorriso de Zafira foi genuíno.

— Se conseguir sair desta ilha, é o que pretendo fazer.

— Vai sair, Caçadora — afirmou Kifah, cravando os dentes na comida. — Vai, sim.

— Pensei que você não fosse otimista.

Kifah abriu um sorriso irônico.

— Escolho minhas batalhas a dedo.

Um ruído baixo fez Zafira contorcer os dedos dos pés e sua mente ficou em branco. Sentiu-se de volta àquele corredor cheio de sombras rastejantes e chorosas. O som melodioso de uma voz ecoou por entre as árvores secas. Laa. Uma voz não, *muitas*. O ar ficou parado conforme as sombras pareciam prender a respiração.

Agarrou o braço de Kifah com força.

— Está ouvindo isso?

— O som da minha respiração? Estou — respondeu Kifah, olhando para ela de um jeito estranho antes de se desvencilhar com delicadeza.

Não. Sussurros.

Sussurros numa língua antiga, as palavras rastejando das profundezas de um lugar invisível. Aos poucos, começou a distinguir as palavras. *Safaítico*. Uma multidão de vozes implorava, chamava, procurava por ela. Puxava-lhe os cabelos, os braços, os dedos.

Ela se pôs de pé ao sentir nos ossos um calafrio mais gélido do que a maldita neve de Demenhur seria capaz de provocar.

As vozes a chamavam. Mas não eram como as boas-vindas do Leão, e sim um pedido de ajuda. Um lamento de desamparo.

— Caçadora?

O receio na voz de Kifah deixou o coração de Zafira acelerado. Seu sangue se deleitou ao ouvir a apreensão da pelusiana.

— Zafira?

Venha. Liberte-nos.

Zafira deu um passo lento em direção às vozes.

— Aonde é que você vai? — sibilou Kifah, levantando-se.

Para casa. Ela ia para casa.

— Dê um minuto para ela — ouviu Altair dizer.

— Ela não está... Ei! Caçadora!

Zafira adentrou o meio das árvores, onde uma trilha se abria à sua frente e se fechava atrás conforme os troncos das árvores estalavam e rangiam, engolindo os gritos desesperados de Kifah. A luz da fogueira desapareceu. Zafira avançou devagar, cautelosa, mas sem um pingo de medo. Os galhos escuros se afastavam, entrelaçando-se em arcos meticulosos e pontiagudos acima dela.

Marhaba, marhaba, marhaba, vibrava o ar. Os destroços espalhados pelo chão se transformaram num mármore polido, ameaçador sob suas botas.

Não havia nem uma réstia de luz ali. Mas ela sabia caçar sem enxergar. Ouvia e sabia de tudo. Captou as palavras em safaítico em meio aos sussurros, vibrando em seus tímpanos e martelando em seu coração.

Somos o passado.

Somos o futuro.

Somos a história.

Somos a destruição.

Liberte-nos.

— Estou a caminho — sussurrou para as vozes, exultante ao ouvi-las sorrirem para ela.

capítulo 78

Hayati. *Minha vida*. Um nível acima do amor. Uma palavra sussurrada em seus ouvidos quando ele chorava toda noite até cair no sono.

Mentirosa, Nasir teve vontade de gritar quando a Bruxa de Prata se transformou em outra pessoa, seus cabelos assumindo um tom de dourado familiar, tão escuro que até parecia castanho. Olhos suaves. Orelhas pontudas.

Até virar alguém que existia havia milhares de anos.

— Não. — Mal conseguiu pronunciar a palavra com as mãos que se fechavam em torno de sua garganta. Ela voltou a ser uma bruxa. — Não minta para mim.

— Por que eu mentiria sobre isso? — perguntou ela baixinho.

— Não sei, nem me importa. — Talvez o Leão a tivesse mandado ali para deixá-lo confuso. — Por que está me contando isso só agora? Você teve *anos* para fazer isso.

— Posso morrer nessa luta. Talvez não tenha outra oportunidade de lhe contar.

— Você pode fugir de Sharr agora, como fez tantos anos atrás.

Seu rosto se despedaçou. Não importava qual rosto ela usasse: ele viu a mãe mesmo assim.

— Não foi por minha causa que fugi de Sharr.

Nasir não sabia o que ela queria dizer com aquilo. Nem queria saber. A queimadura sob sua clavícula voltou a arder.

— Mas meu tempo nas sombras chegou ao fim. Você está aqui, não precisa mais da minha proteção.

— Eu nunca precisei...

— Eu disse a ele que você nasceu por pura necessidade, porque os vizires exigiam um herdeiro. Ele não acreditou em mim, nem mesmo depois que abdiquei da coroa e vesti esta capa. Por isso mandou você e Altair para cá, como um lembrete de que estava em vantagem, para que eu não fizesse algo que ajudasse a Caçadora a enfrentá-lo. Ele sabia que eu acabaria interferindo na missão antes mesmo que você saísse da Fortaleza do Sultão, e foi o que fiz. Ajudei você, dando-lhe a bússola com a qual foi capaz de ajudar a Caçadora, mas não podia mostrar o que pretendia fazer.

Nasir só entendeu metade da explicação. Respirou fundo, ciente de que as palavras que estava prestes a pronunciar o colocariam num caminho que não terminaria nada bem.

— Prove para mim que é a sultana. — *Minha mãe.*

Ela sacudiu a cabeça, e ele viu as partes de sua mãe que haviam se transformado na Bruxa de Prata. Ou as partes da Bruxa de Prata que costumavam viver dentro de sua mãe.

— Prove para mim ou vá embora.

— Depois que minhas Irmãs... pereceram, tive certeza de que o povo recorreria primeiro aos safis em busca de liderança. A última pessoa que assassinei foi a safi cujo nome tomei: a califa daquela época, tia de Benyamin. Cortei sua garganta e a enterrei nos jardins do palácio, assumindo tanto seu comportamento quanto sua aparência. Eles me nomearam sultana, surpresos que o Trono Dourado aceitasse, pois ninguém além daquela cadeira sabia que eu era uma das Irmãs. Dei à luz Altair em segredo, mantendo-o escondido para o caso de o Leão escapar de Sharr. Sozinha, reinei como sultana por décadas. Até que Ghameq...

Nasir não queria ouvir o resto.

— Não quero ouvir seus contos de fadas.

Ela sabia o que ele queria.

Ela sabia, porque Nasir viu o caos em seus olhos escuros quando levou a mão à manga esquerda e arregaçou o tecido prateado, revelando uma queimadura. Uma lágrima escura que marcava sua pele perto do cotovelo, da primeira vez que se interpôs entre Nasir e o atiçador.

— Eu poderia usar mil faces e uma centena de nomes — disse ela, num tom de voz suave —, mas as cicatrizes são eternas.

Nasir arfou, os lábios entreabertos. O baba que amava se tornara um monstro. A mulher que amava o usara, o espionara. Todos os outros se esquivavam dele, cheios de medo no olhar e ódio no coração. Ele suportara tudo aquilo, cada imitação de amor, respeito e emoção.

Pois, apesar de tudo, o amor de sua mãe sempre fora verdadeiro.

— Você era tudo que eu tinha — falou ele. — O resto do mundo podia desabar, mas você… até *morta* você era minha. — Ele tentou entender por que os dedos não ficavam parados. Sua voz se elevou de uma forma inédita para ele. — Mas você nem *existia*.

— O rosto que eu usava não muda nada.

Nasir deu uma risada áspera. Os habitantes de Arawiya acreditavam que sua amada sultana era uma safi. *Ele* acreditara que era meio safi.

Mais uma mentira.

— Eu não sabia o que era o amor até conhecer seu pai. Nunca senti uma adoração verdadeira até dar à luz você. Fui eu que lhe dei aquele medalhão, hayati. A última relíquia de Sharr. Por meio dele, o Leão conseguiu atingi-lo; e, quando a Caçadora pôs os pés na floresta, ele percebeu que o Jawarat poderia finalmente ser procurado. Ele já tinha me encontrado, e não demoraria muito até encontrá-la também. Uma sultana não pode se afastar do trono, e você era muito novo para governar. Entreguei a coroa a Ghameq e fingi minha própria morte.

— Ah, você fez coisa muito pior — retrucou ele, desmoronando por dentro. Seu tom de voz era cruel. — Você me transformou no maior hashashin de todos e me deixou nas mãos dele. Transformou-me num monstro e deu-lhe a coleira.

Ela balançou a cabeça.

— Não era a minha intenção.

Ele estava tenso. Sua visão ficou turva, e foi só depois de levantar a mão que viu as sombras emanarem de sua pele.

— Sei que vocês, imortais, pensam a longo prazo. Então, por que foi que fez isso? Por que transformou seu filho num monstro?

Nasir achou que ela não fosse responder. Ela desviou o olhar, sua capa prateada encoberta pela noite. Ele teve vontade de agarrá-la pelos ombros e exigir uma resposta na ponta da espada.

Mas então ouviu um sussurro ao longe. Um murmúrio em sua cabeça.

Porque a única maneira de acabar com uma criatura que vê tudo é com aquilo que ela não consegue enxergar.

No instante que a força de suas palavras o atingiu, ela já se retirava noite adentro, a dor estampada em suas feições.

Ela o preparara para derrotar o Leão desde o nascimento.

— Sinto muito, meus filhos — sussurrou ela. — Me perdoem.

Nasir se virou para Altair, que os observava das sombras, a silhueta delineada em dourado pela luz da fogueira do acampamento. Ao se voltar para ela novamente, a Bruxa de Prata, a sultana de Arawiya, já tinha desaparecido.

capítulo 79

Zafira seguiu a trilha atrás dos sussurros. No terreno escuro, pensamentos e recordações voltaram à sua cabeça. Baba e Umm. Lana e seus livros. Yasmine e Misk. Deen e a aliança. O Leão e suas promessas.

Suas palavras. Sobre ela não passar de uma criatura que ansiava pelo amor.

Mas nada daquilo importava. Ela era Zafira bint Iskandar, cheia de magia nas veias e com um livro de sussurros que a chamavam pelo nome, implorando para que os libertasse.

Atenderia aos pedidos. Por seu povo.

Mas algo se debatia dentro dela e, assim que levantou a cabeça, disse: *laa*.

Zafira faria isso por si mesma. Pelas vozes.

Por zill e zalaam.

capítulo 80

Ela queria que Nasir matasse o Leão. *Sua mãe* queria que ele matasse o Leão. *Acreditava* que ele seria capaz de matar o Leão.

Altair o estudava, surpreendentemente impassível.

Nasir fechou as mãos trêmulas em punho.

— Você já sabia.

Ele assentiu com a cabeça.

— Sharr é cheia de revelações.

Nasir não queria reagir para não acabar arrancando os cabelos de Altair.

— Não sei como dizer isso de um jeito tranquilo — começou Altair, e seu tom fingidamente alegre fez Nasir decidir que talvez *devesse* arrancar os cabelos de sua cabeça perfeita —, mas nossa bússola sumiu.

— Zafira — corrigiu Nasir antes de digerir o resto da frase. Voltou-se bruscamente para ele. — Ela sumiu?

Nasir passou por Altair e correu até o acampamento, onde Benyamin andava de um lado para o outro e Kifah esfregava os braços, seu bracelete de ouro cintilando.

Virou-se novamente para Altair, que levantou as mãos e começou a dizer:

— Kifah...

Nasir imprensou Kifah contra a árvore num piscar de olhos e perguntou com a voz áspera:

— Cadê ela?

Ao longe, ouviu Altair murmurar:

— Por que será que Nasir gosta tanto de empurrar as pessoas contra as coisas?

A raiva fez Kifah inflar as narinas, mas Nasir não deu a mínima.

— Comece a falar — disse ele em voz baixa — ou vou arrancar seus dentes na base do soco até que você possa usar o sangue para escrever as respostas.

— Tire as mãos de mim — sibilou ela, mas com um certo receio no rosto corajoso.

Ele foi tomado pelo pânico e soltou a pelusiana.

Ela ajeitou a blusa sem mangas e ergueu a lança, a pele negra e a cabeça careca brilhando de suor.

— Na próxima vez que tocar em mim, príncipe, você vai perder a mão.

— Temos um assunto mais urgente a resolver, Integrante da Nona — comentou Altair.

Kifah deu um rosnado.

— Ela ouviu sussurros em meio ao maldito silêncio. Então começou a se afastar como se eu nem estivesse presente.

— Corte o papo-furado, mulher — vociferou Nasir.

— É verdade. Depois começou a sussurrar para as árvores e disse que estava a caminho, e as malditas árvores se *moveram*, quase como uma porta se fechando atrás dela.

Nasir se voltou para Benyamin, cuja pele dourada perdera a palidez.

— O Leão?

O safi balançou a cabeça.

— Ele não é tão forte assim. Ainda não.

Ainda não.

— O que é que você quer dizer com isso?

Benyamin começou a vasculhar os frascos na cintura.

— Quero dizer que o Jawarat não continuará perdido por muito tempo.

— Que reconfortante — disse Altair.

— Consegue andar? — perguntou Nasir, olhando para a perna dele.

— Vai me carregar no colo também?

Nasir deu um suspiro.

— Não se preocupe, principezinho. Graças aos seus cuidados e à minha extraordinária força, estou pronto para ir.

Era extraordinária mesmo. Afinal de contas, ele também tinha o sangue das Irmãs. Altair o encarou, seu olhar brincalhão se tornando sério, e Nasir percebeu quais seriam as próximas palavras do meio-irmão. Sentiu um nó no estômago.

— Você vai matá-la?

Nasir não se permitiria pensar naquilo no momento.

— Receio que seja ela quem vai nos matar.

capítulo 81

Nasir já estava perdendo a paciência quando finalmente encontraram algo parecido com uma trilha. O passo leve de Zafira era quase impossível de rastrear até chegarem a um par de portas imponentes. Era muito estranho que não tivessem visto aquela construção antes, uma massa de mármore cuja única entrada era um par de pesadas portas verdes que reluziam à noite.

— A trilha termina aqui — disse Kifah com uma careta.

A luz bruxuleante da tocha projetava sombras sinistras nos rostos sérios da zumra. A escuridão subia pela superfície verde.

— Como foi que ela passou por essas portas? — perguntou Altair, depois de empurrá-las e puxá-las inutilmente. Até chegou a socá-las, só para garantir, antes que Benyamin lhe pedisse para parar.

— Se Altair não consegue abri-las, então estamos condenados — falou Kifah, usando a ponta da lança para tentar arrombar as portas.

— Deve haver outra entrada — murmurou Nasir.

Kifah passou as mãos por uma inscrição na pedra ao lado das portas.

— Acho que não. Há algumas palavras aqui. Safaítico? Não conheço nem metade delas.

Altair se aproximou da inscrição enquanto Nasir tentava decifrar a escrita.

A cor sumiu do rosto de Benyamin.

— Só há uma maneira de entrar.

— Dum sihr — disse Kifah, um tanto entusiasmada.

Benyamin sacudiu a cabeça, o branco de seus olhos brilhando no escuro.

— Já te disse que o preço que se paga por usar a dum sihr é muito alto. Não posso fazer isso.

— Não temos escolha — concluiu Altair, e Nasir sentiu inveja da facilidade com que ele perdoava o safi. — Não é um teste de consciência.

— Na última vez que usei a dum sihr — falou Benyamin baixinho —, acabei matando meu próprio filho. Nada de bom advém de tal ato.

Nasir não sabia que Benyamin tivera um filho. Não sabia quase nada sobre o safi que sabia de tudo. E que nem era seu primo de verdade.

— Não tenho forças para fazer isso de novo — murmurou Benyamin, encarando a inscrição.

Altair apertou-lhe os ombros.

— A força não vem fácil, irmão. — Ele encostou a testa na de Benyamin. Nasir viu seus olhares se encontrarem, e não sabia havia quanto tempo se conheciam. Havia quanto tempo se amavam. — Deve ser agarrada com as próprias mãos.

Benyamin fechou os olhos cheios de sabedoria e respirou fundo para se acalmar.

Kifah deu um cutucão nele.

— Imagine as histórias que vão contar a seu respeito.

Ele repuxou o canto da boca num sorriso e estendeu a mão para pegar um dos dardos dela.

As portas se abriram com um rangido alto, dando-lhes as boas-vindas para um poço de escuridão.

— Que tal usar um pouco mais dessa tal de dum sihr para lançar um pouco de luz aqui? — perguntou Kifah, girando a lança.

Benyamin olhou para ela de cara feia enquanto passava uma tira de pano em volta da mão. Altair continuou calado.

— A escuridão fala para quem escuta — murmurou Nasir. — Só a escuta quem já aceitou a escuridão dentro de si.

Nasir aceitara a escuridão. Depois de suas ações maléficas que levaram à suposta morte da mãe, depois da perda da língua de Kulsum, depois das ameaças contra os outros membros da zumra a quem acabara se afeiçoando a contragosto. A escuridão era seu destino, como dizia seu pai. Agora, ao ver os fios que subiam por seus braços, acreditava piamente nisso.

— A escuridão é meu destino — sussurrou ele. As palavras estalaram ao sair de sua boca, serpenteando pelas paredes de mármore e ao redor de seu coração. Não precisava de uma tocha ou da dum sihr para enxergar.

Nasir não tinha medo da escuridão. Ele *era* a escuridão. Um sorriso mordaz surgiu em seu rosto. Entrou no poço escuro, os passos ecoando no silêncio.

Sentiu a presença de Zafira, assim como sentira sua ausência quando ela sumiu dentro do covil do Leão. Talvez fosse a aceitação da escuridão que os conectava. Talvez só estivesse imaginando coisas.

Mas, de repente, ele a viu. Ela se empertigou como uma gazela ao ouvir sua aproximação, os cabelos escuros brilhando à luz das tochas. Nasir sentiu uma vontade disparatada de estender a mão e passar os dedos pelas mechas.

Então, ela saiu correndo.

Nasir olhou para os demais e partiu atrás dela, ouvindo o aviso de Altair ecoar em seus ouvidos.

Você precisará tirar vidas.

capítulo 82

Zafira conhecia as pessoas que a seguiam, apesar da mortalha que se apoderava de sua mente.

Uma parte dela lembrava-se de suas risadas e seus sorrisos. Da camaradagem em meio ao conflito. Dos olhares demorados que a deixavam em brasa. A outra parte se lembrava de quem eram: seus inimigos. Seus exploradores.

Zafira disparou entre os fios de sombras, os passos silenciosos, a respiração abafada. Um único par de botas corria atrás dela, sem se preocupar com a furtividade.

Só havia uma pessoa capaz de enxergar e segui-la com tanta clareza em meio à escuridão.

Só havia uma pessoa tão arrogante para segui-la daquele jeito.

A aliança bateu contra seu peito num lembrete silencioso. *Assassino. Assassino. Assassino.*

Mas outra voz sussurrou: *salvador*.

Nasir a seguiu sem dizer nada ao mesmo tempo que deixava Zafira perceber que estava ali, mas ela não diminuiu a velocidade.

Assim como nossos olhos se adaptam à escuridão, o mesmo acontece com nossas almas.

O piso de mármore brilhava e sua luz suave subia até o teto abobadado. O lugar tinha cheiro de magia, ancestral e exausta. Colunas se erguiam mais adiante e uma muralha de sombras crescia atrás delas.

— Qif! — gritou por fim. Nada. Apenas o sussurro de seus movimentos e um assobio conforme a respiração se tornava ofegante. Não conseguiu dizer o nome dela.

Ele viu uma oportunidade.

Praguejou baixinho. E deu um salto.

Alguém se chocou contra ela, derrubando-a no chão.

Zafira estremeceu quando o calor dele se misturou à sua frieza, despertando alguma coisa dentro de si. Seus sentidos. Sua mente. A colisão dispersou o transe que se apoderara dela desde que pisara naquela trilha assolada por sussurros.

— Desculpe — disse uma voz que provavelmente nunca dissera tal palavra. Ele pairava cuidadosamente acima dela.

Seus braços a envolviam, a franja do keffiyah no pescoço roçando-lhe os ombros. Seus olhos cinzentos brilhavam na luz difusa que incidia sobre os dois, ficando mais escuros à medida que percorriam-lhe o rosto e agitando algo dentro dela.

Ela teve vontade de traçar a cicatriz com a mão. De passar o dedo pelos lábios dele. De…

Céus, ele era lindo.

Zafira franziu a testa. Nunca o considerara bonito, nem mesmo quando prendeu suas pernas e viu seu olhar amargurado. Nunca sequer se *permitira* pensar nisso. E certamente nunca ficara deitada embaixo dele, seu corpo inteiro pressionado contra o dela.

Um calor delicioso espalhou-se por seus membros, subindo pelo pescoço até chegar ao nariz e às bochechas. Sentiu-se grata pela luz fraca, pelas sombras que escondiam a traição de sua pele. Os sussurros começaram a zumbir, e ela os silenciou quando um zumbido bem diferente se agitou na boca do estômago.

— Ouvi dizer que os demenhunes jamais ficam corados — disse ele com a voz rouca, as palavras roçando os lábios dela.

Zafira tinha esquecido que Nasir conseguia enxergar no escuro, que agora fazia parte da escuridão assim como a escuridão fazia parte dele.

Um súbito estalo fez com que os dois perdessem o fôlego. Nasir a ajudou a se levantar e a escondeu no meio das colunas. As pernas de Zafira estavam bambas, por isso ela se apoiou na pedra fria.

Ele vasculhou os arredores, mas seu suspiro informou Zafira de que estavam a sós.

Ela não sabia muito bem se ficava aliviada ou em pânico.

Nasir estava agitado.

Cada fibra de seu ser guerreava contra si mesma. Zafira estava em seus braços, pressionada contra a pedra. Ela devia ficar por perto, para levá-lo até o Jawarat.

Devia estar sob a ponta de sua lâmina.

Mas antes de reconhecê-lo, a expressão dela o deixara assustado, dispersando imediatamente o transe que confundia sua cabeça desde que entrara naquela trilha. Era um olhar que ele conhecia muito bem. E do qual não gostava nem um pouco.

Assassinato.

A escuridão se apoderava dela, e pior, Zafira *permitia* que ela cravasse os dentes em seu coração. *Por que é que você se importa com isso, rapaz? Você é igualzinho*. Ele cerrou os dentes ao ouvir o eco da voz de Ghameq em sua cabeça. A voz do Leão.

O sultão. Ele era o sultão, não importava se fosse seu pai ou o Leão por trás daqueles olhos.

Ela baixou o olhar para os lábios de Nasir, que se deu conta do que tinha de fazer. Sabia como fazer com que ela esquecesse a escuridão. Como trazê-la de volta ao normal.

A tensão perigosa no ar deixou os pelos da nuca de Zafira arrepiados. Ela percebia cada pequeno detalhe, como a respiração ofegante dele e a distância entre os dois. Como a mudança de posição que o deixou mais perto dela.

— Zafira.

Sua voz era uma carícia. Cantava ao longo do nome dela, saboreando-o. Provocando. Queria que ele dissesse seu nome de novo. E de novo e de novo. Queria que ele fizesse com ela o que havia feito com seu nome.

Tudo dentro dela entrou em choque com tal pensamento, mas ele continuava olhando para ela, à espera. Aqueles olhos escuros atentos, o corpo dela em brasas. Ela disse alguma coisa, mas não sabia o quê. Sua voz era uma coisa distante, intoxicada pelo que ardia entre os dois.

— O que você está fazendo comigo — disse ele, mais uma afirmação do que uma pergunta. Sua voz era um murmúrio. Os sons agudos e subtons guturais de sua língua a fizeram estremecer. — Estou muito perto?

— Não. — Ele estava longe demais.

Ele passou os nós dos dedos pelos braços dela, o tecido preso entre os dois. O coração de Zafira palpitou. Sua respiração ficou entrecortada, e a dele também.

Ela sentiu as emoções reprimidas dele em cada suspiro contra sua pele. No olhar caloroso. Na vibração de seus corpos. Nasir chegou ainda mais perto dela e abaixou a cabeça.

— E agora?

Ela mal balançou a cabeça. No entanto, ele parava a cada gesto de aproximação, esperando que ela se afastasse e acabasse com aquela loucura.

Os lábios dele tocaram sua orelha.

Ela perdeu toda a sensibilidade quando ele percorreu sua pele sensível, deslizando os lábios lentamente para cima. Para baixo. E de novo para cima. Cegando-a. Matando-a. Era bem diferente de quando tocara sua clavícula. Ela engoliu em seco, e ele riu baixinho.

Ela deslizou os dedos trêmulos pelas saliências do abdômen musculoso dele, o calor da pele fazendo seu coração disparar dentro do peito. Um gemido quase imperceptível escapou da boca dele, e ela reprimiu um grito de triunfo. Mas ele percebeu isso, e ela sentiu seu sorriso na concha da orelha.

Zafira estremeceu ao sentir a barba do queixo dele. Nasir colocou uma das mãos atrás de sua cabeça e enroscou os dedos em seus cabelos. Inclinou-lhe a cabeça de leve. Levou a outra mão até sua cintura e encarou-a com os olhos escuros sob as pálpebras semicerradas, os cílios pretos roçando as faces bronzeadas.

Seus lábios se tocaram.

Na primeira vez, de leve.

Na segunda vez, como uma pena.

E

seu mundo

desapareceu.

Ela não esperava que os lábios de um hashashin fossem tão suaves. Tão delicados. Como a primeira neve que cai na jumu'a, derretida com um simples abraço. Mas Zafira era amiga da escuridão. Tinha matado safis e ifrits. Era a Caçadora. Era a pura magia.

Zafira bint Iskandar não queria a delicadeza do Príncipe da Morte. Ela queria *mais*.

Ele se afastou e leu seus pensamentos. Ela traçou sua cicatriz com o dedo trêmulo, e ele praguejou baixinho quando uma selvageria tomou conta dela.

Zafira enroscou as mãos nos cabelos dele, parando ao sentir a maciez entre os dedos, o corpo dele contra o seu, antes de puxá-lo para perto. Mais um pouco.

Ele remexeu os quadris contra os dela.

Zafira arquejou. Um rosnado baixo escapou da garganta dele.

Os lábios dela se chocaram contra os dele. Beijando, mordiscando, os dentes à mostra quando ele puxou seu lábio inferior com a boca, engolindo seus suspiros. Ele estava em toda parte e em lugar nenhum enquanto trocavam carícias sem parar. Sua língua deslizou entre os lábios dela e Zafira perdeu o fôlego, quase se afastando daquela sensação desconhecida, mas rendendo-se com um suspiro. Seu gosto (tâmaras e especiarias) combinava deliciosamente com o cheiro de mirra da pele, deixando-a tonta. Ele a puxou para si com força, e Zafira agarrou um punhado de seus cabelos.

Se aquilo era se perder na escuridão, ela nunca mais queria se encontrar.

Ele se afastou, e ela ficou paralisada ao ver a emoção que o fez cerrar o maxilar.

Como se tivesse acabado de se lembrar de algo que não devia ter esquecido.

Zafira cambaleou, sem forças, e baixou as mãos ao lado do corpo quando ele desviou o olhar. Um vazio se abriu dentro dela. Os cacos de seu coração partido que voavam havia pouco voltaram a se assentar dentro do peito.

— Os outros estão à nossa espera.

Ela se agarrou à estranheza em sua voz, embargada e rouca. A única prova de que ele tinha sentido o mesmo que ela.

Nem que fosse só um pouquinho.

capítulo 83

Nasir não conseguia. Simplesmente não conseguia sequer imaginar ou compreender.

Era para ser uma distração para *ela*, um lapso momentâneo para que Zafira refrescasse a cabeça, para que perdesse a vontade de destruir. Não para destruir a si mesmo.

Não queria que as coisas fossem tão longe. Não esperava que algo se agitasse dentro de si. *Seu mentiroso imundo.*

Ela o encarava de olhos vidrados, os lábios inchados num tom de vermelho vivo, a pele pálida numa exibição gloriosa de cor. Naquele momento, apreciou sua afinidade por lhe permitir enxergar com tanta clareza no escuro.

Queria passar os nós dos dedos pelo plano suave de sua bochecha, pelo corte acentuado da maçã do rosto. Queria encostar a língua na marca escura logo acima da clavícula e saborear seus suspiros. Queria guardar aquela imagem por toda a eternidade.

Ele queria. E querer era uma fraqueza.

— Isso não significa nada — disse ele de repente, odiando-se por isso. Será que não podia se libertar do domínio que o sultão exercia sobre ele? Sua voz estava rouca. Surpreendeu-se quando os olhos dela encontraram os seus.

Foi a ousadia dela que o colocara no caminho da autodestruição.

Os olhos da Caçadora ficaram um tom mais escuros.

— Achou mesmo que eu esperava que se casasse comigo depois de um beijo, Sultani?

A voz dela saiu ofegante, o que o deixou satisfeito antes de digerir suas palavras.

— O último homem que me pediu em casamento nem sequer teve a *chance* de me beijar.

Deen. *Sultani*. Nasir sentiu a dor das palavras dela nas costelas. Deu um passo para trás, querendo retirar o que havia dito antes.

Zafira continuava perto dele. Lindamente bagunçada. Mas Nasir se afastou, pois assim que ela disse a palavra "beijar" com aqueles lábios, ele teve vontade de empurrá-la contra a pedra, encostar a cabeça na dela e...

A ponta fria de uma lâmina encostou em seu pescoço.

Nasir deu uma risada baixa e mal-humorada. Encarou-a devagar. Ela empunhava a jambiya contra seu pescoço, com o braço firme. Uma verdadeira proeza, considerando como ele estava empertigado.

— Pretende me matar? — perguntou ele. A tristeza voltou a seu coração. Será que não existia ninguém capaz de amá-lo de verdade?

— Me deixe em paz — disse ela.

— Não — sussurrou ele.

— Olhe só para você, seu covarde — retrucou ela.

Ele cerrou os dentes.

— Você veio aqui atrás do Jawarat, pretendendo me matar assim que eu o encontrasse, e agora não passa de um garoto de recados. Benyamin lhe pediu para me buscar? Me beijar foi ideia dele? Você deve ter achado tudo tão repulsivo — vociferou ela.

Nasir se encolheu, cada palavra como um golpe físico. A dor atingiu seu peito. Será que ela não sentiu nada do que ele tinha sentido? Era sobre isso que o ifrit disfarçado de Kulsum o alertara?

— Nós dois sabemos que você não duraria nem um minuto em combate contra mim — disse ele por fim. As palavras pertenciam ao Príncipe da Morte, pois, se dependesse de Nasir, preferiria cair de joelhos e começar a chorar.

Ela repuxou os lábios num sorriso cruel, os lábios que estiveram entre seus dentes havia tão pouco tempo.

— Não, príncipe. Não sabemos de nada disso.

E, naquele lugar, cercados por uma escuridão que ela acolhera de bom grado, ele teve de concordar.

Não sabia mesmo.

capítulo 84

Zafira se recusava a ceder aos caprichos de um homem. Ela viu a guerra que se travava dentro dele: o ângulo de sua mão, tentando desembainhar a lâmina da manopla. A súplica em seus olhos.

Ela ainda sentia a aspereza de sua barba, o sussurro de seus lábios na orelha. De alguma forma, passara de detestar sua mera existência a um desejo inconcebível. A considerá-lo bonito.

Isso não significa nada. As palavras a magoaram mais do que deveriam. Também não significava nada para ela. Zafira não esperava nada dos homens. Pela daama neve que cai. Tinha vontade de bater a cabeça na laje de pedra mais próxima.

Ele a observou, desconfiado.

Mas deixou-a ir.

Ela fugiu por entre o labirinto de colunas de pedra. Sentiu sua ausência como um vazio que lhe despertou a consciência: estava completamente sozinha. As vozes voltaram a sussurrar para ela.

Somos o passado.

Somos o futuro.

Somos a história.

Somos a destruição.

Quanto mais Zafira caminhava, mais insistentes se tornavam as vozes. Até virarem um emaranhado de palavras que não conseguia distinguir. Sacudiu a cabeça, mas o burburinho aumentava cada vez mais. Os sussurros turvaram seus pensamentos até ela não conseguir pensar em mais nada.

Ela parou diante de uma fileira de árvores velhas, deslocadas dentro da construção de pedra e mármore. Eram firmes como as grades de uma jaula. Para manter os intrusos afastados. *Ou um cofre para proteger algo valioso.*

Zafira tentou pensar, mas, no momento que distinguia um pensamento, outra coisa surgia em seu lugar, imagens e ideias que nunca tinha concebido antes. Aos poucos, começou a ver os rostos de seu povo, cheio de magia outra vez, e percebeu que estava no caminho certo. Emprestaria o Jawarat ao Leão e depois voltaria para Demenhur, tão vitoriosa quanto sua mãe lhe pedira para ser. *Não, isso não está certo.*

— Você a deixou ir? — rosnou alguém ao longe. Uma luz tremeluziu atrás dela. — O Leão vai brincar com a mente dela.

Os outros estavam em seu encalço.

— Estou aqui — disse às árvores, cerrando os dentes ao tentar apartar dois troncos. — Me. Deixem. Entrar. — Ela correu ao longo dos troncos, procurando entre os vãos por uma entrada. Lascas de casca de árvore prenderam-se na palma de sua mão, cortando-lhe a pele. Ela sibilou e limpou o sangue na túnica, tremendo para conter a angústia. — Por favor, abram logo.

— Aonde é que ela foi, seu tolo? — rosnou alguém.

Altair. Agora estavam bem perto dali.

— Fique calmo — tranquilizou a voz de Benyamin.

Um silvo repentino silenciou suas emoções. Outro silvo: seu sangue pingou nas folhas amaldiçoadas. Um fio de vapor branco subiu, sinistro em meio à escuridão, até se enroscar na forma de uma rosa. Branca e selvagem.

Que a paz a acompanhe, bint Iskandar. Coração puro. Intenções sombrias.

Bint Iskandar. Filha de Iskandar.

As árvores de proteção se abriram, destrancadas pelo sangue dela. A luz tênue iluminou uma jumu'a circular de pedra escura. As árvores começaram a estalar e mudar de forma, elevando-se até formarem uma cúpula de galhos retorcidos, trepadeiras e folhagens semelhantes a joias. Não era uma fileira de árvores: havia apenas cinco delas, com os troncos largos pela idade e os galhos entrelaçados para formar um recinto.

Que protegia alguma coisa.

Apoiando a mão ferida no peito, Zafira atravessou o leito de folhas e pisou no chão de pedra. Sentiu uma vibração ritmada sob os pés. Uma brisa soprou por sua pele, parecendo… selar a jumu'a ao seu redor.

Estava bem ali. O Jawarat perdido.

capítulo 85

Nasir sentiu a presença dos ifrits tarde demais.

Se não estivesse tão ocupado repreendendo-se pela milésima vez, já teria sentido sua presença muito tempo antes, mas só o fez quando o cajado de um deles veio em direção à sua cabeça. Esquivou-se, examinando as colunas de pedra enquanto desembainhava a cimitarra.

Nasir não devia tê-la deixado ir. *Tudo o que você faz é se arrepender, seu palerma.*

— Estamos sendo atacados — anunciou Benyamin.

— São só uns cinco. Cuidamos deles rapidinho — disse Kifah, girando a lança.

— Akhh, qual é a novidade? — perguntou Altair, entediado. O silvo das cimitarras pontuou suas palavras.

— Quem sabe aquilo ali? — indagou Benyamin, apontando ao longe.

— Por Guljul! — exclamou Kifah.

A menos de dez passos de distância, viram Zafira numa jumu'a de pedra preta, diante de uma massa escura e retorcida. De repente, foram cercados por árvores enormes, cujos galhos velhos curvavam-se em direção ao teto que não podiam mais enxergar. A existência do arvoredo desafiava toda a lógica dentro daquele imenso salão de mármore.

— Nasir? Me diga que estou sonhando — gritou Altair.

— Você não é inteligente o bastante para sonhar, Altair — retrucou Nasir, esquivando-se de um cajado de fogo e brandindo a cimitarra em direção ao ifrit que se aproximava dele.

— Tão encantador, irmão querido.

Benyamin e Altair ficaram de costas um para o outro, combatendo os ifrits com golpes de espada e frascos de vidro quebrados. Kifah girou a lança ao lado de Nasir. Ele sentiu uma labareda de calor junto à orelha, seguida por um grito quando ela empalou um ifrit à direita enquanto Nasir dilacerava outro à esquerda. Trocaram um aceno de cabeça em meio ao caos, e Kifah o saudou levando dois dedos à testa.

— Ei, os kaftars — lembrou-lhes Altair.

Nasir estava prestes a dizer que podiam muito bem cuidar do punhado de ifrits sozinhos quando o chão começou a tremer.

Uma horda de sombras surgiu no horizonte, onde o mármore cintilante encontrava a noite escura, e tomou a forma de inúmeros ifrits. Benyamin não perdeu tempo e logo deu um assobio. Nasir só esperava que os kaftars não se tornassem mais um inimigo que tivessem de derrotar.

Seu coração palpitou. De fato, havia mais um inimigo ali.

Na frente da horda estava o Leão da Noite, montado num garanhão feito de sombras, a armadura prateada reluzindo sob a lua encoberta.

Zafira estava cercada pelo caos, do tipo que alimentava a escuridão. A exaltação tomou conta de seu peito e se apresentou na forma de um sorriso largo.

Um par de mãos de pedra erguia-se de um pedestal como se estivesse em oração eterna. As palmas manchadas de cinza seguravam um diário com páginas de papiro amarelado, encadernado em couro de bezerro verde e envolto por um cordão de seda preta trançada.

O Jawarat perdido.

Tudo aquilo por causa de um livro que definhava nas sombras. Ela estendeu a mão com dedos cautelosos.

— Caçadora.

Benyamin estava na beira da jumu'a, o cansaço estampado no rosto. Benyamin, que escondera segredos dela. Benyamin, que chorara sobre o caixão do filho. Os ifrits se espalharam pelo ambiente, gritando e se misturando às sombras. Gritos ecoaram ali. Os kaftars chegaram, convocados pelo assobio de alguém.

— O Leão está perto daqui — implorou ele —, e essa pedra é sua única proteção.

Ela se sentia distante de si mesma. Distante de tudo o mais, focada apenas *naquilo*. O livro. A escuridão continuava a assolar sua mente conforme os sussurros se aglomeravam em torno do volume.

As palavras seguintes de Benyamin foram interrompidas por um grito. Ele caiu de joelhos no chão, e Zafira pestanejou ao ver o sempre elegante safi lutando pela vida.

— O destino nos uniu mais uma vez, Haadi — disse uma voz aveludada. O Leão. Ele deu um suspiro de tédio. — Não há nada que eu deteste mais do que os safis. Se dependesse deles, vocês seriam seus escravos. Perturbei o equilíbrio deles, coloquei-os no devido lugar. E Arawiya me recompensou aprisionando-me nesta ilha.

Benyamin se engasgou com o torno de sombras que apertava sua garganta.

— O que quer que faça... Caçadora... não... saia... dessa pedra.

O Leão se voltou para ela com uma risada zombeteira. Seu manto era de um tom escuro de malva. Uma armadura prateada adornava seus ombros e terminava numa filigrana na altura dos punhos.

— Um coração tão puro, zill e zalaam nunca tiveram um recipiente tão ansioso para ser saciado. Entregue-o para mim, azizi.

Olhe para nós, bint Iskandar, disse outra voz.

O Jawarat.

Zafira se aproximou do livro, tocado pela última vez pelas Irmãs da Antiguidade. Havia a silhueta de um leão impressa no couro texturizado, com uma juba de fogo.

Não sentiu um pingo de medo ao fechar as mãos ao redor do livro.

Então o mundo se desfez.

Arawiya se desvendou em sua mente. Como era antes, um farol de luz que prosperava sob um reinado de ouro. Ela viu seis mulheres, si'lahs raras que se amavam intensamente, designarem a mais forte de todas, Anadil, como a guardiã de uma prisão impenetrável. Zafira viu as guerras travadas. A escuridão se aproximando dos palácios dourados e dos habitantes desesperados de Arawiya. Causada por um homem de olhos cor de âmbar e cabelos de ébano, cheio de vingança nas veias.

As Irmãs o trancaram na prisão de Sharr depois do fracasso da tentativa de golpe. A guardiã era uma miragi, como Kifah, mas os limites de suas ilusões, de seu *poder*, não existiam. Ela governava com punhos de ferro, inflexível, até ser seduzida pelo falso amor do homem e acabar perdendo toda a bondade.

Como o Leão dissera: *um coração tão puro, zill e zalaam nunca tiveram um recipiente tão ansioso para ser saciado.*

Ela era igual a Zafira.

Anadil, perdida em si mesma, chamou as Irmãs até Sharr e drenou sua magia a pedido do Leão. Quando percebeu o que tinha feito, já era tarde: suas Irmãs jaziam sobre mármore e pedra. Com o que restava de seu poder e suas vidas, aprisionaram o Leão na ilha e criaram o Jawarat, selando a verdade daquele dia fatídico em suas páginas.

Não era a encarnação da magia. Era um livro de lembranças. As lembranças *delas*. E, durante todo o tempo que ficou perdido em Sharr, o Jawarat tornou-se um ser próprio, recolhendo mais lembranças, conhecimento e palavras: desta vez do Leão.

O livro era o último vestígio das Irmãs, mas havia se tornado algo mais sombrio durante o tempo que passara em Sharr. Todo o conhecimento que o Leão possuía, todas as histórias que as Irmãs conheciam pertenciam ao Jawarat. Pertenciam a *ela*.

A Bruxa de Prata e o Leão estavam enganados. Não precisavam de uma da'ira para encontrar o livro. Zafira só precisava passar em seus testes, derrotar os ifrits, escapar do Leão em mente e corpo. E então o *livro* se revelou a ela. *Coração puro. Intenções sombrias.*

Uma queimação explodiu em seu peito, pulmões, coração. Ao longe, ouviu o som de vidro quebrado: Benyamin tinha se libertado. O uivo do vento. O rugido de uma criatura que vivia fazia tempo demais. *Um reino de escuridão.*

O Jawarat caiu de suas mãos com um baque surdo e uma nuvem de pó. Zafira tombou no chão, sentindo a pedra áspera sob os joelhos. Ficou olhando para a mancha vermelha no couro verde, ciente de que havia feito uma coisa muito, muito errada.

Ela tinha se esquecido do corte na palma da mão.

O Leão rosnou:

— O que foi que você fez?

Benyamin se levantou com as pernas bambas.

— O sangue dela. O livro se vinculou a ela.

Eu sou você, e você sou eu. As palavras eram um sussurro em seu coração.

Um punhado de ifrits cercou a jumu'a. Ela viu um cajado rodopiar com o canto do olho e lembrou que os ifrits não precisavam pisar naquela pedra para matá-la. Mas eles não iam fazer aquilo. Não naquele momento.

As palavras do livro saíram de seus lábios:

— Se me ferirem, o Jawarat morrerá. Aquilo de que precisam vai perecer.

O Leão se deteve. Sharr prendeu a respiração.

— Afastem-se — ordenou ele, e os cajados de fogo sumiram.

O triunfo vibrou nas veias dela.

Mas o Leão ainda não tinha acabado.

— Pretendia recuperar o Jawarat e ir embora, azizi? Você veio para cá no navio da bruxa, mas ele desapareceu. Não poderá partir desse jeito. Entregue o livro para mim.

O navio era *ilusório*. Ela estava presa ali.

O Jawarat pulsou sob seus dedos. *Não tenha medo, bint Iskandar. Somos indomáveis.* Foi então que ela se lembrou do navio de Benyamin, aquele que a Bruxa de Prata garantiu que ele trouxesse.

Como que convocada pelos pensamentos de Zafira, uma mulher saiu das sombras. Ela tinha uma capa prateada sobre os ombros e os lábios vermelhos curvados num sorriso. Lembranças ocorreram à mente de Zafira conforme o Jawarat voltava a lhe mostrar o passado.

A Bruxa de Prata estava ali.

— Você não devia ter vindo, Anadil — disse o Leão.

De que lado será que a bruxa estava? Por quem lutava agora?

A Bruxa de Prata baixou o queixo e caminhou em direção ao Leão. Ao andar, a capa esvoaçante ficou mais curta. Uma faixa vermelha amarrou-se à sua cintura. Uma armadura prateada reluziu em seus ombros. Ela esticou os braços para ambos os lados e duas lâminas saíram de suas mãos.

— Só os solitários temem o leão.

Os solitários. Ela estava ali por causa deles. Com eles. O Leão também se deu conta disso e rapidamente a deteve. Não com uma lâmina no coração ou um torno em volta da garganta.

Ele apenas olhou para Nasir e fechou dois dedos.

Altair deu um grito quando Nasir voou pelos ares com a respiração ofegante, sufocando enquanto tentava tirar as mãos invisíveis que envolviam sua garganta. O pânico brilhava em seus olhos.

A voz do Leão permanecia suave, e seu sussurro ainda deixava os pelos na nuca de Zafira arrepiados quando ele se voltava para ela com uma ordem.

— Me dê o livro, azizi. Você sabe muito bem que a vida dele não significa nada para mim.

— N-não — disse Nasir entredentes.

Ele não estava sem fôlego, já que conseguia falar. Tampouco morreria se caísse daquela altura. Uma terrível suspeita recaiu sobre os ombros dela.

A Bruxa de Prata estendeu a mão, mas o Leão a empurrou para o chão flexionando o outro pulso. Ela caiu de joelhos, com uma adaga preta cravada no ombro. Arrancou a lâmina com um silvo, bem devagar, e Zafira percebeu que sua magia já estava sendo drenada por Sharr. Para uma bruxa que fizera seus planos por tantos anos, a decisão de se revelar tão rápido não fazia o menor sentido.

O Leão deu uma gargalhada.

— Jamais gostei do seu segundo filho.

Zafira arquejou. *A sultana*. A Bruxa de Prata era a sultana de Arawiya.

Não era à toa que ela agira de forma tão imprudente. Não era à toa que desobedecera às ordens do sultão e os ajudara. Nasir e Altair eram seus *filhos*.

Um cajado preto se materializou na mão do Leão, com pontas afiadas estendendo-se em ambos os lados. Feito de metal, sombras e escuridão. Ele o atirou.

Direto

para

o coração de Nasir.

— Nasir! — rugiu Altair.

A Bruxa de Prata observou a cena, impotente. Kifah lutava contra uma horda de ifrits.

Zafira perdeu a razão. Correu da pedra, enfiando o nariz sob o lenço no pescoço, mas mesmo em seu estado de loucura já sabia que não chegaria a tempo. Como sempre, era tarde demais. Tarde demais para salvar seus pais. Tarde demais para salvar quem a amava.

Isso não significa nada.

Ela correu mesmo assim.

Mas não devia ter saído da pedra.

Um borrão de sombras reverberou em sua direção, com veias de sangue preto em seu rastro. *O Leão*. Ela deu um grito ao sentir o impacto e caiu na areia escaldante.

E o Jawarat perdido, agora encontrado, caiu de suas mãos.

capítulo 86

Nasir imaginara a própria morte mil e uma vezes.

Mas jamais pensou que ela se daria em Sharr, na forma de um cajado de sombras atirado em seu coração enquanto pairava no ar, sem controle dos próprios membros. Ao longe, ouviu a fala arrastada do Leão dirigida a Zafira.

— Você e esse príncipe patético jamais entenderão as consequências de amar algo inútil.

Já estava farto de ser chamado de patético. Ele era um hashashin. O Príncipe da Morte. O herdeiro de um reino à espera de que alguém tomasse uma posição. E as pessoas que aquela criatura ameaçava eram…

Rimaal. Eram seus companheiros. Amigos. Em algum momento, começara a criar os laços que tanto temia e, pela primeira vez, não sentia vergonha disso. *O amor lhe dá um propósito.*

Agarrou-se ao pescoço. Pensou em Zafira, com o Jawarat. Pensou no *pai*, que já o amara. Na mãe, cujo amor a destruiu.

Pensou em seu coração sombrio, finalmente prestes a parar de bater.

Uma rajada de escuridão saiu de seus dedos.

O mundo explodiu em sombras que rivalizavam com as do Leão. Os ifrits deram berros confusos. Altair saiu em disparada até Nasir, com as cimitarras duplas preparadas para desviar o golpe do cajado do Leão, que continuava seguindo rumo ao coração de Nasir.

A Bruxa de Prata se levantou com o resto de suas forças. Alguém a empurrou para a areia: Benyamin. Ele correu com toda a velocidade dos safis. Deu um salto. Jogou-se entre Nasir e o Leão da Noite.

Entre Nasir e o cajado de sombras.

Nasir ouviu um estalido de ossos antes que a arma perfurasse o coração de Benyamin. Mas o safi não deu um pio.

As garras invisíveis se soltaram de seu pescoço e Nasir caiu de joelhos. *Não,* não, não. Puxou o ar e rastejou em direção a Benyamin, sentindo a areia escaldante sob as mãos enquanto o caos continuava ao seu redor.

Benyamin permaneceu imóvel por um longo e silencioso momento antes de cair de costas no chão, gracioso mesmo em meio à agonia.

Nasir estava estarrecido. Perdido. Ele encarou o Leão do outro lado da batalha e sentiu uma onda de cólera ao ver o remorso em seus olhos cor de âmbar. Sua tatuagem cintilava na escuridão, quase idêntica à do safi.

Ele tinha sido amigo de Benyamin. E recompensara sua bondade com a morte.

Nasir só conseguia ouvir o zumbido suave da respiração de Benyamin.

As pessoas tinham sonhos, pensamentos, ideias. Nasir tinha fatos. Ao seguir o caminho que o sultão traçara para ele, sabia que ninguém mais o amaria. Ninguém o libertaria daquilo.

Era mais fácil seguir seu destino com a aceitação.

No entanto, ali estava Benyamin. Um safi imortal, vaidoso por natureza, amargurado pelo conhecimento. Nasir sentiu as mãos trêmulas ao examinar o ferimento. Havia tanto sangue ali que não sabia onde começava nem onde terminava. Altair se agachou a seu lado. Kifah gritou enquanto lutava junto com os kaftars, mas estava muito longe, ocupada demais com os ifrits para ajudá-los.

Nasir encontrou o ponto de impacto. Sentou-se sobre os calcanhares, perdendo a esperança.

— É fatal — disse ele, com as mãos encharcadas de sangue.

Um vapor escuro subia da ferida.

Benyamin falou baixinho:

— Agora sei o que é viver como um mortal. A morte — ele apertou os lábios para conter a dor, os olhos castanhos suaves — é uma verdade bem-vinda.

Seu keffiyah branco estava sujo de sangue. Escorregou de sua cabeça, e Nasir o ajeitou no estilo usado pelos safis. Altair apertou a mão de Benyamin, puxando-o para perto.

— Ah, akhi, akhi, akhi.

Meu irmão, meu irmão, meu irmão. Por um vínculo mais forte que os laços de sangue.

Nasir nunca tinha visto Altair chorar. Os soluços o faziam sacudir o corpo inteiro, desolado no escuro. Nasir nunca pensou que as lágrimas de outra pessoa pudessem magoá-lo tanto assim.

— Por quê? Por que você fez isso? — sussurrou Nasir. Sentiu um nó na garganta, que dificultava sua fala.

Altair continuava murmurando a palavra "akhi" repetidamente, com a voz cheia de raiva e dor.

— Sacrifício — respondeu Benyamin.

Nasir sabia o que era o sacrifício, mas logo por ele, o Príncipe da Morte?

— Por você. Por ela. Por aqueles quem merecem ver o dia seguinte. Sua história permanece inacabada, príncipe.

Algo se partiu dentro de Nasir. As crianças nas corridas de camelos. Os rebeldes em Sarracena. Zafira. Kifah. *Eles* mereciam ver o dia seguinte. *Eles* eram dignos de um sacrifício. Não Nasir, cujas mãos sentiram o último suspiro de inúmeras almas. Nem a Bruxa de Prata, que cometera tantos erros.

— Lembre-se de mim, viu? Mande meus cumprimentos para minha amada, mas não para minha irmã — sussurrou Benyamin.

Altair deu uma risada chorosa.

Benyamin tentou abrir um sorriso. Segurou o rosto de Altair com ambas as mãos.

— Eu a agarrei, irmão. A força era toda minha. Mas acontece que — ele tossiu e mais sangue jorrou de sua ferida — o preço da dum sihr é muito alto.

Um tremor sacudiu seu corpo. Benyamin não derramou uma única lágrima. Nem gritou de dor. Entrelaçou os dedos sobre a barriga numa postura tranquila.

Nasir viu a luz se apagar nos olhos dele, uma morte que não era obra sua, um último suspiro que não havia capturado. Um sacrifício. Não conseguiu se mexer, embora os sons da batalha ecoassem à sua volta.

Fechou os olhos de Benyamin devagar. Novelos de sombras saíram de seus dedos, despedindo-se dele. Tirou uma pena do manto e a encostou no sangue de Benyamin antes de guardá-la entre as dobras do thobe do safi. A ponta preta brilhava, vermelha. Um último presente do Príncipe da Morte.

— Fique em paz, Benyamin Haadi min Alderamin.

Altair pegou a mão de Nasir e o ajudou a se levantar. Ele nunca tinha visto o general tão cansado, tão destruído, as marcas da dor estampadas em sua pele bronzeada.

Juntos, os dois encararam o Leão da Noite.

— Você abateu um de nós. Agora sentirá nossa vingança — disse Nasir num tom de voz frio e grave. O Príncipe da Morte desembainhou a cimitarra, um silvo na areia ecoado pelas espadas de Altair.

Nasir viu aquele lampejo de remorso outra vez. Um pesar que o Leão não era digno de sentir.

— Você mudou bastante, príncipe. Mas sempre servirá à escuridão — falou o Leão.

Os ifrits os cercaram, fortalecidos pelas sombras que Nasir libertara.

capítulo 87

O mundo foi tomado pela escuridão e pelo caos desenfreado. Em meio a tudo, Zafira viu o momento exato que o corpo de Benyamin ficou imóvel como a terra. Sentiu um nó na garganta. Não era Deen ou Baba. Era uma pessoa sobre a qual viera a conhecer algumas manias. Detalhes que faziam de Benyamin o safi que era: a predileção por cochilos, seu palavreado exótico, seu orgulho bobo. O valor que depositava na confiança e na verdade.

Não é preciso conhecer os segredos mais sombrios de alguém para torcer por sua vida. *Neste momento, somos duas almas exiladas.*

Mas o que acontecia quando uma alma exilava a outra? Quando a morte decidia se interpor entre as duas?

Na última vez que falou com o safi, Zafira acabara com ele com palavras odiosas e amargas que gostaria de não ter dito. E pelas quais jamais poderia se desculpar.

Nunca mais veria seus olhos cor de âmbar e seu sorriso felino. Nem ouviria sua tagarelice interminável, a tristeza ao falar do filho.

— Zafira! — gritou Altair sobre os berros dos ifrits. — O Jawarat!

Os soldados das sombras estavam por toda parte, quase invisíveis em meio à escuridão crescente de Nasir. Uivavam, sacudindo os cajados de fogo ardente. Havia muitos deles. Não havia como a zumra passar por ali.

Zafira encontrou o livro. Envolveu as mãos ao redor do couro macio, sentindo a pulsação se acalmar com a vibração reconfortante do Jawarat. *Somos o passado*, sussurrou o volume. Era tudo de que precisavam para restaurar a magia, mas não a magia em si.

Sentiu novamente a batida ritmada vibrando sob seus pés. *As Irmãs nos presentearam com seus bons corações.* Era uma frase que toda criança de Arawiya conhecia.

Pela neve que cai. Não era a pulsação do *Jawarat* que ela sentia. E sim das…

Ela olhou para as cinco árvores que os cercavam, protegendo o Jawarat numa última tentativa de resistência.

… das Irmãs.

Seus corações pulsantes eram literalmente os recipientes de um poder insuperável. *Magia.* E tais recipientes estavam enterrados debaixo de cada árvore, alojados em uma caixa torácica de raízes. As árvores eram as próprias Irmãs.

Ela tinha de pegar os corações e libertá-los de Sharr para acabar com a maldição. A força da Bruxa de Prata retornaria. Com a orientação do Jawarat, poderiam devolver os corações aos minaretes reais.

Restaurar a magia dos califados.

Só que libertar os corações implicava libertar o Leão também.

— Os corações — sussurrou ela, sem conseguir se conter. As palavras subiram por sua garganta, arranharam-lhe a boca e a obrigaram a falar. — Os corações estão nas árvores. A *magia* está nas árvores.

A zumra ouviu o que ela disse.

Começaram a lutar freneticamente para afastar os ifrits e seguir em direção às árvores. Mas o Leão também a ouviu e correu até ela. Não precisava dos corações no momento: o Jawarat era mais importante. Para ele, o conhecimento superava tudo.

Destrua-o. Ele já cumpriu seu objetivo. As palavras do Jawarat ecoaram em seu coração. Não eram as palavras das Irmãs, e sim o resultado dos anos que o livro passara apodrecendo na escuridão.

Zafira deu um passo para trás, esquivando-se do cajado de um ifrit. Outro golpeou atrás dela, mas Kifah lançou um de seus dardos, derrubando-o. Altair apareceu brandindo as cimitarras, mas o Leão se desviou do ataque, lançando-o no caminho dos demais ifrits.

— Caçadora! — gritou Kifah.

Zafira viu Kifah correr até o corpo inerte de Benyamin e se curvar sobre o safi morto, seu amigo, mas não conseguiu reagir. Sua visão ficou turva e o livro começou a tremer em suas mãos. Não estava mais em cima da pedra, sua única proteção. Ao longe, ouviu Kifah gritar e Altair responder com ordens, a personificação do general no campo de batalha.

O Leão soltou um rosnado, novelos de escuridão em seu encalço. Zafira se esquivou, tentando enxergar no meio do caos. Ouvir algo além das exigências do Jawarat. Escutou a voz de Benyamin, dizendo-lhe para manter a calma. Refletir. Confiar. *Juntos somos mais fortes*. Só que agora ele estava morto.

Gritos perfuraram seus tímpanos, seguidos pelo uivo do vento, antes que alguém se chocasse contra ela e o Jawarat fosse arrancado de suas mãos.

Daquela vez, sentiu a perda do livro como uma costura que se rasgava em seu coração. O chamado desesperado pela pessoa a quem estava vinculado.

Os lábios do Leão roçaram sua orelha, e Zafira percebeu que tinha fracassado.

capítulo 88

Nasir olhou de árvore em árvore. Eram enormes, e seus galhos velhos e cansados tinham veios brancos como os cabelos da Bruxa de Prata. Contou cinco.

Era aquilo que as Irmãs tinham se tornado.

Atirou facas nos ifrits, cujos berros estridentes entorpeciam-lhe os tímpanos conforme avançava lentamente até a primeira árvore. A Bruxa de Prata não estava em lugar nenhum. Zafira também não, mas acreditava que ela se manteria em segurança e protegeria o Jawarat.

Todos acreditavam naquilo.

Sem o livro, só teriam cinco malditos corações aprisionados com um poder inimaginável.

Nasir alcançou a árvore, ainda maior de perto. O coração podia estar em qualquer lugar: pendurado num galho, escondido no tronco... não. Hesitou por um segundo.

Uma batida ritmada pulsava a seus pés.

As raízes. Brandiu a cimitarra na frente de uma fileira de ifrits para ter tempo de cavar as raízes retorcidas. Outro ifrit uivou, e Nasir sentiu o calor de seu cajado no pescoço. Virou-se e abateu mais uma horda deles, atirando facas para deter a onda seguinte. *Rápido*, disse a si mesmo entredentes enquanto cavava a terra, deixando as unhas pretas e os dedos frios. A batida ficava cada vez mais alta à medida que cavava.

Ali.

Quase recuou ao tirar o órgão do solo, sentindo o estômago revirado com sua pulsação, sua textura de borracha. Manchas de sangue se misturaram à terra em suas mãos.

Kifah surgiu ao seu lado e mal vacilou diante de tal visão antes de gritar:

— Faltam mais quatro. Yalla, yalla.

Mais ifrits se aproximavam em ondas escuras, brandindo seus cajados flamejantes, e Nasir passou o tecido interno do manto ao redor do coração pulsante, deixando-o pendurado no quadril.

Travou combate com um ifrit, empurrando-o com toda a força antes de atirar sua última faca contra as criaturas que o rodeavam. Abriu caminho até a árvore seguinte, mas Altair o encontrou no meio do caminho com um olhar de pânico, segurando outro coração pulsante com cuidado na palma da mão. Nasir o pegou e enfiou nas dobras de seu traje.

Kifah abatia ifrit atrás de ifrit enquanto se dirigia para a próxima árvore, usando a lança como escudo e arma ao mesmo tempo. Nasir lutou contra outra horda e ergueu o olhar bem a tempo de ver o movimento de seu punho enquanto ela recuperava mais um coração.

Faltam mais dois.

Ele apanhou outro, sofrendo um corte na perna antes de cravar a espada na garganta do ifrit. Cambaleou até a árvore seguinte, detendo-se ao ver Altair se levantar das raízes com o último coração na mão.

O chão começou a retumbar.

Uma quietude os cercou. A terra suspirou e gemeu de alívio. Um suspiro de contentamento, por finalmente se ver liberta do que não era. Sharr estava livre.

O que significava que, por todo o reino de Arawiya, a floresta de Arz começara a recuar para dentro do solo.

Rimaal. Nove décadas de escuridão invasora. De uma floresta que os afastara do mar. De califados amaldiçoados por neve sem fim, céus escuros e terras moribundas. De uma hostilidade cortante.

Tudo aquilo tinha acabado.

E Nasir fizera parte disso. Quase ficou tonto ao se dar conta de que tinha participado de algo *bom*.

Sua euforia passou quando um ifrit quase arrancou sua cabeça. Viu um brilho prateado quando a Bruxa de Prata se levantou devagar, seu poder parando de ser drenado.

No entanto, havia o outro lado da moeda: o Leão não estava mais preso a Sharr. Tinham de agir bem rápido.

— Que clima mais sombrio você nos deu — gritou Altair ao cambalear em direção a Nasir com a testa ensanguentada.

O general parecia se preparar antes de voltar para a aglomeração de ifrits estridentes que os cercavam. As criaturas se fortaleciam cada vez mais, embriagadas pelas sombras que Nasir libertara. Não adiantaria de nada recuperar os corações se a zumra morresse em meio à horda interminável de ifrits.

— Ei, seu tomate velho! — berrou Altair.

O Leão parou no meio do caminho, com o manto ondulando ao vento.

— A vingança começa agora.

— O que é que você está fazendo? — vociferou Nasir. — Se acabar morto, vou te ressuscitar só para te matar de novo com minhas próprias mãos.

— Akhh, como eu adoro um impasse. Cuidado, irmãozinho, estou começando a achar que está preocupado comigo. — Altair deu um tapinha de leve com a mão ensanguentada na bochecha de Nasir antes que ele pudesse se afastar e depois seguiu em direção ao Leão da Noite.

Altair deu um suspiro dramático.

— Pretendia esperar uma ocasião mais especial, algo com estilo, sabe? Como um casamento ou a coroação de meu amado Nasir ou… akhh, sei lá. Mas a cavalo dado não se olha os dentes, não é mesmo? Suponho que essa, hã, Batalha dos Corações também seja especial…

— Cale a boca, Altair — rosnou Nasir, repuxando os lábios.

Seu meio-irmão deu uma piscadela para Nasir, que finalmente entendeu o que ele estava fazendo. Chamando atenção para si mesmo, pois todas as ações de Altair eram deliberadas e cuidadosamente calculadas.

Então, Altair al-Badawi levantou as mãos para o céu com um sorriso malicioso no rosto, e Sharr explodiu com um clarão de luz.

capítulo 89

Zafira interrompeu sua busca desesperada assim que a luz irrompeu no mundo de mármore e madeira. Demorou um pouco para encontrar sua origem em meio ao clarão ofuscante: as mãos estendidas de Altair. Era a sua afinidade. Ele verdadeiramente era a luz em oposição à escuridão de Nasir. *Igual a Deen e eu.*

Gritos de pânico ecoaram no silêncio conforme os ifrits se esgueiravam para as sombras das ruínas. Ela viu Nasir, Kifah e os kaftars aproveitarem o que Altair lhes dera, uma distração, e voltou à sua tarefa.

Sua tarefa infrutífera.

Caiu de joelhos no chão e apanhou punhados de areia. Começou a cavar, procurar. Vasculhar. *Implorar*. Os outros acreditavam que ela pudesse manter o Jawarat a salvo. Enxugou o suor da testa quando a luz de Altair começou a desvanecer. Apesar da penumbra, tudo que enxergava era areia e mais areia, nenhum traço de couro verde.

Seus dedos agarraram alguma coisa sob a areia e seu coração subiu até a garganta. *Por favor*. Puxou o objeto, mas era só uma pedra. Atirou-a para longe com um grito. A ilha não parava de zombar dela.

Alguém a pegou pela mão machucada e começou a correr, levando-a consigo. O medo ecoou em seus tímpanos.

— Temos de ir — disse a voz, e por um segundo ela pensou que fosse Benyamin, antes de lembrar que ele estava morto. Era Kifah ali.

O corte latejava em sua mão. Fora uma tola: era por causa daquele corte que se vinculara inadvertidamente ao Jawarat, de corpo e alma. Ela fracassara.

É preciso dar um pouco de si para ter sucesso. Sobressaltou-se ao ouvir as palavras do Jawarat. Não fora uma tola coisa nenhuma. De repente, sentiu-se grata pelo corte que lhe fornecera tal conexão, presenteando-a com um conhecimento incomensurável.

Por outro lado, o Leão não estava em lugar nenhum. Ou seja, devia estar com o Jawarat.

— Temos de voltar — protestou ela, desvencilhando-se de Kifah.

A guerreira a pegou pela mão novamente.

— Por quê?

— Deixei o Jawarat cair no chão. O Leão deve estar com o livro!

— Ah, não se preocupe — retrucou Kifah, e chegou mais perto dela, seu sussurro quase inaudível no meio do barulho. — Sou uma miragi, lembra? Estou com o maldito livro. Peguei... — sua voz ficou embargada, e ela respirou fundo. — Peguei o livro de Benyamin e o deixei à imagem do Jawarat. Depois tirei o livro verdadeiro de você e joguei a isca na areia. O Leão a apanhou no meio da confusão.

Zafira quase começou a chorar. *Salvo*. O Jawarat estava a salvo.

— Mas a ilusão não vai durar muito agora que a magia de Sharr se foi — disse Kifah com o cenho franzido antes de cravar a lança num ifrit. — Pegue seu arco, Caçadora.

— Espera aí, e quantos aos kaftars? — perguntou Zafira enquanto sua mente se aclarava da névoa de pânico.

Kifah balançou a cabeça.

— Eles lutaram com coragem. Ofereci-lhes a passagem de volta ao reino, mas recusaram. Às vezes, quando se vive em cativeiro, aprisionado por tanto tempo, a liberdade se torna algo a temer.

Zafira sabia bem como era aquilo. Era por isso que temia a derrota de Arz. A perda de sua capa. Uma vida em que ela não era a Caçadora.

Juntaram-se a Nasir, que mancava ao golpear os ifrits que tinham a ousadia de surgir sob a luz difusa de Altair. Aos poucos, conseguiram sair dos confins do imponente palácio de mármore e pedra com a ajuda da Bruxa de Prata. Enquanto mordia a língua para esquecer a dor em sua mão, disparando uma flecha atrás da outra, Zafira lembrou-se com culpa de como atacara Benyamin por confiar na bruxa.

Sem a feitiçaria de Sharr, a costa não estava mais tão longe dali. O amanhecer voltou à ilha, uma visão divina depois do céu escuro e sem fim com o qual tinham sido amaldiçoados nos últimos dias. Logo passaram correndo pelos portões da ilha, incrustados nas imponentes pedras talhadas do muro. Benyamin e Kifah haviam entrado por ali, os portões que Deen tanto queria encontrar.

Deen, tão leal e amável. *Não há nenhum homem em Arawiya mais leal ao Caçador do que eu.*

Ele acreditara nela até o último suspiro, mas agora não passava de um fantasma em seus pensamentos, um fragmento de seu passado. O que diria a Yasmine?

Yasmine. *Ah, Yasmine.*

Atravessaram os portões correndo, aproximando-se cada vez mais do navio. Uma flecha passou zunindo pela orelha de Zafira, e todos pararam de supetão. Vinha do navio. Outra saraivada veio em sua direção, e Zafira se abaixou. A Bruxa de Prata sibilou quando uma flecha a atingiu.

Kifah deu um suspiro e gritou:

— Ei, Jinan! Pare de disparar na gente.

— Alto lá! — gritou alguém, e as flechas pararam de cair. Uma garota magricela surgiu na amurada, com um turbante xadrez na cabeça e uma faixa ocre na cintura. — Já não era sem tempo. Espere aí, cadê o Effendi Haadi?

— Morto — respondeu Nasir em meio ao silêncio.

Algo se partiu no rosto da garota antes que ela assentisse e pedisse a prancha.

O navio era tão extravagante quanto se esperava, com amuradas douradas e velas cor de creme estampadas com os pequenos diamantes de Alderamin. Zafira se lembrou de Benyamin e sentiu uma pontada de tristeza.

Até na morte, o safi ainda os ajudava. Ficariam encalhados ali sem ele.

Kifah girou a lança.

— Yalla, zumra. Vamos sair desta maldita ilha e começar a tentar entender essa confusão toda.

Até o Príncipe da Morte sorriu ao ouvir tais palavras.

Nasir estudou a tripulação heterogênea de zarameses de Benyamin, que, por sua vez, também o estudava.

Vários deles ficaram de queixo caído quando a Bruxa de Prata subiu a bordo, e Nasir reparou que Kifah não tinha agradecido à bruxa pela ajuda. Nasir também não, aliás: ninguém tinha. Ainda estavam se recuperando da batalha. Da morte de Benyamin.

A garota que pedira a prancha (Jinan, a capitã, deduziu ele) deu um passo à frente e mandou os demais voltarem a seus postos.

— Tudo em ordem? — perguntou ela a Kifah.

Kifah fez que sim com a cabeça, tirou o turbante atado à cintura e começou a estender o tecido sobre o convés polido. Quando o Jawarat se revelou, Nasir viu Zafira avançar, mal se contendo quando a pelusiana colocou o livro no meio do tecido. Em seguida, Kifah ergueu o coração que havia coletado.

— Vamos ver o resto — disse ela a Nasir.

Ele desenrolou os órgãos vermelhos com cuidado das dobras do manto, colocando-os com delicadeza em cima do pano.

— Há apenas quatro aqui — comentou Zafira, intrigada, inclinando-se sobre os órgãos. Os corações brilhavam sob o sol da manhã, batendo ritmadamente. Pulsantes, vermelhos e úmidos.

— Altair está com o quinto. Aliás, cadê aquele bobalhão? — perguntou Kifah, enxugando o suor do couro cabeludo e deixando uma mancha de sangue para trás.

Todos ergueram o olhar quando o general não disse nada. Nasir o chamou, começando a ficar inquieto com a falta de resposta. A compreensão tomou conta do convés.

O general havia sumido.

capítulo 90

Altair se fora. A tripulação zaramesa até procurou no convés inferior, mas ele não estava em lugar nenhum. Zafira estava tão absorta em se reunir com o Jawarat que nem notara seu desaparecimento.

— Vamos voltar para buscá-lo — disse Nasir em meio ao silêncio.

— E se ele estiver morto? — perguntou Kifah, sempre otimista.

— Conheço Altair, ele não morre tão fácil assim — retrucou Nasir. — Ele se arrastaria para fora da sepultura se fosse necessário.

O príncipe pegou uma caixa de madeira que encontrara durante a busca no navio. Com um nervosismo que Zafira não tinha visto nele antes, colocou os quatro corações e o Jawarat ali dentro. O livro chamava por Zafira no interior da caixa. *Não se esqueça de nós*. Falava apenas com ela, sabia disso. Mais ninguém fizera um corte na palma da mão e se vinculara ao volume. Pulsava no ritmo de seu coração, respirava junto com ela.

Nasir estendeu a caixa para a capitã Jinan.

— Proteja-a a todo custo, ou colocarei sua cabeça numa dessas caixas.

Kifah olhou para ele de cara feia.

Zafira pediu desculpas para a capitã com o olhar.

— É o jeito dele de pedir "por favor".

— Não tenho certeza se quero saber como Sua Alteza retribui um favor — disse Jinan, pegando a caixa. — Você tem sorte por Effendi Haadi ter me pagado tão bem.

Zafira sentiu um nó na garganta e tentou conter as lágrimas nos olhos. Jamais conseguiria pensar em Benyamin sem lembrar como o afastara depois de tudo que ele tinha feito por ela. Afinal de contas, o safi colocara a sanidade de Zafira em primeiro lugar. Toda vez que fechava os olhos, voltava a andar nos sonhos dele, na varanda dourada em Alderamin, sentindo-se à vontade e em casa, vendo o sorriso largo de Benyamin e suas lágrimas ardentes.

Seu primeiro e único passeio nos sonhos.

Kifah a puxou pelo braço quando ela e Nasir se viraram para descer do navio, mas a Bruxa de Prata se interpôs entre eles e a prancha, sua capa ofuscante sob o sol da manhã.

— Ninguém vai voltar.

— É um pouco tarde para dar conselhos, Sultana — falou Kifah.

Embora achasse as palavras da pelusiana um tanto duras, Zafira concordava com ela. *Era* tarde demais para a Bruxa de Prata começar a ser franca com eles. Mesmo que tivesse lutado ao lado da zumra.

Mesmo que, sem a sua ajuda, pudessem ter perecido como Benyamin.

— Não podemos perder mais um dos nossos — disse Zafira.

— Pois eu não pretendo perder meu filho — retrucou a Bruxa de Prata secamente. Antes que Nasir pudesse protestar, ela continuou: — Vocês estão esquecendo que conheço o Leão melhor do que ninguém. Se quisermos manter os corações a salvo, não podemos lutar contra ele aqui. Ele tem um dos cinco corações que tanto deseja, mas sem o Jawarat como guia, o órgão é inútil. Um recipiente de poder inexplorado. O Leão vai nos seguir até o continente e usar Altair como moeda de troca.

Kifah franziu os lábios ao perceber que a bruxa tinha razão. Mas Nasir ainda não estava pronto para concordar.

— Pode até ser — falou ele com o maxilar cerrado —, mas não há nenhuma garantia de que Altair permanecerá ileso.

— É um risco que teremos de correr — falou a bruxa, olhando para o mar. — Não vou perder vocês dois num só dia.

— Não pertenço a você para me perder — replicou ele com frieza, mas Zafira ouviu a mágoa em sua voz.

Havia uma pontada de remorso no rosto da Bruxa de Prata antes de ela dizer:

— Tampouco pertence a si mesmo. Goste ou não, você pertence ao trono de Arawiya.

Nasir sustentou o olhar dela, com uma veia pulsando na mandíbula, antes de lhe dar as costas e mancar até a proa do navio, seguido por novelos de sombras. Ele era igual ao Leão, reparou Zafira. Um esboço da escuridão, um perfil de sombras.

Na última vez que estivera tão perto dele, Zafira levara uma adaga à sua garganta. Antes disso, tivera as mãos enroscadas em seus cabelos, a boca na sua.

Ela o seguiu após um instante, e ele se virou ao notar sua aproximação. Seus olhos estavam cinzentos como o mundo recém-desperto da escuridão, mas fechados e sombrios, como quando o Leão pressionou o atiçador contra sua pele. Quando ela cuidou de seu ferimento, e ele desnudou sua alma.

Isso não significa nada.

— Você está bem? — perguntou ela, oferecendo uma trégua.

— Defina "bem" — respondeu ele baixinho.

Ela esticou a mão para o braço de Nasir, esperando que ele se afastasse. Mas o príncipe permaneceu imóvel enquanto ela arregaçava a manga de sua camisa para ver as sombras que subiam pela pele dourada, engolindo as palavras tatuadas em seu braço. Sua mão estava quente na dela.

— "Bem" é quando você sangra preto, o que não é tão ruim quanto sangrar vermelho. Quando o mundo desmorona à sua volta, mas você não está sozinho. Quando a escuridão é absoluta, mas você busca uma pequena chama e a faz brilhar com força. Quando você extrai algo bom de uma situação ruim e chama isso de vitória. — Ela soltou seu braço, mas ele não se mexeu. — Se Sharr me ensinou alguma coisa, é que toda respiração já é uma vitória.

Ele repuxou um canto dos lábios num sorriso antes que pudesse se conter.

— Então suponho que estou. Bem, quero dizer.

As ondas batiam na lateral do navio enquanto a tripulação se preparava para zarpar. A Bruxa de Prata permanecia em silêncio, com um olhar perdido. Zafira não conseguia nem imaginar como a mulher se sentia depois de perder um filho que nunca assumira e se reencontrar com o outro a quem mostrara uma face diferente. Depois de ser tão usada pelo homem que amava.

Após alguns instantes, Nasir deu um suspiro.

— Não posso abandoná-lo.

— Não estamos abandonando Altair. Só vamos nos reagrupar — disse Zafira, ciente de quem ele falava. — Ele sabe que voltaremos para buscá-lo.

— Você não entende — retrucou ele, soando cansado. — Se estivesse no meu lugar, ele lutaria com unhas e dentes por mim. Mas Altair sabe que me mandaram para Sharr para matá-lo. E sabe que não desobedeço uma ordem.

Zafira imaginou Altair em algum lugar úmido, aprisionado pelo Leão, indefeso. Impotente. Ele suportaria isso, *tinha* de suportar. Então disse o que achou que ele diria:

— Bem, então vamos deixá-lo surpreso.

— O otimismo combina com você — falou Nasir com um sorriso sincero.

O sorriso parecia deslocado em face do mar agitado e selvagem. E, como tudo que acontecera naquela expedição, também estava entremeado de tristeza.

A zumra tinha acabado com a maldição de décadas e libertado a magia de Sharr, mas acabara libertando o Leão no processo. Resgatara quatro corações, mas deixara um deles para trás. Triunfara sobre as hordas do Leão, mas perdera Benyamin para sempre e Altair por enquanto. O safi não seria enterrado com o filho, mas repousaria para sempre com as Irmãs. Zafira tinha conseguido encontrar o Jawarat, mas perdera Deen.

Agora todos possuíam a magia, mas ela já não a sentia correndo em suas veias. Só a sentiria depois que devolvessem os corações aos minaretes reais. Sem isso, os corações não passavam de corações.

Um ganho para cada perda.

capítulo 91

A capitã gritou por cima do burburinho, berrando ordens do leme. Eram todos jovens, reparou Nasir. O reino de Arawiya fora arrancado da desgraça por um punhado de jovens. Jinan levou dois dedos à testa em saudação ao notar seu olhar.

— A Fortaleza do Sultão está à sua espera, Vossa Alteza.

A Fortaleza do Sultão. Seu lar. Ele não sabia se o Leão continuava controlando o sultão agora que seu vínculo com a magia obsoleta de Sharr fora destruído. Mas logo descobriria.

Seus pensamentos sombrios se dispersaram ao ouvir a risada de Zafira.

O som o libertou. Chegou até o vão entre suas costelas e o encheu de vida. Um frasco de luz que não se deixava abater pela escuridão, um som pelo qual Nasir destruiria cidades inteiras para ouvir novamente, selvagem e livre. Agora, a postura dela era diferente. Ombros para trás, cabelos escuros soltos ao vento. Mais alta. Mais forte. Uma mulher, de ponta a ponta. A mulher que ele pensara ser um homem, o Caçador que fora mandado para matar. Zafira o pegou olhando para ela.

— Vou garantir que nenhuma mulher tenha medo de si mesma. Como em Zaram, Pelúsia e Sarracena.

— Não tenho a menor dúvida disso, bela gazela.

Zafira o encarou, e Nasir sentiu uma palpitação no peito quando a vergonha a fez corar. Ela se aproximou, e Nasir se lembrou das colunas de mármore, pouco antes de ela pegar o Jawarat, quando ele a segurava nos braços.

Isso não significa nada. Gostaria de não ter dito palavras tão duras. Não significava *nada* coisa nenhuma. Nem o momento anterior, quando ela cuidou dele com tanta delicadeza, sem qualquer sinal de repulsa no rosto franco. Fora o auge de sua vida ser visto através dos olhos de Zafira Iskandar. Se ao menos ela soubesse.

Mas aquelas quatro palavras permaneciam entre os dois, levantando um escudo por trás de seus olhos enquanto ela olhava para ele.

— E quanto a você? O que vai fazer, Príncipe da Morte?

Ele não disse o que gostaria de dizer.

— Se sobreviver a esta missão, então eu decido.

— Você vai sobreviver, príncipe — disse Kifah, juntando-se a eles. — A Caçadora vai garantir isso.

A Caçadora em questão bufou baixinho.

— A floresta de Arz deixou de existir. Não sou mais uma caçadora.

Kifah se voltou para ela.

— Você ainda tem um Leão para caçar e um general que adora impasses. Não me diga que vai se aposentar tão cedo.

Ela abriu um sorriso.

— É, acho que não — respondeu ela, aliviada.

Não olharam para trás, onde Sharr se distanciava, um flagelo no mapa de Arawiya, um lugar de sombras e morte. Viveram no passado por tempo demais. No entanto, Nasir sempre carregaria uma recordação da ilha em sua alma, outra cicatriz para marcar seu sofrimento.

— Ergueremos as dunas da terra e faremos a morte chover do céu — disse Zafira.

— E depois mais ainda — prometeu Nasir.

Kifah assentiu com firmeza.

Já estava na hora de a mudança tomar o reino de Arawiya, com a zumra no comando. Ele tinha um irmão para salvar e um pai para libertar, nem que fosse por meio da morte. Havia mais muros a transpor, batalhas a combater e vitórias a angariar. Mas um muro não era nada para um hashashin.

Além disso, o Príncipe da Morte nunca deixava um trabalho inacabado.

Epílogo

Havia uma quantidade limitada de lágrimas que uma alma era capaz de derramar antes que o cansaço e a fadiga a arrastassem para um poço de tristeza sem fim. Yasmine já tinha visto coisas demais.

Já não sentia a alegria de seu casamento. O medo e a derrota deixaram um gosto amargo em sua língua. Um lugar devastado pela guerra não era lugar para a felicidade.

— Isso não é uma guerra — vociferara Misk num tom de voz que prometia vingança. — É uma carnificina. A sangue frio e sem um pingo de misericórdia. E não vai parar aqui. O califado de Zaram será o próximo, seguido por Pelúsia, e então seus crimes terão feito um círculo completo: todo o reino de Arawiya ficará sob seu reinado sombrio.

Já viviam sob o reinado sombrio dele. Yasmine não sabia o que mais o sultão poderia querer.

Os homens já estavam ali, vestidos com o uniforme preto e prata de Sarracena, à espera nas sombras entre as casas e as árvores. Quando o navio que levava Zafira e Deen sumiu de vista, saíram de seu esconderijo. Misk tinha amigos no palácio, por isso ela e o marido tiveram a sorte de acompanhar a caravana do califa, fugindo com a pequena Lana.

Yasmine voltou dias depois. Para a aldeia onde ela e Deen distribuíam carne. Onde os irmãos e Zafira cresceram. Onde os homens atearam fogo nas casas e lançaram um gás venenoso sobre a população indefesa.

Os alunos de Yasmine, crianças cujos sorrisos adorava ver, agora jaziam em seus caixõezinhos, o chão congelado demais para permitir um enterro adequado.

As mortes não se deram com derramamento de sangue, mas a palidez de sua pele expressava horas de sofrimento. Os poucos sobreviventes lhe contaram sobre o veneno incolor.

Não havia como escapar de algo que matava por meio do ato primordial da respiração.

Agora, Yasmine olhava pela janela do palácio do califa em Thalj, bem longe da aldeia abandonada que chamava de lar. Ela *não* tinha mais lar. E, se os sarracenos continuassem sob as ordens do sultão, ninguém em Demenhur teria, ninguém em *Arawiya* teria. Qual era o propósito de tamanho massacre?

— Ela vai voltar — disse Misk, esfregando calor nos braços de Yasmine e dando um beijo em sua cabeça.

Zafira. Sua irmã de coração. Não havia como mandar notícias para Sharr nem como receber notícias de lá. Ela não sabia se Zafira continuava viva, mas sabia que o irmão não estava mais entre eles.

Yasmine teria obtido mais informações se Misk a tivesse deixado penetrar mais em Arz quando estava naquele estado de torpor e desamparo. É verdade que também teria morrido, mas ela ficara ali por tempo suficiente para a floresta sombria lhe mostrar algo vívido demais para ser falso.

A visão surgiu diante dela: Deen morrendo pela mão de um homem de cabelos dourados que tentara matar Zafira.

Yasmine jurou matá-lo. Infligir-lhe o mesmo sofrimento que ele infligira a ela.

Só não sabia como fazer isso, pois entre ela e Sharr havia o marido, a floresta de Arz, o Baransea e milhares de coisas de que não fazia a menor ideia. Não era nenhuma Caçadora, mas era Yasmine Ra'ad e encontraria um jeito. Nem sequer sabia se o homem de cabelos dourados continuava vivo ou qual era seu nome. *Um obstáculo de cada vez.*

Misk esfregava seus ombros, aguardando em silêncio por uma resposta.

— Para quê? — perguntou Yasmine.

O que Zafira enfrentava em Sharr devia ser melhor do que aquilo. Não queria que ela voltasse. Primeiro sofreram com o frio, depois com a perda de seus pais. Depois de Deen. E agora mais essa.

— O sofrimento é nosso destino.

Misk deu um muxoxo.

— Tenha fé, Yasmine.

— É tão difícil.

— Foi por isso que disse para você ter *fé*, não para comer um docinho.

Yasmine olhou para ele de cara feia.

Ele deu uma risada.

— O que foi? Pelo visto, estou começando a contar piadas tão sem graça quanto as suas. — Ele passou os braços em volta dela, apoiou o queixo em seu ombro e murmurou em seus ouvidos. — Zafira vai voltar com outros a reboque. Incluindo um homem a quem entregaria a minha vida e a de minha própria mãe. Deen também o conhecia.

— E ele vai acabar com nossos problemas com tais poderes magníficos?

Misk ignorou o comentário zombeteiro.

— Sozinho, não. Mas fará parte disso.

As criadas haviam trazido kanafah e chá de hortelã para ela, mas a bandeja permanecia intocada, o chá havia muito já frio. Yasmine não suportava a visão de comida ou conforto. Para onde quer que olhasse, via a pele ferida e o peito inerte das crianças. Caixões pequenos e mães inconsoláveis.

Estava tão cansada. Tão, tão cansada, mas conseguiu dar um sorrisinho para o marido.

— Seu salvador misterioso tem um nome?

Misk deu um beijo em sua bochecha.

— Altair al-Badawi.

Ele jamais gostara da escuridão. Era tão pesada sobre os olhos, deixava tanto para a imaginação. Era onde ficara escondido, confinado, enquanto sua mãe babava em cima do irmão. Enquanto Arawiya celebrava o nascimento de um príncipe.

Preferia a luz. Do tipo vertiginoso que pairava sobre os banquetes que costumava frequentar com Benyamin.

Outro soluço escorregou de sua língua ressecada.

Benyamin, que arriscara a própria vida por décadas a fio, atuando como o líder da teia de traição de Altair. Seu irmão por escolha, amigo por destino. Que vivia com a culpa da negligência de seu povo, com a culpa da própria bondade, juntando-se à missão sem fazer ideia de que morreria.

Agora, ele estava morto. Tivera uma morte solitária e honrada, na qual repousaria com as Irmãs da Antiguidade para todo o sempre.

Altair observou a zumra partir. Viu Zafira encolher os ombros, ciente do quanto a batalha lhe custara. Viu Nasir matar um ifrit após o outro e levar os demais até o navio alderão. Viu sua mãe enfraquecida por Sharr.

Nenhum deles o procurou. Nem quando embarcaram no navio, soltaram as velas e o abandonaram ali. Até os solitários kaftars sentiram pena dele antes de se dispersarem pelas ruínas.

Deixando-o acorrentado pelas sombras do Leão, sem conseguir fugir. Altair tinha ajudado a zumra, soltando aquela distração vertiginosa de luz. Só para ser abandonado por eles.

Em seguida, foi jogado de joelhos no chão e forçado a trabalhar ao lado dos ifrits barulhentos para resgatar um navio das ruínas de Sharr. Agora, dias (semanas?) mais tarde, suas correntes chacoalhavam conforme o navio atravessava o Baransea.

Ele sabia por que a criatura das sombras o odiava, porque odiava o príncipe: *porque nós temos o que você não tem, saímos do útero com tudo que você tanto deseja.*

Os dois eram descendentes de uma das Irmãs da Antiguidade, cheios de magia nas veias. Eram portadores de poder, mesmo que não fossem tão poderosos quanto as Irmãs de sangue puro. Não precisavam de um coração mágico ou da luz de um minarete real. A terra não precisava possuir a magia para que eles fossem capazes de usá-la.

As sombras se agitaram, alertando-o sobre um visitante. As ondas batiam contra o navio, deixando seu estômago embrulhado. Enquanto seu irmão arrastava novelos de sombras no outro navio, ele atirou um globo de luz em direção ao teto da cabine.

Os olhos cor de âmbar do visitante cintilaram, a tatuagem bronze brilhando, as orelhas pontudas escondidas por baixo do turbante preto. Orelhas muito parecidas com as de Altair.

— Olá, pai — disse Altair numa voz ríspida. — Veio aqui para se gabar?

O Leão da Noite se limitou a abrir um sorriso.

Agradecimentos

Há magia nas palavras, eu sei, mas também há outro tipo de magia nos laços de sangue. Esta história jamais teria se concretizado sem a minha família. Meu maior agradecimento vai, em primeiro lugar, à minha mãe e ao meu pai, por me darem coragem e força e, principalmente, por colocarem a fé em minha essência. É a maior dádiva de todas.

Às minhas irmãs, Asma e Azraa, devo a vocês a maior parte de meus sorrisos, meu amor e minha sanidade (e insanidade também, para ser sincera). Obrigada por me darem suas opiniões para que *A Caçadora de Arz* pudesse ser o melhor livro possível. Por serem minhas maiores fãs e minhas críticas preferidas. Amo vocês duas mais do que qualquer alfabeto seria capaz de expressar. E sim, Nasir e Altair são seus antes de qualquer um. Ao meu irmão, Abdullah, por às vezes ser o pior de todos, por ser meu primeiro amigo e por me fazer voltar ao mundo dos livros.

Ao meu agente, John Cusick, por ser gentil, me apoiar e estar *sempre* presente com as palavras certas no momento exato em que preciso delas. Você encontrou a editora perfeita para o meu livro.

Meu eterno agradecimento às minhas editoras: Janine O'Malley, por ver algo especial nas minhas palavras e por ser minha maior incentivadora desde o primeiro dia, e Melissa Warten, que responde às minhas centenas de e-mails com entusiasmo e amor. Obrigada às duas por perguntarem "por quê?" inúmeras vezes e por polirem as pedras brutas do meu trabalho.

A toda a equipe da Macmillan: obrigada por serem a editora dos meus sonhos e por trabalharem incansavelmente para que este livro seja tudo que poderia ser. Às minhas brilhantes relações públicas, Brittany Pearlman (companheira californiana) e Shivani Annirood: obrigada por aguentarem meus resmungos e minhas perguntas intermináveis. A Molly Ellis: seus longos e-mails sempre serão um ponto positivo dessa jornada.

A Melissa Zar e Jordin Streeter, do marketing: foi por causa de vocês duas que tive de assinar meu nome tantas vezes e serei eternamente grata por isso e tudo o mais. A Hayley Jozwiak, por ler minhas palavras milhares de vezes. Um agradecimento muito necessário a Elizabeth Clark, por aturar a designer que existe em mim — e não digo isso levianamente.

Agradecimentos especiais a Joy Peskin, Jen Besser, Jon Yaged, Allison Verost, Katie Halata, Mary Van Akin, Kathryn Little, Tom Mis e Gaby Salpeter. A Melissa Sarver White, da Folio Lit, por levar *A Caçadora de Arz* para o exterior. A Virginia Allyn, pelo lindo mapa, e Erin Fitzsimmons, pela tipografia. A Simón Prades, pela capa incrível. A Jenny Bent, por seu apoio e seu amor inesgotáveis, e às extraordinárias agentes Molly O'Neill e Suzie Townsend. A Sharon Biggs Waller e Leigh Bardugo, por me apoiarem desde o início, e V. E. Schwab, por responder às minhas perguntas sobre como conseguir ser publicada. A Stephanie Garber, Lee Kelly e Rachel Bellavia, por me guiarem na direção certa na época de submissão de manuscritos, e Jessica Khoury, Ron Smith, Margaret Rogerson, Beth Revis, Evelyn Skye, Sabaa Tahir, Robin LaFevers e Roshani Chokshi, pelo amor e pelo apoio.

A Kerri Maniscalco, por me ensinar a apreciar cada segundo desse louco mundo editorial. A Katie Bucklein, alma gêmea e lutadora feroz. Obrigada por sempre me apoiar. A Joanna Hathaway, minha querida amiga e alma amorosa que sempre me faz seguir em frente. A Britta Gigliotti, principessa e a outra metade deste casal de idosas. A Marieke Nijkamp, minha mentora de coração generoso, obrigada por ser uma das minhas primeiras leitoras. A Joan He, parceira no crime, irmã de agente e amiga de livros de estreia. Amo você, minha cabrita. A Jessica Brooks, que fez uma lista e acreditou em mim. A Beth Phelan e toda a equipe da #DVpit, vocês são demais. A Brittany Holloway, minha superfã preferida. Aos fãs incríveis que criaram contas dedicadas ao mundo de Arawiya. A Lisa Austin, Kalyn Josephson, Jenna DeTrapani, Ksenia Winnicki, Heather Kassner, Mary Hinson, Sara Gundell, Korrina Ede, Noverantale, Ashelynn Hetland, Amanda Foody e Michael Waters: meu muito obrigada.

A Amy Georgopoulos e Jenny Ethington, as bibliotecárias que abriram meu caminho para o mundo editorial. Obrigada por ajudarem a adolescente que existe em mim a sair da concha e apresentá-la à magia dos blogs literários.

A Catherine Gnoffo, mentora e amiga que partiu cedo demais. Ao meu avô, de quem sinto falta todos os dias, por ter colocado vários dólares nas minhas mãos para que eu pudesse comprar o novo livro de Harry Potter numa feira. Adoraria que vocês dois estivessem aqui para ver este livro.

E por último, mas não menos importante: minha mais profunda gratidão a você, caro leitor. Por escolher este livro, devorar as minhas palavras e apoiar um sonho. Nada disso teria sido possível sem você. Obrigada por fazer parte da jornada de Zafira, da missão de Nasir e da minha aventura. *Shukrun*.

Glossário

Termos:

ABAL – rosa silvestre

AISH EL-SARAYA – pudim de pão árabe

AKHH – exclamação geralmente usada em momentos de frustração

AKHRAJ – saia daqui

ALDERÃO – habitante de Alderamin

AMIR AL-MAUT – Príncipe da Morte

ANA – eu, às vezes "eu sou"

ARAK – bebida alcoólica destilada

AZIZI – meu querido

BABA – pai

BAHAMUT – monstro marinho da mitologia árabe, um peixe imenso que sustenta a Terra nas costas

BAKHOUR – incenso

BASHMU – criatura mitológica na forma de uma cobra com chifres, duas patas dianteiras e asas emplumadas

CALIFADOS – estados que compõem Arawiya, o reino em que se passa a história

CALIFA – soberano de um califado

DAAMA – maldito

DA'IRA – bússola

DALLAH – bule de bico curvo

DANDAN/DENDAN – monstro da mitologia árabe, uma serpente-marinha capaz de engolir um navio e toda a sua tripulação

DEMENHUNE – habitante de Demenhur

DHOW – veleiro

DINAR – uma das moedas mais antigas da história, utilizada desde os tempos do Império Romano, assim como na Grécia e em países árabes

DOLMA – charuto de folha de uva recheado de arroz, carne ou vegetais

DUM SIHR – magia (sihr) de sangue (dum)

EMAA – sorvete caramelado

EFFENDI – título de nobreza utilizado em países do Oriente Médio, equivalente a senhor ou mestre

ENSURI – pessoas com afinidades retiradas do meio ambiente

HASHASHIN – assassino

HÁ – letra árabe

HABIBI – termo carinhoso que significa "querido(a)"

HAQQ – verdade

HARSHA – panqueca marroquina feita de semolina e tomilho

HAYATI – termo carinhoso que significa "minha vida"

HOWDAH – assento em forma de tenda no topo de um camelo

IFRIT – Seres criados de um fogo que não exala fumaça

I'JAM – pontos diacríticos que distinguem várias consoantes da escrita árabe

‘ILM – conhecimento

ITHNAYN – dois

JABAN – covarde

JAMBIYA – adaga curva

JAWARAT – joia

JINN – gênio

JISMI – pessoas com afinidades que vêm de seu interior

JUMU’A – termo usado para descrever as praças em que os anúncios e eventos costumam ser realizados nas aldeias e cidades

KAFTAR – homens que se transformam em hienas (derivado de um mito do Oriente Médio)

KANAFAH – doce de massa folhada com coalhada, calda de açúcar e pistache

KEFFIYAH – lenço xadrez tipicamente usado por homens, às vezes enrolado como turbante, outras vezes sob uma faixa de corda circular chamada *agal*

KIBBEH – quibe

KHALAS – término, fim da história, ponto-final

KHARRA/KHARA – palavrão: merda

KHOL – lápis preto usado no Oriente Médio

KURA – esporte semelhante ao futebol

LAA – não

MABROOK – parabéns (gíria)

MAJLIS – lugar onde os membros da comunidade local se reúnem para discutir eventos e assuntos locais, trocar notícias, receber convidados, fazer amigos e se divertir

MA’MOUL – biscoitos recheados com tâmaras

MANAKISH – pão árabe coberto com tomilho, queijo ou carne moída

MAHSHI – abóbora, berinjela ou pimentão recheados

MARHABA – bem-vindo

MIMBAR – palanque usado por oficiais para discursos públicos

MIRAGI – tipo de afinidade, semelhante a um ilusionista

MUTABAQ – panqueca recheada de carne

NADDAHA – figura mitológica semelhante a uma sereia que chama os homens ao mar, levando-os à morte ou ao desaparecimento

NISA – mulher

OKHT – irmã

OKHTI – minha irmã

PELUSIANO – habitante de Pelúsia

QAF – letra árabe

QIF – pare

QIT – gato-do-deserto

QAHWA – café do Oriente Médio

QAMIS – camisa

QUTN – algodão

RAS EL-HANOUT – mistura de especiarias

RIDA – capuz

RIMAAL – dunas de areia; expressão usada como xingamento

RUKH – figura mitológica com a forma de um enorme pássaro selvagem

SABAR – paciência

SAFAÍTICO – língua antiga de Arawiya

SAFAWI – variedade de tâmara

SAFI (PL. SAFIS) – criaturas élficas mais ágeis e sábias do que os seres humanos, além de imortais

SARRACENO – habitante de Sarracena

SAYYIDI (FEM. SAYYIDA) – modo respeitoso de tratamento, similar a "senhor" ou "senhora"

SHORBA – sopa de lentilha do Oriente Médio

SHUKRUN (N. SHUKUR) – obrigado, agradecimento

SI'LAH – raça das Seis Irmãs da Antiguidade

SIRWAL – calças folgadas usadas por homens e às vezes também por mulheres

SIWAK – escova de dentes de madeira

SOOQ – mercado

SUKKARY – variedade de tâmara

SULTANI – meu sultão

SUMAC – tempero árabe ácido e picante

TABAR – machado de guerra

THALATHA – três

THOBE – peça de roupa árabe semelhante a uma túnica ou cafetã

UMM – mãe

UMMI – minha mãe

WADI – leito seco de rio no qual as águas só correm na estação das chuvas

WAHID – um

WAZIR – vizir, ministro de Estado

YAA – ah

YALLA – vamos lá, depressa

ZA'EEM – prefeito de uma aldeia

ZALAAM – escuridão

ZARAMÊS – habitante de Zaram

ZATAAR – mistura de tempero árabe que contém tomilho, sumac, semente de gergelim e sal

ZILL – sombra

ZUMRA – turma

Personagens:

AFYA – égua de Nasir, que recebeu esse nome em homenagem a uma das Seis Irmãs da Antiguidade; significado: bem-estar

ANADIL – uma das Seis Irmãs da Antiguidade; significado: rouxinol

ALTAIR AL-BADAWI – general do sultão; significado: águia

AYMAN AL-ZIYA – califa de Demenhur; significado: justo

BENYAMIN HAADI – safi de Alderamin; significado: filho da mão direita

DEEN RA'AD – melhor amigo de infância de Zafira; significado: fé

GHAMEQ – sultão de Arawiya e pai de Nasir; significado: sombrio

HAYTHAM – conselheiro do califa de Demenhur; significado: falcão

KIFAH DARWISH – uma das guerreiras da Nona Elite da califa de Pelúsia; significado: luta

KULSUM – criada de Nasir e seu primeiro amor; significado: bela

LANA – irmã mais nova de Zafira e curandeira; significado: afetuosa

MISK KHALDUN – marido de Yasmine; significado: perfume

NASIR GHAMEQ – o Príncipe da Morte; significado: vitorioso

SUKKAR – cavalo de Zafira; significado: açúcar

YASMINE RA'AD – irmã de alma de Zafira e irmã de sangue de Deen; significado: jasmim

ZAFIRA ISKANDAR – a Caçadora demenhune; significado: vitoriosa

Lugares:

ALDERAMIN – lar de Benyamin e dos safis; um dos cinco califados de Arawiya

ARZ – floresta mortal que circunda Arawiya

ARAWIYA – reino em que se passa a história

BAKDASH – renomada sorveteria de Demenhur

DEMENHUR – lar de Zafira e um dos cinco califados de Arawiya

GULJUL – capital de Pelúsia; significado: sininho

LEIL – capital de Sarracena; significado: noite

PELÚSIA – lar de Kifah e um dos cinco califados de Arawiya

SARRACENA – lar da linhagem de Nasir e um dos cinco califados de Arawiya

SHARR – ilha que costumava ser uma prisão; significado: maligna

ZARAM – um dos cinco califados de Arawiya